À PROPOS DE L'AUTEUR

Julia London a grandi au Texas, où elle nourrit très tôt sa passion de la littérature. Après avoir travaillé à Washington dans la fonction publique et voyagé pendant des années, elle décide de revenir au Texas pour devenir écrivain. Elle est aujourd'hui plébiscitée pour ses romances historiques et contemporaines.

DU MÊME AUTEUR

DANS LA COLLECTION

Victoria

Dans la série « Les débutantes de Kempton » :

Sous le sceau du scandale

Unie au Highlander

Collection : VICTORIA

Titre original :
WILD WICKED SCOT

Ce livre est publié avec l'autorisation de HARLEQUIN BOOKS S.A.

HARPERCOLLINS FRANCE
83-85, boulevard Vincent-Auriol, 75646 PARIS CEDEX 13
Service Lectrices — Tél. : 01 45 82 47 47

www.harlequin.fr

ISBN 978-2-2803-6131-6 — ISSN 2493-013X

JULIA LONDON

Unie au Highlander

Traduit de l'anglais (États-Unis) par
Florence Bertrand

Victoria

HARLEQUIN

Pour Karen, Rachelle et Terry, qui m'ont accompagnée
dans cette incroyable retraite d'écriture en Écosse.
Alors, vous voyez ? Je vous avais bien
dit que c'était pour le travail !

Prologue

Norwood Park, Angleterre
1706

Lorsque Miss Lynetta Beauly mit au défi Miss Margot Armstrong de nommer la qualité qu'elle appréciait le plus chez les jeunes gentlemen qui leur tournaient autour comme des abeilles autour du miel — outre, cela va sans dire, une fortune personnelle et des relations dans la bonne société — Miss Armstrong se trouva dans l'incapacité de répondre avec assurance.

Car elle aimait tout chez eux. Elle aimait les grands, les petits, les minces et ceux qui étaient bien bâtis. Elle aimait leurs cheveux au naturel et leurs perruques poudrées. Elle les aimait à cheval, en carrosse, et flânant à pied dans les immenses jardins de Norwood Park, où elle résidait en compagnie de son père et de ses deux frères. Elle aimait leurs regards, leurs sourires, et la manière dont ils s'esclaffaient, en renversant la tête en arrière, quand elle disait quelque chose d'amusant. Ce qu'apparemment elle faisait avec une certaine régularité, puisque l'un ou l'autre d'entre eux — sinon plusieurs — semblait toujours prêt à éclater de rire et déclarer :

— Vous êtes si spirituelle, Miss Armstrong !

Margot aimait tant les jeunes gentlemen qu'à l'occasion du seizième anniversaire de Lynetta elle persuada son père de donner un bal à Norwood Park en l'honneur de sa très chère amie.

— Lynetta Beauly ?

Son père avait soupiré, le regard rivé à une lettre apportant des nouvelles de Londres.

— Elle n'a pas encore fait son entrée dans le monde.

— Mais elle sera présentée à la cour cette Saison, lui rappela Margot.

— Pourquoi ses parents n'organisent-ils pas une réception pour elle, alors ? insista-t-il.

Il glissa sous sa perruque la plume qui lui servait à écrire pour se gratter le crâne.

— Père, vous savez bien qu'ils n'en ont pas les moyens.

— Toi non plus, Margot. Je suis le seul à Norwood Park qui ait les moyens de donner un bal en l'honneur de cette jeune fille et je ne l'apprécie pas particulièrement.

Il secoua la tête face à l'absurdité de cette situation.

— Pourquoi y tiens-tu à ce point ?

Margot rougit. D'après Lynetta, c'était là un de ses défauts majeurs — il lui était impossible de dissimuler ses pensées car son teint de porcelaine virait au rose puis au cramoisi à la moindre provocation.

— Je vois, dit son père d'un air entendu.

Il se cala contre le dossier de sa chaise, les mains sur le ventre.

— Un jeune homme te plaît. C'est bien ça ?

Eh bien… Elle ne désirait guère s'attarder sur le sujet, mais ils lui plaisaient tous ! Elle tritura une mèche de cheveux dans son cou.

— Je n'irais pas jusque-là, marmonna-t-elle en faisant mine d'étudier le motif d'un fauteuil tapissé de brocart. Aucun en particulier, je vous assure.

Son père eut un sourire narquois.

— Très bien. Amuse-toi. Donne ce bal ! lança-t-il, en la congédiant d'un geste tendre de la main.

Quelques semaines plus tard, toute la bonne société du nord de l'Angleterre se pressait au manoir, car nul n'ignorait dans la région que seuls les bals de Mayfair pouvaient rivaliser en opulence et en distinction avec ceux de Norwood Park.

Dans la salle de bal illuminée par les lustres en cristal, de jeunes ladies parées d'atours resplendissants tournoyaient au son des airs entraînants joués par six musiciens venus spécialement de Londres. Leurs coiffures vertigineuses, maintenues en place par de savants arrangements d'épingles et de filets, défiaient habilement les lois de la gravité. Leurs partenaires, séduisants jeunes gens d'excellente famille, portaient des vestes en soie et en brocart. Leurs perruques étaient fraîchement poudrées, leurs souliers impeccablement cirés reflétaient l'éclat des bougies.

On buvait du champagne français en dépit de l'embargo, on dégustait du caviar, et on se faufilait derrière les fougères en pot pour voler un baiser.

Margot avait revêtu une robe conçue exprès pour l'occasion — une mante en soie vert pâle qui, selon Lynetta, était assortie à merveille à ses yeux verts et à ses cheveux auburn. Son chignon en forme de tour était agrémenté de petits oiseaux en papier, qu'elle avait confectionnés elle-même avec le plus grand soin. Elle arborait à son cou le collier en perles et diamants de feu sa mère.

L'énorme gâteau qu'elle avait commandé en l'honneur de l'anniversaire de Lynetta, un édifice entièrement comestible de près d'un mètre de haut à l'image de Norwood Park, avait été placé au milieu de la salle à manger afin d'y être admiré de tous. Les parapets recouverts de glaçage étaient surmontés de danseurs en massepain. Dans un coin, les silhouettes minuscules de deux jeunes filles, l'une aux cheveux auburn et l'autre aux cheveux blonds, étaient censées représenter Margot et Lynetta.

Les invités étaient si nombreux que la salle était tout juste assez grande pour leur permettre d'évoluer en même temps. Margot, en particulier, avait très peu dansé. Néanmoins, elle gardait un œil sur Mr William Fitzgerald, avec l'espoir que la chance allait finir par tourner.

Mr Fitzgerald avait si belle allure avec sa veste en brocart argenté et sa perruque bouclée ! Margot l'admirait de loin depuis une bonne quinzaine de jours et, au vu des attentions qu'il lui prodiguait, s'était laissé dire que l'intérêt était réciproque. Cependant, ce soir-là, il avait dansé avec toutes les jeunes filles sauf elle.

— Il ne faut pas prendre cela trop à cœur, avait conseillé Lynetta, les joues rosies par trois séries de danses successives. De deux choses l'une : soit il vous réserve la meilleure danse, soit vous êtes si piètre danseuse qu'il ne peut pas se résoudre à vous inviter.

Margot foudroya son amie du regard.

— Je vous remercie, Lynetta, de me rappeler que je danse affreusement mal.

D'après son amie, c'était là le deuxième défaut le plus évident de Margot : elle n'avait aucun sens du rythme.

Lynetta haussa les épaules.

— Eh bien ? Je voulais seulement suggérer une explication au fait qu'il ne vous a prêté aucune attention ce soir.

— Je vous en prie, ma chérie, ne vous donnez pas tant de peine pour interpréter son indifférence à mon égard.

— Mieux vaut que ce soit à cause de la danse que de quelque chose d'encore pire, lui fit remarquer Lynetta gaiement.

— Et de quoi pourrait-il s'agir ? répliqua Margot, piquée au vif.

— Je veux dire que je préférerais qu'on critique ma façon de danser plutôt que ma conversation, déclara son amie d'une voix suave. Vous avez toujours été douée pour la conversation.

Margot s'apprêtait à en discuter quand une onde de curiosité traversa la foule. Les deux jeunes filles jetèrent un coup d'œil autour d'elles sans discerner de cause évidente à cette soudaine agitation.

— Je ne vois rien, se plaignit Lynetta en tordant le cou vers la porte.

— Quelqu'un vient d'arriver, leur apprit un gentleman qui se trouvait tout près. Quelqu'un qu'on n'attendait pas, me semble-t-il.

Margot et Lynetta étouffèrent un cri précisément au même moment et, bouche bée, échangèrent un regard écarquillé. Un seul personnage important manquait à l'appel ce soir : le charmant Lord Montclare, qui, appelé à Londres, avait exprimé ses regrets de ne pouvoir assister à la réception. Montclare présentait toutes les qualités requises pour faire de lui un parti désirable : il possédait une rente de dix mille livres par an ; il détiendrait un jour le titre de vicomte de Waverly ; il avait de beaux yeux, de longs cils, un sourire engageant, et était totalement dénué de prétention. Selon la rumeur, il avait des vues sur une héritière londonienne… Ce qui n'empêchait pas Margot et Lynetta de rêver.

D'un accord tacite, les deux jeunes filles s'échappèrent de la salle de bal pour gagner le balcon qui surplombait le hall d'entrée, et arrivèrent si précipitamment que leurs gants glissèrent sur la rampe en pierre polie lorsqu'elles se penchèrent par-dessus pour voir le nouvel arrivant.

Ce n'était pas Montclare.

— Oh ! Flûte, marmonna Lynetta.

Ce n'était même pas un des nombreux messieurs qui venaient souvent à Norwood Park parler affaires avec le père et les frères de Margot. À vrai dire, les hommes qui venaient de franchir le seuil de la demeure ne ressemblaient à aucun de ceux que Margot ait jamais vus.

— Bonté divine, murmura Lynetta à côté d'elle.

Bonté divine, en effet. Ils étaient cinq au total, grands et larges d'épaules, leurs longs cheveux rassemblés en queue-de-cheval. Sauf celui qui se tenait devant les autres — un enchevêtrement de boucles noires lui encadrait le visage, comme s'il n'avait pas pris la peine de se peigner. Leurs vestes maculées de boue étaient fendues à l'arrière pour leur permettre de monter à cheval. Leurs culottes et leurs gilets n'étaient ni en soie ni en brocart mais en laine grossière. Ils portaient des bottes au cuir éraflé, aux talons usagés.

— Mais qui sont ces hommes ? chuchota Lynetta. Des gitans ?

— Des bandits de grand chemin, murmura Margot, sur quoi Lynetta gloussa un peu trop bruyamment.

Au son du rire de la jeune fille, l'homme qui se tenait devant les autres leva la tête et son regard bleu acier, pénétrant, se souda à celui de Margot. Il garda les yeux rivés aux siens alors qu'il retirait méthodiquement ses gants. Le souffle coupé, elle songea qu'elle aurait dû détourner la tête, mais en fut incapable. Un frémissement lui parcourut l'échine ; elle avait la terrible impression que ces yeux pouvaient lire dans son âme.

Quelqu'un parla et les cinq hommes s'avancèrent. Cependant, avant que le premier disparaisse complètement, il leva de nouveau les yeux vers Margot, portant sur elle un regard brillant d'intelligence et de détermination qui l'effraya. Un nouveau frisson lui courut le long de la colonne vertébrale.

Les hommes partis, Margot et Lynetta, déçues que Montclare ne figure pas parmi les nouveaux venus, retournèrent dans la salle de bal et reportèrent bien vite leur attention ailleurs.

Lynetta dansa pendant que Margot restait debout et s'efforçait de ne pas paraître inquiète. Dansait-elle vraiment si mal ? Apparemment, oui. Personne ne l'avait invitée.

Après ce qui lui parut une éternité, une cloche sonna et le gâteau fut servi. Un valet offrit à Margot une coupe de champagne. L'alcool lui chatouilla agréablement les narines et elle le sirota avec délice, debout à côté de Lynetta, en attendant que Quint, le majordome, leur apporte une part de gâteau.

Soudain, son amie la poussa légèrement de l'épaule, l'air affolé.

— Oh ! Mon Dieu !

— Qu'y a-t-il ?

— C'est Fitzgerald.

— Où ? murmura Margot, non moins affolée, en se tapotant la lèvre supérieure pour essuyer une éventuelle goutte de champagne.

— Il vient vers nous !

— Me regarde-t-il ? Est-ce vers moi qu'il se dirige ? supplia Margot, mais Lynetta n'eut pas le temps de répondre.

Mr Fitzgerald les avait rejointes.

— Miss Armstrong, dit-il, en s'inclinant, la jambe tendue en arrière, écartant avec emphase le bras sur le côté.

Elle avait remarqué que, ces derniers temps, plusieurs jeunes gentlemen récemment revenus de Londres faisaient la révérence ainsi.

— Miss Beauly, permettez-moi de vous souhaiter un excellent anniversaire.

— Merci. Hum… Je vous prie de m'excuser, mais je vais… euh… Je crois que je vais prendre un peu de gâteau.

Elle s'éloigna gauchement, laissant Margot et Fitzgerald seuls.

— Hum…, balbutia Margot, dont le cœur s'emballait. Comment trouvez-vous le bal ?

— Magnifique. Je dois vous féliciter.

— Oh ! ce n'est rien, protesta-t-elle, tandis qu'un sourire béat se formait sur ses lèvres après ce compliment. Lynetta m'a aidée, bien sûr.

— Bien sûr.

Mr Fitzgerald changea légèrement de position pour se placer à côté d'elle et, à travers la fine manche de sa robe, Margot sentit sa peau s'enflammer à l'endroit où le bras du jeune homme effleurait le sien.

— Miss Armstrong, me ferez-vous l'honneur d'accepter la prochaine danse ?

Margot ignora la bouffée de panique qui l'envahit à la pensée qu'elle risquait de lui casser un orteil.

— J'en serais ravie…

— Miss Armstrong.

— Pardon ? Qu'y a-t-il ? demanda-t-elle d'un air rêveur.

On lui effleurait le coude. Mr Fitzgerald sourit.

— Votre majordome, expliqua-t-il, en désignant ce dernier d'un geste par-dessus l'épaule de Margot.

Elle arracha son regard à Mr Fitzgerald pour le porter sur Quint.

— Oui ? s'enquit-elle avec impatience.

— Monsieur votre père vous prie de le rejoindre dans la salle à manger.

Margot cilla. La requête de son père n'aurait pas pu tomber plus mal !

— Maintenant ?

Elle avait beau s'efforcer de parler sur un ton angélique, sa voix sifflait un peu.

— Voulez-vous que je tienne votre flûte jusqu'à votre retour ? proposa Mr Fitzgerald.

Margot s'efforça de dissimuler la joie absurde qui venait de la gagner. Néanmoins, elle ne se fiait à aucune des jeunes femmes qui rôdaient autour d'eux tels des requins.

— Hum…

Elle tourna vers Quint un regard suppliant.

— Père pourrait peut-être attendre un peu ?

Comme à l'ordinaire, le majordome demeura impassible.

— Il vous prie de venir sur-le-champ.

— Allez-y, l'encouragea Mr Fitzgerald avec un sourire chaleureux. Nous danserons à votre retour.

Il lui prit sa flûte et inclina poliment la tête.

— Vous êtes trop aimable, Mr Fitzgerald. Je ne serai pas longue.

Margot pivota sur ses talons et, fusillant du regard le malheureux Quint, releva ses jupes et sortit.

Lorsqu'elle entra dans la salle à manger familiale, l'odeur des chevaux et des hommes lui assaillit les narines et elle dut se faire violence pour dominer son aversion. À sa grande surprise, son père était assis avec les hommes à la mine rude qui étaient arrivés à Norwood Park un peu plus tôt. Son frère Bryce était présent lui aussi, et observait les cinq individus comme on pourrait observer des animaux sauvages. Quatre d'entre eux dévoraient leur repas avec des bruits dignes d'une meute affamée.

— Ah, voici ma fille, Margot, annonça son père en se levant.

À regret, elle s'avança et esquissa une petite révérence. De près, elle constata que le visage de l'homme aux yeux bleu acier portait les marques d'un voyage de plusieurs jours. Sa barbe était mal taillée, et elle se demanda vaguement s'il avait égaré son rasoir. Son regard se posa sur elle avec arrogance, la jaugeant de la tête aux pieds, depuis ses cheveux coiffés avec soin — les oiseaux en papier semblaient le fasciner — jusqu'à son visage et sa taille.

Quel goujat ! Margot fronça les sourcils, mais son irritation sembla faire plaisir à l'inconnu. Ses yeux bleus étincelèrent tandis qu'il se levait lentement. Il la dépassait d'une bonne tête.

— Margot, je te présente le chef Arran Mackenzie. Mackenzie, ma fille unique, Miss Margot Armstrong.

Un rictus releva le coin des lèvres du dénommé Arran. Ne savait-il pas que fixer quelqu'un de la sorte était impoli ? Margot exécuta une nouvelle révérence parfaite et lui tendit la main.

— Comment allez-vous, monsieur ?

— Très bien, Miss Armstrong.

Sa voix était grave, teintée d'un accent chantant qui la prit par surprise et lui donna des picotements à la nuque.

— Et comment allez-vous ? demanda-t-il à son tour, en prenant sa main dans la sienne.

Son pouce calleux se promena sur la jointure des doigts de

Margot. Elle pensa à Mr Fitzgerald, à ses longs doigts minces et manucurés. Mr Fitzgerald avait des mains d'artiste. Cet homme-là avait des mains d'ours.

— Bien, je vous remercie.

Elle se dégagea avec légèreté et regarda son père d'un air interrogateur. Il ne semblait pas pressé de la congédier. Combien de temps allait-elle devoir rester ici ? Elle songea à Mr Fitzgerald debout dans la salle de bal, une flûte de champagne dans chaque main. Elle l'imaginait encerclé de jeunes filles prêtes à ravir leur proie tels des vautours.

— Mackenzie va hériter d'un titre de baron, déclara son père. Il sera Lord Mackenzie de Balhaire.

En quoi diable cela la concernait-elle ? Cependant, en fille obéissante, Margot sourit poliment, et garda la tête baissée pour s'adresser à l'homme.

— Vous devez être content.

Il inclina la tête de côté pour capter son regard, avant de répondre.

— Oui, je le suis, en effet, dit-il, en posant hardiment les yeux sur sa bouche. Je doute fort que vous sachiez à quel point, Miss Armstrong.

Un frisson désagréable traversa Margot. Pourquoi la dévisageait-il ainsi ? Il était si impudent, si effronté !

Et son père qui ne disait rien !

— Merci, Margot, dit ce dernier, quelque part derrière elle.

Elle ne savait pas très bien où il était, car elle semblait avoir du mal à détacher son regard de cette brute.

— Tu peux aller rejoindre tes amis.

De quoi s'agissait-il donc ? Elle avait l'impression d'être un mouton qu'on présentait au concours agricole du comté. « Regardez la toison de celui-là ! » Elle était offensée — par moments, son père semblait oublier qu'elle n'était pas un bibelot à exhiber pour susciter l'admiration.

Elle fixa calmement les yeux bleu acier.

— Je suis ravie d'avoir eu le plaisir de faire votre connaissance.

Pour elle, cela n'avait pas été un plaisir mais une corvée, au contraire — et elle espérait bien le lui faire comprendre. En tout cas, s'il ne s'en était pas rendu compte, ses compagnons quant à eux avaient saisi. Ils avaient tous cessé de manger et la dévisageaient presque comme si c'était la première fois qu'ils voyaient une lady. Ce qui, à en juger par leur mise et leur consternante manière de se tenir à table, était fort plausible.

— Merci, Miss Armstrong, dit-il, avec cet accent harmonieux qui lui fit l'effet d'une plume lui caressant l'échine. Mais tout le plaisir était pour moi, n'est-ce pas ?

Il sourit.

Ces mots et son sourire déclenchèrent en Margot une étrange chaleur. Elle se sentit presque fondre. Elle se hâta de sortir, pressée d'être aussi loin que possible de ces hommes.

Le nom du visiteur fut oublié dès qu'elle regagna la salle de bal, car Mr Fitzgerald dansait avec Miss Remstock. Son champagne avait disparu. Toutes les autres pensées de Margot s'envolèrent.

Le lendemain après-midi, son père l'informa qu'il avait accepté de la donner en mariage à cette brute de Mackenzie et fit la sourde oreille à ses pleurs.

Chapitre 1

Les Highlands, Écosse
1710

Sous la pleine lune écossaise, par une douce nuit d'été, l'air était si calme qu'on entendait le murmure de la mer dans la crique située en contrebas du château de Balhaire. Les fenêtres du vieux donjon étaient ouvertes à la fraîcheur nocturne, et une brise légère emportait la fumée des torches de jonc qui éclairaient la grande salle.

L'intérieur du château médiéval avait été transformé en un somptueux espace digne d'un roi — ou, du moins, d'un chef de clan écossais à la tête d'un commerce maritime fort prospère. L'homme en question, le baron de Balhaire, Arran Mackenzie, se prélassait dans un fauteuil, entouré de ses hommes, d'une bonne quantité de bière et d'un petit troupeau de jeunes femmes venues les distraire.

Au sommet de la tour de guet, trois gardes passaient le temps en jouant aux dés. Seamus Bivens avait déjà dépossédé son vieil ami Donald Thane de deux *sgillin* lors de la partie qui venait de s'achever. Deux *sgillin* ne représentaient certes pas une fortune pour un garde de Balhaire, car Mackenzie était généreux envers ceux qui lui étaient loyaux, mais tout de même, quand Seamus lui en prit deux de plus, ce fut un rude coup porté à la bourse et à l'amour-propre de Donald. Le ton monta et les deux hommes se levèrent, la main tendue vers leurs mousquets respectifs appuyés contre le mur. Sweeney Mackenzie, leur chef, s'apprêtait à laisser ses hommes régler leur différend par une bagarre quand un bruit lui parvint. Il bondit sur ses pieds et s'interposa, une main plaquée sur le torse des deux protagonistes.

— Silence ! ordonna-t-il. Vous n'entendez donc pas ?

Les gardes s'immobilisèrent et tendirent l'oreille. Le grondement des roues d'une carriole résonnait entre les ombres fantomatiques des collines.

— Qui diable… ? marmonna Seamus.

Sa colère contre Donald oubliée, il attrapa la longue-vue et se pencha par-dessus le rempart pour mieux voir.

— Eh bien ? demanda Donald, en se collant pratiquement à lui. Qui est-ce ? Un Gordon, c'est ça ?

Seamus secoua la tête.

— Pas un Gordon.

— Un Munro, alors, conclut Sweeney. J'ai entendu dire qu'ils lorgnaient les terres des Mackenzie.

Balhaire traversait une époque relativement paisible, mais il ne fallait jamais s'étonner de voir changer les alliances entre clans.

— Pas un Munro.

Il distinguait la voiture à présent. Elle était tirée par quatre chevaux et suivie de deux cavaliers, et le cocher était flanqué de deux gardes. Le postillon tenait un falot pour éclairer leur chemin, en plus de la lumière offerte par les lanternes.

— Qui peut donc arriver à minuit et demi, nom d'un chien ? s'interrogea Donald.

Seamus retint soudain un cri. Il éloigna la longue-vue, plissa les yeux, puis se hâta de la rapprocher et se pencha de nouveau en avant.

— *Non !* s'exclama-t-il d'une voix incrédule.

Ses deux compagnons échangèrent un regard.

— Qui ? répéta Donald. Pas un *Buchanan* ? ajouta-t-il dans un quasi-murmure, faisant allusion à celui qui avait été l'ennemi le plus tenace des Mackenzie au fil des années.

— Pire, déclara Seamus d'un air grave, avant d'abaisser lentement la longue-vue, les yeux écarquillés d'horreur.

— Par Dieu, dis-nous qui c'est avant que je te tape dessus pour te le faire cracher, jura Sweeney, visiblement troublé.

— C'est… C'est Lady Mackenzie, lâcha Seamus dans un souffle.

Ses compagnons étouffèrent un cri. Puis Sweeney fit volte-face, attrapa son mousquet et se hâta d'aller avertir le laird que sa femme était de retour à Balhaire.

Malheureusement, descendre de la partie la plus haute du château n'était pas une mince affaire, et lorsque Sweeney entra dans la basse-cour, la voiture l'avait devancé. La portière s'ouvrit, un marchepied fut abaissé. Un petit pied élégamment chaussé apparut sur la marche, et Sweeney se mit à courir.

Arran Mackenzie appréciait la sensation d'un postérieur féminin sur ses genoux, surtout lorsque la chaleur tendre et ambrée d'une bonne bière se répandait en lui. Il avait goûté avec abandon l'échantillon apporté par son cousin et premier lieutenant, Jock Mackenzie, lequel se considérait un peu comme un maître brasseur.

Affalé dans son fauteuil, il traçait une ligne du bout des doigts le long du dos de la jeune femme, tout en essayant paresseusement de se souvenir de son nom. Comment s'appelait-elle déjà ? Aileen ? Irene ?

— Milord ! Mackenzie ! cria quelqu'un.

Arran se pencha, écartant les boucles blondes et parfumées de sa compagne. Sweeney Mackenzie, un de ses meilleurs gardes, lui criait quelque chose depuis l'autre bout de la grande salle. Le pauvre homme se tenait la poitrine comme si son cœur allait lâcher et regardait d'un air affolé autour de lui, le cherchant des yeux dans la salle pleine de gens.

— Où… Où est-il ? demanda-t-il à un homme ivre à côté de lui. Où… Où est le laird ?

Valeureux combattant, soldat dévoué, Sweeney avait cependant tendance à bégayer comme il l'avait fait enfant lorsqu'il était troublé. Cela dit, rares étaient les choses qui le troublaient. Intrigué, Arran repoussa la fille et se redressa.

— Ici, Sweeney, dit-il en faisant signe à ce dernier d'approcher. Eh bien, qu'est-ce qui t'a contrarié ?

Sweeney s'avança en hâte.

— Elle… Elle… est r-r-revenue, lâcha-t-il, hors d'haleine.

Arran fronça les sourcils, perplexe.

— Pardon ?

— L-L-L…

La langue et les lèvres de Sweeney semblaient collées. Il déglutit avec peine et tenta d'expulser le mot.

— Respire un bon coup, mon gars, dit Arran en se levant. Calme-toi. Qui est là ?

— L-L… Lady M-M-Mackenzie.

Le nom sembla flotter dans l'air entre eux deux. Était-ce un effet de l'imagination d'Arran ou tout dans la grande salle s'était-il soudain figé ? Il devait s'agir d'une erreur — il échangea un regard avec Jock, qui paraissait aussi surpris que lui.

Il se tourna vers Sweeney et dit avec calme :

— Reprends ton souffle, mon gars. Tu te trompes…

— Il ne se trompe pas.

Arran tressaillit au son de la voix familière, à l'élocution précise et si anglaise. Il scruta l'extrémité de la salle, en vain, ne distinguant que des formes indistinctes dans la fumée et les ombres. Cependant, l'exclamation étouffée qui s'éleva parmi la trentaine de personnes assemblées lui servit de confirmation : sa misérable épouse était revenue à Balhaire. Après une absence de plus de trois ans, chose inexplicable, elle était de retour.

Cela serait à n'en pas douter considéré comme une occasion de réjouissances par la moitié de son clan, et comme une calamité par tous les autres. Pour sa part, Arran ne voyait que trois raisons susceptibles d'expliquer la présence de sa femme ici : la première, c'était que son père était mort et qu'elle n'avait nulle part où aller hormis chez son époux légitime. La deuxième, c'était qu'elle avait dépensé tout l'argent qu'Arran lui avait donné. La troisième… C'était qu'elle voulait divorcer.

Il rejeta la première hypothèse aussitôt. Si son père était mort, il en aurait entendu parler — un de ses hommes était en Angleterre, chargé de garder l'œil sur son épouse infidèle.

La foule se fendit pour laisser passer la beauté aux cheveux auburn qui s'avançait dans la salle tel un galion, suivie de deux Anglais vêtus d'habits coûteux et coiffés de perruques poudrées.

Il était impossible qu'elle ait tout dépensé. Il était plutôt généreux avec elle. Trop, disait Jock. Peut-être était-ce vrai, mais Arran ne voulait pas qu'on puisse lui reprocher de ne pas subvenir aux besoins de son épouse.

L'entrée en grande pompe de celle-ci fut brusquement interrompue par un des vieux chiens de chasse d'Arran qui avait presque perdu la vue. Roy choisit ce moment pour traverser tranquillement la salle et s'allonger sur le sol dallé, la tête entre les pattes, indifférent aux activités des humains qui l'entouraient. Il poussa un soupir sonore, se préparant à faire un petit somme.

Sa femme souleva avec délicatesse les plis de sa cape et l'enjamba. Les hommes qui l'escortaient contournèrent le chien.

La troisième possibilité était la plus plausible, raisonna Arran. Elle était venue demander un divorce en bonne et due forme, une annulation — un moyen de recouvrer sa liberté. Et pourtant, il semblait peu probable qu'elle ait fait tout ce chemin pour le lui demander. N'aurait-elle pas envoyé un agent ? Si, sans doute. À moins qu'elle n'ait l'intention de l'humilier une fois de plus ?

Margot Armstrong Mackenzie s'arrêta, les mains jointes devant elle, et adressa un sourire hésitant à la foule muette et stupéfaite qui l'entourait. Ses deux compagnons prirent position derrière elle, jaugeant d'un air méfiant les occupants de la salle, la main sur le manche de leur courte épée. S'imaginaient-ils qu'ils allaient être forcés de se battre pour ressortir ? C'était une possibilité, car certains des membres du clan arboraient des mines passablement excitées — loin d'un Écossais l'idée de reculer face à la perspective, même vague, d'une bonne empoignade.

Pas un décès, donc. Pas un manque de fonds. Il n'avait pas exclu le divorce, mais quelle que soit la raison de son retour, Arran se sentit soudain furieux. Comment osait-elle revenir ?

Il sauta à bas de l'estrade et se dirigea droit vers elle.

— Il neige en enfer ? demanda-t-il calmement.

Elle parcourut la salle du regard.

— Je ne vois nulle trace de neige, répondit-elle en retirant ses gants.

— Êtes-vous venue par la mer ? Ou sur un balai ?

Quelqu'un sur l'estrade s'esclaffa.

— Par mer et par voiture, dit-elle d'un ton agréable, sans relever sa pique.

Elle inclina la tête et le dévisagea.

— Vous avez très bonne mine, mon lord de mari.

Arran garda le silence. Il ne savait que lui dire au bout de trois ans et redoutait que le moindre mot ne déclenche un torrent d'émotions qu'il n'était pas prêt à partager devant tout le monde.

Le regard de Margot vagabonda, s'arrêtant sur les torches de jonc, les lustres en fer, les chiens qui déambulaient dans la salle. L'endroit était très différent de Norwood Park. Elle n'avait jamais aimé cette salle immense, le cœur de Balhaire depuis des siècles. Elle avait toujours aspiré à en faire un lieu plus raffiné : quelque chose d'élégant, une salle de bal comme à Paris ou à Londres. Arran, en revanche, aimait cette pièce fonctionnelle, ses deux grandes tables autour desquelles son clan s'asseyait, et les énormes cheminées à chaque extrémité. Quelques tapis sur le sol dallé suffisaient à étouffer le son des bottes et il avait toujours trouvé un certain charme à la lumière vacillante des torches.

— C'est toujours charmant et pittoresque, commenta-t-elle, lisant dans ses pensées. Rien n'a changé ici.

— Au contraire, lui rappela-t-il. Je ne vous attendais pas.

Elle fit une légère grimace.

— Je sais, dit-elle, et je m'en excuse.

Il attendit. Qu'elle lui donne une explication. Qu'elle le

supplie de la pardonner. Mais apparemment, elle ne comptait pas dire quoi que ce soit de plus, puisqu'elle regardait autour d'elle à présent, en direction de l'estrade.

— Oh ! Comme c'est joli. Vous avez apporté quelques changements, je vois.

Il regarda par-dessus son épaule. En dehors des murs et des dalles, l'estrade était le seul vestige de l'ancienne grande salle. C'était une plate-forme où le chef de clan et ses conseillers avaient coutume de dîner autrefois. À présent, l'usage en était moins formel, mais tout de même, Arran l'aimait bien — elle lui donnait une vue de toute la salle.

Il lui fallut un instant pour comprendre qu'elle admirait la table sculptée et les chaises tapissées dont il avait récemment fait l'acquisition lors d'un voyage d'affaires, avec les deux candélabres qui ornaient la table. Un homme qui traversait une mauvaise passe les lui avait cédés en échange des chevaux dont il avait besoin pour échapper aux autorités.

— Vous les avez fait venir de France, n'est-ce pas ? Le style semble très français.

De quoi parlait-elle ? Et quelle importance à cet instant, comparé à l'événement qui se déroulait ? Les Mackenzie de Balhaire, mari et femme, étaient face à face dans la même pièce et aucun couteau n'avait été tiré ! Qu'on appelle les hérauts ! Qu'on sonne les trompettes ! Que diable sa femme faisait-elle ici après trois ans de silence, à papoter au sujet de sa table ? Pourquoi était-elle venue à l'improviste, sans un mot, après l'avoir quitté comme elle l'avait fait ?

L'audace de Margot menaçait de le faire sortir de ses gonds ; son cœur cognait à tout rompre dans sa poitrine, même s'il ne l'aurait jamais avoué.

— Je ne vous attendais pas, et je voudrais savoir ce qui vous amène à Balhaire, madame.

— Oui ! renchérit une voix au fond de la salle.

— Milord, je vous demande pardon.

Elle se baissa aussitôt pour lui faire une profonde révérence.

— J'étais si absorbée par cet environnement familier que j'en ai oublié d'annoncer que j'étais revenue à la maison.

Elle lui adressa un sourire béat et tendit la main pour qu'il l'aide à se relever.

— À la maison ? s'esclaffa-t-il, tant l'idée était absurde.

— Oui. À la maison. Vous êtes mon mari. Par conséquent, ceci est mon foyer.

Elle agita les doigts dans sa direction, comme s'il avait oublié sa main tendue vers lui.

Oh ! Il avait conscience de cette main, et surtout de ce sourire qui lui brûlait la poitrine. Il se terminait par une paire de fossettes, et ses yeux verts perçants semblaient scintiller dans la clarté douce de la salle. Il voyait les mèches de ses cheveux s'échapper de sa capuche, des boucles cuivrées qui se détachaient sur sa peau blanche et lisse.

Elle continuait à sourire.

Arran hésita. Il était encore vêtu de ses habits d'équitation maculés de boue, sa veste avait disparu, son col s'ouvrait sur son torse nu et ses longs cheveux, coiffés par ses seuls doigts, étaient rassemblés en une queue-de-cheval grossière qui lui descendait dans le dos. Il ne s'était pas rasé depuis plusieurs jours et il sentait sans doute mauvais. Néanmoins, il prit sa main dans la sienne.

Des os si fins, si délicats. Il referma ses doigts calleux autour des siens et la tira avec assez de force pour qu'elle soit obligée de faire un petit bond en avant. À présent, elle se tenait si près de lui qu'elle dut incliner la tête en arrière et révéler son cou de cygne pour le regarder dans les yeux.

Il la fusilla du regard, s'efforçant de comprendre.

Elle arqua un unique sourcil noir.

— Souhaitez-moi la bienvenue, milord, dit-elle.

Et puis, avec un sourire éblouissant, aussi diabolique que celui de Satan lui-même, elle le surprit — le choqua, même — en se hissant sur la pointe des pieds et en nouant les bras autour de son cou pour l'embrasser.

Nom d'un… ! Margot *l'embrassait.* Voilà qui était aussi surprenant que sa soudaine apparition. Et ce n'était pas non plus un baiser chaste, qui était la seule sorte de baiser que lui avait donné la jeune épouse, timide et prude, qui l'avait quitté trois ans plus tôt. C'était un baiser audacieux, qui portait les marques de la maturité. Ses lèvres étaient sensuelles, sa petite langue espiègle, ses dents lui mordillaient la lèvre inférieure. Et quand elle eut terminé de l'embrasser, elle reprit appuis sur la plante des pieds et lui sourit, ses yeux brillant à la lueur des torches.

Ce fut efficace. Un peu de la colère d'Arran se mua en désir alors qu'il l'observait. Elle n'avait pas changé — peut-être s'était-elle un peu épanouie — mais ce n'était pas la jeune mariée qui avait fui Balhaire en pleurs. D'un geste rude, Arran tendit la main et repoussa sa capuche, exposant des cheveux d'une riche couleur auburn. Il effleura les boucles qui lui encadraient le visage. Ignora le sourcil qu'elle arqua lorsqu'il dégrafa son manteau. Celui-ci s'ouvrit, révélant la coupe ajustée de sa robe de voyage, la courbe crémeuse de ses seins au-dessus du brocart doré du bustier. Il remarqua autre chose aussi — le collier en émeraude qu'il lui avait offert à l'occasion de leurs noces étincelait dans le creux de sa gorge.

Elle était ravissante. Séduisante. Un morceau de choix qu'un homme pouvait savourer par petites bouchées.

Mais elle se trompait lourdement si elle s'imaginait qu'il mangerait à sa table.

— Il semble que vous ayez su faire usage de ma bourse, dit-il, admirant la qualité de sa robe en soie. Et vous paraissez en excellente santé.

— Merci, dit-elle poliment, avant de relever le menton légèrement. Et vous…

Elle marqua une pause en regardant sa tenue négligée.

— … n'avez pas changé.

Les commissures de sa bouche se relevèrent en un sourire ironique.

Son parfum étourdissait Arran. Des souvenirs fusèrent dans son cerveau. D'elle nue dans son lit. De ses longues jambes mêlées aux siennes, de ses cheveux soyeux, de ses jeunes seins ronds.

Elle devinait ses pensées, il le lut dans son regard. Elle se détourna légèrement et dit :

— Permettez-moi de vous présenter Mr Pepper et Mr Worthing. Ils ont eu l'amabilité de m'escorter jusqu'ici.

Quelques grognements mécontents s'élevèrent — en dépit de la récente union de l'Écosse et de l'Angleterre, les Anglais n'étaient guère appréciés au sein du clan d'Arran, d'autant moins après le fiasco qu'avait été son mariage.

Il accorda à peine un regard aux dandys anglais.

— Si j'avais su que vous aviez l'intention de revenir à Balhaire, je vous aurais envoyé mes meilleurs hommes. Il est vraiment curieux que vous ne m'ayez pas averti.

— Ç'aurait été très gentil de votre part, répondit-elle vaguement. Serait-il possible de dîner ? Je meurs de faim, et je suis sûre que ces braves hommes aussi. J'avais oublié qu'il y a si peu d'auberges dans les Highlands.

Arran avait beau être un brin éméché, et encore abasourdi, il n'allait sûrement pas laisser son épouse débarquer comme une fleur dans son château après trois ans et se conduire comme si tout allait pour le mieux sans lui fournir la moindre explication. Il avait bien l'intention d'exiger des réponses, mais pas alors que tous les Mackenzie écoutaient leur conversation.

— Musique ! cria-t-il d'une voix forte.

Quelqu'un ramassa une flûte et se mit à jouer. Arran prit Margot par le bras et l'attira plus près, parlant bas pour que personne ne l'entende.

— Vous arrivez à Balhaire sans crier gare après être partie comme vous l'avez fait et vous avez l'insolence de réclamer à dîner ?

Elle plissa les yeux, exactement comme la première fois qu'il l'avait vue.

— Allez-vous refuser un repas aux hommes qui ont veillé à vous rendre votre épouse saine et sauve ?

— Ils vous ont rendue à moi ? s'esclaffa-t-il.

— Si mes souvenirs sont bons, vous ne cessiez de me vanter l'hospitalité écossaise.

— Ne vous imaginez pas pouvoir me donner des ordres, madame. Répondez-moi — pourquoi êtes-vous ici ?

— Oh ! Arran ! s'exclama-t-elle avec un sourire soudain. N'est-ce pas évident ? Parce que vous m'avez *manqué*. Parce que j'ai retrouvé la raison. Parce que je veux donner une nouvelle chance à notre mariage, bien sûr. Pour quel autre motif aurais-je fait tout cet épouvantable chemin pour vous rejoindre ?

Il contempla sa bouche sensuelle et secoua la tête.

— Pour quelle autre raison ? J'ai ma petite idée, hein ? rétorqua-t-il. Pour m'assassiner. Semer le désordre. Pour me trancher la gorge en pleine nuit.

— Oh ! Non, affirma-t-elle avec gravité. Ce serait trop ignoble, tout ce sang. Vous ne pouvez vraiment pas refuser de croire que j'aie pu changer d'avis. Après tout, vous n'êtes pas désagréable, à votre manière.

Elle le taquinait, à présent ? Sa fureur revint.

— Franchement, je serais venue plus tôt si j'avais eu la moindre indication suggérant que vous désiriez mon retour, ajouta-t-elle d'un ton neutre.

Arran ne put réprimer un rire incrédule.

— Êtes-vous devenue folle ? Je n'ai pas eu un seul message de vous depuis tout le temps que vous êtes partie.

— Je n'en ai pas reçu de vous non plus.

C'était inouï ! Arran n'avait pas la moindre idée du petit jeu auquel elle jouait, mais elle n'allait pas gagner. Il enroula un bras autour du dos de Margot et la tira à lui, la tenant fermement. Il pressa la paume sur la tempe de celle-ci, et du pouce lui effleura la joue.

— Ne voulez-vous pas me croire ? demanda-t-elle d'une voix suave.

Il voyait cette petite lueur espiègle dans ses yeux couleur de poire mûre, cette étincelle de tromperie.

— Pas un traître mot.

Elle sourit et redressa le menton. Il comprit tout à coup qu'elle n'avait plus peur de lui. Elle avait toujours été un peu intimidée par lui, mais il ne voyait aucune trace de cela chez elle à présent.

— Vous êtes terriblement méfiant. N'ai-je pas toujours été tout à fait franche avec vous ? Pourquoi donc serais-je différente maintenant ? Je suis toujours votre épouse, Lord Mackenzie. Si vous ne me croyez pas, je suppose qu'il va falloir que je vous en persuade, n'est-ce pas ?

Le sang d'Arran se mit à courir plus vite dans ses veines. Il contempla le visage de Margot, son nez mince, ses sourcils bruns.

— Vous m'avez surpris, admit-il, tandis que son regard descendait sur le décolleté tentant de sa femme. Mais soyez avertie, madame, que je ne suis pas un imbécile. La dernière fois que je vous ai vue, vous preniez la fuite. Je refuse de penser que vous avez brusquement trouvé une place pour moi là-dedans, ajouta-t-il en effleurant délibérément le renflement de son sein, juste au-dessus de son cœur.

Elle continua à sourire, comme si elle n'était pas le moins du monde troublée, mais une légère rougeur lui était montée aux joues.

— Je serais ravie de vous prouver le contraire. Mais je vous en prie, permettez-moi de dîner. Il est évident que je vais avoir besoin de toutes mes forces.

Le pouls d'Arran se mit à battre encore plus vite, stimulé par un mélange explosif de fureur et de désir.

— Je me demande ce qu'est devenue la petite fleur fragile qui m'a quittée.

— Elle s'est transformée en rosier.

Elle lui tapota le torse.

— Si vous voulez bien avoir la gentillesse de donner à manger à Mr Pepper et à Mr Worthing.

— Fergus ! cria-t-il sèchement, sans détacher son regard du visage de Margot. Apporte à manger à Lady Mackenzie et à ses hommes. Dépêche-toi, mon garçon.

Il referma les doigts autour du coude de sa femme et l'entraîna à sa suite. Au lieu de protester à la vue de ses doigts sales sur son habit, comme elle l'aurait fait autrefois, elle se contenta de le suivre docilement. Presque comme si elle s'attendait à être traitée de la sorte. Comme si elle s'y était préparée.

Arran avait conscience de l'agitation et des murmures qui les entouraient. Chacun s'efforçait d'apercevoir la mystérieuse Lady Mackenzie et les deux chiens de garde sur ses talons.

— Il n'était pas nécessaire de venir avec une escorte armée, dit Arran d'un ton cassant tandis qu'il la guidait vers l'estrade. Vous avez fait une peur bleue à Sweeney.

— Mon père y a tenu. On ne sait jamais si on va tomber sur des bandits de grand chemin.

Elle lui lança un regard en biais.

Il l'avait toujours trouvée d'une beauté remarquable et, bizarrement, elle lui paraissait encore plus ravissante. Cependant, il n'éprouvait pas la même affection qu'autrefois à son égard — il ne ressentait que dédain. Il y avait eu un temps où un sourire de sa part aurait suffi pour qu'il accepte ses écarts de conduite. Désormais, il était imperméable à son charme. Il aurait dû lui refuser ce repas, la faire jeter dans une chambre et la garder prisonnière pour la punir de l'avoir quitté comme elle l'avait fait.

Ce n'était pas encore exclu, d'ailleurs.

Margot retira sa cape et s'assit avec précaution sur le siège qu'Arran lui présentait, se perchant tout au bord. Ainsi, sa nature pointilleuse rôdait toujours sous ce calme de façade.

— Vos hommes peuvent se mettre là, décréta-t-il, désignant une table un peu plus bas.

Ces derniers hésitèrent, mais Margot leur adressa un bref signe de tête pour leur indiquer d'accepter.

Arran refoula l'envie de lui dire qu'elle n'était pas la reine ici, surtout pas maintenant, et se contenta de prendre place à côté d'elle. Il tiendrait sa langue. Pour l'instant.

— Vous aviez de la compagnie, je vois, commenta-t-elle sur un ton dégagé en regardant la jeune femme qui était assise sur ses genoux un instant plus tôt.

Celle-ci avait quitté l'estrade et se tenait en retrait, l'air boudeur.

— J'étais en compagnie des membres de mon clan, oui.

— Des hommes et *des femmes,* vous voulez dire ?

Il mit la main sur son poignet et le serra légèrement.

— Qu'imaginiez-vous, Margot ? Que je vivrais comme un moine ? Qu'une fois que vous m'auriez quitté, je prononcerais mes vœux et que je me prosternerais devant votre effigie durant les vêpres ?

Elle se dégagea avec un sourire.

— Je ne doute pas que *d'autres* que moi aient été l'objet de vos dévotions.

Elle détourna les yeux et enroula une mèche de cheveux autour de son doigt.

— Et je suppose que vous avez été une chaste petite princesse.

— Eh bien, dit-elle tranquillement, je ne peux pas prétendre avoir été *complètement* chaste. Mais qui d'entre nous peut affirmer cela ?

Elle pivota et le regarda droit dans les yeux, un sourire froid sur les lèvres, le rouge aux joues.

À quoi jouait-elle à présent ? Elle badinait avec lui, suggérait qu'il s'était mal conduit ? C'était absurde et il flairait une tromperie. Qui était donc cette femme ? Celle qui l'avait quitté aurait été atterrée qu'on mette en doute sa chasteté. Mais cette femme-ci se montrait provocante, et souriait d'une manière à faire flageoler les jambes d'un homme.

Il se détourna pour faire signe au jeune serviteur de lui donner du vin et remarqua que la moitié de ses hommes étaient encore en train de la fixer bouche bée.

— Allons, allons, dit-il, irrité, en leur indiquant d'un geste de s'occuper ailleurs. Tu ne peux pas jouer quelque chose de plus gai, Geordie ? ajouta-t-il à l'adresse du musicien.

Ce dernier posa sa flûte et attrapa son violon.

Comme Margot portait la coupe à ses lèvres, Arran reprit la parole :

— Maintenant que vous avez fait votre grande entrée, je veux savoir ce qui vous amène à Balhaire. Quelqu'un est-il mort ? Avez-vous perdu votre fortune ? Cherchez-vous à échapper à la reine ?

Elle se mit à rire.

— Ma famille va bien, merci. Notre fortune est intacte et la reine ne sait même pas que j'existe.

Il se laissa aller en arrière sur sa chaise et l'observa.

Elle lui adressa un sourire impertinent.

— Vous semblez sceptique. J'avais oublié quelle nature méfiante vous avez, mais j'ai toujours bien aimé cela chez vous, je dois l'avouer.

— Devrais-je ne pas être méfiant ? Alors que vous arrivez ici sans prévenir ?

— Pourriez-vous m'indiquer un meilleur moyen de revenir ? Si je vous avais prévenu, vous ne m'auriez pas autorisée à le faire. N'est-ce pas ? J'ai pensé que, peut-être, si vous me voyiez avant d'entendre mon nom…

Elle haussa les épaules.

— Que vous imaginiez-vous donc ? coupa Arran.

— J'ai pensé que vous vous rendriez compte que je vous avais manqué aussi.

Elle lui adressa un doux sourire. Avec espoir.

Et voilà que cela recommençait, son sang s'échauffait, et il était assailli par une autre série de visions de sa femme à califourchon sur lui, ses superbes cheveux lui tombant en cascades sur les épaules. Il repoussa ces souvenirs. La vérité, c'était qu'il ne pouvait pas supporter de la voir.

— Vous ne m'avez pas manqué, Margot. Vous me faites horreur.

Les joues de celle-ci virèrent à l'écarlate. Elle baissa les yeux sur ses genoux.

— Et depuis quand au juste ai-je commencé à vous manquer, *leannan*[1] ? insista-t-il. Ne vous ai-je pas envoyé assez d'argent ?

— Vous avez été par trop généreux, milord.

— Oui, c'est bien vrai, confirma-t-il, avec un vigoureux hochement de tête.

— Quant à savoir à quel moment vous avez commencé à me manquer…

Elle tritura son collier, feignant d'y réfléchir.

— Je ne saurais le dire avec précision. Mais c'est un sentiment qui s'est enraciné en moi et qui continue de prendre de l'ampleur.

— Comme un cancer, ironisa-t-il.

— Quelque chose de ce genre, oui. J'ai toujours pensé que vous viendriez vous assurer de mon bien-être au lieu d'envoyer Dermid comme vous l'avez fait.

— Croyiez-vous que j'aurais été vous poursuivre jusqu'en Angleterre, comme un renard après une poule ?

— « Poursuivre » est un peu fort. J'aurais préféré « rendre visite ».

1. « Chérie » en gaélique.

— Je n'ai pas reçu d'invitation, si ?

— Vous n'aviez pas besoin d'invitation ! Vous êtes mon mari ! Vous auriez pu venir à moi quand bon vous semblait. Ne l'avez-vous pas fait avant ? demanda-t-elle avec un regard provocant. Ne vous ai-je pas manqué, Arran ? Peut-être juste un peu ?

— Si. Au lit, répondit-il en soutenant son regard. Ça fait longtemps.

Le rouge monta de nouveau aux joues de Margot, mais elle soutint son regard avec calme.

— Si longtemps que cela ?

Les yeux d'Arran descendirent sur sa bouche. *Une éternité.* Il se redressa et se pencha vers elle.

— Très longtemps, *lass*[1]. Trois ans, trois mois et quelques jours.

Le sourire de Margot s'effaça. Elle entrouvrit les lèvres et cilla, l'air surpris.

— Oui, *leannan*. Je sais depuis combien de temps je suis libéré du fardeau du mariage. Cela vous étonne ?

Une ombre voila le regard de Margot.

— Un peu, avoua-t-elle tout bas.

Arran lui décocha un sourire de prédateur. Son pouls cognait à présent, au rythme familier du désir. Il écarta une mèche égarée sur la tempe de Margot.

— Dommage que je n'aie pas envie de renouer.

Une fois de plus, une lueur d'émotion traversa le regard de Margot. L'avait-il blessée ? Si oui, il n'en avait cure — ce n'était rien comparé au coup qu'elle lui avait porté.

1. Mot affectueux en gaélique pour désigner une fille ou une jeune femme.

Chapitre 2

Balhaire, les Highlands
1706

Secouée et courbaturée, bringuebalée depuis des jours dans la voiture qui l'emmenait vers le nord, Margot était totalement exténuée. Mais enfin, elle était arrivée à l'endroit qu'elle devait désormais considérer comme son foyer.

Elle n'aurait pas pu être plus abattue.

Balhaire était un château sombre et austère qui se dressait au beau milieu des nuages, exactement comme les collines qui l'entouraient. L'imposante forteresse, flanquée de deux tours, avait été construite bien longtemps auparavant. Au-delà du rempart qui la ceignait se trouvait un petit village d'humbles chaumières. Des volutes de fumée s'élevaient des cheminées vers le ciel de plomb.

La voiture ralentit, et Margot entendit des chiens aboyer, des enfants crier. Le cocher pesta contre une vache qui leur barrait la route. Ils s'arrêtèrent, puis repartirent dans un soubresaut.

Elle changea de côté pour regarder par l'autre vitre et vit des gens sortir de leurs maisonnettes pour s'aligner au bord de la route, appelant Arran Mackenzie qui chevauchait devant la voiture. Elle l'entendit répondre, aussi — par quelques mots brefs, dans une langue qu'elle ne connaissait pas.

Margot se rencogna contre le dossier. Cet endroit l'effrayait. Sa présence ici était encore un choc pour elle. Jamais elle n'aurait imaginé être un jour forcée de se marier contre son gré, mais c'était pourtant précisément ce qui lui était arrivé. Elle avait eu beau supplier son père, plaider sa cause maintes et maintes fois, rien n'y avait fait. Il avait affirmé qu'elle avait des obligations envers sa famille et envers l'Angleterre, et que l'union avec les Mackenzie garantirait la fortune des Armstrong pour les générations futures. « Tu es ma fille unique, Margot », avait-il dit. « Ton devoir consiste à faire ce que je juge bon, et tu vas m'obéir. »

Quand elle s'était rebellée, il l'avait menacée. Il avait juré de la priver de dot, de lui interdire de fréquenter Lynetta et de sortir en société : elle serait enfermée à Norwood Park et resterait vieille fille, sans espoir de bonheur.

À dix-sept ans, Margot était désarmée face à la tyrannie de son père. Il avait misé sur son désarroi, son incertitude et sa peur, et elle avait fini par capituler.

Deux semaines avant qu'elle ait dix-huit ans, Mackenzie avait obtenu une baronnie. Ce soir-là, il était venu dîner à Norwood Park avec Margot et sa famille. Il portait des vêtements appropriés et il avait rasé son épouvantable barbe, mais elle lui avait à peine accordé un regard. Chaque fois qu'il avait tenté d'engager la conversation, elle s'était contentée de réponses laconiques, espérant envers et contre tout qu'il la trouverait falote et qu'il voudrait se raviser.

Apparemment, il avait été plutôt satisfait de l'image qu'elle avait donnée d'elle-même. Deux jours après son dix-huitième anniversaire, Margot avait prononcé ses vœux de mariage dans la chapelle de Norwood Park, devant son père et ses deux frères. Mackenzie avait une espèce de géant pour lui servir de témoin.

Le soir de leurs noces, Mackenzie s'était montré doux avec elle, ce qui l'avait surprise — et puis il avait disparu. Le surlendemain, ils partaient pour l'Écosse. Le premier jour du voyage, Margot avait pleuré jusqu'à se rendre malade. Quand elle n'eut plus de larmes à verser, elle se sentit comme engourdie. Son mari lui demanda plus d'une fois s'il pouvait faire quelque chose pour la soulager, mais elle secoua la tête et se détourna.

Lorsqu'ils atteignirent les Highlands, après des jours entiers sans voir la moindre trace de civilisation, Margot était submergée par l'angoisse.

À présent, la voiture traversait le village. Les gens au bord de la route essayèrent d'apercevoir Margot avant que le véhicule disparaisse derrière les épaisses murailles qui entouraient l'énorme château.

Vu de près, celui-ci était encore plus impressionnant. Margot dut tendre le cou pour distinguer le sommet des tours alors que la voiture s'arrêtait. Elle se redressa, les doigts crispés sur le bord des coussins de la banquette.

La portière s'ouvrit subitement. Quelqu'un déposa un marchepied devant elle. Margot se hâta de mettre un peu d'ordre dans ses cheveux — elle devait faire peur à voir, d'autant plus qu'elle avait fait tout ce chemin sans sa femme de chambre. Nell Grady voyageait séparément, avec les nombreuses malles que Margot avait apportées.

Le visage hâlé de son mari apparut.

— Venez, dit-il en lui tendant sa main gantée.

Seul le désir de sortir de cette épouvantable voiture poussa

Margot à la prendre. Elle vacilla légèrement, les jambes raides après un si long voyage. Cependant, elle parvint à recouvrer son équilibre et regarda autour d'elle.

— Bienvenue à Balhaire, dit Mackenzie.

Bienvenue ! Dans ce lieu ? Stupéfaite par le spectacle qui s'offrait à elle, Margot resta sans voix. La basse-cour grouillait de gens et d'animaux. Des poulets s'enfuyaient pour échapper aux sabots des chevaux, des chiens reniflaient les bottes des hommes qui mettaient pied à terre. Elle eut à peine le temps de tout voir avant que les portes principales s'ouvrent et qu'une jeune femme en sorte avec un cri. Elle était grande et mince, ses cheveux roux coiffés en une longue tresse. Elle n'accorda pas un regard à Margot — elle s'adressa à Mackenzie dans la langue des Highlands.

Devant la réponse de ce dernier, elle se tourna brusquement vers Margot et la toisa avec dédain.

— Miss Griselda Mackenzie. Ma cousine, soupira Arran.

Margot fit une révérence. Griselda arqua les sourcils et croisa les bras, muette, ses longs doigts pianotant sur sa manche tandis qu'elle examinait Margot.

— Ravie de faire votre connaissance, déclara cette dernière.

La jeune femme pinça des lèvres.

— J'espère que nous serons amies, ajouta Margot après un temps de silence.

Ce fut manifestement une erreur ; la jeune femme prononça à toute vitesse quelques mots véhéments à l'adresse de Mackenzie, puis tourna les talons et rentra à l'intérieur.

Margot battit des cils, décontenancée.

— Je ne…, m'a-t-elle compris ? Parle-t-elle anglais ?

— Oui, répondit Mackenzie, le regard orageux. Elle parle plutôt bien anglais.

À cet instant, Margot fut certaine que sa situation ne pouvait pas être pire.

Et puis Mackenzie la fit entrer dans l'imposante forteresse.

L'intérieur était sombre et oppressant, les couloirs éclairés par d'antiques bougeoirs muraux. Il y régnait une odeur de renfermé, comme si on n'aérait jamais. Soudain, Margot entendit un gémissement qui lui glaça le sang. On aurait dit la plainte d'un agonisant — au bout d'un moment, elle comprit que c'était le vent qui sifflait dans les conduits de cheminée, créant des courants d'air à chaque porte.

Elle suivit Mackenzie avec méfiance le long de ces corridors obscurs et tortueux pendant ce qui lui sembla une éternité. Enfin, ils émergèrent dans ce qu'il appela fièrement « l'ancienne grande salle ». Plusieurs individus s'y trouvaient, d'humeur enjouée, tous vêtus d'habits qui ressemblaient à des couches de lainages superposées. Pas une trace de soie ou de satin parmi eux. Aucun ne portait de perruque, ni ne s'était coiffé. Pire, il y avait des chiens. Non pas les petits chiens de compagnie que Margot avait l'habitude de voir dans une maison, du genre qui pouvait se nicher sur les genoux d'une dame — mais de grands chiens de chasse qui flânaient dans la salle comme s'ils y étaient tout à fait à leur place. Deux d'entre eux allèrent même jusqu'à venir renifler sa tenue lorsque Mackenzie la conduisit à une plate-forme surélevée, sur laquelle trônait une longue table en bois.

Il s'avança vers une paire de fauteuils disposés au centre de la table, face à la salle. Il s'assit.

Margot attendit, incertaine, se demandant si un majordome ou un valet allait la conduire à sa place. Mackenzie leva les yeux vers elle, puis regarda d'un air éloquent le siège voisin du sien.

Elle s'assit.

— Avez-vous faim ? demanda-t-il lorsqu'elle se fut perchée tout au bord de la chaise recouverte d'un tissu douteux.

— Un peu.

Il leva une main, fit signe à quelqu'un — tant de gens traînaient là qu'elle n'aurait su dire à qui il s'adressait — et un jeune garçon ne tarda pas à apparaître. Il posa deux chopes de bière devant eux, en regardant Margot avec des yeux ronds. Elle eut pitié de lui — sans doute n'avait-il jamais vu de femmes qui aient les cheveux poudrés. D'ailleurs, elle aussi ouvrait des yeux ronds à la vue de la boisson qu'il leur avait apportée.

— N'allons-nous pas boire de vin ? demanda-t-elle sans s'adresser à personne en particulier.

— De la bière, répondit brièvement Mackenzie.

Il leva sa chope et but goulûment, comme s'il était dans une taverne et non à table avec son épouse.

Margot le dévisagea, consternée par son manque de bonnes manières. S'attendait-il donc à ce qu'elle boive comme un marin ? Cependant, le cours de ses réflexions fut interrompu par une femme qui approchait.

Elle avait les cheveux grisonnants et arborait une longueur d'étoffe drapée sur une épaule, dont elle rassemblait l'extrémité entre ses mains.

— Vous êtes la nouvelle Lady Mackenzie, pas vrai ? demanda-t-elle en levant le bout de tissu qu'elle chiffonnait entre ses mains. *Fàilte !*[1]

Elle ouvrit le tissu. Un petit poussin était niché dedans.

Margot ne comprit pas si la femme avait voulu lui offrir le poussin ou si elle était tout simplement folle — mais elle eut un mouvement de recul horrifié et se recroquevilla sur sa

1. « Bienvenue » en gaélique.

chaise. Arran dit quelque chose à la femme, accompagnant ses paroles d'un geste négligent du poignet. Elle fronça les sourcils, recouvrit le poussin et s'éloigna.

— Qui sont ces gens, enfin ? demanda Margot avec irritation comme un couple s'approchait de l'estrade, avant d'être à son tour renvoyé par Arran.

— Mon clan.

Le garçon réapparut. Cette fois, il tenait une écuelle dans chaque main et deux cuillers étaient glissées sous son bras. Il mit les écuelles devant eux — il ne portait pas de gants — et puis les cuillers.

— Le vôtre aussi, désormais.

Il prit sa cuiller et commença à manger.

— Pardon ?

Il marqua une pause et la regarda.

— Ces gens sont votre clan à présent, Lady Mackenzie.

Elle n'avait pas vraiment songé à la situation sous cet angle jusqu'alors. Elle regarda les gens qui déambulaient dans la salle, riant et bavardant, en lui jetant des coups d'œil curieux. Puis elle baissa les yeux sur la soupe rustique, la cuiller que le garçon avait portée sous son bras.

— Vous n'aimez pas la soupe ?

La soupe ? Elle n'aimait pas cet endroit, ces gens !

— Je n'ai pas faim, après tout.

Elle noua étroitement les mains sur ses genoux.

— J'aimerais prendre un bain maintenant.

— Un bain, répéta-t-il lentement.

Seigneur ! Ces gens devaient bien prendre des bains, tout de même !

— Oui. Un bain, confirma-t-elle en le regardant avec éloquence.

Mackenzie enfourna une nouvelle cuillerée de soupe et haussa les épaules. Il leva la main une fois de plus, et un vieil homme au crâne dégarni à l'exception de quelques cheveux roux apparut à côté de lui. Mackenzie lui parla... Longuement. Plusieurs minutes semblèrent s'écouler avant que l'homme s'éloigne et que Mackenzie retourne à son repas. Il prit trois rapides bouchées à la suite, s'essuya les lèvres avec sa serviette et se leva, sa chaise raclant bruyamment le plancher derrière lui. Avec un soupir, il lui tendit la main, la paume retournée.

— Eh bien, allons-y. Un bain pour madame. Je vais vous conduire à nos appartements.

— Que voulez-vous dire par « nos appartements » ?

— Les appartements du maître.

Margot commençait à se sentir mal.

— Je ne comprends pas. Vous n'avez pas prévu d'appartements privés pour moi ? demanda-t-elle, incrédule.

Mackenzie parut si perplexe qu'une bouffée de nausée envahit Margot pour de bon. Elle ne pouvait pas partager une chambre avec un homme ! Elle s'y refusait. C'était insensé ! C'était vulgaire, c'était un manque total de bienséance. Elle n'osait l'imaginer, tout ce cuir, cette laine et...

Elle déglutit avec peine et serra les poings.

— En règle générale, une grande maison dispose d'appartements pour le maître et pour la maîtresse, dit-elle aussi calmement que possible.

Peut-être remédierait-il à cette infortunée situation s'il comprenait comment les choses étaient censées se faire dans la bonne société.

Il ne manifesta pas le moindre signe de compréhension.

— Je vais vous montrer la chambre du maître pour votre

bain, madame. Nous discuterons demain de ce qu'une dame devrait avoir selon vous, entendu ? Ce soir, je suis trop las.

Margot n'eut d'autre choix que de le suivre. Elle détourna les yeux à chaque fois qu'il s'arrêta pour parler avec un membre de son clan — à vrai dire, elle ne savait comment se comporter, d'autant qu'elle n'avait pas été présentée dans les règles.

Le visage de Mackenzie s'était assombri. Ils regagnèrent ce qu'elle supposait être le vestibule, et empruntèrent l'escalier le plus imposant qu'elle ait jamais vu. Ensuite, ils suivirent un autre couloir obscur, éclairé avec parcimonie.

À son extrémité se trouvaient deux lourdes portes en bois. Mackenzie fit glisser le verrou et poussa les battants, puis se retourna vers Margot.

Elle franchit le seuil d'un pas hésitant et pénétra dans une pièce très masculine. Les tissus d'ameublement étaient bordés de cuir. De lourds rideaux en lainage étaient tirés en travers des trois fenêtres. Et, curieusement, un carquois plein de flèches était appuyé contre une énorme commode.

Cependant, une baignoire trônait devant le feu qui pétillait, et deux jeunes gens s'affairaient pour la remplir d'eau chaude. Margot se tint patiemment en retrait pendant qu'ils faisaient la navette, chacun muni de deux seaux, jusqu'à ce que Mackenzie juge la petite baignoire suffisamment pleine. Un des jeunes gens posa une serviette et un morceau de savon sur un tabouret, après quoi ils se retirèrent.

Mackenzie referma la porte derrière eux. Son regard se posa un bref instant sur elle.

— Eh bien, voilà. Un bain. Je vous laisse.

Il sortit de la pièce par ce qui semblait être une garde-robe. Elle entendit une autre porte s'ouvrir et se refermer.

Margot demeura immobile un long moment après son

départ. Il ne lui avait même pas proposé les services d'une femme de chambre. Eh bien, peu importait — de l'eau chaude l'attendait et elle allait en profiter. Elle parvint à se dévêtir seule et entra dans la baignoire. Une fois dans l'eau, elle ferma les yeux, et l'espace d'un instant s'autorisa à imaginer qu'elle était de retour à Norwood Park, dans une vraie salle de bains, avec des serviettes, des bougies et des savons parfumés.

Lorsqu'elle eut terminé, elle tira sa chemise de nuit du petit nécessaire de voyage que quelqu'un avait pensé à sortir de la voiture. Epuisée et ne sachant que faire, elle se glissa dans l'immense lit à baldaquin et remonta les couvertures jusqu'à son menton. Le vent hurlait de nouveau, apportant l'odeur de la mer. Une tempête se préparait au large.

Margot ne sut pas à quelle heure Mackenzie revint enfin dans la chambre, mais le feu n'était plus que braises et le vent semblait avoir redoublé de violence. Elle entendit ses mouvements dans la pièce, le bruit métallique d'une ceinture qu'on desserrait, le frottement de l'étoffe sur la peau. Le matelas se creusa sous son poids lorsqu'il se coucha. Elle tressaillit en sentant qu'il posait la main sur son ventre.

— Détendez-vous, *leannan*, murmura-t-il.

Elle ne comprenait pas ce mot, *leannan*, mais elle fit de son mieux pour obéir. La main de Mackenzie descendit sur sa jambe et se faufila sous sa chemise de nuit, lui caressant la cuisse. C'était une caresse si douce, si légère, qu'il la chatouillait presque. Margot s'était remise à trembler. Mais pas de froid. D'excitation.

Mackenzie prit appui sur son coude à côté d'elle, lui prit la main et la plaça sur son épaule.

— Soyez à l'aise, *leannan*, murmura-t-il. Je ne veux pas vous faire de mal, je veux vous donner du plaisir.

Il l'embrassa dans le cou et Margot frissonna de nouveau. Tandis qu'il continuait à promener ses lèvres sur elle, elle trouva le courage d'explorer à son tour le corps de Mackenzie, les à-plats musclés de son torse, son dos puissant.

Comme elle laissait descendre ses mains sur les hanches de son mari, il lâcha un gémissement. Elle se hâta de retirer ses mains. Mackenzie les rattrapa et les remit en place.

— Oui, murmura-t-il. Touchez-moi.

Il lui embrassa les lèvres avec une telle douceur que Margot eut l'impression de flotter.

Il fut tendre avec elle, lui demandant si elle aimait ce qu'il lui faisait, s'il lui faisait mal en la pénétrant. Margot était à peine capable de marmonner des réponses — trop submergée de sensations pour penser de manière claire. Avec ses mains et sa bouche, il titilla ses sens, l'amenant à flotter telle une plume sur une cascade de plaisir.

Et puis la cascade l'emporta, lui aussi.

Il était à demi étendu sur elle, son haleine brûlante caressant l'épaule nue de Margot. Au bout d'un moment, il se détacha d'elle pour reposer sur le ventre, le visage détourné d'elle, respirant fort. Dormait-il ? Était-elle censée dormir, à présent ? Margot se pelotonna sous les couvertures.

La respiration de Mackenzie se fit plus régulière.

Elle contempla le dais, songeuse. « Cela vous plaît-il ? » avait-il demandé. Oui, cela lui avait plu. Elle pensait à cette question, à la tendresse de ses gestes, quand quelque chose bondit brusquement sur le lit, lui arrachant un cri d'effroi. Margot se redressa et plongea son regard droit dans celui… d'un chien. Il était énorme, avec une oreille qui retombait en arrière, un pelage dru. Il remua la queue avec excitation en reniflant d'abord Mackenzie, qui lui donna une tape paresseuse, puis Margot.

— Descends ! ordonna-t-elle en le repoussant.

Le chien agita la queue de plus belle.

— Il ne va pas vous mordre, marmonna Mackenzie dans un bâillement.

— Ça m'est égal. Que fait-il sur le lit ?

Mackenzie haussa les épaules.

— Vous lui plaisez, que voulez-vous ?

Il bâilla de nouveau et remit l'oreiller sous sa tête. Pendant ce temps, le monstre décrivit un ou deux cercles au pied du lit puis se laissa tomber avec un profond soupir.

Était-elle censée dormir avec *un chien* ? La tendresse de son mari oubliée, Margot s'étendit de nouveau sur le lit, au bord des larmes, tournant le dos à Mackenzie et à son animal, et maudissant en silence son père de l'avoir envoyée dans cet enfer.

Chapitre 3

Les Highlands
1710

Il observait chacune de ses bouchées. Margot n'aurait su dire s'il avait hâte de l'emmener dans son lit ou de la voir succomber au poison qu'il avait peut-être ordonné à la cuisinière de mettre dans le ragoût.

Pour sa part, elle comptait les minutes avant qu'il exige qu'elle s'acquitte de son devoir d'épouse. La perspective de se retrouver dans cet immense lit l'excitait et l'effrayait tout à la fois. Au cours des brefs mois de leur vie conjugale, Arran l'avait initiée aux plaisirs que partageait un mari avec sa femme. Elle y avait pris goût… Et ne s'était pas rendu compte à quel point avant de s'en aller et d'en être privée.

Elle pouvait dire en toute honnêteté que, dans l'intimité de leur lit conjugal, il n'avait régné aucune discorde. C'étaient toutes les autres heures de la journée qui l'avaient vaincue.

Margot avait vite découvert qu'Arran était un homme passionné. Avec lui, il n'y avait pas d'entre-deux. Il était tout en muscles, tout en audace, tout en désir. Il n'y avait pas de place dans sa vie pour une épouse.

Si sa force l'avait séduite, ses passions et ses appétits lui semblaient parfois trop intenses. Les souvenirs l'avaient assaillie à mesure qu'elle approchait de Balhaire : la passion d'Arran pour la chasse. Pour la navigation en mer. Pour le whisky, le jeu, et l'entraînement de ses hommes. Jamais elle n'avait vu de regard plus déterminé que le sien, ni d'expression plus furieuse que la sienne le jour où elle était partie.

La question de son départ alors n'avait pas été résolue, et Margot ne savait si elle pourrait l'être un jour. Elle n'avait pas la moindre idée de ce qu'Arran pensait ou désirait, surtout après tout ce temps. Elle n'aurait même pas su définir ce qu'elle désirait, elle… Mais ce qu'elle ne voulait pas, c'était être un pion dans un jeu dangereux.

Pour l'instant, son mari demeurait affalé sur sa chaise, ses jambes puissantes étendues devant lui. Il tenait sa chope de bière d'une main ferme, tandis que l'autre pendait paresseusement sur le bras de son siège. Face à son regard implacable, Margot sentit un frisson d'angoisse lui parcourir l'échine — il lui rappelait les faucons qu'il aimait tant apprivoiser. Des ondes de mépris semblaient émaner de lui pour se déverser sur elle.

Margot fit de son mieux pour manger un peu de ragoût. Elle mourait de faim — mais ses nerfs à cran l'empêchaient d'avaler, et la nourriture pesait aigrement sur son estomac. Elle ne pouvait qu'essayer de deviner ce qui allait se passer, mesurer à quel point elle allait devoir être convaincante. Elle avait tout tenté pour faire comprendre à son père que son plan n'avait aucune chance de fonctionner, qu'Arran ne croirait jamais qu'il lui manquait et qu'elle souhaitait une réconciliation. Comment aurait-elle pu souhaiter cela après trois années de silence ? Comment aurait-il pu le souhaiter, lui ? D'ailleurs, cet homme avait toujours eu le don de déchiffrer ses pensées.

Cependant, son père avait pris ses mains dans les siennes et dit :

— Ma chère fille, un homme peut être convaincu de n'importe quoi si son épouse se montre aussi agréable qu'elle devrait l'être. Me comprends-tu ?

Elle avait compris, bien sûr. Son père croyait qu'il pouvait lui ordonner de retourner à son mari et que celui-ci, ignorant son amour-propre blessé, l'accueillerait à bras ouverts. Il croyait que Margot demanderait poliment s'il était vrai qu'Arran complotait avec les Français et les jacobites et qu'il avait l'intention de leur permettre de pénétrer en Écosse par Balhaire. Et que, le cas échéant, Arran n'hésiterait pas à lui confirmer que ses soldats se joindraient aux troupes françaises et envahiraient l'Angleterre pour déposer la reine Anne et installer Jacques Stuart sur le trône.

Son père y croyait tant, et y accordait une telle importance, qu'il s'était à l'évidence senti justifié de recourir à la menace pour qu'une fois de plus, elle fasse ce qu'elle se refusait à faire. Elle avait tenté de lui expliquer que son mariage avec Arran Mackenzie était irrémédiablement brisé, que celui-ci devait la mépriser, qu'elle-même le méprisait. Non qu'elle croie un seul instant qu'il soit impliqué dans une affaire de haute trahison, pour l'amour du ciel, mais elle n'était évidemment pas en mesure de l'affirmer.

Son père n'avait rien voulu entendre.

C'était ridicule. Si, par quelque hasard, Arran avait été mêlé à des agissements aussi lamentables, aussi indéfendables, il aurait veillé à en dissimuler la preuve. On n'acquérait pas la fortune et le pouvoir qu'il possédait en parlant à tort et à travers, en se montrant négligent. Il ne parlerait pas librement de ces choses-là à Margot. Il la maintiendrait à distance quoi qu'il pense d'elle, d'ailleurs. À ses yeux, les femmes n'existaient que pour donner du plaisir aux hommes et porter leurs enfants. On ne les incluait pas dans les discussions importantes. On leur donnait des ordres : elles n'avaient pas le droit de choisir.

— Il est temps de terminer votre repas, déclara Arran. Vous lambinez. Et vous et moi avons à parler.

Il se mit debout.

Margot leva les yeux vers lui en portant la cuiller à sa bouche. Il la toisait du haut de son mètre quatre-vingts. Elle mâcha lentement sa nourriture en observant sa silhouette athlétique, façonnée par son entraînement de soldat. Il était puissant, le corps tout en muscles. Ces trois années ne l'avaient pas amolli le moins du monde. Au contraire, il paraissait encore plus svelte et plus dur, ses cheveux avaient besoin d'être coupés, ses yeux bleu clair étaient plus perçants que jamais.

— Dépêchez-vous, ajouta-t-il en descendant de l'estrade pour gagner la table où les hommes du père de Margot étaient assis.

Il s'adressa à eux, en faisant signe à deux de ses hommes qui s'approchèrent aussitôt. Quelques secondes plus tard, Pepper et Worthing se levèrent, jetèrent un regard inquiet à Margot, puis suivirent les deux Écossais qui sortaient de la grande salle. Arran partit dans une autre direction.

Margot fut saisie d'une légère panique, mais après tout, Worthing l'avait avertie qu'ils ne seraient pas autorisés à rester. C'était le confident de son père — de fait, c'étaient Worthing et deux autres gentlemen qui avaient rapporté de Londres les rumeurs et accusations qui circulaient au sujet d'Arran.

— Il ne voudra pas d'Anglais chez lui, avait-il affirmé. Vous devez vous préparer à nous voir partir.

— Non, avait dit Margot. Je lui demanderai…

— Si vous parlez pour nous, madame, il vous soupçonnera aussitôt. Vous devez jouer le rôle de l'épouse désobéissante qui cherche à se racheter pour sa conduite.

L'épouse désobéissante. Était-ce ainsi qu'on la considérait ici ? Aurait-elle donc dû endurer une situation intenable sous prétexte que des hommes la lui avaient imposée ? Franchement, cela l'aurait beaucoup aidée de savoir au juste comment une « femme désobéissante » se conduisait lorsqu'elle voulait se racheter. Elle n'en avait aucune idée.

Arran traversa la salle, s'arrêtant pour parler à une ou deux personnes, lançant une fois ou deux un regard éloquent dans sa direction. Ses longs cheveux noirs étaient tout emmêlés dans sa queue-de-cheval ; sa culotte en daim, sa chemise en linon et son gilet étaient sales, ses bottes éraflées. Qui savait ce que cet homme avait fait de sa journée ? Margot baissa la tête et se remémora la sensation de son corps sur le sien lorsqu'il l'entraînait vers le plaisir.

Cela lui manquait. Elle n'avait pas soupçonné à quel point cela lui manquerait, à quel point sa vie serait vide. Cela lui manquait d'avoir quelqu'un qui pouvait être tendre, attentionné avec elle.

Une nausée brûlante la gagna alors qu'elle y pensait. Elle l'avait blessé de la pire manière et n'avait aucun espoir qu'il ait conservé la moindre affection pour elle — elle avait vu la dureté de son regard. Il éveillait en elle un mélange de peur, d'aversion… Et d'attirance.

Envahie par l'angoisse, elle se leva brusquement, soudain désireuse de se réfugier dans le sanctuaire de son ancienne chambre.

Jock apparut aussitôt.

— Madame.

— Jock ! s'écria-t-elle d'un ton enjoué qui dissimulait mal la frayeur qu'il lui avait causée.

Il semblait impossible qu'un homme soit plus imposant que son mari, et pourtant Jock l'était. Ses cheveux roux foncé étaient striés de gris, et lui avaient toujours donné l'impression qu'il emportait avec lui les brumes sinistres des Highlands.

— Quel plaisir de vous voir ! Allez-vous bien ? demanda-t-elle d'un ton aussi amène qu'elle en était capable.

Il fronça les sourcils. Il n'était pas dupe.

— Si vous avez besoin de quoi que ce soit, je suis à votre service.

Ce qu'elle désirait était trop compliqué pour ce pauvre Jock. Mais, durant cet instant d'hésitation, ce dernier frotta discrètement un doigt contre sa joue et elle saisit un mouvement du coin de l'œil. Une silhouette fila aussitôt dans la direction où Arran était parti — pour l'informer de sa tentative d'évasion, sans aucun doute.

Elle soupira.

— Ce n'était pas nécessaire, si ?

Il plissa les yeux, son désaccord était silencieux mais manifeste.

Il avait toujours été un adversaire redoutable. Il n'avait jamais cru à ce mariage conclu entre Arran et elle. Margot porta les mains au creux de son dos.

— Je voulais seulement me dégourdir les jambes. J'ai fait une longue route.

Jock se contenta de rester là, muet. C'était lui tout craché.

— Et j'ai besoin d'un peu d'intimité.

Elle arqua un sourcil, s'attendant à le voir battre en retraite, comme tous les hommes le faisaient lorsqu'ils étaient confrontés aux besoins naturels des femmes. Cependant Jock continua à se dresser devant elle telle une montagne, le visage impassible.

— Peut-être mes anciens appartements sont-ils disponibles ?

— Il n'y a pas d'appartements pour vous, madame. Nous ne vous attendions pas.

Évidemment.

— Ne vous dérangez pas, Jock. Je suis certaine que ma femme de chambre aura tout préparé à l'heure qu'il est, ajouta-t-elle en se faufilant à côté de lui.

— Milady…

— Je connais le chemin, merci !

Elle gagna sans tarder le côté de la grande salle avant qu'il puisse l'arrêter, souriant aveuglément à tous les visages distants, hostiles. Tout ce qu'elle devait faire, c'était atteindre l'entrée principale. Elle savait exactement où elle allait. Durant ses quatre mois à Balhaire en tant que jeune mariée, Margot, désœuvrée lors des fréquentes absences de son mari, avait passé de nombreuses heures à errer dans l'immense château. Elle en connaissait chaque pièce, chaque escalier, chaque recoin.

Au moment où elle touchait au but, une des portes s'ouvrit à la volée et Arran entra, l'espion sur ses talons. Aussitôt, elle pivota et partit dans la direction opposée. Arran la saisit par le coude et la tira sans ménagement en arrière. La gorge nouée, Margot porta une main à son cœur et dit en riant :

— Vous m'avez fait peur !

Il se tenait bien campé sur ses jambes, et ses sourcils dessinaient un V sombre entre ses yeux.

— Vous ne chercheriez pas à fuir votre mari si vite, n'est-ce pas, *mo gradh*[1] ? demanda-t-il d'un ton sec. Alors que vous venez ce soir même de rentrer pour… Comment avez-vous

1. « Mon amour » en gaélique.

dit ? Donner une nouvelle chance à notre mariage ? Parce que je vous ai tant manqué ?

Un sourire froid ponctua ses paroles.

Consciente d'être observée par plusieurs paires d'yeux, Margot se força à lâcher un petit rire, comme si l'échange était du simple badinage entre mari et femme.

— Je désirais seulement me rafraîchir un peu. Laver mon visage de la poussière du chemin.

Arran eut un sourire de loup.

— Si vous désirez faire votre toilette, je vais faire monter une baignoire dans mes appartements. Ce sera comme au bon vieux temps.

— Oh ! C'est…

Prévisible. Effroyablement manipulateur.

— Très aimable, répondit-elle. Mais… Euh…

Elle se pencha vers lui, s'approchant suffisamment pour pouvoir chuchoter, et posa une main sur le bras d'Arran. Le regard de ce dernier s'arrêta sur sa main, puis sur ses seins.

— J'ai besoin d'un cabinet d'aisance.

— Eh bien, qu'à cela ne tienne, dit-il aussitôt.

Margot sourit comme elle le faisait lors des soirées et des dîners où elle trompait l'ennui en mettant les hommes à l'épreuve pour voir ce qu'ils seraient prêts à faire en échange d'un simple sourire.

— Merci de votre compréhension.

Elle lui tapota le bras, puis retira sa main et fit une petite révérence.

— Je ne serai pas longue, mentit-elle.

Comme elle faisait mine de le contourner, Arran la saisit de nouveau par le bras. Sa prise était ferme.

— Ce ne sera pas un cabinet d'aisance comme ceux

auxquels vous êtes habituée à Norwood Park, mais un endroit qui conviendra. Il y en a un dans mes appartements, vous rappelez-vous ?

Oh ! Margot se le rappelait, oui. Elle tenta de se dégager, mais il tenait bon.

— Je ne veux pas vous déranger.

— C'est déjà fait, rétorqua-t-il d'un ton sec.

Elle n'aimait pas l'expression sur son regard. Il paraissait avoir envie de la découper en morceaux ou de lui enfoncer une pomme dans la bouche et de la servir sur un plateau.

— Dire que je pensais que je vous avais manqué, grogna-t-il, son regard s'assombrissant davantage.

Il y avait eu un temps où il l'aurait peut-être réduite au silence par un tel regard, mais Margot avait changé. Elle n'était plus une jeune fille inexpérimentée, et elle savait se défendre. Elle inclina la tête en arrière et lui décocha un sourire provocant.

— Oh ! Mais c'est vrai, Arran. J'ai peur que vous n'ayez lu en moi — à la vérité, le voyage m'a épuisée.

Elle jeta un coup d'œil furtif autour d'elle. À l'évidence, ceux qui étaient à proximité tendaient l'oreille, à l'affût de leur conversation. Par conséquent, elle se haussa sur la pointe des pieds et murmura :

— Je ne demande qu'à vous faire plaisir, milord, mais il faut vraiment que je me repose pour pouvoir être *particulièrement* agréable.

Le regard d'Arran devint féroce, plein de désir mêlé de colère. Le pouls de Margot s'accéléra d'appréhension. Il aurait pu la tuer sans que personne ici n'élève la moindre objection. Personne en Angleterre ne l'aurait su avant des semaines. Il enroula un bras autour de sa taille et la cala contre lui, la serrant étroitement.

— Je crois que vous sous-estimez vos forces, milady. Dieu merci, vous êtes robuste, n'est-ce pas ? Vous tiendrez bon, j'en suis sûr.

Il se mit à la tirer à travers la salle, la maintenant dans un étau implacable.

— Voilà qui n'était guère nécessaire, protesta-t-elle en s'efforçant de régler son pas sur le sien. Naturellement, j'avais supposé que vous étiez soucieux de mon bien-être. Mais tant pis — si vous souhaitez que je vous accompagne, je vais le faire, bien entendu. Vous n'avez qu'à demander.

Arran s'arrêta, la libéra et s'inclina.

— Mes excuses, en ce cas. Très certainement : je désire que vous m'accompagniez dans mes appartements. *Sur-le-champ*.

Il désigna le chemin, la mâchoire serrée. Le faucon était de retour, prêt à fondre sur elle pour l'offrir en pâture à son clan.

En parlant de clan… Les gens autour d'eux tendaient le cou pour mieux voir, l'oreille aux aguets. Tous les regards convergeaient sur le laird et son épouse. Il en avait toujours été ainsi à Balhaire — dès le départ, leur mariage avait constamment été sous observation.

Margot renifla et triturа nerveusement une mèche vagabonde. Elle n'avait pas le choix, au fond — elle ne voulait pas qu'on aille rapporter à son père qu'elle s'était refusée à accomplir son devoir conjugal le soir même de son arrivée au château. Dieu seul savait ce qu'il ferait d'elle alors.

Par conséquent, elle redressa le menton, sourit d'une façon suave et se mit à marcher. Arran était juste à côté d'elle, une main possessive au creux de son dos. Elle se remémora certaines des caresses qu'il lui avait prodiguées autrefois et son estomac fit de petites pirouettes.

— C'est bien, lui glissa Arran à l'oreille, sa voix pénétrant jusque dans les veines de Margot. Obéissante et désireuse de plaire, comme il sied à une épouse.

Margot réprima l'envie de lui enfoncer un coude entre les côtes et de prendre ses jambes à son cou.

Ils gravirent le grand escalier orné de portraits de Mackenzie, dépassèrent l'armure — pourquoi les hommes aimaient-ils tant exposer ce genre de choses ? — et l'arche surmontée d'un assortiment de flèches. Arran garda la main sur elle en la guidant vers les portes en chêne qui menaient à ses appartements.

Leur arrivée fit tressaillir deux garçons qui remplaçaient les bougies dans le long corridor.

— Éclairez la chambre du maître ! aboya la voix de Jock derrière eux.

Margot sursauta. Elle ne savait même pas qu'il les suivait. Les deux adolescents se hâtèrent d'obéir.

En arrivant à ses appartements, Arran se retourna.

— Que personne ne nous dérange, c'est clair ? Nous avons des comptes à régler.

Il tendit la main dans le dos de Margot et la poussa à l'intérieur. Il fit tout aussi rapidement sortir les deux adolescents, puis referma la porte et donna un tour de clé.

Lentement, il pivota et lui fit face, s'adossant aux portes closes, la tête baissée vers elle, le regard impitoyable. *Des comptes à régler.* Qu'avait-il voulu dire par là, au juste ? Elle ne l'avait jamais cru violent. De toute façon, elle mourrait sans doute avant même qu'il ait tenté quoi que ce soit — son cœur cognait si follement !

— Il y a une chaise percée et une cuvette là-dedans, dit-il en lui indiquant une porte au bout de la pièce. Je vous en prie.

Margot regarda la porte avec méfiance avant de se diriger vers elle, puis entra dans le cabinet pour se ressaisir.

Quand elle ressortit, il était toujours debout à la porte. Il s'en détacha soudain et gagna le buffet. Il remplit deux coupes de vin et lui en tendit une.

— Pour mon épouse qui, chose remarquable, m'est revenue. Pour ma douce épouse, qui ne m'a fourni aucun mot d'excuse, d'espoir ni d'explication, et qui maintenant prétend que je lui ai manqué. Oui, ç'a été une journée mémorable.

Son regard était si orageux que Margot se sentit trembler. Elle allait devoir se montrer plus convaincante qu'elle ne l'avait jamais été.

— Il arrive tous les jours que les gens changent d'avis, déclara-t-elle en se tournant vers lui.

Elle prit le vin qu'il lui offrait, et en but aussitôt une gorgée dans l'espoir que la boisson lui apaiserait les nerfs.

Arran ne but pas. Il tenait sa coupe entre deux doigts et l'observait.

Margot abaissa la sienne, méfiante.

Le regard d'Arran s'attardait sur elle, sur ses seins. Soudain, sa mâchoire se crispa et il se détourna, comme s'il ne pouvait supporter de la voir.

— Vous êtes aussi belle qu'avant. *Bhóidheach*[1], ajouta-t-il d'une voix sourde, avant de boire son vin d'un long trait.

Margot fut prise au dépourvu. Elle s'était attendue à de la colère, de l'indignation, de l'indifférence et, oui, à une foule de questions quant aux raisons pour lesquelles elle était partie et quant à son retour. Mais elle ne s'était pas attendue à un compliment. Elle en éprouva une bouffée de nausée. Belle ? Elle n'était plutôt qu'une source d'ennuis pour lui. Comment pouvait-il être d'un autre avis ?

1. « Joli(e) » en gaélique.

— Oui, ma douce épouse, reprit-il en reposant sa coupe. J'ai si souvent songé à vous.

Les joues de Margot s'enflammèrent. Disait-il la vérité ou se moquait-il d'elle ? Elle aurait préféré qu'il l'accable de reproches, qu'il exige des réponses, plutôt que de la railler.

— Vous n'avez sûrement pas gaspillé votre énergie à penser à moi, répliqua-t-elle.

Il ricana.

— Et pourquoi pas ? Parce que de votre côté vous n'avez pas perdu votre temps à penser à moi ?

C'était loin d'être vrai. Au contraire. Elle avait si souvent pensé à lui, en essayant de comprendre comment, au juste, tout avait mal tourné. Mais, avec Arran, Margot ne pouvait jouer la comédie — elle le connaissait assez pour savoir qu'il était au bord de la fureur, et qui savait ce qui pourrait se passer si elle le poussait à bout ? Elle le regarda droit dans les yeux.

— À vrai dire, Arran, j'ai souvent pensé à vous.

Il arqua un sourcil, comme si sa réponse l'amusait. Il s'avança vers elle, passa à côté, puis derrière elle.

— Vous avez une curieuse façon de le montrer. Avez-vous réfléchi, en ce cas, à ce que j'avais fait pour vous rendre si malheureuse ? Moi, oui. Mais vous savez ce qui m'étonne encore plus ?

Margot s'efforça de dissimuler son émotion, de rester parfaitement immobile.

— Je me demande, dit-il tout bas, en faisant glisser sa main sur l'épaule de Margot, sur sa nuque, puis sur son autre épaule, par quel miracle vous étiez si pressée de me revenir que vous n'ayez pas envoyé de messager.

Ses mains s'arrêtèrent sur les épaules de Margot. Il se pencha et l'embrassa dans le cou.

Une bouffée de désir la submergea.

— Pas un traître mot pour me prévenir. Seule l'armée anglaise oserait venir ici à Balhaire sans m'en avertir. Dites-moi, Margot — y a-t-il une armée embusquée dans les collines ? demanda-t-il en léchant l'endroit sensible juste derrière le lobe de son oreille.

La sensation de la langue d'Arran sur sa peau semblait se répercuter dans chacune de ses terminaisons nerveuses. Elle empoigna le tissu de sa robe pour reprendre le contrôle d'elle-même.

— C'est ridicule, dit-elle d'une voix qui manquait d'assurance. Peut-être me suis-je méprise à votre sujet.

Elle ferma les yeux tandis que les lèvres d'Arran se promenaient sur son cou.

— Je pensais que vous souhaiteriez une réconciliation, ajouta-t-elle.

— Avec vous ? rétorqua-t-il froidement. Avec une femme qui m'a trahi ? Vous n'êtes pas une sotte, Margot. Vous saviez très bien à quoi vous attendre.

Il lui prit sa coupe et la posa sur la table tout en continuant à lui explorer la nuque avec sa bouche.

— Pour autant que votre récit me distraie, je ne crois pas que vous ayez le moins du monde pensé à moi, sauf peut-être pour vous demander quand votre prochaine pension allait arriver d'Écosse.

Il lui empoigna la nuque et la pressa avec rudesse.

— Je me trompe ?

Margot entrouvrit les lèvres, et prit une inspiration choquée. La brusquerie d'Arran ne faisait qu'accentuer son désir et sa rougeur.

— Ce n'est pas vrai, protesta-t-elle, s'efforçant en vain de maîtriser sa respiration haletante.

Arran la saisit par la taille et la fit pivoter vers lui.

— Ne me mentez pas, rugit-il, avant de lui encadrer le visage de ses mains et de l'embrasser.

Ce fut un baiser dur, plein de frustration. Il l'embrassa comme il ne l'avait jamais fait auparavant, sa langue joutant avec la sienne, ses dents lui mordillant les lèvres.

Margot se sentit basculer. Elle n'était pas préparée à cela, elle aurait juré que c'était impossible — mais la rudesse amoureuse d'Arran éveillait en elle une réaction enflammée. Prise de panique, elle tenta de le repousser. Elle devait contrôler ce qui se passait entre eux. Rester maîtresse d'elle-même.

— Lâchez-moi, ordonna-t-elle d'une voix rauque.

Loin d'obéir, il lui lança un regard de défi, les yeux étincelants.

— Vous êtes toujours ma femme. Vous ne pouvez pas changer ça. Remerciez votre bonne étoile que je ne vous aie pas encore fait enfermer.

Le cœur de Margot fit un bond dans sa poitrine. Sa vie serait finie si elle n'avait été renvoyée ici que pour y être emprisonnée. Elle tenta de fuir, mais il la repoussa contre le mur, lui attrapa les bras et les leva au-dessus de sa tête, la maintenant en place d'une seule main. Puis il étudia chaque parcelle de son corps, la dévorant des yeux.

Malgré elle, Margot savourait son regard viril, assombri par le désir. Cet homme-là était bien différent de celui qui l'avait si tendrement initiée aux jeux de l'amour.

— Vous êtes un monstre, lança-t-elle.

— Vous n'avez encore rien vu.

Il baissa la tête pour l'embrasser. Margot détourna le visage avec obstination, mais Arran ne se découragea pas pour autant.

Il mordit le renflement de son sein juste au-dessus de son corsage, lui arrachant une exclamation de plaisir.

— N'est-ce pas ce que vous voulez ? grogna-t-il, son haleine brûlante caressant la peau de Margot. Me montrer juste à quel point je vous ai manqué ? Moi, le pauvre mari, l'imbécile que vous avez abandonné ?

Le pouls de Margot battait à tout rompre, de peur et d'excitation mélangées.

— Je préférerais une réconciliation plus douce, mentit-elle.

— Dans ce cas, vous auriez dû me faire vos adieux avec plus de douceur, rétorqua-t-il en pressant son corps contre le sien.

Elle le sentait tout entier : les muscles durs de son abdomen, ses jambes puissantes, son érection. Margot se perdait dans les sensations que la bouche et les mains d'Arran déclenchaient en elle. Fermant les yeux, elle essaya de prendre une inspiration, alarmée par la violence du désir qu'elle éprouvait. Elle voulait qu'il la prenne, n'importe comment, dans son lit, ou là, à genoux.

— Êtes-vous un animal au point que vous vous imposeriez à moi ? protesta-t-elle, essayant désespérément de lutter.

— Êtes-vous sorcière au point que vous me refuseriez ? riposta-t-il au creux de son cou, avant de lui mordiller l'oreille et de presser son sexe contre elle.

L'assaut mené contre les sens de Margot était enivrant, étourdissant, pareil à une explosion de couleurs et de lumière.

— Oui. Je veux que vous arrêtiez, ordonna-t-elle.

Arran lui souleva brusquement ses jupons et lui glissa une main entre les jambes. Margot était toute mouillée. Il pressa la bouche contre sa joue et murmura :

— *Menteuse.*

— Vous êtes odieux, murmura-t-elle en tournant la tête vers lui, sa bouche à un centimètre de la sienne.

— Oui, je suis fou de rage, je ne le nie pas. Mais je sais que, quoi qu'il y ait eu d'autre entre nous, vous m'avez toujours désiré. Parfois désespérément, non ? Comme maintenant.

Il enfonça ses doigts en elle.

Margot ne put retenir un gémissement de pur plaisir.

— Vous confondez l'ennui et le désir, haleta-t-elle.

Elle voulut l'embrasser, mais Arran, qui lui maintenait toujours les bras au-dessus de la tête, recula et retira sa main.

Il sourit en voyant son expression furieuse.

— Je suis à deux doigts de vous gifler, alors n'allez pas trop loin, *leannan*.

Oh ! Ce mot, ce mot ! Il avait toujours coulé le long de son échine comme du miel chaud, et il le savait, le goujat. Elle n'aurait même pas su dire ce qu'il signifiait au juste mais c'était un mot tendre qu'il avait utilisé autrefois avec elle dans cette même pièce.

— Lâchez-moi, ordonna-t-elle. Vous êtes sale et à moitié ivre.

Il se plaqua de nouveau à elle, et lui releva le visage de sa main libre.

— Mes vêtements sont sales mais je ne compte pas les garder longtemps. Quant à l'ivresse, je ne suis qu'agréablement éméché, pas assez pour m'empêcher d'accomplir mon devoir de mari.

Comme elle s'apprêtait à protester, il la fit taire d'un baiser.

Cette fois, un baiser tendre et doux.

Et Margot se sentit fondre.

Tout en elle se rendit. La bouche d'Arran avait un goût de bière et d'épices, il émanait de lui une odeur musquée, enivrante. Le sang de Margot s'embrasa tandis qu'il ôtait les épingles de ses cheveux et laissait tomber ses longues tresses. Il prit possession de son sein, le pétrissant à travers le tissu de sa robe, titillant du pouce le mamelon durci.

Il lâcha les mains de Margot et l'enlaça. Perdue dans l'instant, elle posa les bras sur les épaules d'Arran alors qu'il l'embrassait. Puis, il la souleva et traversa la pièce avec elle pour la jeter sur le lit. Il la retourna et tira sur les lacets de sa robe.

Elle brûlait de le sentir en elle de nouveau. C'était comme si leur séparation n'était plus qu'un lointain souvenir et qu'une passion coupable, improbable, la remplaçait. Il lui retira sa robe d'un geste brusque, puis son corset, avant de glisser un bras sous son ventre et de la retourner sur le dos sans aucun effort. Il la maintint en place de son corps, ses mains se promenant librement sur elle, chaudes, calleuses, curieuses.

Son poids était familier à Margot mais son attitude lui était nouvelle. Il était fou de désir, fou de colère, et malgré ses caresses, il grognait comme s'il souffrait. Sa brusquerie excitait Margot à tel point qu'elle avait l'impression de n'être que succession de sensations. Elle tendit les mains vers lui. Chercha sa bouche. Oublia pourquoi elle était venue. Oublia tout hormis le besoin de le sentir en elle.

Il fit passer la chemise par-dessus sa tête et captura son sein dans sa bouche, puis ses lèvres descendirent sur le ventre de Margot et entre ses jambes. Elle gémit, lui empoigna les fesses et le dos tandis qu'il se débarrassait de sa culotte et de ses bottes. Il alluma un brasier en elle au moment où il la pénétra.

Ils se mouvaient en rythme, l'haleine chaude d'Arran dans les cheveux de Margot, l'un et l'autre quêtant désespérément l'extase.

Mais alors, dans cet accouplement frénétique, Arran eut un geste auquel Margot ne s'attendait pas : il lui effleura le visage. Ce fut une caresse maladroite, semblable à celle qu'on pourrait faire à un enfant, en passant. Mais elle comprit aussitôt que c'était une marque de tendresse. Stupéfaite, elle ouvrit les yeux et le regarda.

Arran s'immobilisa. Il serra les dents.

— Tournez la tête.

— Pardon ?

— Tournez la tête.

Il lui prit le menton, la forçant à regarder la fenêtre plutôt que vers lui. Elle sentit ses yeux la transpercer alors qu'il reprenait son va-et-vient.

Le cœur de Margot cognait dangereusement dans sa poitrine. Elle était perplexe, à vif, suspendue entre un désir fou et la certitude qu'il ne voulait pas la voir. Quelque chose vibra en son tréfonds. Un souffle lui échappa. Son corps palpitait sous les poussées d'Arran, son cœur triomphait de sa raison. Elle perdait déjà la partie ; elle n'était pas à la hauteur. Il savait comment la faire gémir, crier, rire. Il pouvait lui demander n'importe quoi, et, d'une caresse, la forcer à parler.

Mais tout ce qu'il voulait d'elle, c'était qu'elle tourne la tête. *Ne le regarde pas*, s'ordonna-t-elle. *Ne lui montre pas ton visage.*

Le sexe d'Arran se pressait en elle, long et dur, et un déferlement de sensations engourdit les pensées de Margot, estompant ses doutes. Elle enfouit les doigts dans ses cheveux, agrippa ses épaules et son dos, accompagna son mouvement. Tout son corps se consumait, elle sombrait dans un brouillard de plaisir.

Lorsqu'il glissa une main entre eux pour la caresser au même rythme que son sexe au fond d'elle, Margot s'arqua à sa rencontre. Comme elle tâtonnait à la recherche d'un point d'appui, sa main heurta une lampe de chevet. Elle entendit quelque chose tomber bruyamment sur le plancher alors qu'elle atteignait le summum de l'extase.

Arran grogna et accentua ses poussées, emporté à son tour par le plaisir.

Après, ni l'un ni l'autre ne parlèrent pendant un long moment. Ils aspirèrent de longues goulées d'air, se remplissant les poumons, et puis Arran roula sur lui-même et s'étendit à côté d'elle.

Encore sidérée, Margot déglutit avec peine, se redressa et rassembla les draps sur sa nudité.

Arran n'eut pas cette pudeur. Il resta allongé sur le ventre, un bras pendant hors du lit, le visage tourné. Elle avait toujours admiré son physique et se rappela la soudaine étincelle d'attraction qui était née entre eux lors de leur première rencontre, quand il était apparu à Norwood Park, les cheveux longs et les bottes maculées de boue.

Oui, l'étincelle avait toujours été présente. Mais le mariage avait été une erreur. Il devait le sentir en son for intérieur.

Margot se pencha vers lui. Les cheveux d'Arran avaient échappé à sa queue-de-cheval. Elle voyait une ou deux marques sur sa peau, des cicatrices récentes, sans doute obtenues lors de l'entraînement de ses hommes à la guerre. Cela faisait partie de l'accord conclu avec son père lors de leur mariage : Arran devait fournir à l'armée britannique des soldats des Highlands, réputés pour leur courage. Il était censé posséder des terres en Angleterre, et elle en Écosse. Il avait été fait baron et elle… Elle avait été le moyen pour ces deux hommes d'accroître leur fortune. Elle était la babiole clinquante qui avait attiré un chef de clan à la table des négociations.

Comment cet homme aussi magnifique aurait-il pu être un traître ? Elle effleura une des cicatrices.

Arran se redressa aussitôt et se leva. Sans prêter attention à elle, il s'approcha de l'âtre et se baissa pour faire du feu. Lorsqu'il eut terminé, il remplit sa coupe de vin et le but avidement. Il jeta un coup d'œil par-dessus son épaule, très à l'aise dans sa nudité. En revanche, elle remarqua que sa main était crispée sur la coupe.

— Pourquoi ? demanda-t-il d'un ton rude.

Il était curieux de constater que deux personnes, séparées depuis plus longtemps qu'elles n'avaient été ensemble, pouvaient toujours se comprendre à demi-mot.

— Vous savez pourquoi, dit-elle, sachant qu'il faisait allusion aux raisons de son départ.

— N'ai-je pas été agréable ? s'irrita-t-il. Vous ai-je maltraitée ?

Margot poussa un soupir las. Ses motifs, qui lui avaient paru si nets, si pressants à l'époque, s'étaient émoussés au fil des années.

— Non. Mais vous étiez indifférent. Nous n'étions pas pareils, vous et moi.

Il baissa les yeux sur elle, puis se détourna.

— C'est vrai. Ça n'a pas changé.

— Vous n'aviez pas de place pour moi, Arran.

— Pas de place ? Vous étiez maîtresse de cet endroit, cela ne vous suffisait donc pas ?

— De nom seulement. Je n'avais pas de relations, pas d'amis.

— Seulement parce que vous n'en vouliez pas, rétorqua-t-il. Certaines femmes de mon clan se seraient liées d'amitié avec vous si vous leur aviez donné le moindre signe d'encouragement.

— Ce n'est pas vrai. J'ai essayé d'apporter des améliorations à Balhaire mais je ne me suis heurtée à leur résistance à tous les instants.

— Vous vouliez faire les choses à l'anglaise.

— Qu'aurais-je pu faire d'autre ? Je *suis* anglaise.

Il contempla la fenêtre.

— Ma cousine Griselda était votre amie.

— Griselda !

Griselda Mackenzie était peut-être la personne la plus déplaisante que Margot ait jamais rencontrée.

— Elle pouvait à peine me supporter ! Elle me détestait parce que j'étais anglaise — vous le savez. Ne vous rendez-vous pas compte que vous aviez tout ce que vous désiriez dans notre mariage mais que, moi, je n'avais rien ? J'étais malheureuse, Arran.

— *Ce que je voulais*, répéta-t-il. Dites-moi donc, je vous en prie, ce que je voulais ?

Margot émit un petit bruit méprisant et rejeta ses cheveux en arrière.

— La baronnie. Un accès à l'Angleterre. Du pouvoir, comme tous les hommes avant vous, et tous les hommes après vous, et tous ceux qui vous entourent à présent.

Arran haussa les épaules.

— Oui, c'est ce que tout homme veut. Mais ne désiriez-vous pas la même chose ? Ne désiriez-vous pas posséder des terres et un titre, et tout ce qui va avec ?

— Non, rétorqua-t-elle, consternée. Je voulais un bon mariage. Un compagnon. Un mari qui n'aurait pas été absent du matin au soir. Quelqu'un qui aurait apprécié les belles choses, qui aurait pris le thé avec moi, qui m'aurait emmenée à Edimbourg, peut-être…

— Nous sommes dans les Highlands, lui fit-il remarquer. Pas dans un fichu salon à Londres ou à Paris.

Margot sentit l'irritation la gagner mais se maîtrisa.

— Certes. Mais c'était bien là le nœud du problème — j'avais besoin d'une existence plus civilisée.

— Attention à ce que vous dites, femme ! avertit-il, visiblement offensé.

— Vous veniez dans ma chambre encore vêtu de vos habits de chasse couverts de sang !

— Oui, et je les retirais ! cria-t-il. Pensez-vous qu'il m'ait été facile d'être marié à vous ?

— À moi ?

— Oh ! Oui, à vous, mon petit agneau, dit-il en pointant le doigt vers elle. Vous étiez si timide et si dédaigneuse. Hautaine ! Pour ça, oui, vous étiez hautaine. Rien n'était jamais assez bon pour milady, hein ?

Margot détourna la tête. Il y avait du vrai dans ce qu'il disait, elle ne pouvait le nier. Elle avait été furieuse qu'on l'ait forcée à l'épouser, résolue à trouver des défauts à Balhaire et chez lui.

— J'étais si jeune, Arran. Si inexpérimentée.

— C'est sûr, acquiesça-t-il d'un ton bref.

Elle le regarda à la dérobée. Il faisait les cent pas, passant la main dans ses cheveux longs et rebelles.

— Pourquoi n'êtes-vous pas venu me chercher ? demanda-t-elle tout bas.

Arran se tourna lentement vers elle, la mâchoire crispée.

— Parce que je ne cours pas après les chiens ou les femmes. Ils viennent à moi.

L'estomac de Margot se noua. Elle se sentit presque se tasser et évita son regard.

— Quelle charmante attitude !

— J'ai ma fierté.

Il rejeta les couvertures et se remit au lit.

— Et je l'ai mise à mal. Voilà, conclut-elle en ramenant

ses genoux contre sa poitrine. La seule entente qui ait jamais existé entre nous était dans ce lit. C'était le seul endroit où nous pouvions être d'accord.

— Sûrement pas. Il était de votre devoir de me donner un héritier, ajouta-t-il en se mettant un bras sous la tête en guise d'oreiller. Et la dernière fois que j'ai regardé autour de moi, je n'en ai vu aucun.

— Je devais être une poulinière, c'est ça ? Bien sûr ! On m'a donnée comme telle.

— Vous êtes venue de votre plein gré !

— De mon plein gré ! Je n'avais pas le choix et vous le savez très bien.

— Vous ai-je enlevée ? Nous nous sommes rencontrés deux fois avant les noces, Margot. Par Dieu, si vous aviez des doutes alors, vous auriez pu m'en faire part.

— Nous nous sommes rencontrés *deux fois* ?

Elle lâcha un rire.

— Parce que, bien entendu, deux rencontres au total suffisent amplement pour déterminer la compatibilité de deux personnes à passer le reste de leur vie ensemble ! Pourquoi donc suis-je allée m'imaginer que non ? Je n'avais aucune raison de refuser, même si je vous connaissais à peine.

— Que vouliez-vous donc ? Une fichue cour en bonne et due forme ?

— Oui !

Arran se redressa subitement et la plaqua contre le matelas, son regard noir soudé au sien.

— Si vous trouviez tant à redire à Balhaire et à moi, pourquoi diable êtes-vous revenue ?

Margot soutint son regard sans vaciller.

— Je vous l'ai dit, répondit-elle calmement. Peut-être

n'ai-je pas donné une vraie chance à notre mariage. J'aimerais réessayer.

— Ne me mentez pas, Margot Mackenzie, vous m'entendez ? Sinon, vous en subirez les conséquences.

Ses yeux descendirent avec avidité sur le corps de Margot. Il se pencha et captura un sein dans sa bouche, le taquinant un instant avant de replonger son regard dans le sien.

— Ne me mentez jamais, c'est bien compris ?

Ses yeux bleus étaient durs et glacés. Margot éprouva une bouffée de terreur et se sentit rougir. Allait-il s'en apercevoir ?

— Oui.

Elle lui mentait déjà ! Le destin avait fait d'elle une créature méprisable.

Arran grogna. Il lui baisa le ventre, repoussa les draps et se cala entre ses jambes, la langue sur le sexe de Margot. Elle se sentit sombrer de nouveau.

— Êtes-vous en train de me mentir, *leannan* ?

Seigneur, il avait décelé sa tromperie. Elle le savait. Mais la langue d'Arran glissait sur elle, lentement, et il releva la tête, attendant une réponse. Le tendre amant qu'elle avait connu autrefois n'était plus, et ce loup — ce loup audacieux, excitant, dangereux l'avait remplacé.

— Non, mentit-elle, et elle ferma les yeux, s'abandonnant à ces attentions animales.

Chapitre 4

Balhaire
1706

Arran ne parvenait pas à la comprendre. Elle avait tout ce qu'elle pouvait désirer, et pourtant, elle ne cessait de pleurer.

Jock, le frère de Griselda, déclara qu'Arran devait tout simplement lui ordonner d'arrêter.

— Et comment suis-je censé faire ? demanda Arran, irrité. On ne peut pas tout bonnement lui en donner l'ordre.

— Avec quelques coups de ceinture, voilà comment, affirma son oncle Ivor, le père de Jock.

Arran pâlit.

— Jamais, rugit-il. Et d'ailleurs, je serais bien surpris que tu aies traité tante Lilleas de la sorte !

— Bien sûr que non, rétorqua son oncle, consterné. Elle m'écorcherait vif si elle savait que l'idée m'avait traversé l'esprit.

Décidément, Arran comprenait son oncle aussi peu que son épouse.

Les trois hommes se turent, songeant aux femmes.

L'oncle Ivor se redressa soudain et tapa sur la table.

— Bon sang ! Pourquoi est-ce que je n'y ai pas pensé avant ?

C'est les menstrues ! déclara-t-il avec un grand geste, comme si tous les mystères du monde venaient d'être éclaircis. Les femmes deviennent des monstres quand elles ont leurs menstrues, pas vrai ? Fais-lui un enfant, Arran. Ça arrangera tout.

Jock émit un petit bruit dédaigneux.

— Molly Mackenzie a pleuré toutes les larmes de son corps quand elle était enceinte. Engrosser Lady Mackenzie ne résoudra rien.

— Qu'en sais-tu ? riposta Ivor. Tu n'as pas regardé une fille de tout l'été.

— Si ! protesta Jock, dont les joues rubicondes le devinrent un peu plus. J'ai été plutôt occupé, il me semble, avec le développement de nos affaires.

Pendant que l'oncle Ivor et Jock débattaient avec animation de la question de savoir si ce dernier s'était suffisamment intéressé aux jeunes filles de Balhaire, Arran réfléchissait, d'humeur sombre. La vérité — qu'il n'admettrait jamais, et certainement pas devant les deux hommes — c'était qu'il s'en voulait de ne pas savoir comment rendre sa femme heureuse. C'était un dilemme auquel il n'avait guère songé avant que Norwood lui propose une alliance par le biais du mariage.

Il avait été surpris de recevoir la visite de l'agent de Norwood, mais après tout, avec l'union de l'Écosse à l'Angleterre, les hommes des deux côtés de la frontière se hâtaient de tirer parti de la situation. Il avait paru évident qu'un mariage avec l'héritière Margot Armstrong de Norwood Park serait un grand avantage pour Arran et son clan.

Cela étant, Arran avait tout de même eu des doutes, jusqu'au moment où il avait posé les yeux sur elle. Il n'oublierait jamais cet instant — ses cheveux auburn, ses yeux verts, et ces petits oiseaux en papier sur sa tête. Arran avait eu l'occasion de voyager, il avait vu bien des femmes élégantes — mais jamais aucune qui possède la beauté de Margot. Cela lui avait suffi. Malheureusement, son sexe avait été si convaincu de la justesse de leur union que sa tête n'avait jamais imaginé qu'il serait aussi difficile de faire accepter à son épouse Balhaire comme foyer.

Quand il se révéla clair que ni Jock ni son oncle ne pouvaient l'aider, Arran se tourna vers Griselda.

Elle lui fut de moindre secours encore.

— Pourquoi t'adresses-tu à moi ? lui demanda-t-elle sèchement. Ce n'est pas moi qui ai eu l'idée d'amener une petite rose anglaise à Balhaire.

Griselda n'aimait guère les roses, en conclut-il.

— Tu pourrais devenir son amie, lui fit-il remarquer. Tu n'as pas été particulièrement accueillante, je me trompe ?

Griselda haussa les épaules et tira sur un fil qui pendait à sa manche.

— Peut-être que non. Mais j'ai essayé de me rattraper ! se hâta-elle d'ajouter. Je l'ai invitée à pratiquer la fauconnerie, mais à voir sa réaction, on aurait dit que je lui avais suggéré de se promener toute nue dans les bois !

— S'il te plaît, Zelda, supplia Arran.

Griselda lâcha un soupir.

— Bon, d'accord. Je le ferai pour toi, Arran.

Fidèle à sa parole, Griselda revint le lendemain, s'assit à côté de lui dans la grande salle et lui dit :

— Ta femme veut de la société. Ces fichus Anglais, ils ne pensent qu'à ça — *la société* !

Arran en resta perplexe.

— Elle est là, notre société, dit-il avec un geste désignant les membres de sa famille autour de lui.

— La société *comme il faut*, Arran. Une fête, un bal. Où elle pourrait montrer ses bijoux et tout ça, expliqua Griselda en indiquant sa propre poitrine d'un air hésitant.

Griselda n'était pas une femme coquette. Elle aimait monter à cheval, chasser, jouer aux cartes. Pour autant qu'Arran le sache, elle n'avait jamais été tentée par un bal.

De plus, il était tout à fait certain qu'aucun bal n'avait jamais eu lieu à Balhaire. Cependant, si cela pouvait rendre Margot heureuse, il ne demandait pas mieux que d'accepter. Il décréta donc qu'un bal serait organisé pour accueillir Lady Mackenzie à Balhaire et au sein du clan des Mackenzie, et à vrai dire, l'idée lui parut si excellente qu'il se demanda pourquoi il n'y avait pas pensé avant.

Margot se montra tout excitée à cette perspective.

— Un bal ? En mon honneur ? s'était-elle écriée, les yeux pétillants de joie.

— Oui, en votre honneur, avait-il répondu fièrement.

Ils étaient assis dans le petit salon, elle travaillait à une sorte d'ouvrage tandis qu'il laçait ses bottes.

— Arran… Merci, avait-elle ajouté en posant sa couture. C'est exactement ce dont j'ai besoin ! Un bal.

Sa voix s'était faite rêveuse.

— Nous pourrons inviter les voisins, n'est-ce pas ? Et nous mangerons des gâteaux au massepain.

— Au massepain, répéta-t-il, dubitatif, se demandant si sa tante Lilleas savait les faire.

— Peu importe. Nous pouvons nous passer des gâteaux. Mais nous devons avoir du champagne et des glaces, bien sûr.

Arran voyait mal où il pourrait se procurer l'un ou l'autre, et faillit le lui dire. Mais Margot bondit sur ses pieds, se jeta à son cou et l'embrassa sur la joue, le prenant complètement au dépourvu.

— Merci !

Il décida sur-le-champ qu'il remuerait ciel et terre pour trouver du champagne et des glaces.

De grands préparatifs furent faits en vue du bal. Les torches de jonc furent remplacées, les tapis battus, les tables poussées contre le mur de la grande salle, des musiciens d'Inverness engagés. Les membres du clan reçurent pour instruction de revêtir leurs plus beaux habits.

Margot surprit de nouveau Arran un après-midi en l'invitant à venir dans les appartements où elle s'était installée au sommet de la vieille tour — le plus loin possible de ses propres quartiers. Il avait traversé toute la forteresse pour s'asseoir dans son boudoir et l'aider à choisir la robe qu'elle porterait au bal.

— Que pensez-vous de celle-ci ? demanda-t-elle en lui montrant une tenue écarlate.

— Oui, elle est jolie, dit-il, bien plus intéressé par le teint éclatant de sa peau.

— L'aimez-vous mieux ou moins que celle-là ? insista-t-elle en désignant une robe en soie bleu pâle, dont l'ourlet et les manches étaient incrustés de minuscules perles de culture.

— Elles sont jolies toutes les deux, c'est vrai.

Margot fronça les sourcils. Elle resta debout à étudier sa garde-robe, avant de sortir une troisième robe qui, à dire vrai, ressemblait aux deux autres. La seule différence, c'était qu'elle était vert foncé.

Elle regarda Arran, puis la robe.

— Qu'en dites-vous ?

Il songea surtout qu'il devrait en choisir une et en finir.

Pour un œil non averti, elles étaient toutes pareilles. Il haussa les épaules.

— Elle est jolie.

Margot poussa un soupir exaspéré.

— N'allez-vous pas m'aider ? Je ne sais pas du tout laquelle mettre. Laquelle me va le mieux ? Et, pour l'amour du ciel, ne dites pas qu'elles sont toutes jolies.

— Que voulez-vous que je dise ? protesta-t-il, perplexe. Elles sont toutes… *bhóidheach*.

Les grands yeux verts de Margot cillèrent.

— Je ne comprends pas ce mot !

— Il veut dire… joli, répondit-il, impuissant.

Margot leva les yeux au ciel.

— Allez-vous s'il vous plaît en choisir une ?

— D'accord. Je choisis la rouge, déclara-t-il en montrant la première, qu'elle avait laissée tomber sur le divan.

Margot regarda la tenue en question. Elle fronça les sourcils. Puis elle reporta son attention sur la verte, qu'elle tenait toujours.

— Pas celle-là ?

— *Ach !* Je ne peux pas vous aider, décida Arran en se levant. Portez ce que vous voulez, Margot. Toutes ces fichues robes sont jolies !

Il sortit de la pièce, agacé d'avoir fait tout ce chemin pour être ainsi tourmenté. Il était un laird, enfin ! Ce n'était pas à lui de choisir une robe.

Néanmoins, l'excitation qui régnait à Balhaire et alentour était contagieuse. Les Mackenzie se donnaient soudain des airs, se préoccupaient de leurs *ghillies*, de leur *sporran*[1] et autres

1. Les *ghillies* sont des chaussures. Quant au *sporran*, il s'agit d'une petite sacoche portée à la ceinture.

articles vestimentaires. Le soir du bal, Arran revêtit conformément à la tradition une veste et un plaid drapé autour de son épaule. Il se rendit au boudoir de Margot et entra sans frapper. Elle s'était plainte de cela aussi, soit dit en passant, car elle pensait qu'il aurait dû s'annoncer — avant d'entrer dans sa propre maison ! Il avait rétorqué que, puisqu'il était obligé de traverser la moitié des Highlands pour la voir, il entrerait comme bon lui semblait.

Cette fois-là, cependant, il s'arrêta net sur le seuil. Son épouse, sa magnifique épouse, portait la robe en soie vert foncé. Des perles de culture mêlées à des cristaux rouges dessinaient des motifs en spirales et en courbes sur son bustier. Ses cheveux auburn étaient rassemblés haut sur sa tête, décorés eux aussi de perles de culture. Elle ressemblait à une princesse, et il fut submergé par une bouffée d'affection et de fierté.

— Margot. *Diah !* Vous êtes si jolie… Vous me faites penser à une noble reine.

Elle lui adressa un sourire ravi, qui emplit Arran d'une agréable chaleur.

— Une reine. C'est très aimable à vous de me dire cela, répondit-elle en rougissant, avant d'esquisser une révérence. Merci. Que pensez-vous de ceci ?

Elle mit la main sur le rubis qui lui effleurait la naissance des seins.

— Je ne sais pas si je devrais le porter. Nell dit qu'il est parfait, mais n'est-il pas trop orné ?

— Vous êtes superbe. Parfaite.

Il s'inclina en bonne et due forme devant elle et lui offrit sa main. Elle sourit et y plaça la sienne. Elle était heureuse. Elle rayonnait littéralement. Arran songea qu'ils avaient peut-être franchi un cap, que ce bal était ce dont elle avait eu besoin pour se sentir chez elle au château.

Enfin, il avait su la contenter.

Ils descendirent ensemble dans la grande salle, Arran assurant à Margot que le champagne avait été livré. Le silence se fit à leur entrée. Il constata avec plaisir que les membres de son clan paraissaient approuver Margot et sa tenue. Il voyait qu'ils l'observaient, il voyait les femmes baisser les yeux sur leurs plus beaux atours et s'imaginait aisément qu'elles ne les trouvaient plus à leur goût. Les choses n'étaient-elles pas censées être ainsi ? La maîtresse de maison ne devait-elle pas être la plus élégante de toutes les femmes présentes ?

Malgré tout, les siens lui avaient fait honneur — tous s'étaient habillés avec soin pour l'occasion. Les plaids étaient propres et repassés, les robes des dames étaient un océan de couleurs.

Mais aucune ne s'était coiffée comme Margot. Aucune ne portait de joyaux étincelants à son cou. Aucune n'avait un bustier incrusté de perles.

La main de Margot se crispa sur son bras.

— Ils portent le plaid, chuchota-t-elle.

— Oui.

— Mais…

Elle jeta un coup d'œil aux lustres en fer forgé.

— Les bougies sont en cire, se vanta-t-il.

Le regard de Margot se posa sur les tapisseries en tartan qu'il avait fait accrocher aux fenêtres pour qu'elle n'ait pas vue sur la basse-cour. Il avait même ordonné que les chiens soient descendus à la cuisine pour qu'ils ne gênent pas les danses ce soir-là.

— Venez.

Il dut lui tirer un peu sur la main, mais Margot traversa la grande salle avec lui. Elle sourit aux Mackenzie et les remercia poliment d'être venus. Lorsqu'ils atteignirent l'estrade, Arran la fit asseoir dans un fauteuil rembourré et fit signe à Fergus d'approcher.

— Du champagne pour milady. Du whisky pour moi.

Puis il s'assit à côté d'elle, prit sa main dans la sienne et demanda avec chaleur :

— Qu'en pensez-vous, mon épouse ? Voici votre société, dit-il fièrement, embrassant d'un geste toutes les personnes rassemblées dans la salle.

— Ma société ?

— Oui. C'est ce que vous désiriez, non ? De la société.

Elle le regarda comme s'il avait parlé en gaélique.

— Oui, mais… Où sont vos voisins ?

— Mes voisins ? demanda-t-il en riant. Ces gens ici présents *sont* mes voisins.

Elle parut curieusement déçue par sa réponse. Mais son sourire revint quand Fergus lui servit du champagne dans une flûte en cristal, et elle demanda avec excitation :

— Quand va-t-on commencer à danser ?

— Maintenant.

Il fit signe aux musiciens, qui se lancèrent dans une gigue familière.

Griselda, remarqua Arran, fut la première à se lever avec son soupirant du moment.

— Voudriez-vous…

— Non, non… Laissez-les ouvrir le bal. Nous danserons les prochaines, voulez-vous ?

Elle sourit et sirota son champagne.

La piste se remplit rapidement, et les danseurs se lancèrent pour de bon, tapant du pied à la mode écossaise, les voix s'élevant gaiement. Arran regarda Margot, désireux d'être témoin de sa satisfaction.

Cependant, elle ne semblait pas y prendre le moindre plaisir. Au contraire : elle affichait une mine déconfite.

— Qu'est-ce qui ne va pas ?

Elle tourna son regard vers lui et il lut avec stupeur l'effroi dans ses yeux.

— Nell et moi nous sommes entraînées toute la semaine.

Arran se mit à rire.

— Vous n'avez pas besoin de beaucoup d'entraînement pour cette danse, affirma-t-il en se levant. Lady Mackenzie, allez-vous danser avec moi ?

— Non, dit-elle aussitôt. Non, je ne peux pas.

— Margot…

— Je vous en prie, ne me le demandez plus, Arran. Je ne danserai pas.

Elle se leva, descendit de l'estrade en hâte et disparut dans la foule.

Arran reprit sa place lentement, abasourdi. Que s'était-il donc passé ?

Un quart d'heure s'écoula avant qu'elle ne revienne, d'un pas si lourd qu'on aurait pu croire qu'elle montait sur l'échafaud. Elle s'assit et regarda droit devant elle, les mains étroitement crispées sur ses bras.

Partout autour d'eux, les Mackenzie dansaient et plaisantaient dans leur langue, en buvant de la bière — ils ne semblaient pas apprécier le champagne qu'Arran avait fait venir d'Angleterre à un coût exorbitant — et criant au laird et à sa dame leurs félicitations pour leur mariage. Margot ne dit rien. Elle ne sourit pas, ne hocha pas la tête, ne leur accorda pas la moindre attention.

Arran sentit la colère le gagner. Il ne comprenait pas l'attitude renfrognée de sa femme, son refus de danser alors qu'elle avait paru si excitée à cette perspective. Enfin, à bout de patience, il se leva et invita une jeune fille à danser.

Il ne compta pas combien de danses il fit, mais il but, et rit et s'amusa. Il n'allait pas rester assis avec son épouse qui boudait.

Quand enfin il regarda l'estrade, il ne fut guère surpris de constater qu'elle était partie.

Mû par le whisky et par l'humiliation, il partit à sa recherche. Il la trouva dans son lit. Sa superbe robe gisait en vrac sur le plancher et les fausses mèches dont elle s'était servie pour arranger sa coiffure avaient été jetées sur la coiffeuse. Il renvoya la femme de chambre.

— Qu'avez-vous donc ? demanda-t-il.

Elle se redressa et le fixa.

— N'est-ce pas évident ?

— Évident ? répéta-t-il avec colère. Il n'y a rien d'évident vous concernant, Margot. J'ai donné un bal en votre honneur, et vous voilà en train de pleurer dans votre oreiller comme une enfant !

— Je ne pleure pas dans mon oreiller ! Je prépare mon évasion.

— Vous voulez vous évader ?

Il ouvrit la porte à la volée et lui fit signe de sortir.

— Allez-y. Évadez-vous.

Comme elle ne bougeait pas, il claqua la porte avec tant de force que le son résonna jusqu'en bas de l'escalier.

— Vous ne vous rendez pas compte des efforts qui ont été nécessaires pour vous offrir ce bal…

— Ce n'était pas un bal ! cria-t-elle, et soudain elle se leva et se dirigea d'un pas décidé vers sa coiffeuse. C'était seulement une soirée de plus dans votre grande salle !

— *Diah !* Mais vous êtes vraiment une enfant insolente, non ? Ces gens viennent fêter notre mariage, et que faites-vous ? Vous boudez, vous arborez une tête d'enterrement et puis vous vous enfuyez comme un lapin au lieu de les accueillir comme c'est votre devoir de maîtresse de maison et de ce clan !

Elle reposa avec violence la brosse à cheveux qu'elle avait prise.

— J'ai essayé de les saluer, mais ils parlent cette langue abominable ! Personne ne portait de robe de bal ou de tenue de soirée comme il faut. Ils ne voulaient pas boire de champagne, et quant aux danses, oh ! Mon Dieu…

— Mais vous vouliez des danses !

— Pas ce genre de danses là ! Je n'ai jamais rien vu de pareil !

— Vous détestez tout ici, c'est ça ?

Elle étouffa un cri et le regarda.

— Non, ce n'est pas… Je n'ai jamais dit cela.

— Vous ne l'avez pas dit, Margot, mais c'est dans chacun de vos mouvements, chacun de vos regards ! Vous êtes…

Il s'arrêta juste à temps, et se passa les mains dans les cheveux en soupirant.

Elle croisa les bras.

— Quoi ? Je suis quoi ? demanda-t-elle, sur la défensive.

— Vous êtes impossible, enfin !

— Vous aussi. Et cet endroit…

— *Diah !* Qu'est-ce qui ne va donc pas ? rugit-il, s'adressant au plafond. Je ne peux pas y remédier si vous refusez de me dire ce que c'est.

Margot le dévisagea. Elle semblait réfléchir à ce qu'elle allait lui dire. Elle se massa la nuque et se lança :

— À vrai dire, je suis piètre danseuse et…

Il émit un petit ricanement dédaigneux.

Le visage de Margot s'assombrit.

— Vous m'avez posé une question, non ?

— Au nom de tout ce qui est sacré, je ne sais pas comment vous contenter, dit-il froidement.

— Et moi, je ne sais pas comment *vous* contenter ! rétorqua-t-elle d'un ton sec.

Pour Arran, c'en fut trop.

Il fit un pas en avant, la saisit par le bras et la fit pivoter vers lui.

— Assez joué la femme blessée, Margot. Nous sommes mariés. Autant apprendre à vivre avec plutôt que de refuser de l'accepter, non ? Vous êtes écossaise, maintenant.

— Jamais, riposta-t-elle, sur un ton de défi.

Ses yeux brillaient dans la semi-pénombre. Sa chevelure lui tombait en désordre sur les épaules. C'était drôle, en un sens — Arran s'était toujours cru fort, capable de tout. Mais il était faible quand il s'agissait de Margot. Elle était malheureuse et hautaine, et pourtant il voyait sa jeunesse et sa vulnérabilité dans ses yeux.

Il lui prit le visage dans une main, lui caressant la joue.

— Je vous demande… Non, je vous en supplie. Ne rendez pas les choses plus dures qu'elles ne le sont, d'accord ?

Une unique larme coula au coin de l'œil de Margot.

— Plus dures ? Ce serait impossible, marmonna-t-elle.

Et puis elle ferma les yeux et lui tendit son visage.

Arran, troublé comme il l'était toujours par elle, l'embrassa. Il l'entraîna vers le lit, la déshabilla, couvrit son corps de baisers. Et alors qu'il descendait entre ses cuisses et qu'elle remontait les genoux et nouait les poings dans ses cheveux, haletant du plaisir que lui procuraient les caresses de sa langue, il songea qu'au moins, ils avaient cela. Même s'ils n'avaient rien d'autre, ils avaient cela.

Chapitre 5

Balhaire
1710

S'il y avait une chose qu'Arran considérait comme un fait irréfutable, c'était qu'on ne pouvait jamais vraiment se fier à un Anglais — ou à une Anglaise. Par conséquent, lorsqu'il entendit un léger bruit dans la nuit, longtemps après que le feu ne fut plus qu'un amas de braises, il ne fut pas surpris de voir Margot debout devant la commode, un drap enroulé autour d'elle.

Elle se hissait sur la pointe des pieds afin d'examiner les objets posés sur le dessus du meuble. Depuis le lit, il pouvait entrapercevoir une longue jambe fuselée. Des vagues de cheveux auburn lui arrivaient presque jusqu'à la taille, s'arrêtant quelques centimètres au-dessus de la courbe de sa hanche. Ses doigts délicats, manucurés avec soin, s'arrêtèrent sur le parchemin roulé que Jock avait apporté à Arran, un message urgent du chef du clan MacLeary, de Mallaig.

Il prit appui sur un coude, l'observant tandis qu'elle tenait le parchemin entre le pouce et l'index, et semblait hésiter à l'ouvrir.

Seigneur, elle était si belle, songea-t-il en se levant sans bruit. C'était son regard qui l'avait captivé dès l'instant où il l'avait vue. Ses grands yeux verts, qui lui rappelaient la couleur de la mousse sur les arbres à Balhaire, des yeux attentifs et pleins de discernement. Il avait su aussitôt, avant même de l'entendre parler, qu'elle ne manquait pas d'intelligence.

Il avait su aussi, à la manière dont elle l'avait regardé, qu'il n'était pas le seul à avoir été séduit.

Il s'approcha d'elle et croisa les bras sur sa poitrine.

— Que faites-vous ?

Un petit cri de surprise lui échappa. Elle laissa tomber le parchemin et sa main tâtonna sur le dessus de la commode en même temps qu'elle se tournait vers lui.

— Je ne pouvais pas dormir.

— Ah non ?

Elle lui brandit une chaîne en or sous le nez.

— Pour qui est-ce ?

— Pour vous, *leannan*, répondit-il du tac au tac, en tendant la main derrière elle pour cacher le parchemin sous une paire de gants.

— C'est absurde.

— Pour qui d'autre ? demanda-t-il tranquillement, en lui prenant le bijou.

En réalité, il l'avait accepté en échange d'un pistolet.

— Peut-être pour la fille qui était assise sur vos genoux quand je suis arrivée, rétorqua-t-elle d'un ton sec.

Il fronça les sourcils face à cette jalousie feinte et posa une main sur le cou de Margot.

— Vous aurais-je aimée comme je l'ai fait ce soir si cet or était destiné à cette petite catin ?

Il fit pivoter Margot, écarta sa crinière auburn et lui attacha le collier autour du cou, puis se pencha pour lui embrasser la nuque. Il était de nouveau excité et pressa son érection contre elle.

— Il est à vous maintenant.

— Je n'en veux pas, déclara-t-elle, sans tenter de le retirer cependant.

Arran passa un bras autour d'elle, attrapa le drap et le tira pour la dénuder. Margot ne résista pas ; elle se laissa aller contre lui, ses mains glissant sur les cuisses d'Arran. Elle avait changé. Désormais, elle semblait consciente du pouvoir qu'elle exerçait sur lui.

Il la prit par le poignet et la ramena au lit, se laissa tomber sur le matelas, puis l'installa à califourchon sur lui.

Margot soupira et enfonça les doigts dans son torse.

— Vous êtes insatiable, dit-elle en commençant à se frotter contre lui.

— Mm.

Il ne chercha pas à nier. Il avait de solides appétits dans la vie. Il caressa la joue de Margot, qui lui embrassa la main avec un sourire sensuel. Le genre de sourire qui pouvait embraser les sens d'un homme. Et pourtant, il souffrait de la regarder, songea-t-il en lui soulevant les hanches pour la guider sur lui.

Elle soupira, ferma les yeux et inclina la tête en arrière en se calant sur son sexe.

Cette beauté mentait. Mais au fond de son cœur, sot qu'il était, Arran regrettait qu'elle ne soit pas revenue pour lui. Il regrettait qu'elle ne désire pas réellement donner une nouvelle chance à leur mariage. En dépit de leurs différences et des débuts difficiles qu'ils avaient connus, il était un homme fidèle, un homme de parole, et il avait aimé sa timide et naïve épouse.

Mais elle n'était pas revenue pour lui, non. Elle ne voulait pas d'une réconciliation et n'en voudrait sûrement jamais. Pis, c'était à lui de découvrir ses véritables intentions.

Dans l'immédiat, cependant, elle se laissait glisser sur son sexe, et ses yeux avaient pris la teinte de la mer en été. Elle se pencha vers lui.

— Suis-je hautaine, maintenant ?

— Chut ! ordonna-t-il, avant d'accentuer son mouvement en elle.

Cette fois, il observa son visage. Elle avait vu la vérité nue en lui ce soir, quand ils avaient fait l'amour un peu plus tôt, et à présent, c'était à son tour de chercher un signe, n'importe lequel, qui le renseignerait. Cependant, il fut bientôt emporté par la délicieuse sensation du corps de Margot sur lui, par le plaisir que lui apportaient ses caresses, par le désir réprimé en lui depuis trois ans. Au milieu de leurs ébats, quand les cheveux de Margot formèrent un rideau autour d'eux, à la faible lueur dégagée par le foyer, il saisit un éclat inattendu dans son regard.

Il vit du chagrin.

Du chagrin ?

Pour lui ? Pour leur mariage ? Pour elle-même ?

Leurs étreintes les avaient épuisés tous les deux, et il s'endormit sans avoir trouvé de réponse à sa question.

Tôt le lendemain matin, Arran la découvrit enroulée autour de lui, leurs bras et leurs jambes entremêlés. Il se leva avec précaution, alla se laver à l'eau froide dans la pièce voisine, puis s'habilla.

Quand il regagna la chambre, Margot n'avait pas bougé. Elle dormait à poings fermés, le visage angélique. Arran regarda le désordre qui régnait autour de lui. Margot n'avait pas apporté de vêtements autres que ceux qu'elle portait la veille au soir. Il lui enverrait sa femme de chambre.

Il s'approcha de la commode, récupéra le parchemin, le glissa à l'intérieur de son gilet et sortit.

Un adolescent dormait devant sa porte, étendu sur un manteau. Jock avait dû lui ordonner de rester là, redoutant sans doute que Margot n'ait l'intention de trancher la gorge à son laird. Arran ne put réprimer un sourire — Jock se méfiait encore plus que lui des Anglais. Il réveilla la sentinelle du bout de sa botte, et le jeune se redressa aussitôt, les yeux écarquillés de sommeil et d'appréhension.

— Milord.

— Retourne dans ton lit. La maîtresse dort.

L'adolescent ramassa son manteau et s'éloigna d'un pas mal assuré.

Arran suivit le couloir jusqu'à son cabinet de travail, une petite pièce dont la fonction d'origine avait été oubliée. Il aimait qu'elle soit attenante à sa garde-robe. Il s'assit à un bureau où s'empilaient registres de navigation et livres de comptes. Il avait travaillé dur ces derniers temps, préparant un voyage en France afin d'échanger de la laine contre de l'étoffe et du vin qu'il irait ensuite vendre ou échanger contre des marchandises en cuir en Irlande.

Fergus apparut sur le seuil, le regard vague et le cheveu en bataille.

— Allez-vous déjeuner, laird ?

— Oui. Ici. Envoie-moi Jock quand il arrivera.

Ce dernier le rejoignit un quart d'heure plus tard. Contrairement à Fergus, Jock avait l'air frais comme un gardon. Il décocha à Arran un regard narquois.

— Et comment allez-vous ce matin, laird ? demanda-t-il

d'un ton fort enjoué, en arquant un épais sourcil roux. Je m'attendais à vous trouver au lit.

Arran sourit.

— Pour que je risque d'avoir la gorge tranchée ?

Jock éclata de rire.

— Qu'avons-nous de prévu aujourd'hui ? reprit Arran.

— Un entraînement au combat à mains nues, dit Jock en prenant place face à lui.

Arran se sentit revigoré à cette perspective. Son père lui avait appris à se battre dès sa plus tendre enfance et c'était désormais à son tour d'enseigner cet art aux jeunes gens de son clan. Ses soldats étaient considérés comme parmi les plus valeureux du royaume.

— Une bonne bagarre me fera du bien, admit-il en se frottant les yeux.

Il n'y avait rien de tel pour le remettre d'aplomb lorsqu'il se sentait perturbé, ce qui était le cas ce matin-là. La déception, la colère, l'espoir et la satisfaction charnelle étaient un mélange dangereux.

Pourquoi les femmes étaient-elles si traîtresses ?

— As-tu interrogé les Anglais ?

Jock acquiesça.

— Oui, je l'ai fait. Mais ils n'ont pas été très loquaces.

— Et la femme de chambre ?

— Une vraie tête de mule, celle-là, déclara Jock avec un geste dédaigneux de la main. Que dites-vous de tout ça ?

— Je ne sais pas, soupira Arran, en retirant le parchemin de son gilet pour le jeter sur le bureau. Je l'ai surprise durant la nuit devant la commode, prête à mettre la main là-dessus.

— Ah ! Elle fouinait, c'est ça ?

— Je peux songer à deux raisons pour lesquelles elle est

revenue. Soit son père l'a mise à la porte… Soit il l'a envoyée ici dans un but particulier. Une femme qui a l'habitude d'être dorlotée ne se lance pas d'elle-même dans un voyage pareil.

— Mais dans quel but ?

Jock regarda la lettre, mais ne fit pas mine de la prendre. Il savait ce qu'elle disait. MacLeary leur avait écrit pour les avertir de rumeurs qui circulaient en Angleterre. Il était de notoriété publique que certains chefs de clan parmi les plus influents des jacobites — les Écossais qui avaient pris parti pour le fils du roi déposé, Jacques Stuart — étaient de plus en plus mécontents de l'union et des lourds impôts qu'on leur imposait. On racontait que certains complotaient pour la seconde fois en vue d'installer Jacques Stuart sur le trône. Ces rumeurs abondaient depuis la signature de l'Acte d'Union trois ans auparavant. Cette fois les choses étaient différentes, cependant, car MacLeary avait signalé que le nom d'Arran figurait parmi ceux des chefs mécontents. C'était la première fois qu'on le décrivait comme un jacobite.

Arran avait été surpris par le contenu de la lettre. Il avait soigneusement veillé à ne pas prendre parti pour les chefs qui voulaient l'indépendance ni pour les Écossais désireux de profiter des avantages commerciaux d'une union avec l'Angleterre. Pour sa part, il avait développé son commerce avec la France et l'Irlande. Il avait amassé une fortune alors que la plupart des clans connaissaient des difficultés. Il élevait du bétail et des moutons qu'il envoyait aux marchés de Glasgow et d'Edimbourg. Il échangeait de la laine contre de la soie en France. Il entraînait des soldats qui gagnaient bien leur vie dans l'armée anglaise. Et les terres qui entouraient Balhaire étaient assez fertiles pour nourrir son propre clan. Il était un des rares chefs à être parvenus à endiguer la tendance croissante à l'émigration et à subvenir aux besoins des leurs.

Il n'était pas jacobite, et se voir soudain qualifié de tel le plongeait dans la perplexité. Quelque chose ne tournait pas rond.

Une fille de cuisine apparut, chargée d'un plateau. Elle le déposa devant Arran, fit une petite révérence et ressortit.

— Je ne sais pas ce que Norwood mijote, dit Arran entre deux bouchées, mais l'arrivée miraculeuse de ma femme juste après que j'ai reçu cette lettre ne peut pas être une coïncidence, si ?

— Non. Je suppose que c'est lui qui l'a envoyée ici. Mais pour quelle raison ?

Arran secoua la tête.

— J'ai fait mon devoir auprès d'elle, non ? Je lui ai expédié de l'argent. Je n'ai jamais dit du mal d'elle ni de lui.

Jock haussa les épaules.

— C'est peut-être une coïncidence, après tout. Peut-être qu'il croit que la place d'une épouse est avec son mari et qu'il l'a mise dehors.

— Non. S'il avait été de cet avis, il l'aurait mise dehors depuis longtemps. Il y a autre chose. Et que mon nom soit mentionné avec ceux des jacobites… Ça sent mauvais, pour sûr.

Jock hocha la tête.

— Qu'allez-vous faire ?

Arran lâcha sa fourchette et se laissa aller en arrière, regardant la fenêtre. Le soleil se levait derrière les collines et projetait de longues ombres violettes sur le paysage. Pour autant qu'il ait pris plaisir à la nuit écoulée, il ne faisait pas confiance à Margot. Ce retour n'augurait rien de bon.

Quelque chose d'autre le taraudait. La tristesse qu'il avait lue dans son regard. Regrettait-elle ce qu'elle avait fait trois ans plus tôt ? Ou ce qu'elle s'apprêtait à faire ?

— À propos, depuis combien de temps n'as-tu pas eu de nouvelles de Dermid ? demanda-t-il, faisant allusion à l'homme qu'il avait chargé de surveiller son épouse en Angleterre.

Jock réfléchit.

— Un mois. Peut-être davantage.

Arran fronça les sourcils.

— Cela ne lui ressemble pas de ne pas nous avoir prévenus qu'elle allait venir.

— C'est vrai. Que comptez-vous faire ?

Arran posa son dernier morceau de pain, soudain envahi par un sombre pressentiment.

— Renvoie-la en Angleterre, fit-il. Trouve quatre de tes meilleurs hommes pour les accompagner, elle et les dandys qui sont venus avec. Je vais lui annoncer la nouvelle moi-même.

Jock se leva.

— Tu as jeté un coup d'œil dans ses bagages ? reprit Arran alors que son cousin traversait la pièce.

— Oui. Il a fallu qu'on maîtrise sa femme de chambre. Elle m'a mordu, ajouta-t-il en montrant sa main à Arran.

Celui-ci secoua la tête. Le pauvre Jock serait toujours dépassé par les femmes.

— Je n'ai trouvé que des chaussures et des robes. En quantité. Je n'ai jamais compris pourquoi une femme a besoin d'autant d'affaires.

Sur quoi il s'en alla. Resté seul, Arran se tourna vers la petite fenêtre. *Pourquoi, Margot ?* songea-t-il. *Ne m'as-tu pas déjà assez fait de mal ?*

Le souvenir de sa fuite s'était émoussé avec le temps, certes, mais par moments cet épisode du passé redevenait une plaie à vif, exposée à la morsure du vent.

Il n'avait pas été surpris qu'elle s'en aille. Pas vraiment. Ils s'étaient querellés plusieurs jours avant, ayant apparemment atteint une impasse quant à la direction de leur mariage. Elle ne semblait pas capable de s'adapter à Balhaire. Elle avait des attentes qui allaient à l'encontre de leur clan, et Arran devait l'admettre, son clan avait des attentes que Margot, trop jeune et trop inexpérimentée, était incapable de satisfaire.

Il avait longuement et mûrement réfléchi à tout cela depuis, et il comprenait désormais ce qu'il n'avait pas saisi alors. Margot Armstrong avait été choyée et servie toute sa vie. Elle ne connaissait que cela. Mais à Balhaire, le clan était une famille — chacun contribuait au bien commun. Arran avait escompté, supposé, qu'elle adopterait son mode de vie. Malheureusement, les rares tentatives qu'elle avait faites pour s'intégrer avaient été mal menées, avec une attitude hautaine. Quant à son clan… *Diah !* Il ne lui avait pas fait de quartier.

Ç'avait été quatre mois de tâtonnements, d'erreurs et de querelles, et pourtant Arran avait entraperçu un côté de Margot qu'il en était venu à adorer.

Il entendit la porte de son cabinet de travail s'ouvrir et se tourna vers elle ; son vieux chien l'avait suivi et s'approcha pour se faire caresser.

Arran sourit à Roy, se remémorant brusquement un froid matin d'hiver où il avait persuadé Margot de sortir de ses appartements pour l'accompagner aux chenils voir une portée de chiots. Ils étaient destinés à devenir des chiens de troupeau, mais ce jour-là, ils n'étaient que de petites boules de coton noir et blanc qui jouaient et se bousculaient sur un lit de paille fraîche.

Jamais il n'oublierait l'expression ravie de Margot alors. Elle s'était mise à genoux, et avait ri quand deux des petits avaient grimpé sur elle. Arran s'était agenouillé à son tour, et ils étaient restés là tous les deux, à s'amuser ensemble des efforts maladroits des chiots pour bouger et jouer. Ils les avaient baptisés tous les cinq. Elle lui avait parlé d'un petit chien qu'elle avait eu enfant. Elle l'habillait de vêtements confectionnés par sa gouvernante et le promenait en poussette dans le jardin.

Ils avaient connu d'autres moments similaires — des moments détendus, paisibles, durant lesquels Arran avait perçu un avenir plein de promesses pour leur union. Des moments où il avait ressenti à l'égard de sa superbe épouse des émotions qu'il n'aurait pas crues possibles quelques semaines auparavant. Il avait vu une autre facette de Margot et l'avait aimée.

À l'évidence, Margot n'avait pas partagé sa vision des choses. Il avait oublié la raison de leur dispute si véhémente, la toute dernière. Il avait été absent quelques jours, à la chasse aux cerfs. Il était las, il avait faim, et il se souvenait avec netteté des larmes qui roulaient sur les joues de Margot, des larmes qu'il méprisait et était incapable de comprendre.

— Je veux rentrer à la maison, avait-elle dit sèchement. Je ne veux pas vivre ainsi.

— Eh bien, partez. Ça ira mieux pour nous tous, lui avait-il rétorqué, avant de sortir de la pièce, furieux contre elle et contre lui-même.

Il n'avait pas pensé un mot de ce qu'il disait. C'étaient des paroles irréfléchies, prononcées dans un instant de colère, qui s'étaient évanouies dans l'air avec tant d'autres. Il avait été imprudent, stupide — il avait cru que, parce qu'ils s'étaient engagés l'un envers l'autre devant Dieu, ils iraient de l'avant ensemble et parviendraient à se frayer un chemin dans la vie en dépit de tout ce qui les séparait.

Quand Jock, le lendemain ou le surlendemain, lui avait annoncé qu'elle partait, il ne l'avait pas cru. Arran s'était acquitté de ses tâches habituelles, disant à Jock de la laisser s'en aller si c'était ce qu'elle désirait, sans penser un seul instant qu'elle mettrait sa menace à exécution.

Diah ! Quel idiot !

Il n'aimait pas penser à ce jour-là. La douleur qu'il avait éprouvée alors était toujours logée en lui — le genre de douleur qu'il n'avait jamais connu auparavant. Il remontait de la crique à cheval avec quelques-uns de ses hommes quand il avait vu la voiture sortir de Balhaire. Il avait tiré sur ses rênes, foudroyé Margot du regard lorsqu'elle l'avait croisé, la réalité s'imposant brutalement à lui, le pénétrant jusqu'à la moelle. La brûlure avait été profonde — il avait été humilié devant son propre clan, et en même temps, il avait compris quel imbécile il était. Et la brûlure s'était accompagnée du chagrin d'être abandonné par un être que, contre toute attente, il avait fini par aimer.

Un imbécile, oui. Il n'y avait pas d'autre mot.

Cette douleur continuait à le consumer. Et il prit conscience, en grattant les oreilles de Roy, que le temps de la réconciliation était passé.

Il ne serait pas ridiculisé deux fois.

Chapitre 6

Margot fut réveillée par une femme au visage austère qui lui annonça qu'on lui préparait un bain, avant de tirer les rideaux avec tant d'énergie que Margot, éblouie par le soleil, poussa un cri.

— Merci, dit-elle en tournant la tête vers l'oreiller. Pourriez-vous avoir l'amabilité de m'envoyer ma femme de chambre ?

La femme marmonna quelque chose en sortant. Margot attendit que la porte soit refermée pour se redresser et repousser les cheveux qui lui tombaient dans les yeux. Elle était épuisée. Tout son corps était délicieusement endolori.

Et elle ne savait plus que penser.

Son retour avait été différent de ce qu'elle avait imaginé. Arran l'avait désarçonnée. La passion qu'il avait manifestée — la violence de sa colère et de son désir — l'avait émue. Elle avait été dangereusement embrasée par sa rudesse.

Pourtant il y avait aussi eu ce bref moment, cette tendre caresse. Ce n'avait été qu'un geste fugace — mais elle l'avait senti. Elle l'avait vu. Et puis il l'avait obligée à détourner la tête.

Qu'est-ce que cela signifiait ? Qu'il la méprisait ? Y avait-il une petite partie de lui qui ne la rejetait pas ?

Arran lui paraissait différent. Plus mûr. Plus sage. Beaucoup plus sûr de lui qu'autrefois. Et quoi qu'ait signifié cette caresse, sincère ou pas, elle avait éveillé des émotions que Margot n'était pas préparée à affronter. Le regret, par exemple. Des regrets à la pelle. Le regret de l'avoir quitté. De ne pas être partie plus tôt. De ne pas avoir su tenir tête à son père et d'avoir accepté ce mariage. De s'être laissé guider par ses émotions durant les brefs mois qu'elle avait passés ici.

Malgré son départ de Balhaire, elle n'avait jamais oublié les ébats qu'elle avait eus avec son mari. Mais les sensations physiques, si intenses durant l'acte d'amour, s'étaient atténuées avec le temps. L'attraction quasi animale qui existait entre eux, le plaisir débridé qu'ils avaient partagé la veille, avaient pris Margot par surprise.

Auparavant, en dépit du fait qu'ils se parlaient peu, elle s'était toujours sentie aimée, et admirée. Cependant, l'homme qui se montrait passionné avec elle la nuit n'était pas celui qui partait chevaucher avec ses hommes le lendemain matin. L'homme qui lui chuchotait sa dévotion dans son lit n'était pas celui qui semblait encombré par sa présence en dehors de cette chambre.

Et pourtant, la veille au soir, elle avait ressenti comme une sorte de nostalgie… Une sorte de besoin à l'état brut qui lui avait empli les veines et le cœur. Besoin de quoi, Margot n'aurait su le dire au juste. Mais, après leur seconde étreinte, elle avait compris que quelque chose manquait en elle, quelque chose de vital, et que cette soif était toute neuve.

Elle ne détestait pas Arran, ne l'avait jamais détesté — mais elle avait haï sa propre situation avec une force qui l'avait rongée et qui avait peut-être obscurci son jugement. L'adaptation à l'Écosse avait été difficile, bien sûr. La rage bouillonnait en elle. À l'âge de dix-huit ans à peine, elle avait été forcée de se marier, expédiée dans les Highlands alors qu'elle ignorait tout du monde — et du mariage, d'ailleurs — et laissée là à se débrouiller comme elle pouvait pendant que son mari s'occupait de son clan.

Ç'avait été trop pour elle. Cette dernière dispute avec Arran avait été violente, éprouvante. Ils avaient crié tous les deux. Elle avait tenté de lui expliquer combien elle était malheureuse, de lui dire qu'elle avait l'impression de n'être qu'un frêle esquif sur l'océan, sans rames et sans espoir d'être secourue.

— Dieu nous aide, avait-il répliqué. Car vous n'êtes pas le seul bateau à la dérive dans ce mariage, Margot.

Elle ne lui avait pas demandé ce qu'il voulait dire par là.

Tant de paroles blessantes avaient été échangées. Et elle n'avait personne vers qui se tourner, pas d'amis en Écosse. Il lui semblait que, plus elle faisait d'efforts, moins les gens désiraient se lier d'amitié avec elle.

Peut-être cela n'avait-il pas d'importance. En fin de compte, elle avait baissé les bras.

Elle avait quitté les Highlands peu après cette querelle. Cela n'avait pas été à proprement parler une fuite, car au moment où la voiture franchissait les énormes portes de Balhaire, Arran et ses hommes remontaient de la mer. Il s'était arrêté au bord de la route pour la laisser passer. Elle n'oublierait jamais le regard glacial qu'il lui avait lancé. Il était resté sur sa monture, les poings aussi crispés que sa mâchoire, et l'avait regardée partir.

Il n'avait pas tenté de la retenir. Elle en avait conclu qu'il était content d'être débarrassé d'elle.

La voiture passée, il avait éperonné son cheval et s'était engouffré dans la cour du château, suivi par ses hommes. Elle s'était effondrée sur la banquette en cuir, le cœur brisé. Elle était si sotte, alors. Elle voulait tout et son contraire. Elle aspirait désespérément à s'en aller, à s'éloigner de cette austère forteresse et de ses habitants. Mais elle voulait aussi qu'il se batte pour la garder.

Ah ! Quelles idées romantiques et idiotes se logeaient dans l'esprit des jeunes filles !

De retour en Angleterre, avec le temps, Margot était parvenue à se détacher des sentiments qu'elle éprouvait à l'égard d'Arran Mackenzie et avait repris le cours de sa vie. Son père avait été mécontent mais avait affirmé qu'il comprenait. « Bien sûr, les Highlands regorgent de Barbares, c'est connu », avait-il dit sans hésitation. Il n'avait pas semblé trouver ironique d'avoir donné sa fille en mariage à l'un d'eux. « Tu as fait ton devoir, ma fille », avait-il conclu. À présent qu'il avait conclu cet accord et qu'il possédait des terres en Écosse, rendues inaliénables par le mariage avec un laird, il paraissait satisfait.

Il avait laissé Margot tranquille et elle avait reporté son attention sur… Quoi au juste ? Rien. Il n'y avait pas vraiment d'existence possible pour l'épouse séparée d'un lointain chef de clan écossais. Elle représentait une nouveauté — voilà tout. Une femme mariée sans mari en vue, et qui jouissait de libertés interdites aux autres femmes. Margot avait un calendrier mondain bien rempli, et allait et venait comme bon lui semblait. Elle organisait des soirées et badinait avec les gentlemen. Elle assistait à des bals, à des dîners où elle badinait avec d'autres gentlemen encore. Elle était désirée et courtisée par ces hommes. Cependant, cette attention ne lui semblait jamais suffisante.

Leur désir pour elle — et celui qu'elle éprouvait pour eux, si superficiel fût-il — ne faisait qu'ajouter à son malaise. Margot voyait les années s'étirer devant elle, pleines de badinage et de rien d'autre, car elle était mariée. Elle avait eu de nombreuses occasions d'être approchée, bien sûr — c'était précisément pour cela que les hommes la recherchaient. Mais Margot avait fait le vœu d'être fidèle. Elle ne pouvait déshonorer sa parole d'une façon aussi complète, aussi irrévocable. Elle se cramponnait déjà aux derniers vestiges de sa dignité et de sa moralité. Elle avait fini par se sentir presque engourdie par sa situation. Elle avait l'impression de traverser les journées sans but, de passer son temps à attendre.

Margot soupira. Son cœur cognait au souvenir de la nuit écoulée. Était-il possible que son mari et elle, l'un et l'autre plus mûrs et plus sages, parviennent à réparer leur mariage ? Était-il possible que les rumeurs qui circulaient au sujet d'Arran soient vraies ? Cet homme si farouchement indépendant, si travailleur, pouvait-il réellement comploter contre la reine ? Non, Margot ne pouvait le croire, quoi qu'en dise son père.

Mais au fond, que savait-elle d'Arran Mackenzie ? Surtout maintenant, après tout ce temps. Elle ignorait tout de lui. Elle n'avait plus guère de certitude sur quoi que ce soit, d'ailleurs.

Néanmoins, elle n'osait imaginer ce qui risquait d'arriver à celui-ci s'il s'était réellement rendu coupable de haute trahison. Une partie d'elle-même brûlait de le mettre en garde. Une autre partie d'elle aurait voulu remonter le temps, retourner au soir du bal donné pour l'anniversaire de Lynetta afin de refuser de le rencontrer. Malheureusement, il était trop tard pour cela. Elle était enlisée dans ce mariage.

Tout s'était passé si vite à propos de ces prétendues retrouvailles que Margot avait encore du mal à comprendre comment ç'avait pu arriver. Cela avait commencé un soir lorsque son frère aîné, Bryce, l'avait accostée à son retour d'un dîner chez Sir Ian Andrews. Elle avait passé une bonne soirée — Lynetta était fiancée depuis peu à Mr Fitzgerald et Margot s'était amusée à taquiner sans pitié le pauvre Mr Partridge, qui s'était entiché de son amie.

Elle était rentrée d'humeur enjouée, un soupçon pompette. Bryce l'attendait. Il était vêtu d'un habit d'équitation et ne portait pas de perruque. Apparemment, il venait d'arriver à la maison. Sa mâchoire était serrée, son visage sombre.

— Où étiez-vous ?

— Je dînais chez Sir Ian Andrews. Pourquoi ?

— Père a besoin de vous parler.

Ce sur quoi il l'avait prise par le coude et escortée jusqu'à la bibliothèque.

Son père était assis au coin du feu, une couverture sur les genoux et un livre à la main, un verre de porto devant lui. Il sourit gentiment à sa vue. Knox, le demi-frère de Margot, qu'elle adorait, était debout à la fenêtre, impeccablement habillé d'une veste couleur or et d'un pantalon marron foncé. Il s'efforça de lui sourire, lui aussi, mais ne put tout à fait y parvenir et détourna les yeux.

À cet instant, Margot sut que quelque chose de déplaisant allait suivre.

— Ah ! Margot, ma chérie, dit son père. Viens.

Il lui fit signe d'approcher. Elle se dégagea de l'étreinte de Bryce et s'avança, puis se pencha pour donner un baiser sur la joue à son père.

— Vous devriez être couché, papa.

— Toi aussi, ma chérie. Il est inconvenant qu'une femme mariée reste si tard en compagnie de gentlemen dont aucun n'est son mari.

Il mentionnait rarement Arran, et Margot fut surprise qu'il le fasse ce soir-là.

— Il semble donc que le moment soit bien choisi pour que tu retournes à ton époux, reprit-il.

Une anxiété subite saisit Margot, et son cœur s'emballa. Elle lança un regard à ses frères.

— Je vous demande pardon ?

— Tu vas rentrer en Écosse, déclara son père.

Margot le dévisagea, bouche bée.

— Pourquoi ? Parce que j'ai dîné chez Sir Andrews ? Je ne peux pas rentrer en Écosse, papa !

— Calme-toi, ordonna-t-il d'un ton sévère. Ton aide est requise.

— Requise ! Comment pourrais-je… ?

— Ton mari est un traître.

Il avait lâché les mots avec brusquerie et aigreur, comme si elle lui avait apporté un quartier de viande avariée, en dépit du fait qu'elle n'avait jamais eu son mot à dire dans cette union.

— Quoi ? Ce n'est pas possible ! Il doit y avoir une erreur…

— L'erreur, c'est que tu aies fui le lit conjugal comme une enfant et que tu sois revenue pleurnicher à la maison, assena Bryce avec colère.

— *Bryce*, intervint leur père posément.

Il se leva, alla remplir un verre de porto et le tendit à Margot.

Elle secoua la tête, mais il insista.

— Bois. Calme-toi.

Margot refusa de l'accepter. Il était hors de question qu'elle se calme.

— Qui a dit cela ? Qui vous a fait croire de telles calomnies ?

— Je l'ai appris par une source fiable. Ne prends pas un air si choqué — je t'avais avertie que ta fuite aurait des conséquences.

Elle battit des cils, incrédule. Jamais il ne l'avait avertie de rien !

— Vous m'avez dit que c'était un Barbare, lui rappela-t-elle.

— Je n'ai pas consenti à cette union à la légère, dit-il, ignorant sa remarque. J'ai misé ma réputation sur ce mariage, en me portant garant de l'honneur de toute l'Écosse dans l'intérêt de tes enfants et de mes héritiers.

De ses enfants ! Il l'avait fait pour se remplir les poches. Margot regarda ses frères. Bryce les observait, mais Knox baissait les yeux.

— Que s'est-il passé ?

— J'ai promis à la reine qu'une union avec l'Écosse lui apporterait fortune et puissance. Que chaque individu de cette contrée perdue serait son loyal sujet, répondit-il d'un ton sec.

On aurait dit un révérend, prêchant du haut de sa chaire.

— Je l'ai cru si sincèrement que j'ai accepté d'unir ma fille unique à un chef de clan écossais. Sais-tu que c'est mon soutien qui a fait pencher la balance en faveur de l'union entre l'Écosse et l'Angleterre ? Je t'ai mariée pour que cette nation soit forte, invincible. J'étais indispensable à cet accord. Et à présent, ton mari cherche à se débarrasser de moi !

Dans les souvenirs de Margot, les choses ne s'étaient pas du tout déroulées ainsi.

— Vous m'avez dit que ce mariage visait à accroître nos biens et à assurer l'avenir des générations futures. Vous avez dit qu'il était impératif que je me marie dans l'intérêt de notre famille, papa. Vous n'avez jamais parlé des deux nations.

— Il y avait de nombreux avantages à votre mariage, c'est pourquoi j'y ai consenti. C'est pourquoi *tu* y as consenti, à moins que tu ne l'aies oublié. C'était ton devoir.

— Mais je n'y ai pas consenti ! Vous m'avez *forcée* ! Si

mes souvenirs sont bons, vous m'avez dit que l'unique rôle d'une femme consistait à porter les fils de l'époux décrété par sa famille !

— Et c'est vrai ! Mais tu m'as désobéi et tu es revenue à la maison. J'ai été trop indulgent avec toi. Je ne pouvais guère t'en vouloir, je suppose, connaissant les Écossais. Mais cela nous a causé beaucoup d'ennuis, et maintenant, tu dois y remédier.

Une vague de nausées envahit Margot.

— Quels ennuis ?

— Quels ennuis, quels ennuis, la singea Bryce. Un homme ridiculisé se venge, Margot. Le mari que tu as abandonné fricote avec les Français. Ils complotent pour envahir l'Angleterre et installer Jacques Stuart sur le trône. Comprends-tu, Margot ? Ils ont l'intention de déposer la reine Anne et de la remplacer par un catholique, avec l'aide de l'ennemi mortel de l'Angleterre.

Cela ne tenait pas debout. Pourquoi Arran se serait-il mêlé à une telle conspiration ?

— Mais… Il forme des soldats pour la reine, protesta-t-elle, incertaine. Quelles preuves avez-vous ?

— Tu n'es qu'une sotte ! lâcha Bryce, cassant.

— Bryce, s'interposa Knox. Sois plus gentil.

Bryce se détourna.

Le père de Margot lui prit la main, comme il l'avait fait le soir où il l'avait présentée à Arran, son plan déjà arrêté.

— Il y a beaucoup de choses que tu ne peux pas comprendre, ma chérie, dit-il, radouci. Quand tu es partie, tu l'as libéré de sa loyauté envers notre accord. Un Anglais ne serait pas revenu sur sa parole, mais un Écossais ?

Il haussa les épaules.

— Qui, à ton avis, devra payer pour les péchés de ton mari ?

Margot avait le vertige.

— Moi ?

— Toi ? rugit Bryce, avant de se mettre à rire. Tu n'es rien du tout !

— Non, Margot, répondit son père calmement. C'est moi qui serai tenu responsable. C'est moi qui ai allié ce méprisable individu à l'Angleterre et à notre famille, et si c'est un traître, la reine et ses hommes penseront que j'en suis un aussi. Nous perdrons tout. Nous serons accusés d'avoir conspiré avec les rebelles et les Français et…

Il lui pressa la main si fort qu'elle eut mal.

— Je pourrais bien être pendu.

Le souffle de Margot se figea dans ses poumons.

Son père la toisa, et lui releva le menton, l'obligeant à le regarder. Ses yeux étaient injectés de sang, comme s'il avait bu.

— Il n'y a qu'une seule manière de savoir ce qui se trame sans attirer l'attention sur nous. Et c'est que toi, sa précieuse épouse, tu ailles découvrir de quoi il retourne. Tu dois partir de toute urgence, Margot. Tu dois lui faire avouer ce qu'il mijote et puis me revenir.

Margot s'écarta de son père. Elle avait besoin de respirer. De réfléchir.

— Si ce que vous dites est vrai, il ne l'admettra pas. Il me méprise, papa. Je n'ai eu aucune nouvelle de lui en trois ans.

— La faute à qui ? fit Bryce d'un ton mauvais.

— Il faut qu'il te parle, insista son père. Tu ne peux imaginer la tragédie qui attend cette famille si tu échoues.

Il la prit par le bras et la fit pivoter vers lui de nouveau.

— Tu es notre seul espoir. Comprends-tu ?

— Je ne comprends rien ! s'écria Margot. Je n'arrive pas

à croire qu'Arran puisse faire une chose pareille. Et si c'est le cas, il ne me dira rien, je vous assure…

Bryce l'attrapa sans ménagement par les épaules.

— Dans ce cas, c'est à toi de trouver le meilleur moyen de lui tirer les vers du nez. Espionne-le si nécessaire, mens si nécessaire — tout dépend de toi. Tout ! Alors prépare-toi à partir et à contenter ton mari, Margot. Tais-toi, fais ce pour quoi on t'a mariée, et ouvre les cuisses pour donner son dû à ton époux.

— Bryce ! Assez ! s'indigna Knox en le repoussant, tandis qu'elle s'efforçait de reprendre son souffle.

Margot frissonna à ce souvenir. Ni son père ni Bryce ne se souciaient de ses sentiments, pas plus qu'ils ne s'en étaient souciés lorsqu'ils avaient arrangé son mariage avec Arran. Là encore, elle avait eu beau supplier son père, il n'avait même pas voulu la regarder.

Knox avait été le seul à la réconforter. Il était venu à elle après cette épouvantable conversation qui l'avait emplie de désespoir.

— Tu vas terriblement me manquer, avait-il dit avec affection.

Knox Armstrong, son frère illégitime, le fils d'une femme dont il avait toujours prétendu ignorer le nom. Il avait le même âge que Margot, vingt et un ans, sept de moins que Bryce. Ils avaient été élevés ensemble dans la nursery, avaient été aussi proches que de vrais jumeaux. À l'âge de treize ans, Knox avait été envoyé en apprentissage au service d'un duc. Il était revenu adulte, avec d'épais cheveux blonds et des yeux bleus pétillants.

Margot préférait Knox à tous les autres membres de sa famille.

— Je ne vais pas te manquer : je ne compte pas partir. Qui a raconté ces choses-là au sujet d'Arran Mackenzie, Knox ? demanda-t-elle d'une voix plaintive. Comment cela pourrait-il être vrai ?

Son demi-frère haussa les épaules.

— Je n'en sais pas plus que toi, mon cœur. Père a rencontré Richard Worthing, qui était en compagnie de Thomas Dunn, de Londres. Leur conversation l'a laissé très agité. C'est tout ce que je sais, vraiment, hormis que Worthing doit t'accompagner à Balhaire.

— Non. Je n'irai pas.

Knox lui passa un bras autour des épaules.

— Écoute-moi, ma chérie. Même si ces rumeurs ne contiennent ne serait-ce qu'une once de vérité, nous devons le savoir, sinon tout sera perdu. Personne ne peut se charger de cette mission. Si Bryce ou moi devions nous présenter à Balhaire, ton mari ne nous laisserait jamais entrer.

Seigneur, il avait raison.

— Regarde. J'ai un cadeau pour toi.

Il lui remit un étui. Margot l'ouvrit. La boîte était tapissée de papier d'argent, sous les plis desquels se trouvait une paire de gants d'équitation en peau de chèvre.

— Knox… Ils sont magnifiques, murmura-t-elle en les pressant contre son visage.

— Montre à Mackenzie qu'on a bien pris soin de toi ici.

Il la serra contre lui, tandis que les larmes montaient aux yeux de Margot.

— Ce ne sera pas aussi difficile que tu le crois, affirma-t-il.

— Tu ne le connais pas. Il est très intelligent. Il ne sera pas content de me voir, Knox.

— Tu sous-estimes ta beauté, ma chérie. Les hommes sont des créatures simples. Il sera peut-être en colère au début, mais comme tous les hommes, il voudra avoir l'impression qu'il est le maître de son univers et qu'il a une femme qui le remarque et qui l'adore pour cela. Fais-le et il te mangera dans la main.

— Il ne me parlera pas des Français, dit-elle en soupirant. Je le connais. Je connais cet homme. Il me soupçonnera d'être mal intentionnée, surtout si je lui pose des questions.

— Dans ce cas, garde-toi de lui en poser.

— Je ne peux parler à personne d'autre ! Papa dit que je ne dois révéler à personne la vraie raison de mon retour, même pas à Nell. Comment suis-je censée découvrir ce qu'il mijote sans l'interroger ?

— Observe-le, ma douce. Regarde dans ses affaires. Écoute ce qu'il dit.

Il lui effleura la joue en souriant.

— Tu dois te fier à ton intelligence… Et à ton charme. Crois-moi, il finira par tout t'avouer. Il te donnera tout ce que ton cœur désire, et tu seras de retour à temps pour les noces de Lynetta.

Margot lâcha un gémissement au souvenir de cette conversation. Elle ne pouvait imaginer qu'Arran lui avoue quoi que ce soit après ce qui s'était passé entre eux.

Elle se tourna vers la commode sur laquelle elle avait vu le parchemin la veille au soir. Au fond, elle n'avait pas la moindre idée de ce qu'elle cherchait. Un homme aussi avisé et aussi intelligent qu'Arran aurait-il rédigé son plan par écrit et l'aurait-il laissé traîner sur une commode ? Cela paraissait absurde.

Néanmoins, elle résolut de jeter un coup d'œil au document en question. Peut-être était-ce une lettre en provenance de France, quelqu'un l'avertissant de la date d'arrivée des Français ? Les choses pouvaient-elles vraiment être aussi simples ?

Elle enroula un drap autour d'elle, se leva et parcourut la pièce du regard. À la lumière du jour, le désordre lui apparut subitement, alors qu'elle n'avait rien remarqué la veille, dans les moments tendus qui avaient suivi leur entrée dans la chambre. Les vêtements et les bottes d'Arran gisaient pêle-mêle sur le sol, ainsi que deux épées. Des papiers, des gants et un pistolet encombraient une table près de la cheminée.

Elle baissa les yeux et s'aperçut qu'elle avait marché sur la culotte d'Arran la veille au soir, en pensant qu'il s'agissait d'un tapis. Une bouteille de whisky avait été renversée à côté.

— Seigneur, marmonna-t-elle. Qu'est-il donc advenu de Mrs Abernathy ?

L'air sentait la fumée et le sexe ; Margot s'approcha d'une fenêtre et l'ouvrit, inspirant l'air frais du matin. Au-delà des remparts, les collines étaient nimbées de brumes. Le paysage lui avait semblé austère les premiers temps de son séjour, mais elle en était venue à apprécier sa beauté sauvage. Situé à quelques centaines de mètres de la mer, Balhaire semblait être à des milliers de kilomètres de toute civilisation.

Margot se détourna et s'approcha de la commode, en quête du parchemin sale qu'elle avait vu la veille au soir. Elle souleva un à un les objets posés sur le meuble, sans résultat — le document avait disparu.

Machinalement, elle porta la main au collier en or qu'Arran lui avait attaché autour du cou et se mit à réfléchir. Il était clair qu'il avait emporté la lettre. Avait-il voulu l'empêcher de la lire ? Ou avait-il tout simplement eu l'intention d'y répondre ?

Elle s'adossa à la commode, songeuse. Que faire, maintenant ? Comment espionnait-on son mari sans qu'il s'en rende compte ?

La porte s'ouvrit et la femme au visage sévère réapparut.

— Votre femme de chambre est introuvable, déclara-t-elle, l'air contrarié. Je vais vous aider à vous habiller, si vous voulez ?

Margot se força à sourire.

— Merci.

Et elle se prépara à affronter son premier jour à Balhaire en tant que paria.

Chapitre 7

La femme de chambre de Margot, Nell, bouillait de colère.

— C'était de la dernière grossièreté, milady, fulmina-t-elle, traversant à grands pas les anciens appartements de Margot pour sortir des robes de la penderie. Cette espèce de géant a fait irruption ici comme si c'était lui le propriétaire de ce tas de rochers et a exigé d'inspecter vos affaires !

Elle parlait de Jock. Margot entra dans la baignoire et s'enfonça dans l'eau bien chaude.

— Je lui ai dit qu'il n'avait pas le droit de fouiner dans vos bagages et il m'a répondu : « Écartez-vous, ma petite. Je n'ai pas de temps à perdre, bon Dieu. » Je vous demande pardon, ajouta-t-elle avec une petite révérence, gênée d'avoir répété un juron.

— Ce n'est rien.

L'eau chaude apaisait son corps meurtri. Elle se laissa aller en arrière et ferma les yeux pendant que Nell continuait à grommeler tout en s'affairant.

— Je ne me plais pas ici, déclara-t-elle en secouant sa tête blonde. Je ne m'y suis jamais plu. Un homme ne devrait pas se permettre d'entrer dans la chambre d'une dame et de farfouiller dans son linge, sans égard pour la dentelle ou pour la soie ! Mon père disait toujours que les Écossais avaient un cœur de pierre, et que leur seule qualité, c'était la route qu'ils avaient construite pour les relier à l'Angleterre.

Margot ne put s'empêcher de rire.

— Ils ne sont pas si mauvais.

Elle se redressa, l'eau dégoulinant sur ses épaules et ses seins.

— Venez m'aider à me laver les cheveux.

Quand elle fut habillée et coiffée, Margot s'aventura au-dehors. Elle descendit le grand escalier incurvé qui menait au rez-de-chaussée. Des voix résonnaient dans la grande salle, celle de Jock dominant les autres. Margot prit la direction opposée à celle où se trouvaient tous ces Mackenzie et sortit dans la cour.

La brume s'était levée, laissant dans son sillage une journée éclatante. Margot resta immobile le temps que ses yeux s'habituent à la lumière, et remarqua Sweeney Mackenzie en compagnie de trois hommes. Sweeney avait été gentil avec elle, autrefois. Elle n'avait jamais pu déterminer clairement son rôle dans la hiérarchie de Balhaire, mais il était souvent dans les parages. Elle s'avança vers lui.

— Bonjour, Sweeney.

Il parut surpris de la voir.

— B-bonjour, m-milady.

Elle avait toujours été intriguée par son bégaiement, qui semblait ne l'affecter que lorsqu'il était anxieux. Et, de fait, il avait l'air nerveux — il jetait des coups d'œil inquiets au jeune homme à côté de lui, et tripotait gauchement sa perruque.

Margot dévisagea les hommes. Aucun d'entre eux ne lui rendit son regard. Tous paraissaient étrangement anxieux. A cause d'elle ? La détestait-on à ce point ? Elle s'abrita les yeux du soleil pour mieux les voir.

— Quelque chose ne va pas ?

— Ah ! m-madame…

— Le laird est là ? demanda-t-elle en désignant la porte.

Sweeney secoua la tête.

Que diable avaient ces hommes ?

— Est-il parti loin ?

— N-non, m-madame. Il… entraîne les hommes.

Sweeney parut content d'avoir pu offrir un renseignement, enfin.

— Très bien. Conduisez-moi jusqu'à lui.

La pomme d'Adam de Sweeney monta et descendit.

— J… Jock vous emmènera, hein ? N-nous devons p-prendre vos bagages, c'est tout.

Ses bagages ?

— Quels bagages, Sweeney ?

Celui-ci rougit. Un des hommes lui enfonça son coude dans le dos et marmonna quelque chose.

— Je crois que vous faites erreur, Mr Sweeney. Nell est en train de défaire mes bagages. Vous voulez dire que vous allez ranger ma malle, c'est ça ? demanda-t-elle, plissant les yeux.

Sweeney jeta un regard impuissant à son compagnon, lequel fixait Margot d'un air terrifié.

Elle fit un pas vers lui.

— Y a-t-il quelque chose que je devrais savoir ? dit-elle froidement.

Sweeney secoua la tête et baissa les yeux, contemplant ses pieds.

Elle reporta son attention sur le jeune qui se trouvait à côté de lui. Il n'avait que seize ou dix-sept ans.

— Vous, dit-elle.

Sweeney le poussa en avant.

— Peut-être pourriez-vous m'expliquer pourquoi vous avez tous l'air si mal à l'aise ?

Il secoua la tête, les lèvres pincées.

Elle fit un pas vers lui, se baissa un peu pour essayer de croiser son regard, mais il s'obstina à l'éviter.

— Pourquoi Sweeney dit-il qu'il doit emporter mes affaires ? demanda-t-elle, d'une voix aussi calme et aussi plaisante qu'elle en était capable.

L'adolescent s'appliqua à scruter quelque chose plus loin vers la droite… le mur.

— Je ne sais pas, madame.

— Oh ! Mais je crois que si, susurra-t-elle en s'approchant davantage.

— Je ne sais pas au juste, marmonna-t-il. Sauf qu'ils ont dit que vous repartiez chez vous.

— Mais je *suis* chez moi.

— En Angleterre ! balbutia-t-il.

Le cœur de Margot manqua un battement. Arran avait-il l'intention de la chasser ? Elle coula un regard en direction de Sweeney, lequel gardait obstinément les yeux baissés.

— Qui a dit cela ?

— J-je n-ne s-sais p-pas au j-juste, madame, murmura-t-il en triturant son couvre-chef de plus belle.

Oh ! Non. Non, non. Le bégaiement de Sweeney acheva de la convaincre. Elle lutta contre une bouffée de panique. Elle n'osait imaginer la réaction de son père si elle était renvoyée à la maison moins de vingt-quatre heures après son arrivée à Balhaire. Sans parler du fait qu'une telle décision de la part d'Arran équivalait pratiquement à un aveu de culpabilité. De plus, s'il avait réellement l'intention de la bannir, n'avait-il pas le courage ou au moins la décence de le lui annoncer lui-même ? Le pouls de Margot s'accéléra, tandis qu'elle vacillait entre l'incrédulité, la colère et le mépris.

Les mains sur les hanches, elle s'avança vers Sweeney, s'arrêtant si près de lui qu'elle pouvait distinguer les rides minuscules autour de ses yeux.

— Vous feriez mieux d'espérer que personne ne dise un mot de cela à Nell, l'avertit-elle. Elle va faire une crise d'apoplexie, et si c'est le cas, vous pouvez prier pour qu'elle se borne à vous arracher les cheveux, monsieur. Pas un mot, vous m'entendez ?

Les quatre hommes acquiescèrent à l'unisson.

— Et maintenant, Mr Sweeney, amenez-moi un cheval.

— Un… ch-cheval ? répéta Sweeney, non sans difficulté.

— Oui, un cheval. Un animal qui possède quatre pattes et une queue, confirma-t-elle en le dessinant dans l'air.

Aucun d'entre eux ne bougea. Aucun même ne parut respirer. Elle attrapa soudain Sweeney par le col et le secoua. Il était bien plus imposant qu'elle, de sorte qu'il oscilla à peine, mais ses yeux s'emplirent d'effroi.

— Par Dieu, Sweeney Mackenzie, vous feriez mieux de m'amener un cheval, ordonna-t-elle avec colère. Je serai peut-être partie demain, mais pour le moment, je suis toujours Lady Mackenzie, et vous me désobéissez !

Sweeney déglutit avec peine.

— *Aye*[1], elle a raison, elle a raison, marmonna un des jeunes gens derrière lui.

— *Uist,* ordonna son voisin. As-tu perdu la tête, gamin ? C'est le laird qui nous donne des ordres.

1. Interjection en gaélique pour signifier l'approbation.

Margot écarta Sweeney de son mieux, le contourna et foudroya du regard celui qui venait de parler.

— En êtes-vous bien certain ? Parce qu'à votre place, si j'avais le moindre doute, j'amènerais un cheval à ma maîtresse.

— *Aye*, milady, capitula Sweeney.

Il partit à grands pas en direction des écuries, laissant ses trois compagnons serrés les uns contre les autres comme autant de moutons.

Margot pivota et le suivit. Elle avait peut-être saisi sa chance, mais elle devinait que ces hommes n'allaient pas tarir de plaisanteries à son sujet lors des jours à venir. Ils raconteraient à leurs enfants le jour où l'épouse du laird était revenue d'Angleterre et qu'il l'avait renvoyée sur-le-champ. Des ballades seraient écrites sur ce fameux événement, et le récit ne ferait que s'enrichir… Mais au moins elle aurait dit son fait à l'homme qui n'avait pas eu le courage de la bannir lui-même.

Chapitre 8

L'entraînement au combat à mains nues était tout un art. Il fallait, d'une part, distraire son adversaire et, de l'autre, l'attaquer sans relâche. Arran chevauchait lentement autour du pré, distribuant suggestions, mises en garde, corrections et encouragements aux hommes en train de s'exercer.

Il s'aperçut soudain que quelques-uns d'entre eux avaient cessé de lutter et regardaient en direction de Balhaire.

Il lança un coup d'œil par-dessus son épaule pour voir ce qui avait attiré leur attention, s'attendant à demi à une offensive menée par les Anglais. Ou à un cortège funéraire. Ou à une comète. Ce qu'il ne s'attendait pas à voir, en revanche, était sa femme chevauchant à bride abattue comme si elle fuyait un incendie. Ses jupons étaient remontés jusqu'à ses genoux, elle avait calé ses chaussures dans les étriers. Ses cheveux échappaient à demi à son chignon, et elle ne portait pas de chapeau. Il se souvint qu'elle n'était pas très bonne cavalière — mais qui donc lui avait donné ce cheval ?

Arran fit faire demi-tour à sa monture. Que diable fabriquait-elle ici ? Et pourquoi personne ne l'avait-il interceptée ?

Elle tira sur les rênes et s'arrêta gauchement, glissant d'un côté, mais parvenant par miracle à rester en selle.

— Vous voilà ! s'écria-t-elle d'une voix enjouée, hors d'haleine.

— Que faites-vous ici ? Ce n'est pas un endroit qui convient à une femme.

« À une rose d'Angleterre », voulait-il dire, car aucune femme originaire des Highlands n'aurait été gênée par le spectacle d'hommes en train de s'adonner à la lutte.

— Et pourquoi pas ? rétorqua Margot, en se penchant pour caresser l'encolure du cheval. Ce ne sont que des hommes adultes qui se battent. Il n'y a rien de répréhensible à cela, si ?

À l'entendre, elle appréciait une bonne bagarre, mais il savait que c'était bien loin de la vérité. Il regarda au loin en direction de Balhaire, s'attendant à voir Jock arriver pour la ramener au bercail comme une brebis égarée. Mais personne ne venait. Où étaient donc ses hommes ?

— D'ailleurs, c'est une journée splendide, reprit-elle d'un ton dégagé. Une journée si splendide qu'un homme pourrait accompagner sa femme en pique-nique.

Elle ponctua sa remarque d'un haussement de sourcils.

— En pique-nique, répéta-t-il, certain de ne jamais avoir prononcé ce mot à voix haute de sa vie.

— Ou, à défaut d'un pique-nique, en promenade dans les jardins. Ou au bord de la mer. Il y a tant de choses dont nous devons parler, n'est-ce pas ?

Jamais il n'avait gaspillé une journée à faire un pique-nique ou à musarder dans les jardins.

— J'ai du travail, dit-il sèchement.

— Naturellement ! répondit-elle, avec un sourire lent et enjôleur. Soyez tranquille, je n'ai pas oublié votre préférence pour le travail.

Il inclina la tête de côté, intrigué.

— Je dois devenir dure d'oreille, reprit-elle. Quand vous avez dit le mot « travail », il m'a semblé un rien cassant.

— Vraiment ? Je vous présente mes excuses.

Elle hocha la tête avec grâce, et ses tresses lui tombèrent sur le visage.

— Mais je me suis dit que, comme je venais seulement de rentrer, nous pourrions passer la journée en compagnie l'un de l'autre. N'avez-vous pas envie de parler ? N'y a-t-il rien que vous vouliez me dire ?

Quelqu'un toussa derrière Arran, lui rappelant qu'ils avaient un public. Il s'efforça de ne pas se tasser sur sa selle ; il ne pouvait rien imaginer de moins digne qu'une querelle avec son épouse devant ses hommes, mais il se rendait compte à la rougeur des joues de Margot que c'était bel et bien une possibilité.

— Madame, je…

— Je le *pensais*, remarquez, mais ensuite j'ai appris une nouvelle des plus *affligeantes*…

Il soupira.

— Voudriez-vous savoir laquelle ? insista-t-elle. J'ai entendu dire que vous vouliez que je retourne en Angleterre.

Arran ouvrit la bouche, mais elle le prit de vitesse, levant un doigt mince pour lui imposer le silence.

— En fait, ce que j'ai entendu dire, c'est que vous me *renvoyiez* en Angleterre. Présenté comme cela, on dirait vraiment un fait accompli, n'est-ce pas ? Une sorte de bannissement. Mais comme je l'ai dit au pauvre homme qui a fini par admettre l'existence de cette épouvantable rumeur, elle ne peut pas être vraie, parce que, si tel était le cas, vous me l'auriez annoncée en personne. N'est-ce pas la vérité ?

Elle lui décocha alors un grand sourire, plutôt charmant. Sauf que ses yeux lançaient des étincelles.

Arran émit un grognement et jeta un coup d'œil par-dessus son épaule. La douzaine d'hommes présents buvaient leurs paroles.

— Très bien, reprenez l'entraînement, ordonna-t-il d'un ton sans réplique. Aucun de vous n'est marié, ou quoi ?

Il se pencha pour attraper la bride du cheval de Margot et lui fit faire demi-tour.

— Qu'est-ce que vous fabriquez ? demanda-t-il en s'éloignant du groupe.

— Je pose une question légitime.

— Avez-vous perdu l'esprit ? Venir ici sur un cheval que vous êtes à peine capable de contrôler pour interrompre l'entraînement ?

— Je peux très bien le contrôler ! Peut-être ai-je été un soupçon impulsive, mais vous pouvez imaginer mon désarroi. J'admets, au nom de l'honnêteté totale qui doit régner entre nous, que j'ai été plutôt blessée que vous envisagiez de me bannir après la nuit dernière. Je sais que vous êtes fâché contre moi, Arran…

— Fâché ? répéta-t-il, incrédule.

— Mais vous ne pouvez tout de même pas avoir le cœur dur au point de me rejeter après que je me suis humiliée devant vous et que nous sommes redevenus mari et femme.

Elle arqua un sourcil, le mettant au défi de la contredire.

— Vous pensez que j'ai le cœur dur ? Moi ?

— Je veux seulement dire que vous n'êtes pas aussi sentimental que certains.

— Pour l'amour du ciel, femme ! Quelles que soient vos intentions, je n'ai ni le temps ni la patience de me prêter à votre petit jeu. Je ne peux pas imaginer ce qui vous a ramenée si soudainement après trois ans d'absence, mais ce n'est pas la raison que vous invoquez.

— Si ! affirma-t-elle, la main sur le cœur. Je ne veux qu'être une bonne épouse.

— Vous avez fait votre choix il y a trois ans, non ?

— Ce n'est pas vrai ! cria-t-elle, assez fort pour que les hommes d'Arran l'entendent.

Il pressa son cheval, entraînant celui de Margot à sa suite pour qu'ils soient hors de portée de voix.

— Évidemment, je comprends que vous puissiez être parvenu à cette conclusion, dit-elle, soudain conciliante. J'ai fait un très mauvais choix en partant.

Il émit un petit bruit méprisant.

— Mais par ma vie, c'était une erreur ! Une erreur horrible, épouvantable, que je regrette amèrement à présent. Je veux désespérément me racheter. N'allez-vous même pas me permettre d'essayer ? La nuit dernière ne signifiait donc rien pour vous ? insista-t-elle, tendant sa main gantée vers celle d'Arran.

Bon sang ! Il ne voulait pas qu'elle le touche. Il se sentait faiblir dès qu'elle l'effleurait. Il se dégagea avec brusquerie.

— Coucher avec une belle femme ne change rien au fait que je ne peux pas croire un traître mot de ce que vous dites. Vous n'avez aucune raison d'être revenue, hormis pour un motif abominable que je préfère ignorer.

Margot parut anéantie.

— Abominable ! répéta-t-elle, donnant au mot une consonance plus vile qu'il n'en avait eu l'intention. Je vais vous dire ce qui est abominable, *monsieur*. Me bannir sans même prendre la peine de faire vos adieux — cela, c'est abominable ! Écouter son cœur ne l'est pas.

— Vous parlez d'écouter votre cœur. Moi je parle de duplicité, lança-t-il avec un geste méprisant de la main. Hélas, nous ne saurons jamais où se cache la vérité, car je n'ai pas l'intention de me prêter à cette farce, Margot. Adieu, ma femme. Mes compliments à Norwood.

Il lâcha la monture de celle-ci et fit mine de lui donner une tape sur la croupe pour la renvoyer à l'écurie.

Mais Margot se jeta subitement vers lui. Stupéfait, Arran se pencha en avant et la rattrapa avant qu'elle ne tombe entre les deux chevaux et soit piétinée. Il la saisit sous les bras et la redressa, mais les chevaux s'agitèrent et il dut la faire monter devant lui pour l'empêcher de tomber.

— *Diah* ! Où aviez-vous donc la tête ? demanda-t-il avec rudesse. Vous auriez pu être écrasée.

Margot lâcha un gémissement de désespoir et noua les bras autour du cou d'Arran.

— La nuit dernière n'était-elle qu'un rêve ? Allez-vous vraiment me renvoyer alors que j'ai mis mon cœur à nu devant vous ?

Il tenta de lui faire lâcher prise.

— Vous avez mis votre *corps* à nu, pas votre misérable cœur.

— Laissez-moi vous le prouver, dit-elle aussitôt, en tournant la tête pour l'embrasser sur la joue. Je vous en prie, Arran — je vous le prouverai.

— Me prouver quoi ? grogna-t-il alors qu'elle déposait un autre baiser au creux de son cou, lequel fit à Arran l'effet d'une brûlure au fer rouge.

— Que je suis revenue pour réparer notre mariage. Pour

tout recommencer ! Nous pouvons repartir de zéro, parce que j'ai changé. Je vous le jure.

Elle l'embrassa de nouveau sur la joue. Et sur le menton. Et sur l'oreille.

— Cessez de m'embrasser, ordonna-t-il sèchement.

Déjà, il était troublé ; déjà, il perdait la capacité de se concentrer sur les paroles qu'elle prononçait ! Mais il parvint enfin à la repousser.

— Pourquoi devrais-je croire que vous avez changé ? Pour quels motifs ?

Il captura son menton d'un geste rude.

— Pourquoi devrais-je croire un mot de ce que vous dites ? Vous m'avez ridiculisé, Margot. Vous avez rejeté mon clan. Vous méprisez mon travail, mes activités. Vous vous êtes plainte de ne pas avoir de compagnie ici. Mais c'est *ici* que je vis. Je suis le laird de ces terres. Je mène la vie d'un laird et cela ne changera pas. Cela ne va pas changer, et vous non plus. Je ne vous fais pas confiance, vous m'entendez ? Je ne vous ferai jamais confiance.

Elle pâlit. Retira le bras qu'elle avait noué autour de son cou.

— Je sais que vous ne me faites pas confiance, murmura-t-elle, l'air peiné. Comment le pourriez-vous ? Mais je ne suis plus celle que j'étais autrefois. Je veux vous montrer que j'ai changé.

Il la toisa en silence.

— Et je veux un enfant.

À peine eut-elle prononcé ces mots qu'elle sembla vouloir les ravaler. Arran la dévisagea, sceptique.

— Vous vous serviriez de cet argument pour me persuader ? demanda-t-il avec mépris.

Elle connaissait son désir d'enfant. Elle savait combien il

avait été déçu chaque mois quand elle avait eu ses menstrues. Et il savait qu'elle avait été contente de les avoir.

— Ne me regardez pas ainsi, je vous en prie, supplia-t-elle en fermant les yeux l'espace d'un instant. Je le veux vraiment. Je veux être mère. Être une épouse. J'étais trop jeune avant. Trop naïve. Mais vous êtes mon mari, vous voulez un héritier, et je veux un enfant à moi.

Elle venait de citer l'unique chose susceptible de cimenter leurs liens — un bébé, avec lui. Plus que tout au monde, il désirait des enfants, toute une ribambelle, même, qui rempliraient la cour du château et viendraient faire des galipettes sur son lit. Il donnerait tout ce qu'il possédait à ses enfants. Pourrait-elle jamais comprendre à quel point il avait dû contrôler ses désirs après qu'elle était partie pour ne pas faire naître d'enfant illégitime au sein de son clan ? Pouvait-elle comprendre désormais que, si elle lui donnait un enfant, il vivrait dans la crainte constante qu'elle ne s'enfuie de nouveau en l'emmenant ?

Mais à cet instant, Arran lut quelque chose dans les yeux verts de Margot. La même émotion qu'il y avait vue la veille au soir : le chagrin.

Il la fixa, furieux contre elle.

— Je vous en prie, ne me chassez pas, chuchota-t-elle.

Il serra le poing et le tint étroitement serré contre sa cuisse.

— Très bien, dit-il en acquiesçant lentement. Prouvez-moi que vous voulez être ma femme, Margot. Pas la femme d'un dandy anglais, soyons clairs, mais *ma* femme. Une femme qui n'a peur ni de la fête, ni de la famine, ni du travail, ni des épreuves. La femme d'un Highlander. Une Écossaise. Pouvez-vous être cette épouse-là pour moi ?

— Oui !

Cependant, l'assurance dans sa voix était démentie par l'expression alarmée de son regard. Arran dut se faire violence pour réprimer un petit sourire amer.

Chapitre 9

Margot était à Balhaire depuis moins de vingt-quatre heures, et elle avait déjà réussi à tout gâcher. Surtout en mentant à Arran alors qu'il l'avait expressément avertie de ne pas le faire.

Un enfant !

Ce n'était pas tout à fait un mensonge, car Margot désirait sincèrement avoir des enfants. Mais là n'était pas la raison de son retour, et, d'ailleurs, elle ne pouvait rien imaginer de pire que de concevoir un enfant avec un traître à la Couronne. Malheureusement, l'amour-propre l'avait emporté sur la raison, et, mue par le désespoir, elle avait parlé trop vite.

Seigneur ! songea-t-elle, déconcertée. Voilà que, désormais, elle devait prouver à Arran qu'elle voulait être une bonne épouse ! Comme si elle figurait parmi une série de jeunes débutantes désireuses de s'attirer ses bonnes grâces.

Cette comédie allait commencer pour de bon dès le lendemain soir. Arran s'était déclaré ravi de lui annoncer qu'il allait organiser une soirée de fête et de danses en son honneur. Il avait d'ores et déjà envoyé un jeune au château afin d'en informer Fergus.

— Quelle merveilleuse idée ! s'était écriée Margot, avec une gaieté feinte.

Et Arran, maudit soit-il, lui avait adressé un sourire narquois, tout content de l'avoir agacée.

Après le désastre du bal qu'il avait essayé de donner pour elle, Margot savait pertinemment à quoi s'attendre. Des chants dans une langue que seuls les Highlanders comprenaient, et des danses chaotiques, qui consistaient en ces sauts et lancement de jambes que les Écossais semblaient affectionner. Cette prétendue célébration ne visait qu'à une chose : l'intimider.

Margot n'allait pas se laisser faire. Si son mari désirait qu'elle danse et qu'elle chante pour faire ses preuves, eh bien, elle allait le satisfaire, et en y mettant le style. Elle avait beau être la plus maladroite des danseuses, elle se consolerait en étant au moins la plus élégante.

Margot et sa monture pénétrèrent au trot dans la basse-cour, et elle parvint à mettre pied à terre sans trop révéler de sa jambe au garçon d'écurie accouru pour l'aider. Elle lissa ses jupes et son bustier, et s'efforçait de mettre un peu d'ordre dans sa coiffure quand Jock apparut, le jeune messager d'Arran sur ses talons.

Il ralentit à sa vue et sa mâchoire se crispa alors qu'il la croisait.

Margot marmonna quelques paroles désobligeantes au sujet du loyal cousin d'Arran, renonça à se coiffer et rentra. Comme si sa journée pouvait encore empirer, Pepper et Worthing sortaient justement de la grande salle au moment où elle y entrait. Avec leurs perruques fraîchement poudrées, leurs manchettes et cols d'un blanc étincelant, ils avaient l'air franchement ridicule dans cette austère forteresse des Highlands.

— Doux Jésus, se récria Pepper en la détaillant de la tête aux pieds. Avez-vous été agressée ?

— Agress… ? Non !

— Dans ce cas, que vous est-il arrivé ? demanda-t-il, levant une main comme pour l'obliger à rester à distance.

— Rien ! Je suis sortie à cheval et… Peu importe.

— Madame, si vous me permettez, intervint Worthing, en jetant un bref coup d'œil autour de lui. Il ne peut pas vous mettre à la porte et vous renvoyer en Angleterre, pas impunément. Il y a des lois qui gouvernent le mariage.

— Des lois ! ironisa Margot. Quelle loi empêche un homme de bannir une femme qui l'a abandonné, monsieur ? Ne me parlez pas des lois ! Les hommes font comme bon leur semble. Mais vous pouvez avoir la certitude qu'il ne me renvoie pas. Il y a eu un léger malentendu, c'est tout, et il est réglé.

Ses gardiens échangèrent un regard sceptique.

Elle regretta soudain que ces deux hommes soient là pour compliquer son retour.

— Quand avez-vous dit que vous alliez retourner en Angleterre ?

Worthing fronça les sourcils.

— Nous n'avons rien dit. Mais je ne demande pas mieux que de partir dès que vous aurez un message à transmettre à votre père. Est-ce le cas, Lady Mackenzie ?

— À vrai dire, vous pouvez vous hâter de rentrer lui annoncer que je suis arrivée saine et sauve à destination. Je suis sûre qu'il attend cette nouvelle sur des charbons ardents.

Elle sourit, leur fit une petite révérence rapide et les contourna.

Lorsqu'elle atteignit ses appartements, tout en haut de l'escalier en colimaçon — des pièces qu'elle avait choisies dès le début de son mariage avec Arran, en insistant sur le fait qu'il était convenable qu'une dame ait ses propres quartiers —, elle constata que Nell avait fini de défaire leurs bagages.

Sa femme de chambre était assise dans un fauteuil, les pieds sur une ottomane. Elle tressaillit si violemment lorsque Margot ouvrit la porte qu'elle faillit tomber de son siège.

— Je vous demande pardon ! s'excusa-t-elle, affolée, en rajustant sa tenue et sa coiffe en dentelle. Je voulais seulement me reposer le dos…

— Ne vous inquiétez pas, Nell. Cela m'est égal, répondit Margot. Arran a l'intention d'organiser une soirée à la mode écossaise demain soir. J'aurai besoin de ma plus belle robe. Une qui soit totalement inoubliable.

Nul doute que tous les yeux à Balhaire seraient sur elle, cherchant les raisons de son retour.

— Ah ! opina Nell, comprenant aussitôt. La mante bleue.

— Oui, elle sera parfaite.

La robe avait été confectionnée pour elle à Londres. De minuscules oiseaux de couleurs vives étaient brodés sur le bustier. Le motif damassé était cousu de fils d'or et d'argent, de sorte qu'à chacun des mouvements de Margot sa robe semblait onduler autour d'elle.

— Autre chose, madame ?

Margot regarda autour d'elle.

— Oui, dit-elle, songeuse.

Quelle décision idiote ç'avait été de s'installer ici ! Elle s'était toujours sentie comme un oiseau en cage dans ces pièces au sommet de la tour. Certes, elle avait une vue superbe du château et des terres qui l'entouraient, ce qui l'avait séduite au départ. Elle voyait même la mer. En revanche, elle n'entendait aucun bruit : aucune voix, même pas le bêlement d'un mouton ni l'aboiement d'un chien. Elle était pratiquement en suspens au-dessus du monde, à l'écart de tous les Mackenzie.

Arran avait émis le souhait qu'elle partage ses appartements. Il avait libéré une série de pièces attenantes aux siennes, qui auraient pu lui servir de boudoir et de garde-robe, mais à l'époque Margot avait été trop collet monté, trop prude, et trop naïve.

Eh bien ! Elle n'était plus la jeune fille sotte d'autrefois.

Elle regarda Nell et esquissa une moue d'excuse.

— Nous devons déménager.

— Pardon ? se récria Nell, incrédule.

— Je nous ai isolées de tous en prenant ces pièces. Je suis trop loin de mon mari. Comment puis-je compter réparer quoi que ce soit alors que je vis pratiquement dans une maison différente de lui ?

Sa femme de chambre paraissait sur le point de s'effondrer.

— Écoutez, Nell, dit-elle en lui caressant la main, je sais que vous avez travaillé dur. Mais je vais vous faire une confidence : mon mari m'en veut d'avoir quitté Balhaire et il a l'intention de me renvoyer en Angleterre. Je ne peux pas laisser cela se produire.

— Non, milady, acquiesça Nell, morose.

Tandis qu'elle commençait à refaire ses bagages, Margot partit à la recherche de Fergus afin de l'informer de sa décision. Elle trouva celui-ci dans la grande salle, occupé à superviser les préparatifs du dîner. Il tenta d'éviter son regard, mais Margot l'interrompit d'une voix enjouée.

— Bonjour, Fergus.

— Milady.

— Je vous remercie d'avoir aéré mes anciens appartements, mais j'ai décidé que j'aimerais être plus près de mon mari. Pourriez-vous, je vous prie, préparer la garde-robe et le boudoir adjacents à sa chambre ? Nell est en train de faire mes bagages.

Fergus cilla, puis plissa les yeux.

— À côté du laird, dit-il, comme si elle s'était mal exprimée.

— Oui, c'est cela, répondit-elle avec calme. À côté de mon mari. Seigneur, vous paraissez alarmé, Fergus. Serez-vous soulagé si je vous donne ma parole de ne pas l'assassiner durant la nuit ?

Fergus plissa les yeux encore davantage.

— Non. Je ne peux pas faire ça sans en parler au laird d'abord.

— Bien sûr que si ! affirma-t-elle gaiement. Je suis la maîtresse ici. D'ailleurs, il est au courant et il se félicite de mon choix.

Désormais, les yeux de Fergus n'étaient plus que des fentes.

— Je ne crois pas…

— Fais ce que la dame te demande, ordonna une voix masculine derrière Margot.

Elle aurait dû savoir que Jock rôdait à proximité. N'était-ce pas toujours le cas ? Elle regarda par-dessus son épaule.

— Vous voilà ! Je commençais à redouter que vous n'ayez disparu. Merci pour cette aide inattendue, commenta Margot alors que Fergus s'éloignait.

— De rien. Ce sera plus facile de garder l'œil sur vous là-bas que dans la tour, pas vrai ?

— C'est ce que vous croyez, mon ami, lui rétorqua Margot.

Puis elle pivota, tournant le dos à son regard perçant.

Hélas, sans tâche ni occupation, sans rôle à jouer, Margot se retrouva dans la basse-cour. Sans bien savoir où elle allait, elle redressa le menton et sortit de l'enceinte.

Personne ne l'arrêta. La plupart des gens ne la remarquèrent même pas — ou bien, ils faisaient de leur mieux pour ne pas la regarder.

Méritait-elle donc tant de mépris ? Était-il vraiment si condamnable d'avoir quitté un mari impossible ? Elle était déterminée à prouver qu'elle n'était pas la sorcière qu'on imaginait. Y parvenir exigerait réflexion.

Elle descendit la route où échoppes et maisons avaient fleuri au fil du temps, formant un petit village autour des remparts de Balhaire. Elle était rarement venue jusque-là autrefois — elle n'était pas accoutumée à fréquenter ce genre d'échoppes. On ne trouvait pas de soie ni de porcelaine ici. Pas de gants en cuir fin comme ceux qu'elle portait.

Malgré tout, une enseigne attira son attention. Des jardinières de pivoines étaient placées sous la fenêtre, et un panneau en bois indiquait le nom de la propriétaire, Mrs Agnes Gowan.

Une petite cloche tinta lorsqu'elle ouvrit la porte basse qui menait à l'intérieur. Une odeur délicieuse régnait là, et elle vit, sur le comptoir, un plateau chargé de muffins tout juste sortis du four qui lui donnèrent l'eau à la bouche. Il y avait un assortiment de produits à vendre : des pots de confiture, des assiettes et des tasses. Des sachets de sels de bain et des savonnettes. Margot prit un sachet et le porta à ses narines. Il sentait bon la bruyère et la lavande.

Elle entendit des murmures et se retourna. Deux femmes se tenaient derrière le comptoir. L'une, petite et ronde, portait une coiffe sur ses boucles grises. Margot la reconnut — c'était une des dames qu'elle avait tenté d'enrôler dans ses œuvres de charité.

L'autre femme, qui chuchotait à l'oreille de la première, était plus jeune mais avait le même nez bulbeux. Elle aussi arborait une coiffe et un tablier. Sa fille, sans doute.

— Comment allez-vous ? demanda Margot d'un ton aimable.

Ni l'une ni l'autre ne parlèrent.

— Vos sachets et vos savons sentent très bon. Je crois que,

la dernière fois que je suis venue à Balhaire, les gens utilisaient toujours des orties pour faire leur toilette, ajouta-t-elle avec un sourire.

Aucune réaction.

Margot s'éclaircit la voix.

— Vous vous souvenez de moi, n'est-ce pas, Mrs Gowan ? Nous nous étions rencontrées alors. Nous avions parlé d'organiser une collecte pour les pauvres.

Sauf qu'elles ne l'avaient jamais fait. Aucune des dames du kirk[1] ne semblait comprendre que lever des fonds pour aider les pauvres était une cause digne d'efforts. « Nous prenons soin de nos orphelins, ici », avaient-elles affirmé. Margot avait néanmoins insisté. Elle avait toujours participé à des œuvres charitables au nom de Norwood Park et elle supposait qu'on attendait la même chose d'elle ici.

C'était Griselda qui, en fin de compte, lui avait expliqué, avec une certaine impatience, qu'il n'était nullement nécessaire de faire l'aumône aux pauvres, car ils étaient aidés par le clan lui-même. « C'est ce qu'un clan signifie, avait-elle ajouté, agacée. Nous veillons sur les nôtres. »

— Oui, je me souviens de vous, répondit Mrs Gowan avec froideur, en plissant légèrement les yeux.

Margot traça le contour d'une feuille d'or sur une assiette posée à côté d'elle.

— Je ne me rappelle pas avoir vu de si jolies porcelaines en vente alors. D'où viennent-elles ?

— De France, répondit la fille. Le laird nous les a données pour qu'on les vende.

Vraiment ?

1. Désigne une paroisse, en Écosse.

— Elles sont magnifiques.

Elle promena un regard autour d'elle.

— Vous avez de jolies choses. Les bateaux en provenance de France doivent être fréquents.

Mrs Gowan haussa les épaules et croisa les bras. Était-elle mal à l'aise ?

— Un navire est arrivé hier soir, expliqua la plus jeune.

Face au regard noir de sa mère, elle pinça les lèvres et baissa les yeux.

Ce navire était-il censé être un secret ?

— Eh bien, je suis impressionnée par vos marchandises. J'aimerais que vous fassiez livrer un assortiment de savons et de sels de bain au château, s'il vous plaît. Dites que Lady Mackenzie les a demandés et on vous les paiera.

Margot sourit, contente de sa bonne action. Voilà qui devrait satisfaire Mrs Gowan. Cette femme serait sûrement ravie d'avoir une commande de l'épouse du laird en personne. Les commerçants aimaient toujours vendre leurs produits dans les meilleures maisons. Dans le village voisin de Norwood Park, ils s'empressaient tous autour d'elle tant ils étaient désireux de la voir faire des emplettes chez eux.

Mrs Gowan, cependant, n'esquissa pas le moindre geste.

Margot tira sur le lobe de son oreille, mal à l'aise.

— Une sélection de votre choix, précisa-t-elle, serviable.

La jeune femme fit une petite révérence.

— Bien, milady.

Elle quitta le comptoir et s'affaira à rassembler divers produits tandis que Margot continuait à regarder Mrs Gowan. Pourquoi cette femme se montrait-elle aussi hostile ? Peut-être n'avait-elle que faire de son argent, mais pourquoi être désagréable avec l'épouse du laird ? Ne se rendait-elle pas compte qu'Arran en entendrait parler ?

— Je vous demande pardon, Mrs Gowan, dit-elle pendant que la fille de celle-ci emballait ses emplettes, mais il est clair que j'ai fait quelque chose qui vous déplaît.

— Oui, en effet, fut la réponse.

— *Maman*, chuchota la fille.

Sa mère l'ignora.

— C'est à cause des aumônes ? Je vous assure que je ne songeais qu'à me rendre utile. Je ne savais rien des clans écossais, affirma Margot, la main sur le cœur.

Mrs Gowan et sa fille échangèrent un regard perplexe.

— Quoi ? demanda la mère en plissant les yeux.

Margot se sentit rougir.

— Si votre mécontentement ne provient pas de cet incident, comment se fait-il que vous soyez si manifestement fâchée contre moi ? Je viens à peine de rentrer à Balhaire.

— Justement, contra Mrs Gowan.

— Pardon ? s'écria Margot, décontenancée.

— Je ne sais pas d'où vous venez, milady, mais ici, quand on fait du tort à un Mackenzie, on fait du tort à tout le clan. Et je suis une Mackenzie jusqu'au bout des ongles. Mon fils est allé à l'école avec le laird.

— Maman, ne dis rien de plus, s'il te plaît, la supplia sa fille.

— Je dirai ce que j'ai envie de dire, répliqua Mrs Gowan. Je n'ai pas peur d'elle.

— Je n'ai pas peur de vous non plus, rétorqua Margot. Cela vous étonnera peut-être, mais je crois que c'est à *moi* qu'on a fait du tort. Cela dit, cela ne devrait pas vous importer, car c'est une question qui ne regarde que nous, mon mari et moi.

— J'aurais préféré que vous ne reveniez jamais.

Margot et la fille de la commerçante laissèrent échapper en même temps un petit cri stupéfait. Jamais on n'avait parlé à Margot de la sorte. Elle ouvrit la bouche pour avertir la femme de ne pas s'aviser de recommencer, mais Mrs Gowan la prit de vitesse.

— Je ne sais pas pourquoi vous l'avez fait. J'espère ne jamais revoir le laird aussi malheureux, ça non.

Margot se figea. Sa riposte lui sortit de l'esprit tandis qu'elle dévisageait la commerçante.

— Malheureux ? répéta-t-elle, incrédule.

— Oui, malheureux, confirma Mrs Gowan d'une voix pleine de colère. Il errait comme une âme en peine.

— Maman !

Margot s'efforça de dissimuler son choc. Elle regarda autour d'elle, ne sachant que répondre. Ne sachant même si elle comprenait bien ce que cette femme voulait dire, ou si elle devait la croire. Arran avait été en colère. Très en colère, même. Mais il n'avait pas été *malheureux*.

Elle dévisagea de nouveau Mrs Gowan, dont les joues rondes avaient légèrement rosi.

— Êtes-vous en train de laisser entendre que le laird était malheureux parce qu'il m'avait épousée ? demanda-t-elle, incertaine.

— Non ! Il était malheureux parce que vous étiez partie. Ça se voyait comme le nez au milieu de la figure, non ? Il n'en parlait pas, mais c'était évident pour moi que vous lui aviez brisé le cœur !

Un frisson parcourut l'échine de Margot.

— Non.

— Il était anéanti, insista la femme. Et je ne veux rien

avoir à faire avec une femme qui a traité notre laird comme ça. Rien du tout.

Sa fille lui adressa quelques paroles sévères en gaélique.

Mrs Gowan pivota vers Margot à regret.

— J'ai dit ce que j'avais à dire. Je vous ferai livrer les savons, conclut-elle en se détournant.

Sans voix, encore étourdie à l'idée qu'Arran ait pu avoir le cœur brisé, Margot recula, chercha la poignée de porte à tâtons et ressortit dans la rue.

Une fois au-dehors, elle resta immobile, le regard fixé sur les collines au loin. Elle avait supposé, compte tenu de la tension qui régnait entre eux, qu'Arran avait été soulagé de la voir s'en aller. Quand son père lui avait annoncé qu'elle devait rentrer à Balhaire, elle n'avait pensé qu'au mécontentement que son mari éprouverait en la revoyant. Avait-il réellement été malheureux ? Margot l'avait-elle fait souffrir, ou bien cette femme avait-elle mal interprété sa méchante humeur ? Si Arran avait voulu qu'elle reste, ne l'aurait-elle pas senti ? Ne lui aurait-il pas demandé de ne pas le quitter ?

Elle était toujours en train d'essayer de mettre de l'ordre dans ses pensées quand un groupe de cavaliers dévalèrent la route en direction du château. Plusieurs personnes sortirent sur leur pas-de-porte pour les regarder. Margot fit un pas en arrière, se plaquant au mur de l'échoppe de Mrs Gowan pour les laisser passer.

Elle ferma les yeux pour se protéger de la poussière et les rouvrit au moment où un des cavaliers s'arrêtait brusquement.

C'était Arran. Il baissa les yeux sur elle, son cheval trépignant d'impatience sous lui.

— Margot ? Que faites-vous ici ?

— Ah…

Elle jeta un coup d'œil derrière elle.

— Mrs Gowan a eu la gentillesse d'accepter de me livrer quelques petites choses au château.

Arran regarda l'échoppe, puis Margot.

— Vous vous passerez de moi ce soir, entendu ? dit-il avec brusquerie. J'ai à faire à Lochalsh.

À Lochalsh ? Que pouvait-il bien avoir à faire à Lochalsh, un hameau minuscule sur la côte ouest, peuplé de pêcheurs ?

— Vous serez absent ? Mais j'avais pensé que nous…

— Vous n'allez pas vous plaindre, n'est-ce pas, la coupa-t-il, une mise en garde dans la voix.

Margot serra les dents pour s'empêcher de protester.

— Pas du tout. Je vous souhaite bonne route, se força-t-elle à dire.

— *Aye*, c'est bien ce que je me disais.

Sur quoi, il éperonna son cheval.

Elle le suivit des yeux, luttant contre les soupçons qui s'immisçaient en elle. Avec un soupir, elle entreprit de remonter la côte qui menait au château, en agitant les bras pour chasser la poussière soulevée par les chevaux.

Chapitre 10

À la fin d'une très longue journée, après avoir dîné avec Nell dans le salon attenant à la chambre, Margot se coucha dans le lit d'Arran.

Fergus était contrarié.

— Le feu n'a pas été allumé, milady.

— Eh bien, peut-être pourriez-vous l'allumer, suggéra Margot aussi gentiment que possible.

Fergus s'exécuta... Mais fit aussi rentrer les chiens. Ceux-ci avaient été une source de dispute entre Arran et elle autrefois. Elle ne comprenait pas qu'il s'embarrasse de vieux chiens qui n'étaient plus utiles à leurs maîtres. À une époque, ils étaient une dizaine à flâner dans la grande salle, reniflant les coins et suivant les gens dans l'espoir de glaner une caresse ou quelques miettes !

Ce soir-là, trois chiens entrèrent dans la chambre, et s'arrêtèrent sur le seuil pour s'étirer en bâillant. Margot, déjà au lit, se sentait seule et vaguement anxieuse. Elle qui s'était toujours opposée à la présence de ces animaux dans la maison ne fut pas trop mécontente de voir leurs museaux au bord du lit, leurs queues qui battaient sur le sol, leurs regards pleins d'espoir.

— Bon, très bien, soupira-t-elle, feignant l'agacement, et elle tapota le matelas.

Les trois chiens sautèrent sur le lit, décrivirent quelques cercles et s'installèrent, le dos pressé contre le sien.

Elle se remémora l'après-midi d'hiver où Arran l'avait emmenée au chenil voir une portée de chiots dans l'espoir de la distraire. Cela avait fonctionné. Il les avait pris un à un dans sa main et leur avait caressé la tête. « Celui-ci sera un bon chien de troupeau, pas vrai ? Mais lui… Je soupçonne qu'il passera son temps à creuser des trous sous les clôtures. » Ç'avait été un après-midi merveilleux.

Il y avait eu quelques autres moments similaires avec Arran, des moments où ils avaient pris plaisir à la compagnie l'un de l'autre. De retour à Norwood Park, Margot y avait songé de temps en temps. Parfois, quand l'ennui la consumait, elle s'en souvenait avec une certaine nostalgie.

Le lendemain matin, quand elle se réveilla, elle avait été poussée au bord du lit par ses compagnons, et deux autres chiens s'étaient installés dans la chambre, sur le tapis au pied du lit.

Seul son mari manquait à cette scène domestique. Se trouvait-il toujours à Lochalsh ? Que pouvait-il bien faire là-bas ? Y était-il seulement allé ?

Quoi qu'il en soit, Margot ne pouvait montrer son appréhension à quiconque. Il était impératif qu'elle joue son rôle d'épouse repentie.

Elle chassa les chiens en douceur, puis appela Nell pour que celle-ci l'aide à s'habiller. Ensuite, elle descendit dans la grande salle comme elle était censée le faire, fut saluée par les quelques Mackenzie qui daignaient la regarder, et s'obligea à manger un peu. Elle quitta la salle alors que les domestiques commençaient à déplacer les meubles en vue de la fête qui devait se dérouler le soir même.

À ce propos, Margot avait un plan. Ayant enfilé une cape, elle sortit du château, descendit la rue principale et dépassa l'échoppe de Mrs Gowan pour s'engager dans un vieux sentier. Elle enjamba quelques flaques, évita des poulets qui picoraient et, enfin, arriva à sa destination : une petite maison carrée, dotée de deux fenêtres qui donnaient sur le chemin. Elle toqua à la porte et attendit. Comme elle l'avait escompté, un petit vieillard l'ouvrit et plissa les yeux en tendant la tête vers elle.

— Bonjour, Mr Creedy.

Il la fixa sans répondre.

— Je suis Lady Mackenzie. Nous nous sommes rencontrés voilà quelques années.

— *Aye.*

Margot s'éclaircit la gorge et ajusta sa cape.

— Hum… Je suis venue vous voir au sujet d'une écharpe en tartan.

Il parut surpris. Puis méfiant.

— Il va y avoir une sorte de réunion ce soir… c'est-à-dire, le laird a aimablement offert d'organiser une soirée pour fêter mon retour… Et j'aimerais beaucoup porter un peu de tartan.

— Vous voulez porter du tartan, répéta-t-il, incrédule.

Était-ce si choquant ?

— Oui.

— Hum… Vous avez changé d'avis, c'est ça ?

Margot ne pouvait guère lui en vouloir de son scepticisme — il était venu au château lui proposer divers tartans autrefois. Il les avait apportés sur une charrette, fier de son travail, et elle… Eh bien, elle avait été atterrée qu'on puisse s'imaginer qu'elle allait se mettre à porter cette laine rude, et elle les avait poliment refusés — ou peut-être pas si poliment que cela, finalement.

— Je suppose que oui. Je vous présente mes excuses, Mr Creedy. Je n'aurais jamais dû être aussi hâtive…

— *Ach*, ne vous inquiétez pas, milady. Peu importe ce qui a été dit par le passé, du moment que vous ne le pensez plus.

Était-ce bien le cas ? Margot cilla. Elle se sentit étrangement malhonnête, car elle n'était pas tout à fait certaine d'être de bonne foi. Soudain, elle ne savait plus très bien quel était le motif de sa présence à Balhaire.

Mr Creedy se méprit et crut qu'elle hésitait.

— Ne vous faites pas de reproches, dit-il. Quel genre voudriez-vous ?

— Quel genre ?

— *An arisaid* ? Un gilet ? Je n'ai pas assez de temps pour ça.

— Un quoi ? Non, non, pas de gilet.

— *Aye*, entrez, entrez, dit-il, avec un geste de sa main déformée par l'âge.

Elle baissa la tête et le suivit à l'intérieur. Il n'y avait qu'une seule pièce, où régnait une odeur de poisson. D'un côté se trouvait le lit, et, de l'autre, un grand métier à tisser, ainsi que divers tissus et cotons accrochés aux murs. Plusieurs plaids étaient pliés et empilés avec soin sur une étagère. Il en prit un et le déroula pour le lui montrer. Il était très grand, assez pour servir de couvre-lit.

— S'il vous convient, je vous montrerai comment le mettre. J'en couperai une bande et en ferai une écharpe, *aye* ?

— *Aye*, répondit-elle machinalement.

Il le drapa sur l'épaule de Margot, tendit la main derrière elle et en plaça une extrémité sur sa hanche, puis rassembla les deux pans.

— On l'attache ici avec un *luckenbooth*, *aye* ?

— Une broche ? Oui, je vois. Oui, c'est parfait, Mr Creedy. Merci. Aurez-vous le temps de le faire pour ce soir ?

— Il sera prêt dans une heure. J'enverrai mon garçon vous le porter, entendu ?

— Merci.

Margot sourit et serra la main du vieil homme avec reconnaissance.

Entre l'emménagement dans les nouveaux appartements et la redécouverte de Balhaire, la journée passa assez vite. Il n'y avait toujours aucun signe d'Arran.

Ce soir-là, lorsque Nell vint l'aider à s'habiller, elle apporta des nouvelles.

— Le laird est revenu, murmura-t-elle. Avec deux hommes, et beaucoup de poissons.

Margot pivota sur son siège pour la regarder.

— Il est allé à la pêche ? demanda-t-elle, stupéfaite.

— Je ne sais pas, madame. Je sais seulement qu'il est rentré avec beaucoup de poissons.

Très bien, elle n'allait pas s'énerver. Au moins était-il rentré.

Lorsqu'elle eut terminé de s'habiller, Margot prit un instant pour contempler son reflet dans la glace. Elle ressemblait à une reine : il ne manquait qu'une couronne à sa tenue. Ses cheveux étaient un assemblage artistique de mèches et de boucles retenues par des épingles à tête en perle. Sa mante était digne d'une souveraine, et ce soir, le bustier incrusté de joyaux dont elle était si fière était à demi-couvert d'une écharpe en tartan, attachée sur sa hanche par une broche qui avait appartenu à sa mère.

Malheureusement, il avait fallu un peu plus longtemps que Margot et Nell l'avaient escompté pour parvenir à ce résultat, de sorte qu'elle arriva à la grande salle avec un peu de retard. Une fois devant les lourdes portes en chêne, elle marqua une pause. Il n'y avait pas de valet pour la faire entrer, pas de domestique qui puisse aller avertir Arran de sa présence pour qu'il vienne l'accueillir.

Elle se sentait nerveuse. Comme si elle se tenait au bord d'une falaise, sur le point de se précipiter dans la mer en contrebas. Elle avait peur. De quoi, au juste, elle n'aurait su le dire, mais assez pour qu'elle se force à prendre une profonde inspiration. Redressant le menton, s'obligeant à ne pas hésiter, elle poussa le battant et s'arrêta un bref instant sur le seuil, suffisamment pour s'assurer qu'on l'avait vue.

Oh ! On l'avait vue, certes. Son entrée produisit l'effet désiré — chacun s'immobilisa et toutes les têtes se tournèrent vers elle. Les conversations se turent, les fourchettes furent posées. Et là-bas, assis sur l'estrade, son mari la fixait du regard. Il avait peigné ses cheveux en arrière, les avait rassemblés en une queue-de-cheval, et s'était rasé de près. Une aura de force et de puissance émanait de lui, le laird du château. Le cœur de Margot se mit à battre plus vite. Une chaleur l'envahit, et elle eut l'étrange sensation qu'il pouvait voir au plus profond d'elle.

Pourtant, l'expression d'Arran demeura impénétrable. S'il était impressionné par son apparence, il n'en montrait rien.

À dire vrai, les invités semblaient moins impressionnés que curieux. Dire qu'elle s'était sentie si sûre d'elle ! Maintenant, elle se rendait compte qu'elle était trop élégante pour l'occasion. Aucune autre femme ne portait de mante. Et Margot pouvait aisément imaginer qu'aucun corset n'était aussi serré que le sien. Nell avait déclaré que sa taille devait paraître aussi fine que possible. « Les messieurs aiment les tailles fines », avait-elle affirmé avec autorité. Conséquence de cette taille fine, les seins de Margot débordaient de son bustier. De plus, la longue mèche de cheveux artistiquement drapée sur son épaule semblait pointer vers son opulente poitrine.

Tant pis ! Il était trop tard pour s'en inquiéter. De toute façon, elle ne pouvait pas rester là toute la soirée comme si elle désirait se faire admirer, si bien qu'elle commença à se frayer un chemin dans la foule. Le froissement de la soie et du taffetas de ses jupes semblait assourdissant à ses oreilles. Au comble de la gêne, elle sentit ses joues s'empourprer et pria pour que ses seins ne connaissent pas le même sort. Elle se plaqua un sourire sur les lèvres et regarda autour d'elle, cherchant désespérément un visage amical. Sa remarquable entrée, qui aurait sans doute été applaudie en Angleterre, portait en Écosse tous les signes d'une énorme erreur.

Loin de venir à son secours, Arran resta là où il était. À l'évidence, il n'allait même pas prendre la peine de se lever pour l'accueillir. Au contraire, il semblait diaboliquement content de lui, savourant sans doute son humiliation. Piquée par son air satisfait, Margot décida de faire comme si tout allait pour le mieux. Elle se mit à converser avec ceux qui l'entouraient, comme si elle n'était jamais partie, comme si cette soirée était dans l'ordre normal des choses à Balhaire.

— Bonsoir, Mr Mackenzie, dit-elle à un vieil homme, qui parut ne pas l'entendre. Révérend Gale ! Comment allez-vous ? s'écria-t-elle en prenant sa main entre les siennes.

— Très bien, milady. Très bien.

— Et vos filles ? Comment vont-elles ?

— Mes fils, corrigea-t-il gentiment.

— Oui, bien sûr.

Margot avait les joues en feu.

— Oh ! Ils sont mariés, mes garçons, répondit-il, tout fier. L'aîné fera de moi un grand-père avant la fin de l'année.

— Félicitations ! lança-t-elle gaiement, avant de s'éloigner. Mrs McRae. Je suis ravie de voir que vous allez bien.

— McRaney, milady, rectifia la femme en lui faisant une révérence.

Cette dernière prit soin d'éviter le regard de Margot. Ces Écossais ! Si obstinément loyaux à un homme exaspérant !

Margot avait traversé la moitié de la grande salle quand Arran daigna enfin se lever. Il s'était habillé pour l'occasion, lui aussi, et portait un tartan qui lui arrivait aux genoux, un gilet assorti et une veste, ainsi qu'un foulard noir comme du jais autour du cou. Une mèche de cheveux rebelle lui tombait sur le front. Il avait belle allure et pourtant, en dépit de l'admiration qu'il lui inspirait, Margot ne put réprimer une petite pensée dérangeante. N'était-ce pas là l'uniforme des jacobites ?

Il descendit avec nonchalance de l'estrade, comme si rien ne pressait. Lorsqu'il rejoignit enfin Margot, il lui passa un bras derrière le dos et s'inclina.

— Lady Mackenzie. Bienvenue.

— Merci, milord.

Elle glissa sa main dans la sienne et fit une petite révérence.

— Vous êtes ravissante ce soir, dit-il en la relevant, son regard sur l'écharpe en tartan. On dirait que vous avez fait amende honorable auprès de Mr Creedy.

— Il a été très gentil. Ma tenue vous plaît ?

— Beaucoup, déclara-t-il. Oui, beaucoup. Viendrez-vous vous joindre à moi ?

Margot se laissa guider jusqu'à la place à côté de lui.

— Dois-je demander au serveur de vous apporter de la

bière ? demanda-t-il en reprenant son siège, faisant signe en même temps à un des jeunes gens qui s'occupaient du service.

— Du vin, s'il vous plaît.

Arran arqua un sourcil.

— Vous avez du vin, n'est-ce pas ? s'enquit-elle.

— *Aye*, nous en avons. Bien sûr que oui, répondit-il d'un ton un peu agacé. Mais les Mackenzie préfèrent la bière. Peut-être voudriez-vous goûter celle que Jock vient de brasser. Il en est plutôt fier.

Ainsi, elle allait apparemment devoir faire ses preuves même pour son choix de boisson ! Margot ne se départit pas de son calme et prit une profonde inspiration.

— Rien ne me ferait plus plaisir que de goûter la bière de Jock ! Je suis sûre qu'elle est remarquablement bonne — et j'espère qu'elle n'est pas empoisonnée.

Arran sourit.

— Hélas, je ne peux pas vous le promettre. Jock ! Lady Mackenzie a exprimé un fort désir de boire ta bière.

Jock décocha à Margot un regard sceptique.

— S'il vous plaît, dit-elle, en mettant la main sur le bras d'Arran. Mon mari n'est pas homme à distribuer ses louanges à la légère, et il a chanté celles de votre bière, monsieur. Il faut absolument que je la goûte aussi.

Elle avait parlé sur un ton aussi enjoué et aussi convaincant que possible. Qui n'était ni très enjoué ni très convaincant.

Jock s'inclina avec raideur, se redressa avec raideur, et s'éloigna avec raideur. Margot se tourna vers son mari.

— Content ?

— Non, admit-il tranquillement. Mais un peu amadoué, ajouta-t-il, une lueur amusée dans les yeux. Jock est encore plus méfiant que moi.

— Ce n'était pas de la méfiance, milord, c'était du mépris total. Et la faute vous en revient.

— À moi ? se récria-t-il, l'air abasourdi.

— À vous ! Vous avez raconté à Jock que j'étais difficile et vous lui avez laissé clairement entendre que vous ne m'aimiez pas.

— Que diable… ? Je n'ai jamais rien dit de tel.

— Je crois que vos paroles exactes étaient que vous aviez épousé, je cite : « une mégère vêtue de soie et de dentelle ».

Arran lâcha un rire, puis fronça les sourcils.

— Je n'ai pas dit ça.

— Si. Ici même, précisa-t-elle en désignant l'immense cheminée. L'avez-vous oublié ?

C'était par une nuit neigeuse, une nuit de tempête. Avec le hurlement du vent, ni Jock ni lui ne l'avaient entendue entrer dans la grande salle.

— Non, je…

Arran se tut. À l'évidence, il se souvenait à présent de s'être plaint à Jock de sa femme impossible, en effet.

— Hum…, murmura-t-il en la dévisageant. J'avais oublié.

Elle sourit.

— Je n'ai rien oublié, pour ma part.

— *Ach !* s'écria-t-il avec un geste dédaigneux de la main. La mémoire d'une femme est aussi longue qu'un loch.

— Et l'attention d'un homme est aussi courte qu'un ver de terre.

— Pas forcément, *leannan*. Je me souviens de beaucoup d'autres choses.

Ses yeux s'abaissèrent sur la bouche de Margot, s'y attardèrent.

— Je me rappelle que la liste de vos récriminations était assez conséquente.

Elle sentait sa poitrine rougir sous ce regard pénétrant.

— Étaient-ce des récriminations ? J'ai toujours pensé que mes requêtes visaient à me réconcilier avec mon nouvel environnement.

— Ah bon ! C'est de ça qu'il s'agissait ?

Il mit la main sur sa cuisse.

— Mes excuses. Je pensais que vous dressiez la liste de tout ce qui vous déplaisait à Balhaire.

Elle posa sa main sur la sienne et la pressa avant de l'écarter d'elle.

— Je voulais faire la liste de toutes les manières dont j'avais besoin de vous, dit-elle, sincère.

Le regard d'Arran s'était assombri et était devenu froid.

— Peut-être ai-je été maladroite.

— Et un rien cassante.

Une vague de nausées monta en elle. Il ne la pardonnerait jamais. Et le plus étrange, c'était que, pour la première fois, elle aurait bien voulu qu'il le fasse.

— Peut-être, reconnut-elle. J'espère qu'un jour vous pourrez me pardonner de ne pas avoir trouvé le meilleur moyen de capter votre attention. À l'époque, crier semblait être la seule manière de me faire remarquer de vous.

— *Diah*, murmura-t-il alors que Jock s'approchait avec la bière. Ai-je jamais fait quelque chose qui vous ait plu, Margot ? Ou avez-vous tout détesté ?

— Au contraire, vous avez fait beaucoup de choses qui m'ont plu. Et moi, ai-je fait quelque chose qui vous a plu ?

Arran ne répondit pas, car Jock déposait la bière devant elle. Juste derrière lui, un garçon apportait deux assiettes à leur intention. La discussion — à supposer qu'on puisse la décrire ainsi — céda la place au repas. Ils mangèrent en silence. Arran était songeur.

Margot mourait de faim. Elle se rendit compte qu'elle avait à peine mangé depuis son arrivée à Balhaire. Le flétan était délicieux, cuisiné à la perfection dans un bouillon crémeux, et la bière l'accompagnait étonnamment bien. Malheureusement, elle avait l'impression que son estomac était sur le point d'éclater. Les baleines de son corset s'enfonçaient dans ses côtes.

Le repas terminé, Arran fit signe aux musiciens de commencer à jouer.

Margot se laissa aller en arrière, une main sur l'estomac, et étouffa un petit rot peu digne d'une dame. À cet instant, un jeune homme vêtu de culottes en tartan s'avança. Il avait les cheveux bouclés comme Arran et rappela à Margot un troubadour médiéval. Elle n'aurait pas été surprise qu'il s'empare d'une lyre et qu'il se mette à en jouer.

Il s'inclina très bas, à la manière d'un courtisan.

— Laird Mackenzie, puis-je avoir votre permission d'inviter Lady Mackenzie à danser ? demanda-t-il avec son accent chantant.

— Oh !

Margot se redressa, grimaçant quelque peu à cause de sa robe trop serrée.

— Non, merci, monsieur…

— Vous êtes bien prompte à refuser, *aye* ? coupa Arran. Les danses écossaises ne vous plaisent pas, ma femme ?

— Au contraire. Mais…

— Oh ! *aye*, je me souviens — vous êtes une piètre danseuse. N'est-ce pas ce que vous avez dit ?

Margot le fixa. Il haussa les épaules.

— Oui, je me souviens de certaines choses.

Oh ! Le misérable individu !

— Je regrette seulement de ne pas connaître les danses écossaises, dit-elle au jeune homme sur un ton d'excuse. Ne préféreriez-vous pas une partenaire plus compétente ?

— Bien sûr que non, répondit Arran à sa place. Car il n'y a pas plus jolie partenaire que ma femme, pas vrai, mon gars ?

— C'est bien vrai, laird.

— Allez-y, Margot, lança Arran en désignant la salle d'un geste. Vous resterez toujours piètre danseuse si vous n'essayez pas d'apprendre, n'est-ce pas ? ajouta-t-il avec un sourire moqueur.

Dieu lui vienne en aide, mais elle lui aurait décoché un bon coup de pied si elle n'avait pas été aussi empruntée dans sa robe. Au lieu de quoi, elle adressa au jeune homme le sourire éclatant qu'elle avait perfectionné dans les salons anglais.

— Je serai ravie d'accepter votre invitation, monsieur. Merci.

Le visage du jeune homme s'illumina ; il se hâta de lui offrir sa main. Margot tourna son sourire vers Arran, dont les yeux pétillaient de malice.

— Donne-t'en à cœur joie, Gavin. Ma femme manque peut-être de talent en danse, mais elle compense par son entrain et son enthousiasme.

Si un regard avait pu tuer, Arran se serait retrouvé gisant dans une mare de sang. Margot se contenta de rire gaiement.

— Il serait peut-être judicieux de faire enlever tous les couteaux qui sont sur la table avant mon retour, milord.

Elle entendit le rire franc d'Arran dans son dos, alors que le jeune homme la faisait descendre de l'estrade.

Gavin guida Margot avec entrain jusqu'au centre de la grande salle. Lorsqu'ils atteignirent la rangée de danseurs, il s'inclina très bas, sa main frôlant presque le sol.

— Vous êtes très accompli, monsieur, déclara Margot, admirative. Vous me rappelez la cour de France.

Ses yeux brillèrent de plaisir.

— Merci. J'avoue que j'ai appris à danser auprès des Français.

Intéressant. Elle se demanda ce qui avait bien pu conduire ce jeune homme en France. Cependant, avant qu'elle ait eu le temps de lui poser la question, la musique commença, et Gavin noua son bras au sien, lui fit décrire un cercle, et puis la lâcha.

— Laissez faire vos pieds, milady ! lui conseilla-t-il.

Puis quelqu'un d'autre lui attrapa le bras, et, tout aussi vite, elle passa d'un cavalier à l'autre.

Il n'y eut pas longtemps à attendre pour que Margot — et tous les autres — se rendent compte qu'elle dansait affreusement mal. Elle n'avait pas acquis par miracle le sens du rythme et avait du mal à suivre la cadence. Elle donna au moins deux coups de pied au malheureux gentleman qui se trouvait à côté d'elle, et bien plus à Gavin, car elle avait toujours un ou deux temps de retard. Ses seins menaçaient de s'échapper de son bustier, et ses cheveux, si artistiquement coiffés par Nell, dégringolaient en longues mèches auburn.

À mesure que la danse se poursuivait, elle sentit la sueur lui couler entre les seins. Ses pieds, prisonniers de superbes et coûteux souliers qui n'étaient pas conçus pour tous ces bonds, étaient saisis de crampes. Et pourtant, la chose la plus extraordinaire s'était produite. Personne ne la regardait de travers. Personne ne semblait consterné. Les gens riaient, s'interpellaient par des mots étranges, quelqu'un l'attrapait par le bras et l'entraînait. C'était frénétique, désordonné, c'était joyeux. Jamais Margot n'avait connu de danse aussi divertissante. Elle se sentait vivante, euphorique. Elle avait l'impression que c'était le genre de danse qu'elle aurait dû pratiquer toute sa vie.

Quand le morceau prit fin, l'exubérant Gavin la raccompagna jusqu'à l'estrade.

— Bravo, milady !

— Je suis une épouvantable danseuse, répondit-elle en riant. Vous, en revanche, monsieur, êtes un expert en la matière. Avez-vous reçu des cours ?

— *Aye*, en effet. Après la mort de mon père, ma mère a épousé un Français. M. Devanault a veillé à ce que mes frères et sœurs et moi-même soyons instruits dans ce qu'il appelait « les arts de la cour ».

Son sourire était communicatif. Elle l'imaginait dans quelques années, la coqueluche des débutantes avec ses traits séduisants et ses talents de danseur.

Ils avaient atteint l'estrade, et il tenta de la lâcher, mais Margot le retint.

— Où M. Devanault a-t-il trouvé des professeurs de danse en Écosse ?

— Pas en Écosse, madame, non. J'ai suivi des cours en France avant la guerre. Nous y sommes, voici votre siège.

— Merci, dit-elle. Et je vous réitère mes excuses pour les nombreux coups de pied que je vous ai donnés.

Il rit et s'inclina de nouveau, puis disparut dans la foule.

Arran aussi riait lorsqu'elle reprit sa place.

— Vous êtes rouge comme une pivoine !

— C'était très amusant, répondit-elle gaiement, encore un peu haletante.

— Je vous dois des excuses. Vous aviez raison. Vous êtes vraiment une piètre danseuse.

Margot eut envie de le saisir par le cou, de le jeter à terre, et de sauter à pieds joints sur son visage. Cependant, c'était impossible, si bien qu'elle se contenta de rire en retour.

— Cela m'a beaucoup plu ! Quelle merveilleuse façon de danser vous avez ici, en Écosse ! Je n'aurais jamais cru que tous ces bonds au hasard puissent être aussi plaisants. Maintenant, vous devez venir danser avec…

— Oh ! Je ne pense pas, la coupa-t-il en se levant brusquement. Il faut que je sois debout à l'aube demain.

Il allait l'abandonner là, les cheveux à demi défaits, les joues rougies par l'exercice, les pieds endoloris ? *Seule ?* Alors qu'il savait pertinemment que la plupart des gens présents la détestaient cordialement ? Et, comble d'infortune, Pepper et Worthing venaient de s'asseoir sur l'estrade, observant les danseurs avec un dédain quasi palpable.

— Vous n'allez pas me laisser ? s'écria-t-elle, incrédule. Vous avez dit que ce devait être une célébration.

— *Aye*, c'est vrai. C'en est une. Et j'ai célébré.

Il sourit, et glissa deux doigts sous le menton de Margot pour qu'elle lève la tête vers lui.

— Et maintenant, vous avez une occasion idéale de faire la connaissance de votre clan, Margot, dit-il, avant de lui déposer un baiser léger sur les lèvres. L'écharpe était une idée charmante. Eh bien, bonne nuit.

Sur quoi, il descendit de l'estrade.

Quand cet ours mal léché et méfiant eut disparu, Margot tourna lentement la tête vers ses gardiens, qui la fixaient comme si elle était ressuscitée d'entre les morts.

— Mon mari est exténué, lança-t-elle sur un ton enjoué. Avez-vous dansé, Mr Pepper ? C'est très exaltant.

— Non, répondit-il, d'un ton aussi horrifié qu'il en avait l'air.

Elle haussa les épaules et regarda la foule. Elle se sentait gênée, ce qui, bien sûr, avait été l'intention d'Arran, ce maudit coq arrogant. En Angleterre, elle aurait été entourée d'amis, et cette pensée ne faisait qu'ajouter à son humiliation. Ici, tous ceux qui se souvenaient d'elle la haïssaient, et ceux qui ne la connaissaient pas la craignaient. Gavin Mackenzie était le seul à s'être montré gentil à son égard.

Margot but d'un trait le reste de sa bière afin d'étancher sa soif, reposa fermement sa chope sur la table et se mit debout. Ainsi, son mari pensait qu'elle devait faire des connaissances ! Elle repéra le révérend Gale à l'autre bout de la salle, releva ses jupes et se dirigea vers lui.

Le révérend parut stupéfait de la voir apparaître soudain à côté de lui.

— Lady Mackenzie, dit-il, le visage plein d'appréhension.

— Je vous demande pardon, révérend Gale, mais accepteriez-vous de danser avec moi ?

— Quoi ?

— De danser, répéta-t-elle. Je sais que je danse terriblement mal, et je ferai de mon mieux pour ne pas vous donner de coups de pied. Mais j'aimerais beaucoup danser.

— Oh ! Ah…

Il jeta un coup d'œil traqué autour de lui, cherchant sans doute un moyen de s'enfuir. Comme aucun ne se présentait, il émit un léger soupir et posa sa chope de bière.

— Très bien, milady, murmura-t-il en lui offrant son bras.

Après ce qui lui sembla des heures, quand Margot ne put plus sentir ses pieds, elle prit soin de saluer tous les Mackenzie qui le voulaient bien. Autrefois, elle aurait été bouleversée par tant d'expressions indifférentes et de regards perplexes, mais ce soir-là, elle se réjouit de constater que le nombre de ceux qui acceptaient de lui parler s'était accru.

Elle savait ce qu'Arran avait en tête. Il la mettait délibérément à l'épreuve. Il voulait la punir de l'avoir quitté, c'était une évidence. Elle avait relevé le défi. Elle avait parlé avec qui était prêt à l'écouter, dansé avec tous les hommes qu'elle avait pu prendre par surprise.

S'il croyait pouvoir la forcer à s'en aller en l'humiliant, il se berçait d'illusions. Elle n'était plus la jeune femme d'autrefois.

Margot pénétra dans son boudoir et appela Nell. Sa femme de chambre étouffa un cri à sa vue.

— Que s'est-il donc *passé* ?

— Ce qui s'est passé ? Je vais vous le dire. J'ai dansé, répondit-elle en se débarrassant de ses souliers douloureux.

Elle se laissa tomber sur une ottomane et entreprit de masser ses pieds endoloris.

— Êtes-vous restée ici tout le temps ?

— Non, madame, répondit Nell en ramassant les chaussures. Je suis descendue aux cuisines et j'ai bavardé avec une des filles, mais cette espèce de brute nous a interrompues.

— Jock ? Que faisait-il dans les cuisines ?

— Je n'en sais rien. J'ai l'impression qu'il me suit partout, grommela Nell. Dois-je vous apporter votre chemise de nuit ?

— Non, merci. Je vais me laver les mains et aller parler à mon mari.

Elle fit un brin de toilette et permit à Nell d'ajuster sa coiffure. Puis elle se mit un peu de parfum derrière les oreilles et entra dans la chambre du maître.

La cheminée avait été allumée, mais Arran n'était pas en vue. Eh bien, où donc allait un homme pendant que le reste de son clan festoyait dans la grande salle ? Qui retrouvait-il ? Était-ce ainsi que l'on procédait pour trahir son pays ? Profitait-on du fait que tout le monde était occupé ailleurs ?

Elle alluma un chandelier et inspecta la pièce — Mrs Abernathy n'était toujours pas venue remédier au désordre ambiant. Outre les tas de vêtements et les couteaux éparpillés sur le sol, des bottes boueuses étaient posées au pied du lit, encore munies de leurs éperons.

Elle se baissa et ramassa une culotte en daim. Si elle devait rester près de lui, elle ne tolérerait pas de vivre dans ce champ de bataille.

Chapitre 11

En route pour ses appartements, Arran fut intercepté par Sweeney, qui l'informa que MacLeary et ses hommes étaient aux portes du château.

— À cette heure-ci ?

Arran ne les attendait pas.

— *Aye*, milord. Donald Thane les a mis dans la barbacane et leur a donné du whisky.

La barbacane avait autrefois été utilisée pour défendre le château, mais le père d'Arran avait fait aménager les pièces afin qu'elles puissent abriter des hôtes d'un soir. Il n'était pas rare que des voyageurs arrivés par mer en Écosse fassent halte à Balhaire.

— Trouve Jock et envoie-le moi, ordonna Arran, avant de faire demi-tour et de se diriger vers la barbacane.

MacLeary était un homme corpulent, doté d'une crinière de cheveux blancs qui lui donnait des airs de montagne enneigée. Ses bajoues et ses mains étaient charnues, et il salua Arran d'une claque dans le dos si vigoureuse qu'elle l'aurait peut-être renversé s'il ne s'y était pas attendu. MacLeary était accompagné de deux hommes ; la bonbonne de whisky passait de l'un à l'autre.

— Arran Mackenzie, regardez-vous, mon gars, lâcha

MacLeary d'une voix retentissante. Il n'y a pas plus bel homme dans toute l'Écosse, hein ? Si je n'étais pas marié depuis trente ans, je demanderais votre main.

Ses hommes éclatèrent d'un rire sonore.

— Il faudra que je me souvienne de remercier votre épouse et de prier pour qu'elle reste en bonne santé, plaisanta Arran. Qu'est-ce qui vous amène à Balhaire ?

— Nous sommes en route pour Coigeach, expliqua-t-il, faisant allusion à une de ses propriétés au nord de Balhaire. Une réunion va y avoir lieu. Vous devriez venir aussi, Mackenzie. J'ai des nouvelles pour vous.

La porte s'ouvrit derrière Arran, et Jock pénétra dans la pièce. Arran attendit que les hommes se soient salués et que Jock se soit installé sur un banc avant de reprendre la conversation.

— Quelles nouvelles ?

— Tom Dunn est venu.

Arran n'avait pas entendu ce nom depuis un certain temps. Tom Dunn était un personnage controversé dans la région. Certains voyaient en lui un patriote, loyal à l'Écosse et aux Highlands. D'autres le considéraient comme un traître. Dunn avait toujours été un allié des Mackenzie, mais ces dernières années Arran avait entendu des rumeurs troublantes à son propos.

Tout avait commencé après la déclaration officielle de l'union entre l'Écosse et l'Angleterre. Dunn s'était installé à Londres afin de nouer de nouvelles relations d'affaires. Ou, selon certains, afin d'espionner pour le compte des Anglais. « Il s'est rempli les poches d'or anglais », avait affirmé plus d'un. Il n'y avait aucune preuve de cela, mais depuis l'union les rumeurs étaient aussi abondantes que les rivières de ces collines.

— Eh bien ?

— Je ne lui ai pas parlé moi-même, mais Marley Buchanan m'a appris quelque chose d'intéressant.

MacLeary marqua une pause et se versa une rasade de whisky dans un verre.

— Dunn a dit à Buchanan que votre Norwood a été… Comment dit-on déjà, les gars… *mi-onorach*, lâcha-t-il avec un petit geste de capitulation.

Il n'existait pas de traduction exacte de ce terme, mais Arran comprit ce que MacLeary voulait dire, à savoir que son beau-père avait été mêlé à quelque chose de malhonnête.

— Comment cela ?

— On raconte qu'il s'est allié aux Français dans la guerre contre l'Angleterre par intérêt, *aye* ? Mais quand les soupçons se sont portés sur lui, il vous a pointé du doigt. Il prétend qu'il n'a jamais fait affaire avec les Français, et qu'en revanche il a entendu dire que vous étiez de leur côté.

Arran fut sidéré.

— Mon commerce avec les Français n'est ni secret ni malhonnête. Et il se fait dans le respect des lois de l'Union.

— Ce n'est pas votre commerce qu'il met en cause, fiston. Il insinue que vous avez l'intention de faire débarquer des troupes françaises à Balhaire et qu'avec vos hommes vous allez soutenir ceux qui veulent mettre Jacques Stuart sur le trône.

Arran le dévisagea, interloqué. Jacques Stuart était le fils survivant du roi Jacques II, qui avait été déposé avant la naissance d'Arran. Jacques Stuart vivait à la cour de France et était catholique. La demi-sœur de ce dernier et actuelle reine d'Angleterre, Anne, avait été élevée dans la religion protestante. Or elle n'avait pas d'héritiers légitimes, et sa santé était fragile. Il avait été décrété dans les Actes de Succession qu'à sa mort son successeur serait lui aussi un protestant. Par conséquent, son frère, Jacques Stuart, ne pourrait prétendre au trône. Celui-ci irait au plus proche parent de la reine, George de Hanovre.

Nombre d'Écossais, et même une partie des Anglais, étaient convaincus que l'héritier légitime était le demi-frère de la reine, le fils de Jacques II. De plus, nombreux étaient ceux qui désiraient voir cette branche des Stuart reprendre possession du trône le plus tôt possible. Les gens qui œuvraient activement dans ce but s'étaient fait connaître sous le nom des jacobites.

Il était impossible de croire que Norwood soit mêlé à des calculs aussi dangereux. Et qu'il y soit mêlé au point d'accuser Arran d'être un partisan des jacobites semblait peu probable. C'était Norwood qui avait suggéré à Arran d'épouser sa fille unique afin qu'ils accroissent l'un et l'autre leur patrimoine. Pourquoi détruire tout ce qu'il avait construit au prix de tant d'efforts ?

— Je ne suis pas jacobite. Tous les Highlanders le savent. Je ne crois pas à ces rumeurs, ajouta Arran sèchement. Norwood a participé à la création de l'Union. Il a misé sa réputation là-dessus et il est loyal à la reine. Pourquoi chercherait-il à nuire à tout cela ?

— *Ach*, la reine, répondit MacLeary avec un geste de dédain. Elle n'a pas toute sa tête, celle-là. Elle couche avec sa femme de chambre et fait la guerre à la duchesse de Marlborough pour une poignée de bijoux ou je ne sais quelle sottise. Elle n'est pas faite pour diriger une nation et, à en croire les nouvelles de Londres, elle ne sera bientôt plus de ce monde. Ne fermez pas vos yeux ni vos oreilles, mon ami. Les hommes se rangent du côté de ceux qu'ils pressentent les plus forts. Et vous savez aussi bien que moi qu'on ne peut jamais faire confiance à un *Sassenach*[1].

Arran n'allait pas le contredire, mais malgré tout l'entreprise lui paraissait trop risquée pour que Norwood s'y soit impliqué.

— Ça ne tient pas debout, insista-t-il. Si j'étais accusé de trahison et forcé d'être jugé, cela signifierait que mes terres — les terres de sa propre fille — iraient à la Couronne.

— À moins qu'elles ne soient offertes à celui qui a dévoilé la trahison au grand jour, lui fit remarquer MacLeary. C'est un pari que certains hommes pourraient juger tentant.

— Norwood pourrait y gagner, murmura Jock.

— Sûrement pas, s'esclaffa Arran.

— Je ne vais pas tourner autour du pot, fiston, dit MacLeary. Votre femme est anglaise. Si vos biens étaient confisqués, ils iraient probablement à son père et à ses frères, pas vrai ? De même que, si Norwood était coupable de trahison, ses terres n'iraient pas à ses fils. Vous auriez sans doute des droits dessus par l'intermédiaire de votre femme. Non, il ne prendrait pas le risque de perdre ce qu'il a au profit d'un Écossais, même s'il a ardemment désiré cette union jusqu'ici. Il est fort possible qu'il fasse de vous un bouc émissaire dans ses intrigues.

Il s'arrêta pour boire une gorgée de whisky, puis fixa de nouveau son regard sur Arran.

— Il y a des gens qui pourraient être persuadés que vous conspirez avec lui pour vous remplir les poches.

— Avec Norwood ! N'est-ce pas précisément le contraire de ce que vous venez de me dire ? Avec qui est-ce que je complote, MacLeary ? Les jacobites ? Ou Norwood ? Quels

1. « Un Saxon », en gaélique — terme péjoratif pour désigner un Anglais.

motifs aurais-je pour faire l'un ou l'autre ? Qu'aurais-je donc à y gagner ?

MacLeary haussa les épaules.

— On pourrait arguer que vous obtiendriez plus de terres en Angleterre si vous trahissiez quelqu'un ici. Par exemple, si vous dénonciez ceux qui voudraient voir Jacques Stuart sur le trône.

Il porta lentement son verre à ses lèvres, sans cesser d'observer Arran.

— Par Dieu, MacLeary, vous ne pouvez pas entrer dans ces murs et accuser le laird, grogna Jock.

— Je ne l'ai pas accusé. Je ne fais que répéter des choses qui ont été dites.

— Si vous voulez que je vous rassure, je vais le faire, répondit Arran calmement. Je ne conspire pas plus avec l'Angleterre qu'avec les jacobites.

— Et *moi*, je vous crois, affirma MacLeary en lui mettant la main sur l'épaule. Mais je pense que vous feriez mieux de venir à Coigeach demain et de le répéter. Tout le monde n'en est pas aussi sûr que moi, *aye* ?

Arran avait toujours été loyal aux Highlands et à l'Écosse. Il n'était coupable de rien, sinon d'avoir saisi une opportunité de garder ses terres et de nourrir les siens.

— Vous pouvez compter sur moi, déclara-t-il d'un air sombre. Si quelqu'un croit que je l'ai trahi, qu'il me le dise en face.

— C'était forcément un peu risqué de prendre une Anglaise pour épouse, pas vrai ? lança MacLeary, sournois, avant de lever son verre et de terminer son whisky.

Arran réprima l'envie de lui décocher un bon coup de poing dans la figure pour avoir critiqué sa femme. Après tout, il ne savait guère que penser de leurs relations désormais, surtout avec toutes ces rumeurs qui circulaient.

— Oui, en effet, répondit-il en se levant.

Il se dirigea vers la porte, la tête pleine de questions.

— On va vous préparer des lits, se força-t-il à dire. Je vous verrai à Coigeach demain.

Il sortit de la pièce, laissant Jock s'occuper des visiteurs.

Il s'imaginait aisément ce que son cousin pensait à cet instant : qu'il n'aurait jamais dû épouser Margot Armstrong. Que ses mises en garde à l'époque étaient justifiées. Jock avait peut-être bien raison, et pourtant, il y avait quelque chose là-dedans qui sonnait faux aux oreilles d'Arran. Quoi qu'il se soit passé entre sa femme et lui, il se refusait à croire que Margot soit mêlée à une intrigue visant à faire de lui un bouc émissaire. Il était possible qu'elle ne l'aime pas, et qu'elle ait été envoyée par Norwood dans un but quelconque. Mais il se refusait à croire qu'elle souhaite le voir pendu.

Car si c'était le cas, elle était la meilleure menteuse qu'il ait jamais connue.

Malgré tout, ce fut l'estomac noué qu'Arran traversa Balhaire et gravit l'escalier qui menait à ses appartements. Ce serait une terrible ironie d'avoir construit un petit empire en partie grâce à un mariage, et que sa femme soit, en fin de compte, la cause de sa perte.

Il atteignit sa chambre, ouvrit la porte et se faufila à l'intérieur. Il faisait sombre — il n'avait pas envoyé le domestique allumer. Il resta un instant sur le seuil pour que ses yeux s'accoutument à la pénombre et se rendit compte peu à peu que quelque chose était différent.

Il n'y avait rien sur le sol.

Les vêtements, bottes et chapeaux qu'il avait laissés en

désordre n'étaient plus là. Une ombre noire drapait le dos d'un fauteuil. Il reconnut les fils chatoyants qui semblaient bouger au clair de lune. Oui, c'était la robe que Margot avait portée ce soir-là. Elle lui avait coupé le souffle lorsqu'elle était entrée dans la grande salle dans toute sa splendeur, cette écharpe en tartan en travers de la poitrine. Il n'y avait pas plus belle femme qu'elle dans tous les Highlands, et elle était sienne.

Il en avait une conscience aiguë, presque douloureuse.

Il aurait pu la traiter avec plus de douceur. Mais son apparition lui avait rappelé un soir où deux chefs du clan Mackenzie étaient venus à Balhaire. Arran avait ordonné que le dîner soit servi dans les règles de l'hospitalité des Highlands. Il avait rappelé à son épouse réticente qu'elle était désormais la femme d'un baron écossais et que ce rôle impliquait certains devoirs.

Margot était venue, vêtue d'une robe magnifique. On aurait dit un joyau dans ce paysage rude parsemé de bruyère. Et puis, elle avait commencé à manifester son ennui. « Vous Écossais, ne parlez-vous donc que de moutons et de voyages en mer ? », avait-elle demandé avec dédain. « Oui, madame, si ce sont ces choses-là qui subviennent aux besoins des nôtres », avait rétorqué Brian Mackenzie.

Margot avait levé les yeux au ciel et pris une mine boudeuse, comme si elle était une enfant et non une femme adulte, l'épouse d'un chef de clan, tout aussi responsable du bien-être collectif qu'il l'était.

Elle l'avait mis dans l'embarras, et ils s'étaient querellés ensuite. Arran l'avait accusée de saboter ses amitiés et ses alliances. Elle avait prétendu ne pas avoir saisi l'importance de ces hommes, et lui avait reproché de ne pas le lui avoir expliqué clairement.

Cette soirée-là s'était terminée comme beaucoup d'autres — chacun était parti de son côté.

À dire vrai, Arran s'était attendu à ce qu'il en soit de même ce soir. Il avait poussé Margot à bout, l'avait mise à l'épreuve et avait escompté — voire espéré — qu'elle renoncerait et repartirait en Angleterre, le délivrant du même coup de ses doutes. Cependant, elle était restée sereine et avait fait de son mieux pour se conduire comme l'une d'entre eux. Elle avait même dansé, alors qu'elle s'était obstinément refusée à le faire au cours des quatre mois qu'avait duré leur mariage.

Il effleura sa robe, sentit la texture lisse de la soie, les fils en relief artistiquement incrustés dans la jupe. Si sa robe était là, où donc Margot était-elle ?

Il plissa les yeux et distingua les contours d'une personne entre les draps, trois chiens pelotonnés à côté d'elle.

Voilà qui était surprenant.

Arran se dévêtit, s'approcha du lit et, les mains sur les hanches, contempla sa femme. Les chiens levèrent la tête et remuèrent la queue. Il leur fit signe de descendre, les mit dehors et retourna vers le lit.

Elle était étendue sur le côté. Une épaisse tresse courait dans son dos telle une corde. Son visage était enfoui dans un oreiller et, sous le drap, elle avait étalé ses membres tout à son aise. C'était étrange de la trouver ainsi — elle n'avait jamais passé une nuit entière dans son lit sans en avoir reçu l'ordre.

Il souleva le drap et se glissa à côté d'elle, entourant d'un bras le ventre de Margot. Elle portait une chemise en soie délicieusement fluide au toucher, et une senteur de clématite émanait de ses cheveux. Son corps mince et souple était chaud, et il fut soudain envahi par le profond désir de la protéger. De la tenir contre lui, de la garder.

— Où étiez-vous ? murmura-t-elle dans l'oreiller.

— Je m'occupais de certaines choses.

— Avez-vous une maîtresse ?

Arran poussa un soupir agacé.

— Non. Aussi stupide que cela puisse paraître, et même si cela m'a coûté, j'ai toujours été fidèle aux vœux de mariage que j'ai prononcés devant Dieu et devant vous, *aye* ?

Margot se retourna et le regarda, les paupières lourdes de sommeil. Elle esquissa un sourire et effleura une mèche qui tombait sur le front d'Arran.

— C'est vrai ?

— Je ne le dirais pas si ce n'était pas vrai. Il n'y a eu personne d'autre que vous depuis le jour où nous nous sommes mariés. Pouvez-vous en dire autant ?

Elle posa un doigt sur les lèvres d'Arran.

— Avant que vous répondiez, je vous mets en garde contre le mensonge, ajouta-t-il, lui mordillant le bout du doigt avant de retirer sa main. Dermid est resté près de Norwood Park depuis que vous êtes partie d'ici, *aye* ?

— Oh ! Oui, soupira-t-elle. Il y a constamment quelqu'un qui me surveille. Je vais être tout à fait franche, mais ma réponse ne va pas vous plaire.

Arran étouffa un juron et se raidit, se préparant à la suite.

— Allez-y. Ne jouez pas avec moi.

Elle le regarda dans les yeux.

— Peu après mon retour à Norwood Park, j'ai permis à un gentleman de m'embrasser.

Arran fronça les sourcils. Il y avait autre chose, sûrement.

— Qui ?

— Cela importe-t-il ?

— *Aye*, cela importe, insista-t-il, en lui capturant la main pour l'empêcher de le toucher de nouveau.

— Sir William Dalton, dit-elle en se dégageant. Je ne crois pas que vous le connaissiez.

Arran ne le connaissait pas, en effet, mais se promit de retenir le nom et de tuer ce fieffé vaurien un jour.

— Pourquoi le lui avez-vous permis ? L'aimez-vous ?

— L'aimer ? gloussa-t-elle. Non ! Je ne l'ai pas aimé un seul instant.

Elle roula sur le ventre et prit appui sur ses coudes. La senteur de son parfum flotta jusqu'à lui. Elle embaumait les fleurs. Un vrai bouquet à elle seule.

— Dieu m'est témoin que je ne sais pas pourquoi je l'ai fait, admit-elle tout bas. J'avais bu un peu de porto ce soir-là et je me sentais un peu morose. Et contrariée.

— Qu'est-ce qui vous avait contrariée ?

— Vous, mon cher mari, lâcha-t-elle, comme s'il aurait dû le deviner. J'étais furieuse d'avoir été forcée de me marier et de me retrouver sans espoir de convoler de nouveau.

— Merci, dit-il en se laissant retomber sur le dos.

Il se couvrit les yeux de son bras afin de ne plus voir le visage de Margot.

Elle émit un petit claquement de langue.

— Ne soyez pas sentimental, Mackenzie. Vous savez très bien ce que je veux dire.

— Non, je ne sais pas ce que vous voulez dire, Margot. Je ne le sais *jamais*, d'ailleurs.

— Êtes-vous réellement surpris ? Notre mariage a été arrangé pour accroître la fortune de mon père et la vôtre, et non par souci de compatibilité. Vous devez bien vous rendre compte que je n'aurais jamais fait ce choix de moi-même.

— Je ne vois pas pourquoi, répliqua-t-il vertement.

— Parce que je venais de faire votre connaissance ! On ne peut pas juger de la compatibilité de deux personnes à vivre ensemble après une ou deux rencontres. Et le mariage n'a pas semblé nous convenir ni à l'un ni à l'autre, n'est-ce pas ? Et j'étais là, de retour à Norwood Park après ce désastre…

— Ce n'était pas un « désastre »…

— Et Sir Dalton a manifesté de manière assez convaincante son intérêt pour moi.

— Cela ne m'est pas d'un grand réconfort, grogna-t-il.

— Je lui ai permis de m'embrasser dans un moment de faiblesse. Et puis…

Sa voix s'éteignit.

Arran retira le bras qui lui couvrait les yeux.

— Et *puis* ?

— Et puis je me suis rendu compte de ce que je faisais. Et, de plus, je me suis rendu compte que je n'avais pas envie de le faire. Je m'étais laissé entraîner dans l'instant, et Dieu merci, je me suis ressaisie, car je ne me serais jamais pardonné.

Il ne savait s'il devait la croire.

— Pourquoi ne pas avoir continué ? Il est évident que vous n'aviez aucune estime pour moi.

— Non, ce n'est pas vrai, protesta-t-elle avec patience, avant de lui déposer un baiser léger sur l'épaule. J'ai beaucoup d'estime pour vous. Je n'ai pas été plus loin pour les mêmes raisons que vous. Parce que j'avais prononcé des vœux devant vous et devant Dieu.

— *Aye*, c'est vrai.

Pour une étrange raison, son irritation évidente fit rire Margot. Avant qu'il ait eu le temps de dire qu'il ne voyait rien d'amusant là-dedans, elle se pencha et captura son mamelon dans sa bouche, allumant un brasier en lui. Il roula sur le côté et s'éloigna d'elle.

Au lieu de se décourager, Margot l'embrassa entre les clavicules.

— N'avez-vous jamais été tenté ?

— *Aye*, bien sûr que si, admit-il, essayant de la repousser, sans grande conviction. Je suis un homme. Mais j'étais marié et je me suis dominé.

— Dans ce cas, vous avez une force de caractère bien supérieure à la mienne.

Il lâcha un grognement.

— Vous serez sans doute stupéfaite d'apprendre que l'aveu de votre faiblesse ne m'apaise en rien. Il ne fait qu'accroître mes soupçons envers vous.

Elle lui déposa un baiser dans la nuque.

— Je ne vous l'ai pas fait pour vous apaiser. Je vous l'ai dit pour être complètement honnête et vous présenter mes excuses les plus sincères.

— Alors vous feriez mieux de commencer à les présenter, madame : la liste est assez longue.

— Oui, et je vous les présente, Arran, susurra-t-elle en glissant une main sur son torse. Je vous présente mes excuses pour tout.

Tout. Que signifiait cela, au fond ? Il la regarda par-dessus son épaule. *Diah*, mais cette femme avait le pouvoir de lui enflammer le sang, avec ses lèvres rouges qui se détachaient sur sa peau crémeuse au clair de lune. Elle paraissait si sincère. Si traîtresse. Si désirable. La tête d'Arran luttait contre son cœur. Son cœur luttait contre son sexe. Que faisait-il avec elle ? Pourquoi ne l'avait-il pas renvoyée sur-le-champ ?

— Je suis désolée, insista-t-elle en lui mordillant légèrement le bras. Ne voyez-vous pas que j'ai essayé de vous le montrer ? J'ai dansé. J'ai bu de la bière. Je suis venue à vous. Je ne fais pas semblant — je fais des efforts sincères pour vous plaire.

— *Ach*, vous ne me montrez rien, dit-il avec mépris. Vous en feriez peut-être tout autant pour une robe neuve.

— Dans ce cas, peut-être ceci vous convaincra-t-il, murmura-t-elle, en lui effleurant les côtes d'un baiser.

Arran tressaillit. Il était chatouilleux à cet endroit-là.

— Ne faites pas ça.

Margot descendit plus bas, ses cheveux lui caressant le bras alors que sa bouche se posait sur le bas-ventre d'Arran, s'y attardait.

Il n'allait pas résister. Il en était incapable. Il se remémora leur nuit de noces, la beauté et l'innocence de Margot. Elle ne savait rien de ce qui se passait entre un homme et une femme. Il semblait impossible qu'elle ait atteint l'âge adulte sans acquérir aucune connaissance de l'acte charnel, et pourtant, apparemment si. Il avait adoré lui enseigner l'art de prendre et de donner du plaisir.

Elle descendit plus bas encore, et sa langue taquina le sexe d'Arran. Lui avait-il enseigné cela aussi ? Comment conduire un homme au bord de la folie ?

— Je ne suis pas une femme, avertit-il. Un malheureux baiser ne suffira pas à me faire changer d'avis. Je ne vous ferai pas davantage confiance à l'aube.

— Vous n'êtes pas une femme, admit-elle. C'est certain.

Puis elle le prit en bouche.

Arran perdit toute volonté de protester ; ses yeux se fermèrent tandis que les lèvres de Margot se mouvaient sur lui, que sa langue dessinait des cercles autour de lui. Elle n'était plus une vierge innocente. Une caresse, un baiser, et il se découvrait incapable de lui refuser quoi que ce soit. Il avait toujours été tendre avec elle, conscient de sa jeunesse et de sa naïveté. Cependant, elle avait changé. Elle était plus sensuelle désormais. Mûrie par le lit conjugal et le passage du temps, elle remuait en lui une force nouvelle. Il avait l'impression qu'il pourrait lancer des troncs d'arbres, traverser des océans à la nage et tuer des ours à mains nues.

Au bord de l'extase, il se redressa et, en un mouvement fluide, étendit Margot sur le dos et se cala entre ses cuisses. Elle remonta sa chemise, offrant son sexe chaud à Arran, et le prit par les hanches pour l'attirer plus près, le dos arqué pour mieux le sentir palpiter contre elle. Un homme n'aurait pu désirer de partenaire plus enthousiaste. Elle n'avait pas peur de lui, ni de son corps, ni de prendre du plaisir. Elle était devenue le genre d'amante qu'un homme rêve de posséder.

Il se glissa en elle. Margot écarta les bras, s'abandonnant à lui. Arran ferma les yeux et se perdit dans cette sensation exquise, puis mit une main entre les jambes de Margot pour la caresser tandis qu'il accélérait son va-et-vient. En guise de réponse, elle lui caressa le dos et replia les genoux, nouant ses chevilles derrière lui. Elle respirait fort, aussi immergée que lui dans leur étreinte.

Lorsqu'elle se mit à haleter, il la serra plus étroitement et s'enfonça profondément en elle, encore et encore, jusqu'à ce que Margot lâche un cri. Alors, il se laissa aller à son tour, balayé par la violence du plaisir.

Il appuya le front contre l'épaule de Margot, et il lui fallut quelques secondes pour trouver l'énergie suffisante pour redresser la tête. Elle lui décocha un sourire sensuel, rassasié.

— Oh ! Arran, vous m'avez toujours comblée…, murmura-t-elle en lui déposant des baisers sur les paupières, sur les tempes.

Cette femme était terrifiante. Un sourire d'elle suffisait à lui couper le souffle. À lui faire oublier sa perfidie, à lui faire tout oublier pour la posséder.

— Plus que Sir Dalton ?

— Infiniment.

Arran émit un grognement satisfait et l'embrassa de nouveau avant de se retirer d'elle et de rouler sur le dos. Margot poussa un soupir de contentement et se nicha contre lui, la tête sur son torse, le bras en travers de son corps.

Il lui caressa nonchalamment le bras.

— Allez-vous me dire la vérité, à présent, Margot ? Pourquoi êtes-vous revenue ?

Elle soupira, son haleine chaude sur la peau d'Arran.

— Encore cette question ?

— Oui, encore, jusqu'à ce que je découvre ce que vous me cachez.

— Pourquoi refusez-vous de me croire ?

— Parce que ça semble drôlement arrangeant, que vous apparaissiez tout à coup comme une orpheline dans la nuit.

— Ce n'était pas arrangeant du tout. Au contraire, si vous voulez le savoir. Avec tous les bagages et ce voyage si long et si difficile. Et avez-vous vu mes compagnons ?

— *Aye*. Deux dandys anglais.

Margot leva la tête et lui sourit.

Diah, ce sourire.

— N'avez-vous pas été un tout petit peu content de me voir ? demanda-t-elle en traçant les lettres de son nom sur son torse nu.

— Non, mentit-il. Et si vous refusez de me dire la vérité, vous pouvez retourner dans votre chambre. Dois-je vous faire enfiler votre robe ?

— Non.

Il glissa un doigt sous sa chemise de nuit.

— Vous avez l'intention de traverser Balhaire dans cette tenue ?

— J'ai l'intention de rester ici, avec vous. Je ne compte pas avoir d'appartements séparés.

— *Aye*, vous allez…

— Vous avez toujours voulu que je reste avec vous, avant. Cela ne vous a jamais plu que j'aie des appartements à moi.

— C'est différent maintenant, affirma-t-il, légèrement affolé à la perspective de la trouver dans son lit chaque soir.

— Oui, parce que je suis différente. Je veux vous contenter. D'ailleurs, vous avez besoin de quelqu'un ici. Cette chambre est dans un désordre indescriptible.

— La sœur de Mrs Abernathy est souffrante. Elle est partie la voir. Je ne fais confiance à personne d'autre pour s'occuper de mes appartements.

— Là, vous voyez ? Raison de plus pour que je sois là, conclut-elle en lui capturant les lèvres.

Elle était en train de gagner cette bataille. Arran lui prit le visage entre ses mains.

— Vous ne m'avez pas entendu ? Je n'ai pas besoin de vous, Margot, dit-il froidement. N'allez pas vous persuader du contraire.

— Comme vous voudrez, murmura-t-elle tout bas.

Puis elle repoussa la main d'Arran et remit la tête au creux de son épaule, comme elle le faisait autrefois après qu'ils avaient fait l'amour.

Au grand dam d'Arran, ce geste lui sembla… normal. Comme si la place de Margot était dans ses bras. Il étouffa un juron. Cette femme savait pertinemment ce qu'elle faisait — elle se jouait de lui, le séduisait, le désarmait en permanence. Elle aurait aussi bien pu le passer au fil de l'épée. Il était impuissant.

Et dans quel but faisait-elle tout cela ? Voulait-elle le voir pendu ?

Une légère claque sur les fesses réveilla Margot en sursaut ; elle se redressa avec un miaulement alarmé et vit Arran debout à côté du lit, déjà habillé. Le ciel de l'aube était rose et pourtant elle entendait des voix dans la basse-cour. Elle pressa un instant les doigts sur ses paupières puis rouvrit les yeux.

Arran lui sourit.

— Comment une femme peut-elle se coucher aussi ravissante et se réveiller le lendemain matin dans cet état ? demanda-t-il en lui ébouriffant les cheveux. Allons, il est l'heure de vous lever. Appelez la jeune fille qui s'occupe de vous.

Il enfila son manteau.

— Je vais à Coigeach pour la journée.

— Vous quittez Balhaire de nouveau ? demanda-t-elle d'une voix plaintive.

— Je serai de retour avant la nuit.

Il se pencha pour lui déposer un baiser sur le front.

— Pas de bêtises. N'allez pas faire peur à mon clan en allant vagabonder, hein ?

— Oh ! Je ne crois pas que je risque de les effrayer, répondit-elle en bâillant. Vous avez toujours confondu leur antipathie avec de la crainte.

— Au contraire. Je sais qu'il y avait un peu des deux.

Il lui adressa un clin d'œil, lança sa robe sur le lit et sortit de la chambre.

Margot se laissa retomber contre les oreillers et bâilla de nouveau. Elle voulait ne penser à rien pour l'instant. Elle se sentait bien dans le lit d'Arran, avec la brise fraîche du matin qui entrait par la fenêtre ouverte. Ç'avait été plaisant de dormir avec son mari. Elle avait aimé sentir sa chaleur au creux de son dos. Elle avait aimé cette sensation d'être en complète sécurité avec le bras d'Arran autour de sa taille.

Elle roula sur le ventre et s'enfouit le visage dans l'oreiller de son mari, respirant son odeur musquée. Seigneur, quelle idiote elle avait été autrefois ! Il y avait quelque chose de si intime dans le fait de dormir avec lui. Jamais elle n'avait compris à quel point cela rapprochait un couple. Et elle ne pouvait s'empêcher de se demander si elle s'était complètement trompée sur d'autres sujets aussi.

Les raisons de sa présence ici lui semblaient de plus en plus floues. Elle voulait savoir si elle avait gâché leurs chances d'avoir un vrai mariage. Mais elle voulait aussi savoir où il allait, ce qu'il faisait. Avait-elle renoué avec un traître ?

Margot regarda autour d'elle. Ç'aurait été l'occasion idéale de fouiller les lieux, sauf qu'elle n'en avait aucune envie. La veille au soir, lorsqu'elle avait choisi de s'installer dans cette chambre, elle avait jeté un coup d'œil sous le lit et dans la commode, mais sans conviction.

Cela lui avait paru malhonnête. D'autant plus qu'elle ne savait pas au juste ce qu'elle cherchait. D'autant plus qu'elle allait se glisser dans le lit de cet homme et l'embrasser.

Peut-être irait-elle monter à cheval, songea-t-elle vaguement. Elle n'était pas bonne cavalière, mais elle pouvait se débrouiller. Avec Pepper et Worthing qui l'épiaient en permanence, il fallait qu'elle se trouve une occupation. Elle leur dirait qu'elle allait rendre visite à quelqu'un — elle songerait bien à un nom quelconque — et puis elle s'esquiverait, irait peut-être jeter un coup d'œil à la crique. Ce serait un soulagement que de sortir de l'enceinte du château. Elle avait besoin de temps pour mettre de l'ordre dans ses pensées, loin de tout le monde.

Margot tâtonna au-dessus de sa tête, en quête de la petite cloche qui ferait venir Nell.

Une heure plus tard, en tenue d'équitation, elle descendit prendre son petit déjeuner dans la grande salle. Puisque le laird vivait avec toute sa famille — non, *la leur*, comme il lui avait maintes fois fait remarquer — il était nécessaire de préparer un festin presque chaque matin. Ces énormes petits déjeuners l'avaient contrariée, autrefois, surtout lorsque Arran lui avait dit que sa présence y était attendue. Margot n'avait jamais aimé se lever tôt. Elle avait fait le raisonnement suivant : si un petit déjeuner matinal était sans doute conseillé pour les Mackenzie qui, eux, avaient maintes choses à accomplir dans la journée, il ne convenait guère, en revanche, à la maîtresse de maison.

Quelle sottise !

La salle était encore bondée, pleine de femmes et d'enfants. Quelques personnes la regardèrent comme si elles s'attendaient à ce qu'elle sorte son balai de sorcière d'une seconde à l'autre, mais leur nombre s'amenuisait.

Ainsi qu'elle l'avait escompté, toutes sortes de plats étaient disposés sur le buffet. Elle prit son temps pour faire son choix.

— *Madainn mhath*[1], milady.

Elle tourna la tête et reconnut Lennon Mackenzie, le forgeron de Balhaire.

— Bonjour.

— Belle journée pour une gigue, pas vrai ?

Ses compagnons s'esclaffèrent. Margot sourit et se tourna

1. « Bonjour » en gaélique.

vers lui, ce qui, à en juger par son bond en arrière, le prit par surprise.

— Je vous demande pardon, Mr Mackenzie. Vous ai-je donné des coups de pied hier soir ? Mes excuses ! Je n'ai pas encore maîtrisé l'art de la gigue, mais je suis tout à fait résolue à y parvenir.

Il regarda ses compagnons d'un air incertain, avant de répondre :

— Tout est dans le saut, voyez-vous. Une fois que vous saurez faire ce petit saut, tout ira bien.

— Voulez-vous m'apprendre ?

Elle porta une baie à sa bouche, les yeux rivés sur lui, amusée par la succession d'émotions qui traversèrent le visage de l'homme.

Lennon Mackenzie et ses camarades semblaient sous le choc. Ceux-ci attendirent, bouche bée, sa réponse.

— *Aye*, milady. *Aye*, je vous apprendrai.

— Je compte sur vous, dit-elle en lui tapotant l'épaule. Merci.

Sur quoi, elle se retourna et reprit sa contemplation du buffet. Elle hésitait sur le fromage à choisir quand elle sentit qu'on s'approchait d'elle. Lennon Mackenzie s'était-il déjà ravisé ? Mais non, c'était Pepper, un mouchoir en dentelle plaqué sur le nez, comme si l'odeur du petit déjeuner l'incommodait.

— Bonjour, Lady Mackenzie, dit-il en inclinant la tête.

— Mr Pepper. Êtes-vous aussi venu ridiculiser mes talents de danseuse ?

— Je ne qualifie pas de danse les gesticulations qu'on fait ici, répondit-il sur un ton guindé. J'ai entendu dire que le laird avait quitté Balhaire.

Apparemment, rien n'échappait à Pepper…

— En effet.

— Où est-il allé ?

— Il ne l'a pas dit, répliqua-t-elle en empilant des morceaux de fromage dans son assiette.

Pepper l'observait.

— Vous êtes habillée pour une sortie à cheval.

Une remarque plutôt ridicule, puisqu'elle en avait parfaitement conscience.

— En effet.

— Où comptez-vous aller ? demanda-t-il d'un air dégagé.

Margot s'immobilisa et le regarda.

— Pourquoi ?

— Pourquoi ! s'impatienta-t-il. Parce que je suis ici pour assurer votre sécurité. Je n'aimerais pas vous voir partir seule à cheval sans même un chien digne de ce nom pour vous accompagner.

Il lança un coup d'œil éloquent sur sa gauche. Margot suivit son regard. Un vieux chien au museau tout blanc était étendu sur le côté près de l'âtre.

— Le laird aime beaucoup les chiens, dit-elle froidement.

Et si cela déplaisait à Pepper, il n'avait qu'à se loger ailleurs, songea-t-elle. Un souvenir lui revint en mémoire : un jour, un jeune chien de Balhaire avait été vilainement blessé par un piège de braconnier. Lorsque le garde-chasse avait conclu que le malheureux animal ne pouvait être sauvé, Arran avait soulevé celui-ci dans ses bras, les larmes roulant sur ses joues. Il l'avait emmené dans les bois et, là, avait mis un terme à ses souffrances.

Elle frissonna, émue par le chagrin qu'il avait éprouvé pour cette pauvre bête.

— J'ai entendu dire que le laird était parti en compagnie

de plusieurs autres hommes. Des Highlanders membres d'autres clans.

Elle lui décocha un regard curieux. Pepper avait une poignée de baies au creux de sa main, et les grignotait tranquillement.

— Ah bon ?

— Vous ne le saviez pas ? s'irrita-t-il. Vous devriez au moins être escortée par un valet. Vous ne pouvez être trop prudente...

— Je suis *chez moi* ici, Mr Pepper. Je n'ai besoin ni d'un chien ni d'un valet pour m'accompagner. J'ai l'intention d'aller rendre visite à une amie qui a peut-être des informations à me donner.

Elle arqua un sourcil.

— Mais elle ne me dira rien si je suis accompagnée.

Pepper enfourna une nouvelle baie, sans cesser de la dévisager d'un air soupçonneux.

— Cela dit, je vous remercie de votre sollicitude.

Elle s'avança le long du buffet, mettant ainsi fin à la conversation.

Pepper n'insista pas, mais elle remarqua que, dès l'apparition de Worthing, il se précipita pour aller lui parler à l'oreille. Combien de temps ces deux hommes avaient-ils l'intention de rester à Balhaire ? Leur présence ne servait à rien sinon à la rendre nerveuse. Elle aurait été bien plus à l'aise pour s'acquitter de son odieuse tâche si elle n'avait pas eu constamment l'impression d'être épiée.

Lorsqu'elle eut terminé son petit déjeuner, et qu'elle fut sûre de ne pas être accostée par Pepper ou Worthing, Margot enfila son chapeau et ses gants et partit à la recherche de Sweeney.

Elle le trouva sans grande difficulté.

— Je voudrais un cheval, s'il vous plaît, Sweeney, annonça-t-elle après l'avoir salué. De préférence plus petit que celui que vous avez sellé pour moi la semaine dernière. Un cheval que je puisse monter sans craindre d'être jetée à terre. Oh ! Et, s'il vous plaît, une selle comme il faut.

— Comme il faut, répéta Sweeney, apparemment moins agité ce jour-là.

— Oui. Une selle convenable pour une dame.

Il plissa les yeux.

— Je vais regarder, dit-il, avant de disparaître dans l'écurie.

Quand il réapparut enfin, il amenait un poney noir, à la croupe large et aux yeux cachés par une épaisse crinière à longs crins. Il était nettement moins haut que celui qu'elle avait monté deux jours plus tôt.

— Oh ! Celui-ci est adorable, déclara-t-elle en lui caressant la tête.

— *Aye*, il a bon caractère et le pied sûr. Il est bien pour les cavaliers inexpérimentés.

— Oui, bon… Je suppose que c'est ce qu'il me faut, dit-elle en soupirant.

Sweeney lui fit une coupe de ses mains, et l'aida à se hisser sur une selle de femme si ancienne que le cuir en était craquelé de part en part. Il fallut quelques instants à Margot pour trouver son équilibre.

— Si quelqu'un demande où je suis, déclara-t-elle quand elle y fut à peu près parvenue, je vais rendre visite à une amie.

— Ah bon ? s'étonna Sweeney, visiblement sceptique.

Margot lui lança un regard éloquent.

— *Aye*, madame, répondit-il, avec l'assurance d'un homme qui sait que personne ne lui poserait de questions.

Après qu'elle eut fait plusieurs vaines tentatives pour persuader le poney de se mettre en route, Sweeney lui donna une tape sur la croupe qui le décida. Margot sortit enfin de l'enceinte, l'animal trottinant d'un pas aussi sûr que Sweeney l'avait promis.

Elle descendit un chemin large et plat qui traversait des étendues de bruyère. Au bout d'un moment, la pente devint plus raide et le sentier s'engagea dans les bois, où poussaient des tapis de primevères et de campanules. Le parfum du chèvrefeuille embaumait l'air immobile. Seul le pépiement des oiseaux et le murmure des vagues qui venaient s'échouer sur la plage rompaient le silence et Margot savourait sa solitude. Chose étonnante pour une femme séparée de son mari, elle n'avait jamais joui de la solitude. Il y avait toujours quelqu'un qui l'observait. Son père, ses frères. L'homme qu'Arran avait dépêché d'Écosse.

Le poney semblait savoir précisément où elle désirait aller et suivait son chemin avec aisance. Quand elle atteignit le rivage, elle distingua un navire ancré assez loin. Elle apercevait les silhouettes des hommes sur le pont, et remarqua une barque laissée sur la plage.

Un mois plus tôt, la vue de ce navire n'aurait en rien troublé Margot. Elle se serait moquée de savoir s'il venait d'arriver ou s'il se préparait à larguer les amarres. À présent, cependant, elle se demandait s'il était la clé de l'innocence ou de la culpabilité de son mari.

Elle l'observait toujours quand elle saisit un mouvement du coin de l'œil. Elle se retourna et vit un homme sortir du bois. Il se figea à sa vue, puis s'essuya les mains sur son pantalon crasseux et regarda tour à tour le navire et elle.

Une bouffée d'appréhension envahit Margot.

— Euh… Bonjour, lança-t-elle, incertaine.

Il ne dit rien. Se contenta de la fixer d'un air méfiant.

Peut-être aurait-elle dû prêter attention aux paroles de Pepper et se faire accompagner par un chien, au moins.

— Je suis Lady Mackenzie.

— *Aye.* Je sais qui vous êtes, madame.

Eh bien. Dans ce cas, il savait aussi que son meurtre serait lourd de conséquences. Ou plutôt, elle espéra que la possibilité de lourdes conséquences allait lui traverser l'esprit. À dire vrai, elle n'en était pas si sûre.

— Que… Que faites-vous là, dans les bois ? demanda-t-elle.

Faute de mieux, il était toujours conseillé de prendre un air autoritaire et de prier pour qu'il fasse effet.

L'homme jeta un coup d'œil par-dessus son épaule. Plusieurs caisses en bois avaient été empilées à l'ombre des arbres, et Margot songea aussitôt à des armes. Si son mari complotait une rébellion, il aurait besoin de fusils. Et les fusils n'arrivaient-ils pas généralement dans des caisses ?

— Rien, milady. Nous avons rapporté des rouleaux de tissu et de la porcelaine fine. Il faut qu'on les décharge.

— Mais… D'où venez-vous ?

— Du continent, milady, répondit-il, tordant nerveusement sa casquette entre ses mains.

Le continent. Margot eut soudain la tête qui tournait. Des fusils de France ! D'abord des fusils, puis des hommes. Cela ne paraissait-il pas logique ?

— Avez-vous amené des hommes aussi ? Des soldats ou des officiers ?

Il parut perplexe.

— Non, milady.

Une nouvelle barque approchait lentement, avec deux rameurs à bord, et plusieurs caisses entre eux. Elle n'avait pas beaucoup de temps.

— Qui commande ce navire ?

— Le capitaine Mackenzie, madame.

Voilà qui ne lui apprenait rien — il pouvait y avoir des dizaines de capitaines Mackenzie par ici.

— Oui, le capitaine Mackenzie, répéta-t-il.

Il s'avança vers elle, et le cœur de Margot fit un bond dans sa poitrine.

— Le laird devrait être ici d'une minute à l'autre, déclara-t-elle, allant même jusqu'à regarder par-dessus son épaule dans l'espoir insensé qu'il apparaisse comme par miracle.

— Le laird ? Mais il est allé à Coigeach.

Il continua à s'avancer. Prise de panique, Margot imagina cet homme jetant sa casquette à terre juste avant de l'agresser. Elle tomberait comme une pierre, incapable de maintenir son équilibre sur cette selle ridicule. Arran avait raison — il avait déclaré un jour qu'elle devrait se faire confectionner une culotte et apprendre à monter comme un homme. Si elle vivait jusqu'au lendemain, elle suivrait ce conseil.

L'homme plongea une main dans sa poche.

— Seigneur, murmura-t-elle, s'attendant à le voir exhiber un couteau.

Elle tenta de tourner bride, mais le poney, visiblement perplexe, refusa de bouger. Elle tira d'un coup sec vers la droite et, enfin, il se tourna à demi.

— Milady ! s'écria l'homme en pressant le pas.

Margot enfonça ses talons dans les flancs du poney, le suppliant intérieurement d'avancer.

— J'ai quelque chose pour vous. Un cadeau.

Il l'avait rejointe. Il attrapa la bride, maintenant le poney immobile.

— Lâchez-le, ordonna Margot, d'une voix tremblante de peur.

L'homme sortit la main de sa poche. Au creux de sa paume se trouvait la petite silhouette d'une femme en robe de cour, magnifiquement ciselée. Une de ses jambes était tendue, et elle tenait les côtés de sa jupe des deux mains, faisant la révérence. Mais un de ses bras avait été cassé à hauteur de l'épaule.

Pas un couteau. Une figurine. Elle tenta de comprendre ce que c'était, ce que cet objet signifiait.

— Une des caisses est tombée, vous voyez ? La porcelaine est emballée dans de la paille, alors on n'a cassé que quelques pièces. Le capitaine a dit de les jeter par-dessus bord. Mais elle me plaisait. J'ai pensé qu'elle ferait un beau cadeau, hein ?

Il la tendit à Margot.

— Elle est abîmée, mais jolie quand même, insista-t-il. Un cadeau pour la dame du laird. Si vous l'acceptez.

— Vous voulez me l'offrir ? demanda Margot, prise de court.

— S'il vous plaît, madame.

Margot hésita, et prit avec précaution la figurine.

— Merci.

— Je ne l'ai pas volée. Je ne vole pas.

— Non, non… Je n'ai jamais pensé cela.

Bien sûr que si, elle l'avait pensé, et il le savait parfaitement.

— Je l'ai seulement mise dans ma poche pour l'offrir au laird, *aye* ? Mais quand on a entendu dire que sa femme était revenue le suppl…

Soudain conscient de ce qu'il venait de dire, il blêmit et baissa les yeux.

— Qu'elle était *revenue*, je veux dire, rectifia-t-il vivement, en se passant une main dans les cheveux. Et j'ai pensé que c'était un cadeau approprié pour vous. Pour vous souhaiter de nouveau la bienvenue à Balhaire.

Elle rougit et se pencha pour examiner la figurine.

— Eh bien, au moins, mes suppliques m'auront valu un joli cadeau, n'est-ce pas ?

Le pauvre homme parut consterné, et Margot ne put retenir un rire.

— Merci, monsieur. Vous ne pouvez imaginer combien j'apprécie ce présent.

Ni à quel point elle était soulagée qu'il n'ait pas eu l'intention de lui nuire, mais juste de la saluer.

Il hocha la tête et recula d'un pas.

— Tout le monde n'est pas content de vous voir, je mentirais en disant le contraire. Mais un homme a besoin de sa femme, hein ? Moi, je ne m'en suis pas rendu compte avant qu'elle soit partie.

— Partie ?

— Emportée par la peste.

— Oh… Mon Dieu ! Je suis si… Toutes mes condoléances, monsieur.

Elle ne sut que dire d'autre. Elle n'osait imaginer le chagrin de ce malheureux. Arran et elle n'étaient pas toujours d'accord, mais de penser qu'il pourrait disparaître…

Margot déglutit avec peine.

— Merci encore.

Elle glissa la figurine dans sa poche pour la protéger, et, cette fois, parvint à persuader le poney de se mettre en route.

Tandis que l'animal gravissait lentement la colline, elle songea aux propos de cet homme. Jamais elle ne s'était demandé si Arran avait besoin d'elle ou non — elle n'avait pensé qu'à elle-même, au besoin qu'elle avait de lui.

Et si c'était le cas… Comment pourrait-elle jamais être utile à un homme tel que lui, hormis par le biais de sa dot ? Elle représentait un fardeau plutôt qu'une aide.

Elle se tourna vers la mer. De là où elle se trouvait, elle voyait mieux le navire. C'était un petit vaisseau, conçu pour naviguer vite. Sans être une experte en la matière, elle savait que les navires transportant des troupes étaient généralement plus imposants. C'était absurde — elle ne trouverait jamais des preuves de la traîtrise d'Arran en cherchant des indices alentour. Oui, absurde.

S'éloignant de la côte, elle se dirigea vers le glen. Elle avançait à pas lents car elle ne savait comment persuader sa monture de presser l'allure. Peu importait — elle était fascinée par le paysage. Elle avait oublié comment le vert des collines se teintait d'or sous une certaine lumière, et de violet sous une autre. L'odeur des feuilles mouillées et celle, musquée, de la tourbe, embaumaient l'air.

En sortant des bois, elle croisa des métayers qui coupaient du foin et en faisaient des bottes. Ces gens menaient une existence simple mais pleine de sens. Ils travaillaient pour vivre et élever leurs enfants. Ils ne s'inquiétaient pas de leur position sociale ou de leurs relations.

Le domaine de Balhaire était manifestement prospère. Pourquoi Arran aurait-il mis en péril tout ce qu'il avait bâti ici dans le seul but d'installer Jacques Stuart sur le trône ? Qu'aurait-il à y gagner ? Rien ! Au contraire, il avait tout à y perdre.

Une pensée vint subitement à l'esprit de Margot. Au lieu de prouver qu'il était mêlé à un complot, elle devait trouver la preuve qu'il était innocent.

Mais comment s'y prendre ?

De la même manière, supposait-elle, que pour trouver une preuve de trahison.

Margot regagna Balhaire plus perturbée qu'elle l'était en partant. Tout absorbée dans ses réflexions, elle tendit les rênes du poney à un jeune garçon d'écurie et entra dans le château sans se soucier de qui la regardait et pourquoi. Elle se sentait désemparée. Elle se hâta vers ses appartements et ouvrit la porte à la volée — la pauvre Nell faillit s'évanouir de terreur.

— Vous voilà, milady ! s'écria-t-elle, soulagée. J'ai cru que vous ne reviendriez jamais. Quelle journée j'ai eue ! Cet homme est revenu et il m'a dit que je ne devais pas entrer dans l'appartement du laird sans permission. Je lui ai dit : « Milady partage ces pièces avec son mari et j'entrerai quand elle me le dira ! » Et il m'a répondu…

— Nell, coupa Margot, en levant une main pour l'interrompre. Je voudrais m'allonger un moment avant le dîner.

— Excusez-moi, milady. Vous ne vous sentez pas bien ?

— J'ai un peu mal à la tête. La matinée a été plutôt longue.

— Dois-je aller chercher…

— Non, rien, merci. Je sonnerai quand j'aurai besoin de vous.

Elle se retira dans la chambre du maître, refermant avec soin le battant derrière elle. Puis elle se tint au centre de la pièce, les mains sur les hanches.

Elle avait bel et bien eu l'intention de s'allonger, mais son regard se porta sur la grande commode. Si un homme avait des secrets à cacher, il les garderait près de lui. Margot s'approcha du meuble d'un pas hésitant, et, du bout des doigts, saisit la poignée du premier tiroir. Il contenait des chemises. Avec une grimace, elle glissa la main entre elles, tâtonnant dans l'espoir de trouver quelque chose. De fait, ses doigts se refermèrent autour d'un objet métallique ; elle le sortit en hâte et le regarda.

C'était une chevalière.

Margot la remit à sa place et referma le tiroir.

Dans le suivant, elle découvrit d'autres vêtements. Le troisième recelait deux couteaux de chasse et une montre de gousset. Enfin, elle se mit à genoux devant les deux portes en bas du meuble. Elle tira sur l'une — qui résista. La croyant coincée, elle tira plus fort. Le battant s'ouvrit, ne révélant que du linge.

Elle se releva, puis songea soudain au cabinet de travail. Bien sûr ! Elle avait oublié cette petite pièce circulaire attenante à la garde-robe.

Elle franchit le seuil du réduit faiblement éclairé. Elle avait conscience des habits d'Arran autour d'elle, lourds de son odeur. Des bottes éraflées sur le sol. Des écharpes, manteaux, culottes et chemises en chamois étaient pendus à des crochets et dans une armoire béante.

Les doigts de Margot s'attardèrent sur ses vêtements tandis qu'elle traversait la garde-robe pour entrer dans le petit cabinet de travail. Elle tourna lentement la poignée, retenant son souffle, puis entrouvrit la porte et jeta un coup d'œil à l'intérieur. Elle s'attendait presque à voir Arran assis là, tête penchée sur un registre, sa plume s'activant à toute vitesse d'une colonne à l'autre. Mais la pièce était vide et l'odeur âcre de la fumée imprégnait les lieux. L'unique lumière provenait de deux fenêtres qui donnaient sur les collines.

Margot entra, laissant la porte ouverte afin d'entendre l'arrivée éventuelle de quelqu'un. À vrai dire, ç'aurait été un miracle qu'elle entende quoi que ce soit — ses battements de cœur résonnaient tel un tambour à ses oreilles.

Des voix lui parvinrent du couloir. Retenant son souffle, elle regarda vivement par-dessus son épaule. Les voix s'éloignèrent — des domestiques, sans doute. Elle leva les yeux vers la pendule de la cheminée — il était déjà tard. Nell n'allait pas tarder à venir l'aider s'habiller pour dîner. Et un domestique de Balhaire risquait de se présenter à tout moment pour préparer les affaires de son maître.

Margot se hâta vers le bureau et inspecta rapidement deux tiroirs. Rien. Seuls quelques objets se trouvaient dessus — le livre de comptes du domaine et une lettre envoyée par un membre du clan.

Anxieuse à présent, elle s'apprêtait à quitter la pièce quand elle remarqua un petit meuble adossé au mur. Elle se pencha et tenta d'ouvrir la porte. Elle était fermée à clé. Margot s'accroupit et essaya de nouveau, en vain. Le cœur battant à tout rompre, elle se releva et chercha frénétiquement un outil, puis se souvint des couteaux qu'elle avait vus dans le tiroir de la commode. Étouffant un juron, elle se hâta d'aller en chercher un et revint. Elle inséra la pointe de la lame dans la serrure et, les deux mains sur le manche, s'efforça de la faire jouer.

Au moment où la porte cédait, un fracas s'éleva dans le couloir.

— Fergus ! De l'eau pour un bain ! J'ai la gorge et les oreilles pleines de poussière.

Margot lâcha un cri étouffé au son de la voix d'Arran. Elle n'avait pas escompté qu'il revienne si tôt.

— *Aye*, maintenant, l'entendit-elle confirmer.

Elle fixa avec horreur le couteau qu'elle tenait à la main, bondit sur ses pieds et parcourut des yeux la pièce exiguë.

Mais il n'y avait nulle part où se cacher.

Chapitre 12

Arran pénétra dans la chambre et eut à peine le temps de remarquer la présence de Margot qu'elle se jetait dans ses bras, l'obligeant à reculer d'un pas.

— Que diable… ? s'exclama-t-il en la prenant par les épaules.

— Je suis tellement contente que vous soyez revenu !

— Croyiez-vous que je vous avais abandonnée ? ironisa-t-il en se dégageant.

Pour toute réponse, Margot prit son visage entre ses mains et le couvrit de baisers farouches.

Le désir monta en lui, vite réprimé par les événements de la journée. Il ôta les bras de Margot d'autour de son cou et la repoussa.

— Qu'est-ce qui me vaut un accueil aussi enthousiaste ?

D'ailleurs, que faisait-elle dans sa chambre à cette heure-ci ? Elle aurait dû être dans son boudoir ou dans sa garde-robe. Il se méfiait d'elle — encore plus après ce qu'il avait entendu à Coigeach. Il s'avança dans la pièce et jeta un coup d'œil autour de lui.

— Vous m'avez manqué, dit-elle d'un air grave. Avez-vous fait bonne route ?

— Ç'a été fastidieux.

C'était la chose la plus polie qu'il puisse dire après ce qu'il avait enduré. Lors d'une réunion de quatre chefs de clan écossais — tous des jacobites connus — Arran avait été accusé de comploter avec les Anglais.

C'était aussi absurde qu'offensant. Il était marié à Margot depuis plus de trois ans. Ainsi qu'il l'avait fait remarquer à ces hommes, s'il avait voulu trahir ses compatriotes, ne l'aurait-il pas fait à l'époque où il adressait encore la parole à son épouse ? Au lieu de quoi, il avait vécu plusieurs années sans elle, et œuvré à la prospérité de Balhaire, assurant le gagne-pain des Mackenzie qui y résidaient.

— J'ai eu mieux à faire que de songer à mettre un homme sur le trône, *aye* ? avait-il dit.

— *Aye*, avait rétorqué Buchanan, un géant à la barbe aussi hirsute que flamboyante. Mais supposons qu'un homme qui fait ouvertement du commerce avec la France gagne encore davantage en gardant les Anglais dans son *sporran* ? Ne le ferait-il pas ?

— Contre son clan et son pays ? avait riposté Arran froidement. Je ne suis pas un homme cupide. Ce que je possède, je l'ai durement gagné — je ne trahis pas ma terre et mon peuple pour remplir mes coffres.

— Et pourtant, vous ne pouvez nier que la soudaine réapparition de Lady Mackenzie est déroutante ? Juste au moment où nous apprenons ces rumeurs venues d'Angleterre ?

— Ce qui se passe entre ma femme et moi ne vous regarde en rien, avait déclaré Arran avec raideur. Elle est venue à Balhaire dans le seul désir de réparer le mariage qu'elle avait abandonné.

Les hommes avaient ricané. Divers commentaires avaient été faits à propos de la place d'une femme. Le sang d'Arran avait bouillonné dans ses veines, mais il avait gardé son sang-froid. À bien des égards, c'était un homme traditionnel, et il avait certaines attentes concernant son épouse. Mais jamais il ne l'avait considérée comme sa propriété, et il ne pouvait pas contrôler les pensées de celle-ci ou l'obliger à se conduire comme il le désirait, pas plus qu'il n'aurait pu le faire avec ces hommes.

— Vous devez comprendre nos inquiétudes, Mackenzie, avait dit Rory Gordon. Dunn nous a avertis qu'on menace de confisquer nos biens pour avoir conspiré avec Stuart.

Arran avait protesté :

— La Couronne n'a aucun motif légal de le faire !

Buchanan avait lâché un rire sourd.

— Depuis quand les Anglais s'embarrassent-ils de la loi quand ils sont sur le sol écossais ? Je vous crois, Mackenzie. Pour moi, vous avez toujours été un honnête homme. Même s'il peut paraître bizarre que votre bonne épouse anglaise soit revenue à son mariage à un moment où nous cherchons tous un espion anglais dans nos rangs.

— Je vais le répéter une fois de plus — elle n'a *rien* à voir avec tout cela, avait déclaré Arran d'une voix égale, bien qu'il fût sur le point d'éclater. Dites ce que vous voudrez sur mon compte, mais le prochain qui insulte ma femme aura affaire à moi.

— Peut-être que l'insulte devrait être adressée au mari plutôt qu'à la dame, avait murmuré Gordon.

Arran s'était levé, brûlant d'en découdre.

— Dis-le, mon gars, et qu'on règle ça.

Gordon s'était contenté de hausser les épaules et était resté à sa place. Les autres avaient gardé le silence. Mais ils avaient dévisagé Arran avec méfiance, se bornant à le saluer de la tête quand il avait pris congé d'eux. Il était rentré bride abattue à Balhaire, en faisant un détour par Kishorn pour discuter avec sa cousine Griselda de ce qui s'était passé.

Griselda, en bonne Écossaise, avait froncé les sourcils quand Arran lui avait relaté le retour de Margot et la visite nocturne de MacLeary à Balhaire.

— *Aye*, cette femme est une source d'ennuis.

Il ne pouvait protester, pas plus qu'il ne pouvait faire taire ses propres soupçons.

— Feras-tu néanmoins ce que je te demande, Zelda ?

— Oui, bien sûr, avait-elle répondu.

Mais quoi faire concernant Margot, voilà précisément ce qui avait taraudé Arran tout au long du trajet de retour à Balhaire, et maintenant elle était là, plus jolie que jamais.

Il retira son manteau et le laissa tomber sur une chaise. Margot s'empressa de le ramasser et de l'épousseter de sa main. Il la regarda, intrigué.

— Je ne voudrais pas qu'il ait l'air négligé.

Elle lui sourit brusquement.

— Je suis descendue jusqu'à la crique à cheval aujourd'hui, ajouta-t-elle sur un ton dégagé, en pliant le vêtement avec soin.

Arran jeta de nouveau un coup d'œil furtif autour de lui. Que diable cachait-elle ?

— Pourquoi ? répondit-il, s'efforçant de répondre sur le même ton.

— Pour prendre l'air.

Elle s'adossa à la commode, le manteau plié sur ses bras. Il l'étudia dans cette pose innocente. Margot sourit ingénument.

Il baissa les yeux sur l'habit.

— Mrs Abernathy voudra le nettoyer.

— Eh bien, je vais le ranger en attendant qu'elle revienne.

— Très bien.

Il fit mine de passer derrière elle pour lui ouvrir un tiroir, mais elle reprit la parole.

— En fait, il faudrait plutôt le pendre, ne croyez-vous pas ? Pour qu'il s'aère.

Sur quoi elle laissa retomber le manteau qu'elle venait de plier. Devant sa mine perplexe, elle plissa le nez.

— Il sent la poussière.

Elle fit volte-face et entra dans la garde-robe. Il l'entendit accrocher l'habit. Puis elle revint, les mains derrière le dos.

Arran resta où il était et la dévisagea.

— Vous n'avez jamais été intéressée par les promenades à cheval, ni par le rangement, il me semble. Éprouvez-vous d'autres désirs subits ?

Elle battit des paupières.

— Que voulez-vous dire ?

— Exactement ce que j'ai dit.

Le rose se répandait lentement sur les joues de Margot.

— Non.

Diah, quelle piètre menteuse elle faisait !

— Non ? répéta-t-il en pénétrant à son tour dans le réduit.

Il prit une veste propre et regagna la chambre principale. Sa femme, de nouveau adossée à la commode, était plongée dans l'examen d'un de ses ongles.

— Vos amis sont toujours ici, dit-il.

Elle leva les yeux, une trace d'espoir sur le visage.

— Mes amis ?

— Les deux dandys qui vous ont escortée jusqu'ici. Combien de temps vont-ils être nos invités ? Vous attendent-ils ?

L'expression de Margot s'assombrit.

— Moi ? Non.

Elle secoua la tête.

— À dire vrai, je ne sais pas pourquoi ils sont restés. Je n'ai plus besoin d'escorte maintenant que je suis arrivée saine et sauve à Balhaire. Mon père est par trop prudent.

Arran esquissa un sourire ironique.

— Vraiment ? Je n'ai jamais eu cette impression. En fait, il m'a paru plutôt imprudent, au contraire, en négociant des accords avec les Écossais et Dieu sait qui d'autre.

Il la toisa.

— N'est-ce pas le cas ?

Elle haussa les épaules.

— Comment le saurais-je ? Mon père n'a pas coutume de m'informer de ses affaires. Bien au contraire. Sauf, naturellement, s'il insiste pour me donner en mariage à un de ses associés, ajouta-t-elle en arquant un sourcil.

— Dans ce cas… Il n'y a rien que vous voudriez me dire ? demanda-t-il en s'asseyant sur le lit pour retirer ses bottes.

Margot vint brusquement s'agenouiller devant lui.

— J'ignore tout des affaires de mon père, si c'est ce que vous voulez savoir, affirma-t-elle en soulevant le pied d'Arran.

— Que se passe-t-il ? Vous m'aidez à me déchausser à présent ?

— Croyez-vous que j'ai changé ?

— Non, répliqua-t-il sèchement. Je crois qu'un kelpie[1] a enlevé ma femme et prend son apparence pour venir à moi.

Margot sourit.

— Je ne sais pas ce qu'est un kelpie, dit-elle en lui ôtant sa seconde botte, un peu plus vigoureusement que la première. Mais je suis sincère.

— Hum. Eh bien, *leannan*, maintenant que vous avez fait

1. Créature surnaturelle du folklore celte, capable de changer de forme.

votre devoir d'épouse, vous pouvez vous retirer dans votre dressing. J'ai l'intention de prendre un bain et de dîner dans ma chambre ce soir.

— Dans ce cas, je me joindrai à vous…

— Je préférerais que vous n'en fassiez rien, la coupa-t-il. Je suis exténué.

Elle fronça légèrement les sourcils.

— Mais je pensais…

— Non, Margot. Je suis fatigué, *aye* ? Je ne veux pas de bavardages et des questions ce soir. *Diah*, j'en ai assez entendu aujourd'hui.

— Des bavardages ! Je vois.

Elle se releva avec grâce et se dirigea vers la porte. Il pensa qu'elle allait partir, vexée qu'il ait exprimé aussi clairement ses désirs, au lieu de quoi elle tira sur le cordon de la sonnette avec tant de force que ce fut un miracle qu'il ne lui reste pas entre les mains. Elle resta immobile, les bras croisés sur sa taille mince, le foudroyant du regard tandis que ses doigts pianotaient sur son bras.

— Partez, ordonna-t-il en désignant la porte.

Celle-ci s'ouvrit et un adolescent entra. Il s'inclina devant Arran, puis devant Margot, qui parla sans quitter ce dernier des yeux :

— Dites à Fergus que le laird désire dîner en privé après son bain. Tout à fait seul et selon son bon plaisir.

— *Aye*, madame.

— Ensuite, envoyez, je vous prie, ma femme de chambre dans mon boudoir.

Le jeune hocha la tête et s'esquiva.

Arran arqua un sourcil et toisa Margot.

— Eh bien ? Je sais que vous m'avez entendue. Par conséquent, je ne vois pas ce que vous faites encore ici.

— Oh ! Oui, je vous ai entendu, Arran. Mais je ne suis pas encore prête à prendre congé de vous. Je suis votre épouse. Je suis la maîtresse de Balhaire et j'ai mon mot à dire. De plus, vous devez me pardonner !

Il secoua la tête.

— De m'avoir désobéi ?

— De vous avoir quitté !

Une douleur inattendue déferla en lui. Il songea à ce jour-là, à cette voiture qu'il avait regardée s'éloigner de Balhaire, à l'impression qu'il avait ressentie, comme si quelque chose en lui s'était durci et était mort. Comment pouvait-elle supposer qu'il devait la pardonner de l'avoir quitté ? Comment osait-elle exiger cela de lui ? Il se leva lentement et s'approcha d'elle. Puis il mit une main sur le cou de Margot et l'obligea à lui faire face.

— Personne ne me donne des ordres, madame, dit-il d'une voix sourde. Vous moins que tout autre. Je ne suis pas tenu de vous pardonner. Je ne suis pas tenu de vous *garder*. Alors, surveillez votre langue avant que je vous mette à la porte, *aye* ?

Une fois de plus, il s'attendit à la voir s'enfuir — en larmes, naturellement — mais Margot se contenta d'incliner la tête sur le côté.

— Y a-t-il autre chose ? Ou bien est-ce tout ce que vous avez à dire ?

— Ne me poussez pas à bout. Partez maintenant…, grogna-t-il, se hâtant de la lâcher avant de commettre un acte stupide — comme l'embrasser, ce qu'il mourait soudain d'envie de faire. Je suis à deux doigts de vous jeter dehors, avertit-il.

Elle sourit, mais se tourna vers la porte.

— Je vais veiller à ce que votre bain soit préparé.

Sur quoi elle sortit, sans refermer le battant derrière elle, et sans un regard en arrière.

Arran la suivit des yeux, observant le balancement assuré de ses hanches, son maintien de princesse. *Qu'elle aille au diable !*

Un moment plus tard, il sortit de sa garde-robe, une pile de lettres et de connaissements à la main. Cependant, il s'immobilisa en entrant dans la chambre, surpris de voir une petite table dressée près de la fenêtre, laquelle avait été ouverte pour laisser entrer la brise du soir.

— Qu'est-ce que c'est que ça ? demanda-t-il à Fergus, occupé à allumer les bougies d'un chandelier en argent.

— Lady Mackenzie, répondit simplement ce dernier, avec un froncement de sourcils.

Il versa du vin dans une coupe en cristal.

Arran avait oublié jusqu'à l'existence de ces coupes. Il les avait achetées environ un an plus tôt, à Anvers, et promptement fait ranger. Leur vue lui arracha un grognement.

— J'ai dit que j'allais dîner seul. Je ne veux pas de manières dans ma chambre, *aye* ? Personne ne m'écoute donc ?

Fergus interrompit sa tâche et leva les yeux.

— La dame… a insisté, dit-il, après avoir cherché le mot approprié.

— *Diah*, marmonna Arran, en acceptant le verre. Très bien, tu m'as traité comme un roi. Maintenant, vaque à tes affaires et, pour l'amour de l'Écosse, laisse-moi tranquille, *aye* ?

Fergus sortit sans un mot.

Tout en dînant, Arran tenta de parcourir les documents qui requéraient son attention, mais ce fut peine perdue. Il ne parvenait pas à chasser de ses pensées la réunion qu'il avait eue ce jour-là, les accusations qui avaient été portées contre lui.

Avec un soupir, il repoussa son assiette et se leva. Il déposa les papiers sur la commode, puis tira le cordon de la sonnette. Quelques instants plus tard, un adolescent se présenta.

— Débarrasse le couvert, ordonna-t-il. Et remets la table à sa place.

— *Aye*, milord.

Pendant qu'il s'acquittait de sa tâche, Arran alla s'asperger le visage et les mains. Il entendit le jeune sortir, mais pas le bruit de la table qu'on emportait.

Il se retourna, prêt à reprendre son travail… Mais là, dans l'embrasure de la porte, se tenait son épouse, les mains derrière le dos. Elle portait une superbe robe de la couleur du beurre, avec un jupon et un bustier bleu azur. Des bijoux scintillaient à ses oreilles et juste au-dessus des globes de ses seins. On aurait dit une fleur solitaire dans les murs gris du vieux château.

Ah ! Il était faible devant elle, l'avait toujours été, et *diah*, le serait sans doute toujours. Une attirance qui signerait peut-être bien son arrêt de mort.

— Que faites-vous ici ?

Elle lui montra une boîte.

— J'ai un jeu d'échecs. J'ai pensé que nous pourrions faire une partie.

Arran ne put s'empêcher de laisser son regard s'attarder sur la poitrine ronde de Margot, sur sa taille fine, sur les pantoufles qui émergeaient de sous ses jupons.

— Jouer aux échecs ! s'esclaffa-t-il. Il y a une éternité que je n'ai joué à rien.

— Splendide ! Cela signifie que j'aurai un avantage, car je joue constamment.

Elle sourit et ouvrit la boîte.

— Je n'ai pas dit que j'allais jouer, objecta-t-il, sans cependant tenter de l'empêcher de disposer les pièces.

Lorsqu'elle eut terminé, elle s'approcha du buffet, remplit un verre de porto et le lui tendit.

— Quelle créature présomptueuse vous faites !

Elle sourit, comme si elle avait su depuis le début qu'il allait céder. Arran soupira et passa une main dans ses cheveux encore humides après le bain. Il était debout devant elle en chemise, pieds nus, et n'avait qu'une envie : se coucher et dormir. Il avait passé une journée à tenter de convaincre des chefs de clan que cette femme n'était pas une traîtresse alors qu'il en doutait lui-même. La tâche l'avait épuisé.

Il regarda le verre qu'elle lui tendait.

— Je préfère du whisky.

Un doux sourire de triomphe éclaira le visage de Margot. Elle mit le porto de côté, lui servit un whisky et le lui apporta.

— Je vous avais dit que je ne voulais pas de compagnie ce soir, murmura-t-il, les yeux rivés sur sa bouche.

— Vraiment ? ronronna-t-elle. J'avais oublié.

La main d'Arran se crispa autour du verre et de la main de Margot, et il l'attira plus près.

— Je vais tolérer votre désobéissance cette fois, Margot. Mais seulement cette fois.

— Cela ne se reproduira pas, affirma-t-elle, son sourire tel un éclair dans un ciel d'orage.

— Ne me prenez pas pour un de ces dandys en mal d'amour qui vous suivent comme des toutous dans Norwood Park.

Le sourire de Margot s'accentua.

— Je ne vous confondrai jamais avec un de ceux-là.

Elle se pencha et effleura des lèvres le dos de sa main. La douceur et la chaleur de son contact picotèrent la peau d'Arran, lui rappelant la sensation de sa bouche sur lui la veille au soir. Une bouffée de désir déferla en lui.

Il se détourna avant que la tentation devienne irrésistible et il se laissa tomber sur une chaise, le regard fixé sur le ciel du crépuscule. Bon sang, une fois de plus, il était sans défense devant elle.

Margot prit le porto et s'assit avec grâce en face de lui. Il se souvint qu'elle lui avait dit un jour qu'un gentleman se devait de faire asseoir une dame. Le sous-entendu étant, bien sûr, qu'il n'en était pas un car il le faisait rarement. Peut-être aurait-il dû essayer de ressembler davantage à l'homme qu'elle désirait. Peut-être alors n'aurait-elle pas pensé à le trahir. Mais l'avait-elle vraiment fait ? Il ne pouvait pas la regarder sourire gaiement comme elle le faisait, et l'en croire capable. *Aye*, mais il n'avait pas non plus pensé qu'elle était capable de le quitter.

— Là, dit-elle, remettant une tour à sa place.

— Contente à présent ?

— Pas entièrement. J'aurais préféré dîner avec vous, admit-elle avant de boire une gorgée de porto.

Elle était encore jeune, pourtant elle semblait infiniment plus mûre qu'avant. Plus sûre d'elle.

— Vous avez bel et bien changé, Margot.

— Vraiment ?

Ses yeux étincelèrent de plaisir à la lueur de la bougie.

— En bien, j'espère.

Il n'en était pas certain. Mais elle l'intriguait davantage, à n'en pas douter.

— À vous de commencer.

Arran déplaça un pion. Margot fit de même.

Ils continuèrent, jouant rapidement au début. Arran ne put s'empêcher de remarquer que Margot semblait savourer la partie. Elle était plutôt douée, et lui expliqua même comment attaquer ses pions avec les siens. Il l'imaginait sans peine entourée d'admirateurs, mettant un gentleman après l'autre au défi de gagner contre elle. Ses yeux brillaient chaque fois qu'elle le regardait, pleins de joie et de plaisir, et Arran s'imaginait aussi combien ces hommes avaient été attirés par elle. Ce côté espiègle de sa nature lui avait-il échappé autrefois ? Leurs relations auraient-elles été plus faciles s'il l'avait découvert ? Il subsistait tant de questions sans réponses de cette époque-là.

Margot fut la première à prendre un pion.

— Ha ha ! dit-elle en le renversant. Vous devez faire plus attention, Arran, sinon j'aurai votre reine.

— Ne craignez rien.

— Oh ! Voilà qui sonne comme une menace.

Elle leva les yeux, mais son sourire s'effaça à la vue de l'expression d'Arran.

— *Aye*, vous êtes belle. J'ai presque du mal à me rappeler la jeune fille tremblante qui m'attendait à l'autel.

Margot eut un léger rire.

— C'est vrai que je tremblais, n'est-ce pas ? En vérité, je tenais à peine debout tant j'étais effrayée.

Arran mit une tour en position d'attaque.

— Étais-je un tel monstre ?

— Un monstre ? Vous n'étiez pas un monstre, non. Vous étiez l'homme le plus fort et le plus beau que j'avais jamais vu.

Il émit un petit grognement de dédain, certain que ce n'était qu'une flatterie de sa part.

— Je suis sincère ! Vous aviez complètement captivé mon

imagination. J'avoue, admit-elle en levant la main, que j'étais terriblement innocente. J'avais tout juste dix-huit ans. Je n'avais pas la moindre idée de quoi faire avec un homme tel que vous. Je me souviens d'avoir levé les yeux et vu Jésus qui me souriait, et je me suis dit que j'allais peut-être m'évanouir et mourir.

Elle contrecarra habilement son attaque.

— Je ne savais rien des devoirs d'une épouse non plus, continua-t-elle. Ma mère était morte depuis longtemps et personne ne me les avait enseignés. Personne ne m'avait parlé de l'Écosse. Et encore moins de ce qui se passe entre un mari et sa femme, acheva-t-elle en lui décochant un sourire coquin.

— *Aye*, vous trembliez alors aussi, observa Arran en souriant.

— Tout comme vous, si je ne me trompe.

Il s'esclaffa.

— Peut-être un peu.

— Et puis, je suis arrivée ici à Balhaire. J'avais l'impression d'être arrivée au bout du monde ! Les gens parlaient une langue différente, et personne ne semblait content de me voir. C'était un choc, vraiment. Je me sentais tout à fait perdue.

Arran déplaça son fou.

— Je me sentais un peu perdu moi-même.

— Vous ? se récria-t-elle, surprise.

— *Aye*, moi. J'avais été habitué à aller et venir à ma guise, à dîner quand j'en avais envie — et seul si je le désirais, termina-t-il avec un regard éloquent.

Elle rit de nouveau et haussa les épaules.

— Je ne savais pas comment faire une place dans ma vie à une épouse, ajouta-t-il, et comme vous, je n'avais personne pour me montrer l'exemple.

— Mais vous paraissiez si sûr de vous !

— Je ne l'étais pas, Margot. Je n'avais jamais été marié. Je ne voulais pas vous faire souffrir ni vous déplaire d'aucune manière.

— Oh…

Son expression s'adoucit.

— Arran, vous ne m'avez jamais fait de mal. Et les seuls déplaisirs que j'ai subis étaient de mon propre fait.

— Hum… Vous avez dit le contraire bien des fois.

— Oh ! Mon Dieu…, murmura-t-elle avec un sourire penaud. Je crains d'avoir dit bien des choses au cours des années passées que je regrette à présent.

— Eh bien… Votre déplaisir n'était pas entièrement de votre fait, admit-il. J'aurais pu faire plus d'efforts.

— Peut-être, reconnut-elle avec un haussement d'épaules indifférent.

Arran avança un cavalier, et croisa le regard de Margot.

— Pourquoi les choses ont-elles si mal tourné entre nous, Margot ? Je serais bien incapable de le dire.

— Moi de même, admit-elle, morose. Je sais seulement que j'étais naïve et que je me sentais délaissée. Je n'avais ni amis ni parents ici — je n'avais que vous.

— Vous auriez pu vous faire des amis.

Elle émit un petit bruit dédaigneux.

— Je n'en ai guère eu l'occasion !

— Non. Et le fait d'être anglaise ne vous a pas aidée. Votre attitude hautaine non plus.

Margot cilla, avant d'éclater de rire.

— On ne peut pas vous accuser de manquer de franchise, milord. Voulez-vous dire par là que je me suis montrée condescendante ? demanda-t-elle, feignant d'être offensée.

— Un soupçon, oui, répondit-il avec un sourire.

— Eh bien, ce n'était pas délibéré, affirma-t-elle en bougeant une de ses pièces. Je me suis conduite de la manière que je pensais appropriée pour la maîtresse d'un château.

Elle se laissa aller en arrière sur sa chaise.

— Mon Dieu, j'avais tellement peur de dire ou de faire ce qu'il ne fallait pas, murmura-t-elle, songeuse, en triturant une de ses boucles. Pourtant, je ne faisais que cela, apparemment. Vous êtes adoré ici, Arran. Il me semblait impossible d'être à la hauteur et cela m'intimidait énormément.

— Et maintenant ? demanda-t-il, curieux.

Le sourire de Margot se fit espiègle.

— Non.

Il ne put s'empêcher de sourire.

— Je ne vous ai pas délaissée, dit-il gentiment.

— Si. Vous partiez chaque jour chasser ou entraîner des hommes, ou je ne sais quoi.

— *Aye*, c'est vrai. Peut-être que j'étais aussi un peu intimidé par vous, *leannan*.

— Par moi ?

Elle secoua la tête en riant, comme s'il venait de dire quelque chose d'amusant.

— *Aye*, par vous. Vous êtes si belle, Margot, combien de fois vous l'ai-je dit ? Nous étions naïfs tous les deux.

Elle eut un sourire indulgent.

— Dieu du ciel, oui. On ne m'avait jamais vraiment fait la cour. Je n'avais même jamais eu de premier amour. Pouvez-vous imaginer cela ?

— *Aye*, je peux l'imaginer, en effet.

— Arran ! rétorqua-t-elle en riant. J'étais bien trop jeune. Vous, évidemment, vous aviez eu un premier amour, et beaucoup d'autres depuis.

Elle tendit la main vers sa reine.

— J'ai eu un premier amour, acquiesça-t-il. Et c'était vous.

La main de Margot se figea.

— Ne me taquinez pas ainsi, murmura-t-elle, toute légèreté disparue dans sa voix. Ne le dites pas si ce n'est pas vrai.

Arran se pencha lentement et lui prit la main.

— Je ne le dirais pas si ce n'était pas vrai.

De son point de vue, il n'y avait rien de plus vrai les concernant. Encore maintenant, il avait l'étrange sensation d'avoir basculé dans un abîme insondable de manque.

Le regard de Margot lui scruta le visage.

— Quand m'avez-vous aimée ? demanda-t-elle doucement. Je n'en ai jamais rien su.

Diah, mais il avait échoué auprès d'elle à tant d'égards. Comment pouvait-elle ne pas le savoir ?

— Dès le moment où je vous ai vue debout sur la galerie, à Norwood Park.

— Même alors ? s'exclama-t-elle, bouche bée.

— Il n'y a pas de logique pour l'amour.

— Et pourtant, pas une seule fois vous ne m'avez dit…

— Non, parce que j'étais d'une naïveté incroyable et que je croyais bêtement que mon amour ne s'enfuirait jamais. J'ai essayé de vous rendre heureuse, Margot, j'ai vraiment fait de mon mieux. Je n'ai pas réussi, mais ce n'était pas faute de dévotion. C'était faute de compréhension.

— Je ne l'ai jamais soupçonné, murmura-t-elle.

— Je sais.

Il n'en avait pris conscience qu'après son départ.

— Vos… Vos sentiments sont-ils toujours les mêmes ? demanda-t-elle sur un ton incertain.

Arran baissa les yeux sur l'échiquier. Elle pouvait déplacer sa reine et le mettre en échec et mat. Elle pouvait le renverser de son trône, l'abattre, réduire sa vie à néant. Il releva la tête.

— Non. Je n'ai pas confiance en vous, *leannan*. Dites-moi, comment le pourrais-je ?

Il voulait désespérément qu'elle l'assure de sa bonne foi. Qu'elle lui dise n'importe quoi, qu'elle lui affirme qu'elle n'avait rien à cacher. Elle soupira et se frotta la tempe, comme si elle avait une douleur là.

— Je ne me ferais pas confiance non plus, admit-elle tout bas.

Le cœur d'Arran tomba plus profondément dans l'abîme, emporté par un vent de méfiance et d'incertitude.

Soudain, elle se leva, abandonnant sa reine alors que la victoire était à sa portée.

— Vous êtes le seul à pouvoir décider de me faire confiance, dit-elle en contournant la table.

— Et vous êtes la seule à pouvoir dire si vous avez l'intention de repartir, rétorqua-t-il sèchement.

Elle soupira et enfouit la main dans les cheveux d'Arran, puis releva ses jupons, révélant ses longues jambes minces pour s'asseoir à califourchon sur lui. Là non plus, Arran ne tenta pas de l'en empêcher — mais il avait la sensation aiguë qu'elle essayait de changer le cours de la conversation, en se servant des seuls atouts dont elle disposait. Elle noua les bras autour de son cou.

— Je ne veux pas repartir.

Et elle se mit à aller et venir sur lui.

Il la saisit par les hanches pour la forcer à arrêter.

— Ce n'est pas une réponse. Croyez-vous que je ne me rende pas compte que vous vous servez de votre corps pour éviter de me répondre ?

— Mais je vous ai répondu, du mieux que je peux, répondit-elle d'une voix suave, en lui déposant un baiser sur la tempe. Et maintenant, j'essaie de vous faire plaisir de mon mieux, comme vous me l'avez appris. Je pense à ce qu'il aurait pu y avoir entre nous si j'étais restée. Je pense aux enfants que nous aurions déjà pu avoir, et je veux me racheter. Je veux recommencer à zéro.

Elle l'embrassa sur la joue.

— Je ne veux pas vous quitter de nouveau, chuchota-t-elle.

— Il est trop tard pour ça, Margot, dit-il d'un ton brusque, en détournant la tête.

— Il ne peut jamais être trop tard — nous sommes mariés.

Elle l'enlaça de nouveau et se frotta contre lui, excitant son désir.

— Songez-y. Nous pourrions embarquer pour la France et recommencer à zéro… Rien que vous et moi.

Elle l'embrassa une nouvelle fois sur la joue.

— La France ! marmonna-t-il tandis qu'elle prenait son visage entre ses mains et lui déposait un baiser sur le front.

— Ne serait-ce pas fantastique de quitter l'Écosse et l'Angleterre, d'aller dans un endroit nouveau ? Où personne ne nous connaît ? Où personne ne pourrait nous nuire ou nous déranger ?

Il se demanda ce qui la troublait, et ce souhait, exprimé par une épouse qu'il connaissait à peine désormais, lui donna mauvaise conscience. La raison lui ordonnait de l'interroger, de chercher à comprendre ce qu'elle voulait dire, de ne pas se laisser abuser par les plaisirs de la chair. Mais sa chair — Seigneur, ce soir, sa chair la désirait plus violemment que son cœur.

Il se préoccuperait de sa duplicité le lendemain.

— Nous pourrions partir sur un de vos navires, murmura-t-elle.

Quelque chose clochait dans ce désir d'évasion, mais Arran ne voulait pas y penser pour l'instant. Il était au fond de l'abîme.

— Assez de bavardages, ordonna-t-il en se levant, Margot dans ses bras.

Il la porta jusqu'à leur lit et s'étendit sur elle. Il pouvait mettre sa méfiance de côté encore une nuit… Mais une seule.

Chapitre 13

Ce fut merveilleux, magnifique, extraordinaire. Arran prit le contrôle de son corps, l'excita par des baisers et des caresses, sa langue la léchant jusqu'à ce qu'elle sombre dans l'oubli, son sexe la poussant à un paroxysme de sensations inouï, dévastateur. Ce fut du plaisir à l'état pur, une extase charnelle qui l'emplit de chaleur et du sentiment d'être adorée.

Cependant, quand le soleil matinal commença à filtrer à travers les rideaux, les questions revinrent s'immiscer dans ses pensées, des questions sur Arran, sur elle-même, et le lit lui parut moins douillet.

La veille au soir, elle n'avait d'abord eu pour but que de gagner sa confiance. Puis, de fil en aiguille, ils avaient entamé la conversation la plus honnête qu'ils avaient jamais eue à propos de leur mariage, et une fenêtre s'était ouverte en Margot. Des sentiments inattendus s'y étaient engouffrés, et elle avait été sincère lorsqu'elle avait affirmé qu'il ne serait jamais trop tard pour eux deux. Elle avait voulu oublier leur querelle et reconstruire ce qu'elle avait détruit en partant. Elle avait voulu croire qu'ils avaient encore une chance de trouver le bonheur ensemble.

Malgré tout, un infime doute la taraudait. Et si son père avait raison au sujet d'Arran ? Si c'était elle qui avait tort ?

Quand son mari se leva, Margot feignit d'être endormie. Étendue sur le côté, elle l'entendit s'habiller et rassembler ses affaires. Elle garda les yeux clos lorsqu'il se pencha et lui déposa un baiser sur l'épaule.

— Bonjour, murmura-t-il, avant de quitter la chambre.

Après son départ, elle roula sur le dos et soupira. L'aveu qu'il lui avait fait la veille au soir — lorsqu'il avait dit qu'elle avait été son premier amour — lui était revenu dans ses rêves, et elle s'était réveillée plus d'une fois au cours de la nuit, comme pour s'assurer qu'il était toujours là et qu'il avait bel et bien prononcé ces paroles. Elle songea à la manière dont il la serrait contre lui, comme si elle était son unique amour. Elle songea aux propos qu'avait tenus Mrs Gowan quant à l'attitude d'Arran après qu'elle était partie. Elle songea à tout cela et, une larme lui roulant sur la joue, au fait que les sentiments de son mari avaient changé parce qu'il ne pouvait plus avoir confiance en elle.

Qu'y avait-il d'étonnant à cela ?

Il n'avait pas tort de se méfier. Au contraire. Elle avait bel et bien été condescendante quand elle était arrivée à Balhaire. Elle s'en rendait compte désormais, avec le recul que les années lui avaient donné. Elle ne lui avait pas témoigné beaucoup d'affection, en dépit de ce qu'elle ressentait. Elle avait été trop résolue à se montrer blessée, trop indignée par le sort injuste que sa famille lui avait imposé. Et Dieu savait qu'elle avait été aveugle à l'affection qu'il avait pour elle.

Le désarroi de Margot ne faisait que croître. Elle n'avait jamais envisagé que ses sentiments et son désir à l'égard d'Arran puissent être ranimés.

Elle n'allait pas chercher à savoir s'il complotait avec les

Français. Au contraire, elle allait prouver à son père que cette accusation n'était qu'une calomnie.

Margot se leva, s'enveloppa de la couverture et entra dans le cabinet de travail. Elle fixa le petit placard. Elle apercevait le manche du couteau qu'elle avait glissé dessous en catastrophe en entendant Arran approcher.

Elle n'allait pas l'ouvrir. Elle ne voulait pas savoir ce qu'il avait enfermé là-dedans… À moins que ce ne soit une preuve de son innocence. Et de quel genre de preuve pourrait-il bien s'agir ?

Dis-moi, comment puis-je avoir confiance en toi ?

On toqua doucement à la porte de la chambre et Margot traversa en hâte la garde-robe, arrivant au moment où le battant s'entrouvrait. Nell passa la tête à l'intérieur.

— Vous êtes réveillée, madame ?

— Oui. Entrez.

Margot s'habilla et, pendant que Nell la coiffait, contempla la figurine que l'homme lui avait donnée, la tournant et la retournant dans sa paume. L'objet lui rappelait à quel point elle s'était montrée froide avec le clan par le passé. Elle la glissa dans sa poche.

Lorsque Nell eut terminé, elle descendit, déterminée à s'acquitter de la mission qu'elle avait en tête avant de prendre son petit déjeuner.

Elle sortit dans la basse-cour, franchit l'enceinte et continua jusqu'au petit cottage recouvert de chaux, aux fenêtres agrémentées de jardinières pleines de pivoines.

La petite clochette tinta, comme la première fois que Margot était entrée dans l'établissement de Mrs Gowan. Et comme la première fois, cette dernière sortit de l'arrière-boutique en lançant gaiement :

— *Madainn mhath !*

Sa gaieté la déserta à l'instant où elle reconnut Margot.

— Bonjour. Je suis venue vous remercier de m'avoir envoyé les savons.

— *Aye*, répondit la femme, les bras croisés.

Sa fille apparut derrière elle, mais Mrs Gowan ne parut pas la remarquer.

Margot s'avança d'un pas.

— Je vous ai apporté quelque chose que vous voudrez peut-être utiliser.

Mrs Gowan garda le silence.

Margot lui tendit un petit flacon en forme de cygne. Son parfum.

— Mon père me l'a offert. Il vient d'une parfumerie réputée à Londres. C'est une senteur florale, que le laird apprécie particulièrement.

Mrs Gowan fixa le flacon, puis jeta un coup d'œil méfiant à sa fille.

— J'ai pensé que vous pourriez vous en servir pour fabriquer des savons ou autre chose.

— Pour vous ? demanda Mrs Gowan.

— Pas pour moi, mais pour n'importe quel Mackenzie à qui cela plairait.

Elle continuait à tendre le flacon.

Mrs Gowan ne s'empressa pas de le prendre, mais sa fille s'avança timidement et le porta à ses narines.

— Il sent très bon.

— C'est mon préféré.

Margot regarda de nouveau la commerçante.

— Je regrette de ne pas avoir découvert votre échoppe lors de mon premier séjour ici, Mrs Gowan.

Le visage maussade de la femme sembla s'adoucir quelque peu.

— Je regrette beaucoup de choses, à vrai dire. De ne pas avoir écouté, de ne pas avoir essayé de comprendre les usages des Mackenzie au lieu de vouloir imposer mes propres idées. Je ne peux pas changer cela, je le sais, mais j'aimerais que nous prenions un nouveau départ, si c'est possible.

Mrs Gowan ne répondit pas. Peu importait à Margot, au fond : elle avait dit ce qu'elle avait à dire, et elle sourit. Quoi qu'il arrive entre Arran et elle, quoi qu'elle doive découvrir, ses paroles avaient été sincères.

— Eh bien, voilà. Bonne journée.

— Bonne journée, madame, répondit la fille en la regardant, les yeux écarquillés par la surprise.

Margot sortit de la boutique, la petite clochette tintant dans son dos.

Comme elle regagnait la basse-cour en chassant des poulets sur son passage, elle remarqua Worthing qui rôdait à côté de la porte principale. Même si Margot était encore partagée sur sa situation présente, il lui parut évident qu'elle ne pouvait pas tenter de naviguer entre les écueils de son mariage alors que Pepper et Worthing épiaient ses moindres gestes.

Elle s'approcha en souriant.

— Bonjour, monsieur.

— Bonjour, Lady Mackenzie, répondit-il en s'inclinant très bas. Vous avez bien dormi, j'espère ?

— Merci, je ne saurais vous dire à quel point, monsieur, rétorqua-t-elle gaiement. Mr Worthing, pourrais-je vous parler ?

— Bien entendu. Désirez-vous entrer ?

— Ici sera très bien.

Elle préférait la basse-cour, où nul ne pourrait entendre ce qu'elle lui disait.

— Certainement. Quelque chose ne va pas ?

— Au contraire.

Elle noua étroitement les mains devant elle. Il était essentiel qu'elle formule sa requête avec soin, car elle savait que ses paroles seraient répétées mot pour mot à son père.

— Je pense qu'il est temps que Mr Pepper et vous quittiez Balhaire.

— Oh ?

La voix de son interlocuteur demeura polie, mais son regard se fit aussitôt dur et froid.

— Puis-je vous demander vos raisons afin de les communiquer à votre père ?

— Je n'ai pas de message à lui transmettre pour l'instant. Il semblerait que votre présence à Balhaire soit un obstacle à cet égard — mon mari a des soupçons.

— Envers ?

— Envers moi. Envers vous.

Worthing regarda par-dessus son épaule. Margot l'imita. Plusieurs Mackenzie vaquaient à leurs affaires. Il porta son mouchoir à ses narines et inspira, puis reporta lentement son attention sur Margot. Ses yeux étaient implacables, deux éclats d'obsidienne fixés sur elle.

— Je ne crois pas que vous aimeriez être laissée seule ici, Lady Mackenzie, sans personne pour vous protéger. Ces gens sont des rustres.

Des rustres ! Parce qu'ils ne portaient ni dentelles ni perruques et ne s'inclinaient pas si bas que c'était un miracle qu'ils ne basculent pas en avant ? Elle se remémora la manière dont Arran lui avait fait l'amour la veille au soir, son corps qui allait et venait longuement dans le sien, la transportant vers de nouveaux sommets. Elle était réticente à renoncer à ce rustre-là.

— Je serai parfaitement en sécurité, je vous assure.

— Si je peux me permettre… Cette idée vient-elle de vous ? Ou de lui ? Sincèrement, il me semble préférable que Mr Pepper et moi-même…

— Vous devez partir, coupa Margot.

Elle se tut un moment pour se ressaisir, encore ulcérée par cette critique sur les Mackenzie.

Worthing la dévisagea, à la façon d'un père lorsqu'il considère la requête d'un jeune enfant. Puis il acquiesça d'un air condescendant.

— Très bien, madame. Si c'est là ce que vous désirez vraiment.

Une bouffée d'indignation monta en Margot. Elle était une adulte, l'épouse du laird de ce clan — s'imaginait-il pouvoir la traiter de haut ?

— Que ce soit ce que je désire vraiment ou qu'il s'agisse d'un souhait passager, Mr Worthing, n'a réellement aucune importance. Je suis maîtresse de Balhaire, et je vous ai prié de partir.

Il inclina la tête.

— Merci, dit-elle.

Elle fit mine de le contourner, mais Worthing lui empoigna le bras, la maintenant fermement en place.

— Je vous demande…

— Nous allons partir, Lady Mackenzie. *Pour l'immédiat*, ajouta-t-il avec froideur. Mais je dois vous rappeler combien il est important que vous fassiez parvenir un message à votre père, et de toute urgence.

— Je sais, répliqua-t-elle en tentant de se dégager.

— Ah oui ? insista-t-il sur un ton glacial, en resserrant sa prise. Voulez-vous voir votre père se balancer au bout d'une corde ?

Margot étouffa un cri.

— Non ! Comment osez-vous… ?

— N'allez pas vous imaginer que ceci est un jeu de salon. Permettez-moi d'être tout à fait clair — si vous échouez dans votre mission, vous aurez le sang de votre père sur les mains, et croyez-moi, il n'y aura pas de lieu assez sûr pour vous. Pas ici. Pas en Angleterre. Vous n'aurez nulle part où aller, madame. Par conséquent, vous feriez mieux d'obéir à ses ordres.

Non seulement il avait été clair, mais il la terrifiait. Qu'avait donc fait son père pour justifier son exécution ? Elle tenta de nouveau de se dégager, mais il tenait bon.

— Me suis-je bien fait comprendre ?

— Tout à fait, riposta-t-elle sèchement. Et vous comprenez également que mon père entendra parler de cet incident ?

Un sourire froid se dessina sur les lèvres de Worthing. Il lâcha un petit rire mauvais.

— Vous n'êtes qu'une enfant, ricana-t-il. J'ai su lorsque vous avez fui votre mariage que vous étiez aussi faible qu'un pissenlit.

Abasourdie, Margot resta bouche bée.

— Ôtez votre main, mon gars, sinon c'est moi qui vais vous y forcer.

Margot fut submergée de soulagement au son de la voix d'Arran. Worthing la libéra, et elle recula en trébuchant contre le torse de son mari. Il enroula d'un geste protecteur une main autour de sa taille.

— Mr Worthing m'apprenait à l'instant que Mr Pepper et lui vont quitter Balhaire, déclara-t-elle d'un trait.

Arran foudroya du regard l'intéressé, qui, à côté de lui, paraissait ridicule avec sa perruque de dandy et ses manchettes en dentelle.

— Aujourd'hui, ajouta-t-elle. Tout de suite. La route est longue jusqu'en Angleterre.

La mâchoire de Worthing se crispa, mais il s'inclina poliment, comme s'ils venaient de parler du temps qu'il faisait.

— Nous rassemblerons nos affaires après le petit déjeuner…

— Lady Mackenzie a dit « tout de suite », coupa Arran en faisant un pas pour se placer devant Margot. Je vous conseille de l'écouter.

Worthing releva la tête et toisa Arran avec mépris.

— Très bien, milord. Si tel est le désir de la dame, nous partirons sur-le-champ. Dieu m'est témoin que j'ai fait tout ce que je pouvais, ajouta-t-il, avec un ultime regard à Margot avant de tourner les talons et s'éloigner.

Jock, surgi de nulle part, lui emboîta le pas.

Le cœur de Margot battait si fort qu'elle pouvait à peine respirer. Arran baissa les yeux vers elle, le visage plein de sollicitude.

— Vous allez bien ? Vous avez l'air malade.

— Je n'ai rien, affirma-t-elle en pressant une main sur son ventre noué.

— Que s'est-il passé ?

— Il n'a pas apprécié que je lui demande de s'en aller, répondit-elle d'une voix tendue.

Arran hocha la tête, sans cesser de l'observer avec attention.

— Pourquoi a-t-il dit qu'il avait fait tout ce qu'il pouvait ? Qu'a-t-il voulu laisser entendre ?

Margot cilla.

— Je n'en ai pas la moindre idée.

Le regard de son mari la transperçait, et elle dut détourner les yeux de peur de se trahir.

— Je suppose qu'il voulait dire qu'il m'a amenée ici saine et sauve et qu'il ne peut rien faire de plus.

— Non, Margot, rétorqua Arran sur un ton sec. Qu'a-t-il pu vouloir dire d'autre ?

Margot mourait d'envie de le lui avouer. Elle mourait d'envie de lui révéler sur-le-champ les rumeurs qui circulaient sur son compte en Angleterre et de l'entendre les nier.

Mais s'il ne les niait pas ? Pire, si ses paroles détruisaient la fragile trêve qui régnait entre eux ? Si cet aveu confirmait justement à Arran qu'il ne pouvait lui faire confiance ? Toutes ces hypothèses lui donnaient le vertige. Tant de doutes… Margot eut l'impression que la terre se dérobait sous ses pieds.

Arran la prit par le coude, fronçant les sourcils.

— Qu'y a-t-il, *leannan* ? demanda-t-il doucement. Vous pouvez tout me dire, *aye* ?

Elle s'aventurait en terrain dangereux, déchirée entre deux hommes, entre deux terribles volontés. Si elle en disait trop long, elle mettrait son père en danger, et se mettrait elle-même en danger. N'était-ce pas ce que Worthing avait affirmé ? Mais si elle se taisait, elle risquait de détruire son mariage pour de bon, et cette pensée lui était insupportable.

Au prix d'un immense effort, elle parvint à sourire.

— J'ai faim, c'est tout. Allons-nous déjeuner ensemble ?

Il s'assombrit encore et quelque chose se voila dans ses yeux bleus, qui prirent la teinte glacée d'un matin d'hiver. Il savait qu'elle lui cachait quelque chose, n'importe quel imbécile s'en serait rendu compte. Il hésita un instant, comme s'il s'apprêtait à insister. Enfin, il se décida.

— Pas aujourd'hui. Nous avons besoin de grouses pour le repas de ce soir.

Il jeta un coup d'œil vers la basse-cour, où Worthing, penché par-dessus l'épaule de Pepper, chuchotait à son oreille.

— Et je crois qu'il vaudrait mieux que vous veniez avec moi.

— Que je vienne… À la chasse ? demanda-t-elle, pensant avoir mal compris.

Elle était piètre cavalière et plus piètre tireuse encore.

— Je veux que vous restiez avec moi aujourd'hui, Margot. Il n'y a rien à ajouter. Allez vous habiller convenablement pour la chasse et venez me rejoindre dans la cour dans une demi-heure.

Il se détourna et partit voir Sweeney.

Nell, dans tous ses états, aida Margot à chercher une tenue adéquate parmi ses affaires.

— À la chasse ! se récria-t-elle en marquant une pause, les mains sur les hanches. Je vous demande pardon, madame, mais je ne vous ai jamais vue chasser.

— Je n'ai pas le choix, marmonna Margot.

Ses nerfs avaient été mis à rude épreuve par son altercation avec Worthing et par les doutes qui la tenaillaient.

Nell soupira, tripotant la manche d'une robe de Margot au lieu de reprendre sa tâche.

— Qu'avez-vous ? Il faut que je trouve quelque chose à me mettre.

— Je ne voudrais pas vous importuner, murmura Nell en se remettant à chercher.

Tant mieux, songea Margot à part elle. Elle n'avait déjà que trop de soucis sans y ajouter les récriminations de Nell.

— Oh ! Très bien, s'écria cette dernière, comme si Margot l'avait encouragée. C'est cet homme.

Margot inspectait une jupe en lainage.

— Jock ? demanda-t-elle d'un air distrait.

— Oui, milady, car il est le seul à venir fouiner dans la chambre du maître sans même prendre la peine de frapper à la porte.

— Que voulait-il ?

— Qu'est-ce que j'en sais ? lança Nell en reniflant. Il a fouillé un peu partout.

L'estomac soudain noué, Margot cessa d'examiner ses vestes et se tourna vers elle.

— Que voulez-vous dire par là ?

— Je veux dire qu'il a regardé ici et là. Je lui ai demandé ce qu'il y avait, s'il pensait que quelque chose avait disparu. Ce à quoi il m'a répondu qu'il n'en aurait pas été surpris, qu'il n'avait jamais connu d'Anglais honnête. Alors je lui ai dit : « Comment osez-vous parler de milady de la sorte ? J'aime mieux être une Anglaise qu'une Barbare écossaise ! » Alors, il m'a dit : « Remerciez le ciel que vous ne soyez pas écossaise, ma petite, parce que vous n'avez pas la force morale nécessaire. » Moi ! Pas de force morale ! Je lui ai dit qu'il ne savait pas de quoi il parlait, et que je n'étais peut-être pas un monstre comme lui, mais que j'étais suffisamment forte.

Alarmée, Margot écarquilla les yeux, songeant au couteau resté sous le placard.

— Qu'a-t-il répondu ?

— Rien, dit Nell avec un haussement d'épaules. Il n'a

pas prononcé un mot de plus et il est sorti comme un gamin boudeur.

— A-t-il dit ce qu'il cherchait ? Quelque chose a-t-il disparu ?

— Il n'a pas voulu me le dire. Mais il a passé la commode au peigne fin, et ensuite il s'est mis à genoux et il a regardé sous le lit. Il a même tiré les draps.

Margot avait l'impression que son cœur allait éclater.

— Et puis il est entré dans la garde-robe du maître et il y est resté un bon moment.

Oh ! Mon Dieu ! Margot s'efforça en vain de mettre de l'ordre dans ses pensées. *Mon Dieu.*

— Jamais je n'ai vu un homme aussi mal élevé, conclut Nell avec emphase en sortant les bottes de Margot d'une grande malle.

Margot la laissa marmonner, ne l'écoutant que d'une oreille tant elle était préoccupée. Que cherchait Jock au juste ? La même chose qu'elle ? Elle n'avait guère le temps d'y réfléchir dans l'immédiat. Elle était en retard — mais au moins, elle avait réuni une tenue de chasse à peu près acceptable. Elle se hâta de descendre, nouant les rubans de son chapeau en route.

Lorsqu'elle sortit dans la cour mouchetée de soleil, elle vit Arran qui attendait, superbe dans sa culotte en daim et sa longue veste, les cheveux rassemblés par une queue-de-cheval sous son chapeau. Les bras croisés, il observait Worthing et Pepper, dont on chargeait les bagages.

— Vous êtes en retard, dit-il à Margot, avant de lui adresser un semblant de sourire. Allons-y.

Il plaça une main au creux de son dos et l'entraîna vers les chevaux.

Elle fut contente de constater que le poney avait été sellé à son intention. Deux hommes allaient les accompagner, Duncan et Hamish Mackenzie, les gardes-chasses de Balhaire. Deux chiens reniflaient ici et là, attendant des ordres.

En revanche, l'individu qu'elle s'attendait à voir manquait à l'appel. Elle regarda autour d'elle.

— Où est Jock ?

— Il est occupé.

— Inutile d'en dire davantage, fit observer Margot, mal à l'aise. Je sais qu'il ne m'apprécie pas.

— Oh ! Je ne crois pas que ce soit vrai. Il vous tient en assez haute estime.

Arran se tourna vers elle et plongea son regard dans le sien.

— Mais il ne vous fait pas confiance. Venez, que Sweeney vous aide à monter.

Une fois installée sur sa selle, Margot reprit la parole.

— Il n'a aucune raison de se méfier de moi. Ce qui s'est passé entre nous n'a rien à voir avec lui.

— *Aye*, peut-être que non, admit Arran. Mais il prend en grippe quiconque voudrait me nuire.

— Il pense que j'ai l'intention de vous nuire ? demanda-t-elle, incrédule.

Était-il donc à la recherche d'un indice qui le lui prouve ?

— Un peu, *aye*. Assez parlé à présent. Nous avons du travail.

Jock pensait-il réellement qu'elle avait été envoyée à Balhaire dans un but aussi vil ? Pensait-il qu'elle était une meurtrière sans scrupule ?

Cependant, en un sens, Margot reconnut qu'il n'avait pas tout à fait tort : on l'avait dépêchée ici pour qu'elle trouve des preuves incriminant son mari. Était-ce moins grave ?

Sur un signe d'Arran, le petit groupe s'ébranla.

Enfin, à l'exception de Margot. Il fallut une intervention

de Sweeney pour persuader sa monture de suivre les autres. Le poney se mit à trottiner, la bringuebalant au point qu'elle faillit tomber de sa selle avant même d'avoir franchi l'enceinte de la forteresse.

Chapitre 14

Contrairement à ce qu'Arran avait espéré, les dons de cavalière de Margot ne s'étaient pas améliorés comme par miracle du jour au lendemain. Il se sentait vaguement coupable de la voir traîner à l'arrière, son chapeau tressautant sur sa tête.

Il était tout autant agacé par les chamailleries incessantes de ses deux guides les plus doués. Les frères étaient peut-être les meilleurs pisteurs de cerfs de toute l'Écosse, mais ils pouvaient à peine se supporter. Leur discorde remontait à de nombreuses années, et s'était centrée, naturellement, sur une jeune fille. Arran ne savait pas au juste ce qui s'était passé, ni quand, mais cela faisait partie de la légende qui entourait désormais les deux hommes. Ils étaient connus tout à la fois pour être des chasseurs sans pareils et pour leur constante rivalité.

Arran rebroussa chemin pour ne plus les entendre s'envoyer des piques, et pour cheminer à côté de Margot. Ses chiens déambulaient autour de lui, la truffe au sol, la queue dressée.

Margot sourit gaiement en le rejoignant, mais ses joues étaient rougies par l'effort et elle était à bout de souffle.

— Je ne sais pas ce qu'a ce poney aujourd'hui. J'ai eu beaucoup moins de mal hier quand je suis descendue à la crique.

Le poney n'avait rien du tout. La faute en revenait totalement à la cavalière…

— Le chemin qui mène à la crique est plat et bien plus court, fit-il observer. Aujourd'hui, nous ne cessons de monter en direction de Lochbraden, et il n'y a pas de piste. Le terrain est plus difficile.

— Lochbraden ! Je me demandais si nous allions jusqu'en Angleterre, ironisa-t-elle.

Il sourit.

— Nous n'avons pas fait plus de trois miles, *leannan*. Encore un, et nous aurons atteint notre but. Comment se fait-il que vous n'ayez jamais appris à monter comme il faut ?

Elle parut stupéfaite.

— Mais je monte comme il faut !

Ses doigts étaient si crispés autour de la bride qu'il se demanda si elle parviendrait à les déplier.

— On dirait que vous peinez un peu.

— Plus qu'un peu, grommela-t-elle, penaude. À la vérité, je n'ai jamais appris à monter. Mon père était un homme occupé, et l'éducation de mes frères avait priorité sur la mienne.

Cela ne surprit guère Arran. Il en allait de même à Balhaire.

— Et vous, est-ce votre père qui vous a appris à monter ? demanda-t-elle, curieuse.

— Mon père est mort quand j'étais tout petit.

Il avait été tué sur le coup alors qu'il se trouvait à bord d'un navire, assommé par une vergue qui s'était brusquement détachée.

— Oui, bien sûr, répondit Margot, qui s'en souvenait à présent. Vous aviez quatorze ans, c'est ça ?

— Douze. Et ma mère est morte moins d'un an plus tard.

— J'avais oublié que vous étiez si jeune. Je ne peux imaginer à quel point vous avez dû souffrir.

Elle contempla le paysage, songeuse.

— Vous avez été élevé par les parents de Jock, n'est-ce pas ?

— *Aye*, mon oncle Ivor et ma tante Lilleas m'ont élevé pour que je devienne le laird de Balhaire, conformément au droit conféré par ma naissance. J'ai grandi avec Jock et Griselda.

— Pas étonnant que Jock et vous soyez inséparables à présent, commenta-t-elle, amusée.

— Nous ne sommes pas inséparables, répondit-il avec un sourire. Vous ne l'avez pas vu dans notre lit hier soir, si ?

Margot eut un petit rire.

— Il y serait venu si vous le lui aviez permis. Vous pouvez en être certain.

Arran éclata de rire — ce n'était pas loin de la vérité. Jock était très protecteur vis-à-vis de lui, et d'une loyauté sans faille.

— Les vôtres vous aiment énormément, Arran. Je vous envie cela.

— Ce sont les *nôtres*, corrigea-t-il. Et vous étiez aimée en Angleterre aussi.

— Moi ?

— *Ach*, je sais de source sûre que vous êtes fort admirée des gentlemen, Margot. Et que vous êtes particulièrement douée pour le jeu.

Ce fut au tour de Margot de se mettre à rire.

— Je suppose que j'ai été admirée par certains, oui. Et je suis en effet plutôt douée pour le jeu. Je ne danse presque jamais, il fallait bien que je m'occupe autrement.

Arran étouffa un rire.

— Sur ce point, je vous crois — vous êtes bel et bien une danseuse épouvantable.

— Merci ! rétorqua-t-elle, ravie. Enfin quelqu'un qui admet ce que je sais pertinemment être la vérité. On m'assure sans cesse que je suis moins empruntée que je ne le crains.

Néanmoins, à mon retour en Angleterre, j'ai accepté toutes les invitations qu'on me proposait. J'ai fait de mon mieux pour m'accommoder de ma situation, comme vous, sans doute.

Arran haussa les épaules. Elle ne saurait jamais que, des jours durant, il avait erré comme une âme en peine, ne songeant qu'à elle, aux paroles qu'il regrettait d'avoir dites, à celles qu'il aurait voulu prononcer. Il s'était senti presque ivre de douleur et de regrets.

— N'est-ce pas ? insista-telle doucement, prenant son silence pour une protestation. Vous avez développé votre commerce avec la France.

— *Aye*, en effet.

— Et vous étiez entouré de gens. Votre « société » était là, à l'endroit où vous vivez. Vous n'aviez pas à la chercher.

— Elle était là pour vous aussi.

— Peut-être. Mais tout ce que je voyais, c'était un public à un mariage dont je n'avais pas voulu et dans lequel je ne savais comment me comporter. Même maintenant, c'est comme si tous les Mackenzie étaient témoins de la réconciliation entre le laird et sa femme.

— « Réconciliation » est un mot un peu fort, lui fit-il remarquer. Je n'ai pas dit que c'était de cela qu'il s'agissait.

Elle cilla, braquant ses grands yeux verts sur lui.

— Ah non ?

— Non.

Elle le dévisagea, réfléchissant un instant.

— Quand reconnaîtrez-vous que c'est bien cela, au contraire ?

— Quand je serai tout à fait sûr que vous êtes complètement honnête avec moi.

Le sourire de Margot s'effaça.

— Eh bien…

Elle détourna les yeux, et il sembla à Arran qu'elle se demandait quelle était la meilleure réponse à fournir. Mais si elle s'apprêtait à parler, il ne le sut jamais car Duncan choisit cet instant pour l'appeler. Les grouses avaient été repérées.

Leur groupe s'arrêta sur une colline qui surplombait un loch minuscule, lequel se déversait dans la mer. Arran sauta à terre et aida Margot à descendre de sa monture, puis ils allèrent rejoindre Duncan et Hamish, accroupis un peu plus bas.

— Là, dans l'herbe haute, laird, indiqua Hamish en pointant du doigt. Nous passerons par l'autre côté du loch…

— L'autre côté ! coupa Duncan. Si tu passes par-là, tu vas les faire fuir.

— Et que voudrais-tu donc qu'on fasse ? Qu'on tire d'ici, alors qu'on aperçoit à peine le loch, sans parler des oiseaux ? C'est ridicule !

— Assez ! ordonna Arran, exaspéré.

Cependant, les deux frères ne l'entendirent pas. Leurs chamailleries avaient atteint un point culminant, et ils se levèrent et se firent face, excitant les chiens qui se mirent à aboyer. Derrière les deux hommes, les grouses prirent leur envol, passèrent au-dessus du loch et piquèrent vers un ravin.

— Pour l'amour du ciel ! s'énerva Arran.

— J'en ai assez de toi et de tes sottises, cria Duncan à son frère. Je devrais te régler ton compte à mains nues.

— Tu crois que tu en es capable, mon gars ? lui rétorqua Hamish en le poussant violemment en arrière.

— Arrêtez ! ordonna Arran, furieux. Vous êtes des adultes, enfin !

Cependant, la rivalité entre Duncan et Hamish s'était dressée entre eux tel un spectre, et l'instant d'après ils s'empoignaient, s'abreuvant de jurons dans leur langue maternelle, chacun essayant de frapper l'autre au beau milieu des aboiements frénétiques des chiens.

Arran tendit la main vers son fusil.

— Qu'allez-vous faire ? se récria Margot.

— Je vais leur tirer dessus, grogna Arran.

En réalité, il avait l'intention de tirer au-dessus de leur tête, bien qu'il fût sévèrement tenté de leur donner une bonne leçon. Il épaula, mais soudain Margot le prit par surprise en se jetant dans la mêlée.

— Margot !

Hamish et Duncan cessèrent brusquement de s'affronter — car elle se tenait entre eux deux, les maintenant l'un et l'autre à bout de bras. Ils ne pouvaient se donner de coups sans la frapper aussi.

— Qu'avez-vous donc ? s'écria-t-elle, haletante. Vous devriez avoir honte de votre conduite.

— C'est lui, madame, répliqua Duncan, hors d'haleine lui aussi, en essayant de la contourner pour atteindre son frère. Il m'a toujours rendu la vie impossible !

— Toujours ! répéta Margot, incrédule, en le repoussant. Je doute que ce soit vrai, sinon vous ne continueriez pas à chasser avec lui.

Elle laissa retomber ses mains.

— Eh bien, de quoi s'agit-il ?

— Il sait ce qu'il a fait, *aye* ? lança Hamish en le foudroyant du regard.

— Je n'ai rien fait du tout…

Duncan tenta de nouveau de se jeter sur son frère.

— Assez ! cria Margot.

Les deux hommes se turent, ainsi qu'Arran et les chiens,

d'ailleurs. Duncan et Hamish se fusillaient des yeux, mais Dieu merci, ils étaient silencieux, pour une fois.

— Il est inconcevable que deux frères adultes soient à ce point ennemis.

Ils ouvrirent tous les deux la bouche pour parler en même temps, mais Margot les fit taire d'un geste.

— Je ne veux pas le savoir. Mais je vous demande de réfléchir clairement à ce qui s'est passé entre vous. Cela ne devrait-il pas être pardonné et oublié ? Vous, monsieur — qui sera là pour vous enterrer lorsque vous mourrez ? Un croque-mort ? C'est ce que vous voulez ?

Hamish baissa les yeux d'un air piteux.

— Et vous, monsieur, qui sera là pour vous aider quand vous serez vieux et malade ? ajouta-t-elle, en pivotant vers Duncan.

— J'sais pas, marmonna ce dernier, qui se refusait à regarder son frère.

— Je crois que si. Vous devez vraiment réfléchir à ce que cela signifie d'être frères. Je n'arrive pas à croire que deux hommes soient prêts à renoncer à leurs liens familiaux au nom d'une vieille querelle. Quelle importance peut-elle bien avoir, en regard de la famille ? Vaut-elle vraiment tant d'acrimonie ?

Arran était stupéfait, impressionné par la sagesse de Margot, et fier d'elle aussi. Il n'avait jamais vu cette facette de sa personnalité, n'avait jamais imaginé qu'elle puisse exister.

— Je ne m'attends pas à ce que vous puissiez triompher de votre ressentiment du jour au lendemain. Mais je veux votre promesse solennelle que vous allez au moins essayer. Me le promettez-vous ?

Les deux hommes se regardèrent.

— *Aye*, milady, marmonna Hamish.

Duncan se fit l'écho de son frère.

— Merci, dit-elle en s'époussetant les mains. Pourrions-nous chasser ces grouses à présent ? Le laird m'a dit que mon dîner laisserait à désirer sinon.

— Vous avez entendu votre maîtresse, renchérit Arran.

Les deux hommes rassemblèrent chiens et chevaux et partirent en quête du gibier. Arran les observa un instant avant de se retourner vers Margot.

— Beau travail, Lady Mackenzie. Vous avez emprunté une voie où les simples mortels refuseraient de s'engager.

Elle leva les yeux au ciel.

— La paix ne durera pas. Mais j'espère qu'elle tiendra au moins jusqu'à ce qu'ils aient attrapé mon repas.

Il éclata de rire, l'attira dans ses bras et lui déposa un baiser sur la tête. Puis il l'aida à remonter à cheval et ils suivirent les deux frères qui contournaient le loch. Très vite, ils aperçurent les grouses, car celles-ci étaient trop dodues pour voler longtemps. Les trois hommes purent en abattre une demi-douzaine. Lorsque les chiens les eurent rapportées à Hamish, Arran les renvoya tous à Balhaire.

— Lady Mackenzie et moi ne tarderons pas, dit-il, avant de s'adresser à Margot. Venez.

Il la prit par la main, descendit la pente herbue, puis la fit allonger sur le ventre à côté de lui.

— Que faites-vous ?

— J'ai l'intention de vous apprendre à chasser, *aye* ? Il faut au moins que vous sachiez comment la nourriture arrive sur votre table à Balhaire.

Il cala le fusil contre l'épaule de Margot, lui montra comment le tenir, et comment repérer les oiseaux. Il n'avait aucun espoir de la voir en abattre un, mais il voulait au moins qu'elle essaie.

— Elles se promènent, annonça-t-elle en regardant dans le viseur.

— En avez-vous une en vue ?

— Oui.

— En ce cas, à trois, pressez la détente. Une, deux…

Margot fit feu avant qu'il ait dit « trois ». Le canon du fusil se cabra contre son épaule, et le coup fut si épouvantable qu'Arran, pris d'un fou rire, se renversa sur le dos.

— C'est méchant ! se plaignit Margot, qui riait aussi.

— *Diah*, je n'ai jamais vu personne tirer aussi mal ! s'esclaffa-t-il.

— C'est parce que vous êtes un mauvais professeur ! décréta-t-elle en lui donnant une tape espiègle sur l'épaule.

Arran l'attira sur lui, roulant dans l'herbe avec elle.

— Il est impossible d'apprendre à tirer à une femme qui ferme les yeux quand elle appuie sur la détente.

— Vous m'avez rendue nerveuse.

Elle riait, levant vers lui des yeux heureux. Détendus.

— J'aurais réussi sans vous.

— Je ne crois pas, dit-il, en lui effleurant la joue. Et vous n'auriez pas pu venir en poney jusqu'ici sans moi.

Sur quoi il captura le visage de Margot dans ses mains et l'embrassa. Il oublia Duncan et Hamish. Il oublia les chiens. Dans ces hautes herbes, il oublia la méfiance qu'il nourrissait à l'égard de sa femme. Il n'avait conscience que de la sensation de son corps contre le sien, la douce pression de ses lèvres. Il roula de nouveau avec elle, mit Margot sur le dos et l'embrassa, submergé par une tendresse qui balaya ses soupçons. Il voulait ces moments-là. Il voulait cette femme, cette vie. Était-il insensé de s'imaginer qu'il pouvait l'avoir ? Un rêve irréalisable lui emplissait-il le cœur ?

Il releva la tête, retira une herbe sur la joue de Margot, lui déposa un baiser sur le front, puis l'aida à se remettre debout. Elle épousseta ses jupes et ajusta sa coiffure, puis glissa sa main dans la sienne.

— Ai-je mérité mon dîner ?

— *Aye*, dit-il en lui pressant les doigts.

Ils remontèrent à cheval et suivirent de loin ses hommes et leurs chiens. Le chemin les mena à une falaise qui surplombait la mer.

— Où sont vos navires ? s'enquit Margot.

— À l'ancre.

— Quand retournerez-vous en France ?

Le ton de sa voix était dégagé. *Trop,* sans doute. Il la regarda par-dessus son épaule.

— Qui a dit que j'irais en France ?

Dans les yeux verts de Margot, il vit presque défiler ses pensées. Elle parut soudain décontenancée, puis regarda la mer d'un air anxieux.

— Je suis sûre que c'est vous qui me l'avez dit.

— Je suis certain que non.

— Dans ce cas, j'ai dû le supposer, murmura-t-elle en s'empourprant. Mrs Gowan m'a dit que vous lui aviez donné de la porcelaine à vendre — oh ! Regardez, voilà Jock !

Arran reporta son attention sur la direction qu'elle désignait. Jock galopait vers lui.

— On vous demande, laird, annonça ce dernier lorsqu'il les rejoignit.

Arran le dévisagea, mais Jock refusa d'en dire davantage.

— Les Anglais sont partis ?

— *Aye.*

Arran hocha la tête.

— Je ne serai pas long.

Jock fit volte-face et repartit au galop en direction de la crique.

— Je vais vous raccompagner, dit Arran à Margot.

Elle garda le silence sur le chemin du retour, un pli sur le front, comme si quelque chose la tracassait.

Une fois dans la basse-cour, il l'aida à mettre pied à terre et fit signe à un palefrenier de s'occuper du poney.

Avant qu'il ait pu remonter à cheval, elle mit une main sur son bras.

— Où allez-vous ? demanda-t-elle, avec une anxiété qui parut un peu hors de propos à Arran.

— Vous avez entendu Jock.

— Oui, mais… Où allez-vous le retrouver ?

Il s'efforça de deviner ce qui la préoccupait, en vain.

— Pourquoi cette question ?

Les yeux de Margot semblaient lui scruter le visage. Pourquoi ? Qu'attendait-elle de lui ?

— Quand serez-vous de retour ? demanda-t-elle d'une petite voix, qui sonnait étrangement coupable.

Il fronça les sourcils, essayant de comprendre ce qui avait causé ce brusque changement tout en se demandant ce que Jock pouvait bien avoir à lui dire ou à lui montrer.

— Je ne sais pas, Margot. Dans une heure. Peut-être davantage. Mais je dois partir.

Elle prit une inspiration, s'apprêtant à répondre, mais Arran ne voulait pas entendre d'autres questions qui ne feraient que raviver ses soupçons envers sa femme. Il tendit brusquement la main vers elle et l'embrassa sur la tempe.

— Quand je reviendrai, vous pourrez me demander tout ce que vous voulez, *aye* ? Mais maintenant, je dois y aller.

Il enfourcha son cheval et s'éloigna, la laissant dans la basse-cour.

Chapitre 15

L'occasion ne se représenterait pas, Margot le savait. Elle commençait à éprouver pour Arran des sentiments qu'elle n'avait jamais éprouvés auparavant, qu'elle n'avait même jamais crus possibles... De sorte que, si elle désirait se débarrasser une fois pour toutes de ses doutes, il lui fallait saisir cette chance.

Elle devait à tout prix découvrir ce qu'il cachait dans ce mystérieux placard.

Elle suivit Arran des yeux tandis qu'il sortait de la cour. Quand il eut disparu, elle entra dans le château d'un air dégagé, sourit à Fergus et répondit poliment par la négative lorsqu'il lui demanda si elle avait besoin de quoi que ce soit. Elle s'engagea dans l'escalier incurvé d'un pas lent, comme n'importe quelle dame de retour d'une longue promenade à cheval, comme si rien de pressant ne l'attendait.

Elle passa la tête dans son boudoir, mais Nell était invisible. Pour une fois, Margot se félicita que sa femme de chambre ait un penchant pour les potins en cuisine.

Elle se glissa dans sa chambre et referma la porte sans bruit derrière elle. Puis elle tâtonna sur sa coiffeuse à la recherche de ce qu'elle cherchait — une épingle à chapeau. Ayant dissimulé l'objet dans un pli de sa robe, elle pénétra dans la chambre du maître.

Celle-ci était déserte. Personne ne semblait y être entré depuis que Margot avait quitté la pièce ce matin. L'âtre était froid, l'eau qui avait servi à ses ablutions était toujours dans la cuvette.

Et si quelqu'un arrivait et la surprenait à fouiner ? Margot jeta son chapeau sur une chaise, de façon à ce qu'il soit bien visible, puis retira son manteau et le posa au pied du lit. Si quelqu'un survenait, il verrait ses affaires, supposerait qu'elle était là et irait chercher Nell. Et que ferait-elle si sa femme de chambre arrivait ? Margot n'en savait rien — elle devait agir vite.

Elle gagna à pas de loup la garde-robe d'Arran, et grimaça lorsque les gonds grincèrent. Elle se faufila par le battant entrouvert, le referma vite derrière elle, traversa la pièce en hâte et entrebâilla doucement la porte du cabinet de travail.

Personne.

Ses mains tremblaient, mais elle se rua vers le petit placard et se laissa tomber à genoux. Elle récupéra le couteau qu'elle avait dissimulé la veille dans sa panique, enfonça l'épingle à chapeau dans la serrure et l'agita, mais le loquet refusa de bouger. Elle fit une nouvelle tentative, encore en vain. Margot commença à s'affoler — quelqu'un allait-il l'entendre essayer de forcer la serrure ? N'allait-on pas la prendre sur le fait d'une seconde à l'autre, la traîner devant le laird et l'obliger à avouer son crime ? Jock n'était-il pas en train de l'espionner, les yeux brillants de satisfaction, jubilant de l'avoir enfin surprise à commettre une perfidie ?

Au moment où Margot allait renoncer, la serrure céda subitement et la porte s'ouvrit.

Un cri de surprise lui échappa. Elle se hâta de regarder par-dessus son épaule pour s'assurer que personne ne venait.

N'entendant rien, elle plongea la main à l'intérieur, tâtonnant à la recherche des secrets qui s'y cachaient. Ses doigts effleurèrent une liasse de papiers, noués par un morceau de ficelle. Elle la sortit et son regard tomba sur une pile de lettres pliées avec soin. La première portait encore le sceau intact des Mackenzie. S'agissait-il d'une correspondance avec les Français ? Les jacobites ? Arran avait-il rédigé ces missives ? Si oui, pourquoi n'avaient-elles pas été envoyées ? Et pourquoi son cœur s'était-il serré soudain ? Elle sentait presque la culpabilité d'Arran lui brûler les doigts à travers le parchemin.

D'une main tremblante, elle dénoua la ficelle et retourna le paquet de lettres.

« Lady Mackenzie, Norwood Park » était griffonné de l'écriture familière d'Arran en travers de la feuille. Margot se figea, choquée à la vue de son nom. Cette lettre lui était adressée ? Pourquoi ne l'avait-il pas envoyée ? Peut-être s'agissait-il de son testament, destiné à n'être expédié qu'au cas où il lui serait arrivé malheur ?

Elle retourna la lettre suivante. Elle lui était adressée aussi. La troisième également. Et celle d'après. À peine capable de respirer, elle compta neuf parchemins, qui tous lui étaient adressés. Tous étaient scellés. Aucun n'avait été envoyé.

Elle se laissa lentement glisser sur le sol, les lettres sur ses genoux. Que pouvaient-elles donc raconter ? Elle ne pouvait en briser le sceau ! Quelle infâme violation de confiance ! C'était précisément ce dont il la croyait capable.

S'il avait désiré qu'elle voie ces lettres, il les aurait envoyées. Elle ne pouvait s'abaisser à piétiner le peu de confiance qui existait entre eux en les lisant.

Mais elle ne pouvait pas davantage se résoudre à les ranger. Elle jeta un regard à l'horloge — et jugea qu'elle avait une demi-heure devant elle avant qu'on vienne allumer les feux et les lampes.

Margot baissa de nouveau les yeux sur les lettres, remit la ficelle autour du paquet et replaça ce dernier dans le meuble. Elle referma la porte, introduisit l'épingle dans la serrure pour la verrouiller… Mais se ravisa brusquement et rouvrit le battant. Sa curiosité l'avait emporté.

— Rien qu'une, murmura-t-elle.

Elle prit la première, rompit le sceau et la déplia. Elle avait été écrite en hiver, il y avait plus d'un an.

Six mois se sont écoulés depuis que je vous ai écrit pour la dernière fois, et les vents et les gelées de l'hiver sont arrivés à Balhaire. La tempête s'est abattue sur nous si vite que nous avons perdu quelques moutons dans le glen, nous les avons trouvés gelés tous ensemble, leur toison n'avait pas été assez épaisse pour les sauver du froid. J'aimerais que vous soyez ici pour réchauffer mon lit. Je me méprise de le désirer. Je regrette d'avoir jamais entendu votre nom.

Elle fixa la page où les mots semblaient onduler tant sa main tremblait. Qu'est-ce qui avait pu inciter Arran à écrire cela près de deux ans après son départ ? Pourquoi n'avait-il pas envoyé cette lettre ?

Il était trop tard pour faire marche arrière désormais. Margot s'empara de la suivante, qui datait d'un mois après qu'elle avait quitté Balhaire. Elle se raidit, certaine de lire une diatribe contre elle.

J'ai essayé de comprendre pourquoi vous étiez partie. Nous n'étions pas toujours d'accord, mais je n'avais jamais imaginé que nos différences soient suffisantes pour vous pousser à fuir. Eussé-je compris pourquoi vous étiez si malheureuse, peut-être aurais-je pu y remédier. J'aimerais savoir ce que j'ai fait pour vous déplaire à ce point, Margot…

Il citait des incidents, qu'elle avait pour la plupart oubliés, mais qui à l'époque avaient mené à bien des larmes.

Vous pouvez être la pire sorte de femme, pleurnicharde et mégère, renfermée et fragile. Et pourtant, vous me manquez.

Une autre lettre, rédigée un an après son départ.

Mary Grady a accouché d'un fils ce matin. Jamais je n'ai vu d'homme plus heureux que John Grady. Le garçon se porte bien, il a de la voix, et il a pris la tétée tout de suite. La sage-femme dit qu'il jouira d'une bonne santé. Je suis content pour Grady, mais je dois vous avouer que j'ai le cœur lourd. Mon espoir d'avoir un fils est désormais en Angleterre…

Les lettres s'étalaient sur toute la durée de son absence. Il avait écrit plus souvent au début, se libérant de sa frustration et de sa blessure à grand renfort de coups de plume vengeurs. Deux ou trois étaient assez sentimentales, lui parlaient d'une naissance ou d'un décès, de gens qu'elle n'était pas sûre d'avoir rencontrés, et dont elle se souvenait encore moins. Une ou deux étaient rédigées dans un style plus formel, les mots plus froids, la colère d'Arran bouillonnant entre les lignes.

Mais toutes exprimaient combien elle lui manquait.

Et puis il y avait la dernière, écrite sept mois plus tôt. Elle était plus courte que les précédentes et commençait ainsi :

Ceci est ma dernière lettre. Je me suis résigné au fait que j'ai commis une erreur en vous épousant. Mais ce qui est fait est fait. Dès le moment où j'ai juré devant Dieu et la reine que vous étiez ma femme, vous êtes devenue le début et la fin de mon univers, et il en sera toujours ainsi. C'est moi que je blâme pour n'avoir jamais envisagé que tout puisse se terminer ainsi, et c'est un fardeau que je porterai jusqu'à la fin de mes jours. Mais je vous rends votre liberté, Margot.

Des larmes brouillaient la vision de Margot. Jamais elle n'avait soupçonné qu'Arran éprouve de tels sentiments. Elle s'était souvent demandé pourquoi il n'était pas venu la chercher, pourquoi il n'avait même pas écrit, et elle en avait conclu qu'il était soulagé d'être débarrassé d'elle.

Elle rassembla les lettres dans ses bras et baissa la tête, les yeux clos, le cœur battant douloureusement. Si elle avait su… Si elle avait compris qu'il l'estimait, cela aurait-il fait une différence ? Serait-elle partie ? Aurait-elle passé ces trois dernières années à dîner avec des amis, à rire autour de tables de jeu, à se faire expédier des robes de Londres en se sentant si vide à l'intérieur, si dépouillée de tout, sans aucun espoir pour l'avenir ?

Elle glissa la dernière lettre entre son corset et son bustier, refit le paquet, puis remit le reste des parchemins dans leur noire cachette et referma le meuble. Enfin, elle récupéra le couteau et se releva lentement.

Elle ignorait s'il était possible de réparer les dégâts qu'elle avait causés dans la vie d'Arran, et, à dire vrai, elle ignorait comment elle ferait face aux dégâts causés dans sa propre vie s'il était coupable de trahison. Quoi qu'il en soit, elle ne pouvait pas jouer la comédie plus longtemps — elle devait lui révéler la vraie raison de son retour et lui dire la vérité sur ce qu'elle éprouvait. Elle le lui devait.

Margot s'attendait à être chassée de Balhaire sur-le-champ, et ne méritait pas moins. Mais il était grand temps qu'elle soit la femme qu'Arran avait manifestement espéré avoir épousée.

Elle regagna ses appartements. Personne ne s'était aperçu de son absence. Elle tira sur la sonnette et attendit à la fenêtre, les bras croisés et le cœur lourd. Elle fixait le paysage et le jour qui déclinait, en pensant à cet homme enfermé dans son cabinet de travail, qui écrivait lettre après lettre à son épouse enfuie et les mettait sous clé. Cette image lui brisait le cœur. Pas plus qu'elle, il n'avait su comment combler le fossé qui les séparait.

Elle était toujours à la fenêtre quand Nell entra, tout excitée.

— Un navire vient d'arriver, annonça-t-elle. Avec Miss Griselda Mackenzie à bord.

Voilà donc la cause de la réunion urgente. Griselda revenait de quelque part, sans doute porteuse de nouvelles.

— M'a-t-on demandée ?

— Non, madame.

Margot se tourna de nouveau vers la fenêtre et fixa les collines. Comment s'habillait-on pour avouer à son mari qu'on l'avait trahi ?

— Je vais mettre mon brocart écarlate, Nell.

— Bien, madame.

Et Nell disparut dans la pièce voisine pour aller chercher la robe.

Personne ne vint appeler Margot, mais elle entendit beaucoup de remue-ménage devant sa porte. Des domestiques, sans doute, occupés à allumer bougies et feux de cheminée. Finalement, elle sortit de sa chambre et se mit en quête d'Arran.

Il n'était pas dans la grande salle. Ni dans la salle à manger. Ce fut seulement en voyant Sweeney posté devant la bibliothèque, comme s'il montait la garde, qu'elle devina où Arran se trouvait.

— Ah ! Sweeney, dit-elle en souriant, soulagée d'avoir affaire à lui. Le laird est là ?

Les yeux de Sweeney s'écarquillèrent.

— N-non, m-milady, répondit-il, fixant nerveusement un point au-dessus de l'épaule de Margot.

Ses lèvres remuèrent, comme s'il voulait ajouter quelque chose, mais aucun mot ne vint. Une mince pellicule de sueur apparut subitement sur son front.

— Qu'y a-t-il, Sweeney ?

Les lèvres de ce dernier s'incurvèrent, mais sa mâchoire demeura obstinément fermée, l'empêchant de prononcer les mots qu'il cherchait.

— Ce n'est pas grave, dit Margot d'un ton apaisant, en mettant la main sur son bras, prête à le contourner.

— N-n-non, m-milady, protesta-t-il.

Trop tard.

Margot avait déjà toqué à la porte.

— Ce n'est pas grave, répéta-t-elle, toquant de nouveau avant de perdre son assurance.

Elle entendait des voix étouffées à l'intérieur, et avant qu'elle ait pu faire un autre geste, le battant s'ouvrit et le cœur de Margot cessa de battre. *Griselda*.

Celle-ci se tenait dans l'embrasure, élancée, éclatante de santé. Son sourire ironique glaça le sang de Margot. Jamais il n'y avait eu d'affection entre elles. Griselda la toisa comme si elle l'avait surprise la main dans le sac et s'en réjouissait. Elle portait une longue jupe en tartan, et une veste en velours ajustée qui lui allait fort bien.

— *Aye*, c'est bien vrai, hein ? Vous êtes revenue à Balhaire en rampant, lança-t-elle froidement.

— À vrai dire, je suis revenue *en voiture*. Bonsoir, Zelda.

Griselda répondit par un marmonnement, et lui fit signe d'entrer.

La pièce n'était éclairée que par le feu allumé dans l'âtre, mais, dans la pénombre derrière Griselda, Margot distingua Arran et Jock. Debout à la fenêtre, un bras appuyé contre le cadre, l'autre sur sa taille, Arran regardait au-dehors. Jock était debout à côté de lui, les bras croisés. Son expression était indéchiffrable, mais il semblait prêt à attaquer Margot si elle s'approchait de son mari.

Elle ne savait que faire — Arran ne s'était pas retourné, n'avait pas semblé remarquer sa présence — de sorte qu'elle resta au centre de la pièce, l'air gauche, pendant que Griselda tournait autour d'elle à la manière d'un vautour.

— Arran ?

Il pivota lentement. Ses yeux bleu clair la firent tressaillir tant ils étaient blessés, emplis de colère. Pourquoi ? Elle ne lui avait encore rien dit.

— Il est arrivé quelque chose ?

Griselda émit un grognement méprisant. Le regard d'Arran resta rivé sur Margot, sa mâchoire crispée au point qu'elle voyait les muscles saillir sous sa barbe naissante. Il croisa les bras.

— *Aye*. On nous a prévenus qu'il y a un espion parmi nous, dit-il avec calme.

Le cœur de Margot se mit à battre à toute allure.

— Oh ! Je… Un *quoi* ? s'écria-t-elle en secouant la tête, comme si elle ne l'avait pas entendu ou pas compris.

Comme si elle ne connaissait pas le sens du mot « espion ».

— Un espion, Margot. Quelqu'un qui voudrait me voir pendu. Et puis Jock a découvert ceci dans mon cabinet de travail.

Il tendit la main et ouvrit la paume, révélant la figurine que l'homme avait donnée à Margot près de la crique.

Elle l'avait glissée dans sa poche, puis oubliée. Elle la fixa.

— C'est à vous ?

Son cœur cognait si fort qu'elle était certaine qu'Arran pouvait l'entendre. L'angoisse lui donnait la nausée, elle était incapable de la moindre pensée cohérente. Elle ne pouvait détacher son regard de celui d'Arran — ses yeux exprimaient tant de douleur.

— Oui, avoua-t-elle, d'une voix à peine audible.

Les épaules d'Arran se tassèrent. Il laissa tomber la figurine sur le sol et se détourna.

— Je…

Les mots manquaient à Margot. Aucun ne pourrait exprimer la profondeur de sa trahison ni son chagrin. Rien de ce qu'elle pourrait dire ne le convaincrait que sa seule intention avait été de sauver son père. Elle en était certaine. Elle voyait très clairement quelle apparence tout cela avait pour lui, et la crainte de le faire souffrir encore davantage qu'elle ne l'avait fait la rendait presque muette.

— Je peux m'expliquer, se força-t-elle à dire. En fait, c'est pour cela que je suis venue ici.

Sa voix lui semblait fluette, désincarnée, comme si elle venait de quelque part au-dessus d'elle.

Le visage d'Arran se durcit, et derrière lui elle entendit Griselda maugréer en gaélique.

— Êtes-vous venue m'espionner ? rugit-il soudain, le visage ravagé par le tourment. Toutes les promesses que vous m'avez faites, toutes les excuses que vous avez fournies ? C'étaient des mensonges pour que vous puissiez m'espionner ?

— Oui, admit-elle dans un souffle.

Elle noua les mains et ferma les yeux, vacillant un instant avant de poursuivre.

— C'est-à-dire, au début. Oui, au départ, c'étaient des mensonges et rien d'autre, mais…

Arran lâcha quelques mots dans sa langue natale qui auraient sans doute fait rougir Margot de honte s'il les avait dits en anglais. Et Jock, le loyal Jock, mit la main sur son épaule.

Margot fit une nouvelle tentative.

— Arran, écoutez-moi, je vous en prie…

— Sortez ! éructa-t-il. Sortez. Immédiatement, Margot. Je me moque de savoir où vous allez, ce que vous faites, mais restez hors de ma vue. Je ne veux plus jamais vous revoir.

Ses paroles acides lui firent l'effet d'une marque au fer rouge. Elle avait pressenti qu'il en serait ainsi.

— Jock, fais-la partir d'ici !

Par miracle, Jock n'obéit pas sur-le-champ. Arran se retourna vers lui, furieux.

Jock parla à toute allure en gaélique. Griselda laissa échapper un grognement dédaigneux, et Arran fit mine de s'éloigner de lui, mais Jock le prit par l'épaule, l'obligeant à s'immobiliser et à l'écouter. Quand il eut terminé, le regard d'Arran se posa sur Margot, avant de se détourner aussitôt, comme s'il ne pouvait supporter de la voir.

Enfin, il croisa les bras de nouveau et dit avec raideur :

— Mon cousin pense que nous devrions écouter ce que vous savez avant de vous chasser.

— Oh ! Seigneur, murmura Margot.

Elle avait le cerveau en ébullition, ses pensées retournaient sans cesse à la conversation qu'elle avait eue avec son père. Elle fit un pas de côté pour agripper le dossier d'une chaise. Ses jambes menaçaient de se dérober sous elle.

— Parlez ! ordonna Arran d'une voix dure.

— Je ne sais pas grand-chose, au fond, commença-t-elle,

ce qui lui valut un marmonnement inintelligible de Griselda. Mais je jure de dire le peu que je sais, milord.

— J'attends ! rétorqua-t-il.

Les mots jaillirent de la bouche de Margot. Impulsifs, désordonnés, mais sincères.

— Mon père m'a priée de venir. Il a dit que la rumeur circulait à Londres que vous aviez l'intention de faire débarquer des troupes françaises…

Nouveaux marmonnements de Griselda.

— Et de les ajouter à vos hommes. Il a dit que vous vouliez installer Jacques Stuart sur le trône.

— Pourquoi aurait-il prétendu cela ? Quel avantage aurais-je eu à faire une chose pareille ?

— La faveur d'un nouveau roi ? suggéra-t-elle, incertaine.

— *Aye*, et puis ? l'encouragea Jock, sur un ton plus amène que celui d'Arran.

— Il a dit que, puisque c'était lui qui vous avait fait entrer dans l'union entre l'Écosse et l'Angleterre, et qu'il s'était porté garant pour vous, et vous avait donné sa fille en mariage, il serait lui aussi soupçonné de trahison, et qu'il serait pendu pour cela.

— Ce lâche a envoyé sa fille faire son sale boulot, c'est cela ?

— Il a affirmé que j'étais la seule à pouvoir découvrir si c'était vrai. Que personne ne me soupçonnerait, que je pourrais savoir de quel côté vous étiez, et qu'il était impératif que je le fasse avant quiconque.

— Et qu'avez-vous découvert, Margot ? demanda Arran, d'une voix traîtreusement douce. Qu'allez-vous vous hâter de répéter à votre lord de père ?

Elle secoua la tête.

— Rien. Seulement…

Elle déglutit avec difficulté. Elle le voyait à peine désormais, tant sa vision était brouillée par des larmes qu'elle se refusait à verser. Non, elle ne pouvait plus être cette femme-là. Pour avoir une chance de tirer quelque chose de cette débâcle, elle devait se montrer aussi forte qu'Arran.

— Tout ce que j'ai découvert, c'est que vous faites venir des denrées de France. Ni des armes ni des hommes.

— C'est tout ?

Margot fixa la figurine sur le sol.

— Non, dit-elle lentement, avant de lever les yeux vers lui. J'ai découvert des lettres que vous avez écrites.

À la mention des lettres, Arran se figea, son regard si dur qu'il aurait pu la fendre en deux. Il s'approcha d'elle d'un pas lent, comme si elle était une proie qu'il voulait transpercer d'une lance et achever.

— Est-ce à dire que vous avez ouvert mon courrier personnel ?

Incapable d'articuler un son, Margot se contenta de hocher la tête. Une expression de pur mépris se peignit sur le visage d'Arran.

— Vous, dit-il comme si le mot était une insulte, madame, avez franchi la limite de l'acceptable.

L'espace d'un instant, il parut sur le point de la frapper, mais il se détourna soudain et, d'un geste, balaya une série de verres posés sur un buffet avec tant de violence que Griselda elle-même tressaillit en les entendant se fracasser sur le sol.

— Vous avez mis en péril tout ce que j'ai essayé de construire ici ! Et vous avez anéanti toute confiance entre nous, ajouta-t-il en serrant le poing. Et maintenant ? Vous pensez toujours que je suis un sale traître ?

— Non, dit-elle d'une voix qui tremblait tout bas. Je ne l'ai jamais pensé.

Arran pivota et s'éloigna d'elle.

— Jock, conduis-la hors de ma vue. Emmène-la avant que je commette un acte que je regretterai jusqu'à la fin de mes jours, les quelques jours qu'il me reste à vivre.

Jock fit un pas en avant, son corps massif la protégeant d'Arran. Cependant, pour la seconde fois, il n'obéit pas aux ordres de son laird.

— Savez-vous, milady, qui a suggéré cette calomnie à Norwood ? demanda-t-il posément. Qui est venu de Londres la lui rapporter ?

Margot voulait désespérément répondre, mais elle ne parvenait pas à respirer. Elle tenta de regarder derrière Jock pour voir Arran, mais le colosse ne le lui permit pas.

— Parlez, petite. Dites-moi comment aider le laird, pressa-t-il.

L'aider ! Margot se cramponna à cette idée. Elle leva les yeux vers le visage charnu de Jock.

— J'ignore qui le lui a dit. Je sais seulement que des hommes sont venus de Londres. Lord Whitcomb. Richard Worthing et le capitaine Laurel. Oh ! Et Thomas Dunn.

Jock fronça les sourcils.

— En êtes-vous certaine ?

Margot acquiesça.

Jock se tourna vers Arran. Griselda était subitement devenue attentive elle aussi, fixant tour à tour Margot et Arran.

— Tom Dunn, répéta Arran, bousculant Jock pour s'approcher de Margot de nouveau. Que savez-vous de Tom Dunn ?

— Le connaissez-vous ? demanda-t-elle, surprise.

Il ignora sa question.

— Que savez-vous de lui ?

— Très peu de chose.

Elle se fit violence pour penser à cet homme élancé, nerveux, qui avait un léger accent, un menton pointu et des yeux sombres, un peu trop écartés. Il ne lui avait jamais adressé la parole autrement que pour la saluer.

— Il est arrivé à Norwood Park en juin, répondit-elle, songeuse. Je ne me souviens pas de grand-chose à son sujet, à vrai dire. Il restait en compagnie de mon père et je ne le voyais que de temps à autre.

— N'avez-vous pas dîné avec lui ? insista Jock. Ne l'avez-vous pas vu à des soirées ?

Elle s'efforça de penser à un détail utile et se remémora le bal qui s'était tenu à Norwood Park pour marquer le début de la belle saison. Elle ne se souvenait pas d'y avoir vu Thomas Dunn, mais les bals de Norwood Park étaient si courus, la piste de danse si bondée, qu'elle ne voyait que les gentlemen qui se donnaient la peine de rechercher sa présence. Elle s'apprêtait à secouer la tête quand un souvenir s'imposa brusquement à elle. Un soir qu'elle cherchait Knox, elle l'avait trouvé dans la salle de jeu avec Mr Dunn.

— Oui, je l'ai vu une fois. Dans la salle de jeu, avec mon frère. Ils jouaient au commerce, me semble-t-il. Je le sais parce que Knox était content d'avoir gagné. Il avait des piles de jetons devant lui, tandis que les autres gentlemen n'en avaient qu'un ou deux.

— Voilà qui concorde avec les dettes dont nous avons entendu parler, intervint Griselda.

— Quelles dettes ? demanda Margot.

Arran la dévisagea. Sa fureur l'avait déserté, remplacée par une expression de dégoût résigné qui la transperçait aussi sûrement qu'un poignard. Il n'éprouvait plus que mépris pour elle désormais. L'émotion présente dans ses lettres avait été emportée par sa tromperie. Elle dut détourner les yeux pour échapper à la condamnation qu'elle lisait dans son regard.

— Quelle importance cela a-t-il qu'il ait des dettes ? reprit-elle.

— Une grande importance, rétorqua Griselda avec irritation.

— Cet homme, Thomas Dunn, a laissé entendre à certains chefs de clan par ici que notre laird complote avec les Anglais pour les trahir, expliqua Jock.

— Les trahir comment ? interrogea Margot, perplexe.

— *Ach*, elle ne sait rien, s'impatienta Jock. Les gens qui vivent dans ces collines voudraient bien voir Jacques Stuart sur le trône, *aye* ? À présent, ils ont accusé notre laird de les trahir. Griselda arrive de Portree, où elle a entendu cette accusation portée contre lui. Et, en Angleterre, on raconte qu'il complote avec les Français.

— Quelqu'un l'a placé au centre d'un jeu mortel, et le nom de Tom Dunn est le point commun des deux affaires, précisa Griselda.

Le regard de Margot alla de l'un à l'autre.

— Mais pourquoi Tom Dunn dirait-il une chose pareille d'Arran ?

— À cause de ses dettes, soupira Jock. Cet homme change de côté selon qui paie le mieux. C'est un joueur. Il a plus de dettes que d'amis. Il lorgne notre commerce et nos terres. Il fait un pari sur qui tirera le premier, *aye* ? Et si le laird est reconnu coupable de trahison contre la reine, nos terres seront confisquées — sans doute au profit de votre père.

Une bouffée de nausée envahit Margot.

— Non, protesta-t-elle, secouant la tête. Mon père ne prendrait pas vos terres.

— Ah non ? ricana Jock. Bien sûr que si. Et Tom Dunn serait récompensé d'avoir dévoilé la rébellion. Par des terres, de l'argent, que sais-je ? De la même manière, si les chefs de clan soupçonnent notre laird de les avoir vendus à la Couronne, ils s'empareront de nos biens par la force et, là encore, quelque chose tombera dans l'escarcelle de Tom Dunn en remerciement pour les avoir alertés.

Arran haussa les épaules, comme si les dés étaient déjà jetés.

Margot était atterrée. Quel plan perfide, quelle traîtrise ! Un homme qui n'avait de loyauté qu'envers sa misérable personne.

— Quel grief Thomas Dunn a-t-il contre vous, milord ? Il y a beaucoup d'autres hommes en Écosse qui ont des terres et qui prospèrent grâce au commerce, n'est-ce pas ?

— *Diah !* C'est parce que je suis votre mari, Margot ! rétorqua Arran, furieux. Une Anglaise ! Nous étions séparés et nous voici subitement réunis. C'est suffisant pour donner naissance à toutes sortes de rumeurs de part et d'autre, non ?

Certes. Margot comprenait que la situation puisse prêter à une méprise, aussi bien chez les lords anglais que chez les Écossais, selon qui se chargeait de la rapporter. N'était-il pas aisé de soupçonner un homme qui avait des liens avec l'Angleterre, surtout si on cherchait un bouc émissaire ? Ce mariage censé lui apporter richesse et prospérité ne lui apportait en réalité que chagrin et ruine.

— Très bien, supposons que c'est Tom Dunn qui nous ait plongés dans ce pétrin, *aye* ? Que faisons-nous maintenant ? demanda Griselda avec un geste d'impuissance. Comment mettre fin à cette histoire, faire taire ces rumeurs ?

Pour la première fois depuis qu'elle connaissait la jeune femme, Margot la voyait effrayée.

— Il faut forcer Tom Dunn à avouer, dit Jock lentement. Et avant qu'il aille se terrer en Angleterre.

— Nous ne pouvons pas l'obliger à se confesser, grogna Arran.

— Les autorités doivent l'entendre, dit Griselda. Quelqu'un qui a le pouvoir de l'arrêter, Arran. Il y a encore des gens qui croient en toi et qui te soutiennent, *aye* ? Mais Harley MacInernay affirme que Dunn a déjà quitté les Highlands.

— Nous devons parler à MacInernay et à Lindsey sans attendre, répondit Jock. Ils voudront savoir ce que nous avons appris. Ils nous conseilleront.

— Qui sont ces gens ? demanda Margot.

— Des hommes qui ont placé de l'argent dans notre négoce. Nous devons les convaincre que notre laird n'est pas un menteur.

— Mais comment ? s'inquiéta Griselda. Nous n'avons que la parole d'Arran. Il nous faut des preuves, Jock.

— Je suis une preuve, intervint Margot.

Les trois Mackenzie la dévisagèrent avec suspicion.

— Ils me croiront sûrement si je leur explique ce que j'ai fait, ce que je sais.

Arran se détourna légèrement d'elle et se passa une main dans les cheveux, comme si cette idée lui déplaisait.

— Et ensuite, nous devons aller trouver mon père et lui dire que Thomas Dunn vous a montés l'un contre l'autre. Mon père et mon frère veilleront à ce qu'il soit jugé. Mon père est comte ! C'est un homme puissant.

Arran fit mine de secouer la tête, mais Jock lui glissa quelques paroles en gaélique. Arran lui répondit en un ou deux mots, froids et fermes.

Griselda s'exprima à son tour et dut se faire l'écho de son frère, car Arran lui lança un regard agacé.

— Non !

— Qu'y a-t-il ? supplia Margot. Que dites-vous ?

Ils cessèrent tous trois de parler et la regardèrent. Leur mépris était palpable. Pourtant, elle sentait aussi leurs attentes. Ils avaient besoin d'elle.

Arran poussa un soupir.

— *Aye*, Margot. Vous allez parler à Lindsey et à MacInernay.

Chapitre 16

L'oncle Ivor avait un jour déclaré à Arran qu'il n'y avait rien au monde de plus dangereux pour l'homme que la femme. « Ni bête, ni fléau, ni maladie », avait-il dit gaiement, perché sur un rocher alors qu'ils pistaient des chevreuils. « Les hommes vivent et meurent pour elles, mon garçon. Tu verras ce que je veux dire quand tu seras plus grand, *aye* ? La solution, c'est d'en trouver une fidèle et de la garder près de soi. »

Arran regrettait de ne pas avoir suivi le conseil de son oncle. Il était encore sous le choc, fou de rage et de déception. Certes, il avait su dès le début qu'il ne pouvait pas faire confiance à Margot. Mais cela n'atténuait en rien sa douleur.

Et maintenant, son épouse, aussi jolie qu'un glen écossais au printemps, était en train d'expliquer à deux hommes qui avaient placé leur confiance en lui qu'elle avait mis en branle cette débâcle. Que Thomas Dunn avait été invité à Norwood Park.

Il lui était pénible de dire tout cela à voix haute, et il était pénible à Arran de l'entendre de nouveau. Tandis qu'elle parlait, il ne cessait de songer aux lettres qu'il lui avait écrites, griffonnant ses pensées secrètes sur du parchemin dans l'espoir de soulager un peu son chagrin. Elle avait délibérément forcé un meuble pour les lire. Elle avait brisé le sceau de son tourment personnel et exposé ses plaies. Elle avait arraché ses pensées à son cœur, commis la plus cruelle des violations.

Lindsey et MacInernay restèrent silencieux pendant que Margot parlait. Sa voix claire tremblait de temps à autre. Elle garda la tête haute en leur expliquant les rumeurs qui avaient été rapportées à son père. La manière dont elle avait été dépêchée à Balhaire pour déterminer si Arran était coupable. Sa conviction que son père ignorait tout des machinations de Tom Dunn et s'inquiétait autant pour l'avenir d'Arran que pour le sien.

Quand elle eut terminé, elle le regarda avec espoir. Comme si cela allait suffire à l'apaiser. Comme si un seul acte juste pouvait effacer tous les torts de Margot.

Lindsey parla le premier, en gaélique, demandant que celle-ci soit renvoyée de la pièce.

Arran n'hésita pas.

— Merci, Margot. Vous pouvez sortir.

— Mais… S'il y a des questions, si je peux aider…

— Partez à présent, ordonna-t-il, sur un ton plus ferme.

Elle baissa la tête. Elle paraissait si frêle dans cette pièce pleine d'hommes. Il eut une brève vision d'elle dans la vaste bibliothèque de Norwood Park, autre silhouette menue dans une autre pièce pleine d'hommes qui l'avaient envoyée faire leur sale besogne.

Margot fit la révérence, prit congé et sortit sans regarder Jock ou lui.

À peine la porte s'était-elle refermée que Lindsey reprit la parole.

— Norwood est derrière tout cela, j'en mettrais ma tête à couper, lança-t-il. C'est Balhaire qu'il veut, *aye* ? Et Tom Dunn va en profiter, le salopard.

— Non, protesta MacInernay, incrédule. Quel genre d'homme se servirait de sa fille à des fins aussi viles ? Tom Dunn est un habile menteur — il doit être dénoncé.

— Et comment diable allons-nous faire ça ? demanda Lindsey, en vidant son whisky d'un trait, d'un geste si brusque qu'Arran fut vaguement étonné qu'il n'ait pas avalé le verre avec. Ce vaurien est reparti en Angleterre, vers les lords qui donnent leurs filles en mariage dans le seul but de les trahir.

Lindsey se tourna vers Arran.

— Vous devriez y aller, déclara-t-il.

— Et offrir ma tête à la reine sur un plateau ? ricana Arran.

— Si vous restez à Balhaire, les jacobites vous pendront, *aye* ? Tom Dunn a conclu un pacte avec le diable des deux côtés de la frontière. Mais s'il y a une chance pour que Lady Mackenzie dise la vérité, et que son père n'ait pas conspiré avec lui, alors il est peut-être le seul à pouvoir vous sauver désormais.

— Et si elle se trompe ? demanda Jock.

Le visage de Lindsey s'assombrit.

— Alors, il sera pendu.

Un silence tomba sur la pièce. Les doigts de MacInernay pianotèrent nerveusement sur la table.

— *Aye*, vous n'avez pas le choix, laird, admit-il. Ce sera pire pour vous et les vôtres si vous ne lavez pas votre nom.

— Mais si vous décidez de partir, Jock doit rester ici, ajouta Lindsay.

— Je ne…, commença l'intéressé, avant d'être aussitôt interrompu par Lindsey.

— *Aye*, Jock, vous devez rester. Il n'y a personne ici pour prendre les rênes si le laird ne revient pas. Vous êtes le seul qui puisse le faire. Envoyez une armée avec lui s'il le faut, mais vous ne pouvez pas partir.

La rougeur envahit le visage de Jock. À ses yeux, assurer la protection de son laird était une responsabilité que Dieu lui-même lui avait confiée.

— Il a raison, intervint Arran, coupant court à toute protestation. Si je pars… Il a raison, Jock, pour l'amour du ciel.

Pour des raisons évidentes, Arran n'avait guère envie de se rendre en Angleterre : il se voyait déjà arrêté par les troupes anglaises et expédié à Londres pour y être jugé, une pensée qui lui donnait la nausée. Cependant, la perspective d'une guerre des clans le troublait tout autant.

Minuit était passé depuis longtemps lorsqu'il quitta enfin la pièce, en proie à un épuisement bien au-delà de son âge. Il semblait impossible de croire qu'une semaine plus tôt il était plein d'optimisme, confiant en l'avenir de Balhaire et de ce qu'il y avait bâti.

À présent, il se sentait incroyablement vulnérable, ses flancs exposés aux attaques de toutes parts. Il était inquiet, anéanti, l'esprit dévasté par une foule de pensées contradictoires qui lui faisaient cogner le cœur contre les côtes et qui le terrassaient.

Dieu lui vienne en aide, il n'aurait jamais dû épouser Margot ! Il aurait dû écouter les mises en garde de Jock — quel bien pouvait-il sortir d'une alliance avec les Anglais ? Ç'avait été une union vouée à l'échec depuis le début, mais Arran avait été trop aveugle pour s'en rendre compte. Et pourtant… Il aimait toujours sa femme. Aussi étrange, insensé que cela puisse paraître, il l'aimait encore. Il la méprisait pour ce qu'elle avait fait, bien sûr, et il était très déçu. Mais Margot n'avait pas conçu cette tromperie. Elle avait été idiote, voilà tout.

Qu'il soit maudit s'il lui faisait jamais confiance de nouveau ! Et sans confiance, que leur restait-il ?

Non sans émotion, il gagna la chambre. Ainsi qu'il s'y attendait, Margot était là. Elle portait une chemise de nuit, et un châle autour des épaules. Ses cheveux ondulaient telles des vagues soyeuses, leur couleur auburn chatoyait à la lueur du foyer. Ses yeux écarquillés étaient fixés sur lui, méfiants, comme ceux d'une petite chouette. Comptait-elle le séduire ?

Arran ne savait que dire ni par où commencer. Il referma la porte et resta immobile, se contentant de la regarder, de contempler ce visage qui avait hanté ses pensées des années durant. Une beauté traîtresse, qui le laissait partagé entre le désir et le mépris.

— Vous devez me haïr, dit-elle tout bas, d'un air triste.

La déception étouffait Arran, mais il ne la haïssait pas.

— Vous ne pouvez pas me haïr autant que je me hais, ajouta-t-elle.

— Pourquoi ? demanda-t-il tout bas. Pourquoi avez-vous ouvert ce meuble — comment avez-vous fait ?

— Avec une épingle. Mon frère m'a appris quand nous étions petits. J'ai ouvert ce meuble parce qu'il fallait que je sache, Arran.

— Vous pensiez que j'allais mettre en péril tout ce que j'ai bâti ici pour trahir la reine et mes compatriotes ?

Elle rougit.

— Je n'ai jamais cru cela. Je vous le jure. Mais il fallait que j'écarte tout doute. Vous vous êtes absenté chaque jour et puis il y a eu cette réunion urgente…, ajouta-t-elle, sur un ton impuissant.

Il s'était absenté, oui. Pour l'éviter. Pour la défendre. Pour découvrir la vérité à son sujet.

— Mon père m'a dit qu'il serait pendu si vous aviez conspiré contre la reine. Il a dit qu'il courait un terrible danger et que j'étais son seul espoir. Arran, je vous en prie, croyez-moi — tout ce que j'ai dit était vrai.

— Comment puis-je le croire ? Vous demandez l'impossible, Margot. Vous auriez pu me dire cela tout de suite, *aye* ? Vous auriez pu me donner une chance de vous aider. Mais votre silence n'a fait qu'aggraver la situation.

— Je voulais vous le dire, murmura-t-elle d'un air grave. Mais je ne pouvais imaginer que vous admettriez la vérité si vous étiez… C'est-à-dire, si vous…

Elle haussa les épaules et baissa les yeux, incapable de prononcer les mots à voix haute.

Il leva la tête vers le plafond, s'efforçant de maîtriser sa colère croissante.

— Vous pensiez que j'allais vous mentir ? lâcha-t-il d'une voix assourdie par la fureur. Vous ai-je jamais menti ? Vous ai-je dissimulé quoi que ce soit ?

Elle secoua la tête. Elle luttait contre les larmes. Toujours ces fichues larmes !

— Si vous m'aviez posé la question au lieu de fouiner dans mon dos comme vous l'avez fait, je vous aurais dit la vérité, Margot. Quelle qu'elle soit, *aye* ? Je vous aurais dit la vérité parce que j'ai fait le vœu, dit-il en portant une main à son cœur, de vous honorer plus que tout autre. Je ne vous ai donné aucune raison de douter de ce vœu.

— Non. Vous avez raison. Bien sûr que vous avez raison, acquiesça-t-elle, ravalant ses larmes. Mais sur ma vie, je ne savais pas quoi faire.

— Alors, vous avez ouvert mon courrier personnel, accusa-t-il d'un ton sec.

Elle fit mine de répondre, mais il secoua la tête et se détourna.

— Epargnez votre salive.

Il était au comble de la fatigue à présent, et ne souhaitait pas entendre ses excuses. Il traversa la pièce et s'assit au bord du lit pour retirer ses bottes.

— Nous partons dans deux jours, annonça-t-il.

— Pour l'Angleterre ?

— *Aye*, pour l'Angleterre. Je n'ai pas le choix.

C'était son seul espoir. Rester à Balhaire et ne rien faire était une invitation à un raid.

— Nous irons par bateau jusqu'à Heysham et nous ferons le reste du chemin à cheval. Griselda va vous apprendre à monter comme un homme. Faites ce qu'elle vous dit, *aye* ?

Sagement, Margot s'abstint de protester ; elle pinça les lèvres et acquiesça.

Arran entreprit de retirer ses bottes, mais sentit le poids de Margot sur le lit, sentit qu'elle s'approchait de lui et sentit sa main se poser sur ses épaules. Elle se mit à le masser, à dénouer ses muscles tendus. Il tenta de se dégager, mais elle persista.

— Je ferai tout ce que vous voudrez, Arran. Je vous le jure.

— Dans ce cas, disparaissez. C'est tout ce que je vous demande.

— Oh ! Mon Dieu, murmura-t-elle derrière lui. Je vous en prie, ne…

Il pivota d'un geste brusque, l'obligeant à lâcher prise.

— Vous imaginiez-vous que votre trahison serait sans conséquence, Margot ?

Elle était à genoux au milieu du lit, le châle glissait sur ses épaules.

— Je suis tellement désolée, Arran. De vous avoir quitté. De…

— Pourquoi avez-vous lu ces lettres ? explosa-t-il soudain, donnant libre cours à sa frustration.

Margot se frotta anxieusement les paumes des mains sur ses genoux.

— Pourquoi ne les avez-vous pas envoyées ? Pourquoi ne m'avez-vous jamais dit ces choses ?

Il laissa échapper un ricanement.

— Cela aurait-il fait la moindre différence ?

— Je ne sais pas. Honnêtement, je n'en sais rien. Mais cela fait une différence *maintenant*. Je comprends quelle erreur affreuse, épouvantable, j'ai commise alors.

— *Aye*, c'est sûr, dit-il sèchement.

— Je veux me racheter, dit-elle en tendant les bras vers lui.

Arran se leva sans crier gare, et la main de Margot retomba sur le lit.

— Je ferai tout ce qu'il faudra, je vous supplie de me pardonner.

Il émit un rire de regret.

— Vous pardonner ? Je peux à peine supporter votre vue, *leannan*.

Margot se jeta à bas du lit et alla vers lui. Il recula, mais elle le suivit et posa une main sur sa poitrine.

— Peut-être ne me pardonnerez-vous jamais. Je comprends. Mais je suis prête à tout pour essayer de me rattraper, Arran.

Il essaya de se détourner, mais elle captura son visage entre ses mains.

— Ne perdez pas foi en moi ! le supplia-t-elle. Vous avez gardé l'espoir tout ce temps. Je vous en prie, n'y renoncez pas maintenant.

Elle se haussa sur la pointe des pieds et l'embrassa.

Son contact, son baiser, eurent raison d'Arran. Comme

à chaque fois. Il bouillonnait intérieurement de colère et de déception. Il aurait voulu que tout cela ne soit qu'un mauvais rêve, mais la brûlure qu'il ressentait lui prouvait le contraire. Des flammes lui léchaient la tête et le cœur, brûlantes de désir et de colère.

Il arracha le châle qui la recouvrait et prit un sein dans sa main. Cela ne lui suffit pas — il empoigna le tissu de sa chemise de nuit, le remontant jusqu'à la hanche nue de Margot, puis la fit reculer vers le lit. Elle atterrit sur le dos, les yeux assombris par l'excitation.

Le feu qui le consumait devint incontrôlable. Arran ôta ses vêtements, puis retira la chemise de Margot. Il avait hâte de toucher sa chair chaude et parfumée, de goûter sa bouche, de contempler les courbes de son corps féminin.

Ses mains et ses lèvres la parcoururent, suçant ici, mordillant là, ses pensées buvant au puits du désir. Margot gémit, attisant les flammes qui le dévoraient. Il sentit palpiter le pouls de celle-ci au creux de sa gorge, sa peau brûlante, le cœur humide de sa féminité alors qu'il se calait entre ses jambes. Elle haletait, les cuisses ouvertes pour lui, ses mains le caressant, entourant son membre, le serrant, le pressant de la pénétrer.

Il était perdu, il ne pouvait plus être sauvé, et il s'enfonça en elle. Margot noua les jambes autour de lui et chercha follement sa bouche tandis qu'il allait et venait, leurs langues épousant le rythme de leurs corps. Les mains de Margot effleurèrent les tempes d'Arran, ses épaules, son cou.

Il aurait voulu que ce moment ne cesse jamais. Possédé par la fièvre qui faisait rage en lui, il intensifia son mouvement, comme pour se libérer de sa frustration, pour oublier sa confiance détruite, sa foi déclinante, son appréhension face à l'avenir.

Quand enfin sa fureur explosa en elle et que Margot cria d'extase, Arran sentit qu'il redevenait lui-même, que la tempête qui avait déferlé en lui avait désormais laissé place à des eaux plus calmes. Il se détacha lentement d'elle et roula sur le ventre.

— Dieu me vienne en aide, murmura-t-il dans un souffle.

Margot plaça un bras autour de son torse et lui déposa un baiser sur le dos.

— Pourrez-vous jamais me pardonner ?

Arran prit le temps de la réflexion. Il recouvrit son bras du sien, éprouva le réconfort de l'avoir à côté de lui malgré son malaise.

— Vous pardonner ? Je ne sais pas. Mais je ne vous ferai jamais confiance.

Il entendit son petit soupir. Elle roula sur le côté, lui tournant le dos.

La chaleur de son corps se dissipa rapidement dans la fraîcheur de la nuit, et Arran roula sur le côté à son tour, enveloppé de sa méfiance.

Chapitre 17

Le lendemain matin, à midi, Griselda envoya un messager dire à Margot qu'elle était prête à commencer ses cours d'équitation. L'annonce arriva accompagnée d'une pile de vêtements qui consistaient en une culotte marron, une veste en lainage et une chemise en daim qu'elle reçut pour ordre de mettre.

— Je ne peux pas porter ça ! se récria Margot, horrifiée.

— Devez-vous vraiment y aller, milady ?

— Malheureusement, oui.

Griselda cherchait sûrement à l'humilier en lui imposant pareille tenue. Cependant il en faudrait davantage — Margot avait déjà touché le fond au cours des vingt-quatre heures écoulées.

— Je ne serai pas absente longtemps, dit-elle, étudiant la culotte.

— Je voulais dire, devez-vous vraiment aller en Angleterre, milady ?

Margot regarda Nell, qui triturait nerveusement les gants en peau de chèvre que Knox lui avait offerts. Margot les lui prit doucement.

— Cet homme dit que vous devez aller en Angleterre avec le laird, et qu'en votre absence, je ferais mieux de ne pas être dans ses jambes et de prendre soin de vos affaires comme il faut. Et je lui ai répondu que je n'avais pas besoin de lui pour me dire ce que j'avais à faire mais que milady ne m'avait rien dit et que je ne le croyais pas. Et il a rétorqué : « Eh bien, si, elle part. À vous de décider si vous allez bouder ou l'aider, mais restez hors de ma vue. »

— C'est vrai, Nell, avoua Margot d'une voix lasse.

— Non, milady, je vous en prie ! Ne me dites pas que vous avez l'intention de me laisser ici !

— Je ne vous laisse pas. Mais je ne peux pas vous emmener, pas cette fois. Vous devez rester ici et obéir à Jock.

Nell en resta bouche bée.

— Ici ! Sans personne…

— Oui, Nell.

Margot se leva et prit les mains de sa femme de chambre entre les siennes.

— Il le faut. Et vous ne devez pas vous plaindre. Seigneur, je vous en prie, ne vous plaignez pas. Restez en dehors du chemin de Jock et faites ce qu'il vous dit. Je vous en prie, Nell, c'est très important.

Cette dernière parut terrifiée. Elle jeta un coup d'œil autour de la pièce, et à la porte qui communiquait avec la petite chambre où elle dormait le soir.

— Songez-y. Vous ne risquez rien. Vous n'aurez qu'à vous occuper de mes affaires et de ces pièces pendant que je serai partie. Vous aurez du temps libre chaque jour.

Margot regarda l'horloge de la cheminée. Elle allait être en retard.

— Il faut que je parte, Nell. Aidez-moi à enfiler ces… hardes. Vous ne devez pas vous faire de souci ! Je vous donne ma parole que tout ira bien.

Margot parvint à esquisser un sourire qu'elle espérait convaincant et lui tendit les vêtements.

— Aidez-moi à retirer ma robe.

Un quart d'heure plus tard, elle descendait à la hâte l'escalier incurvé.

Griselda faisait les cent pas au rez-de-chaussée, et chose étonnante, aux yeux de Margot du moins, elle arborait une tenue identique à la sienne. Sauf que Griselda avait rassemblé ses cheveux en une longue tresse qu'elle avait nouée dans son dos.

Margot la détailla de la tête aux pieds. Sa cravache à la main, elle avait l'air presque naturel dans ses vêtements, tandis que la culotte de Margot la serrait et elle était trop courte. La veste, en revanche, était bien trop grande pour elle.

— Pourquoi portons-nous ces habits ?

— Parce que vous ne pouvez pas mettre une jolie robe de bal pour monter à cheval, *aye* ?

Margot émit un petit bruit de dédain.

— Je ne monte pas à cheval en robe de bal, Zelda. Mais ceci est indécent !

— *Aye*, vous me remercierez au bout d'un jour ou deux.

Elle s'approcha d'une chaise, attrapa un tricorne et le lança à Margot.

— Apprenez à le mettre. Allons. Je n'ai qu'une journée pour vous apprendre à monter à califourchon et à tirer.

— À tirer !

— *Ach*, vous êtes bien bavarde, non ? Allons ! Je ne serais pas étonnée que le poney soit retourné à l'écurie pour son dîner à l'heure qu'il est.

Margot n'eut pas cette chance. Le poney attendait au milieu de la cour quand elles sortirent. Elle eut une conscience aiguë des regards qui convergeaient sur elle — ou plutôt sur ses jambes, si exposées dans la culotte moulante. À la stupéfaction de Margot, Griselda se hissa seule sur le dos d'un cheval bai.

Margot eut besoin d'aide. Le jeune palefrenier la propulsa en l'air. Elle atterrit si lourdement sur la selle qu'elle craignit que les coutures de la culotte n'aient craqué.

— Savez-vous vous servir des rênes ?

— Bien sûr que oui, rétorqua Margot avec irritation. Ce n'est pas comme si je n'étais jamais montée à cheval.

— Hum, marmonna Griselda.

Sur quoi, elle fit faire demi-tour à son cheval et, d'un petit coup de pied dans le flanc, le lança au trot.

Margot tenta de l'imiter, mais comme d'habitude, le poney n'était pas très attentif. L'homme qui l'avait aidée à monter prit la bride.

— Faites comme ça, *aye* ? indiqua-t-il, avec un geste qui parut presque brutal à Margot.

Loin de s'offusquer, l'animal obéit.

L'instant d'après, elle cahotait de manière inconfortable sur le dos de sa monture.

Elles cheminèrent pendant ce qui lui parut une éternité. Griselda la précédait, apparemment désireuse de s'éloigner autant que possible du château. Margot l'imagina qui la poussait du haut d'une falaise et se frottait les mains, soulagée d'être débarrassée de l'épouse de son cousin.

Cependant, elles finirent par arriver dans une petite prairie où Griselda s'arrêta. Elle plissa les yeux en direction de Margot et du poney qui arrivaient, l'un et l'autre déjà épuisés.

— Avons-nous atteint l'Angleterre ? ironisa Margot. Nous ne devons plus en être loin, sûrement.

— Sur mon honneur, si je pouvais vous ramener en Angleterre, je le ferais volontiers, rétorqua Griselda.

Margot leva les yeux au ciel.

— Comme vous pouvez le constater, je sais monter à cheval. En avons-nous terminé ?

— Vous ne savez pas monter, Lady Mackenzie. Vous vous *cramponnez*. Vous devez avoir les fesses en feu, non ?

Margot eut un petit hoquet indigné — mais c'était vrai.

— Mettez votre poney au petit galop, *aye* ? C'est une allure plus reposante. Regardez-moi.

Elle traversa la prairie au pas, apparemment très à l'aise, ses mouvements épousant le rythme du cheval. Elle décrivit un cercle et revint à l'endroit où Margot était assise toute raide sur sa monture.

— À vous.

Margot éperonna le poney, qui refusa de bouger. Décidément, toute l'Écosse était liguée contre elle, y compris cette bête.

— Utilisez votre cravache ! ordonna Griselda avec impatience.

— Je n'en ai pas ! riposta Margot sur le même ton.

— Pour l'amour du ciel !

Griselda s'approcha et lui tendit la sienne.

— Éperonnez-le et cravachez-le en même temps, puis penchez-vous sur son encolure pour qu'il comprenne que vous n'avez pas l'intention d'aller au pas.

Il y avait un million de choses que Margot aurait eu envie de crier à Griselda en cet instant, mais, désireuse de mettre fin à cette épouvantable leçon, elle suivit les instructions de celle-ci. Le poney eut un petit sursaut et fit un pas ou deux.

— Recommencez ! Ne lui donnez pas une petite tape, cravachez-le !

Cette fois, Margot obéit avec vigueur et le poney démarra si brusquement qu'elle faillit tomber à la renverse. Avec un cri, elle s'agrippa à l'animal et se pencha en avant, les jambes crispées sur ses flancs… Jusqu'à ce que le poney comprenne qu'elle n'avait pas du tout l'intention de galoper et rebrousse chemin de sa propre initiative.

Quand enfin elle atteignit une Griselda très contente d'elle, Margot était hors d'haleine.

— Comme je le disais, vous n'avez pas la moindre notion d'équitation, déclara Griselda sur un ton supérieur.

— Très bien, très bien, vous avez gagné, Zelda ! Je suis une piètre cavalière, une mauvaise danseuse et la pire des épouses ! Recommençons.

Elles passèrent l'après-midi à s'exercer à l'art de monter à cheval. Griselda montra à Margot comment faire ralentir et accélérer sa monture. Cette dernière apprit comment indiquer au poney d'aller au pas, au trot, au petit galop, au galop et inversement. Margot était épuisée, les jambes et l'abdomen douloureux, quand enfin Griselda prit pitié d'elle. Elles mirent pied à terre — Griselda avec aisance, comme de bien entendu, à la différence de Margot qui s'écroula pratiquement sur le sol.

Assises dos à un rocher, les jambes étendues, elles mangèrent en silence du pain et du fromage apportés par Griselda. Tout à coup celle-ci se mit à rire.

Margot la foudroya du regard.

— Qu'y a-t-il de si amusant ?

— Vous, répondit Griselda. On dirait que vous avez fait la guerre.

Elle souleva une des tresses défaites de Margot, que celle-ci n'avait même pas remarquée jusque-là.

— Vous devez apprendre à vous épingler les cheveux sans l'aide d'une femme de chambre.

— Je sais m'épingler les cheveux, merci bien, rétorqua Margot, les sourcils froncés.

Griselda émit un petit grognement dédaigneux.

— Pour l'amour du… Zelda, vous pouvez cesser ce petit jeu. Je sais que vous ne m'aimez pas et que vous préféreriez que je n'aie jamais mis le pied à Balhaire. Inutile d'insister là-dessus à la moindre occasion. Mais je suis là ! On m'a donnée à Arran comme une cargaison de poissons. J'étais destinée aux bals de Londres, pas à une vieille forteresse en Écosse.

Griselda claqua la langue.

— Je vous aimais bien jusqu'au jour où vous avez fait souffrir Arran.

— Quoi ? Ce n'est pas tout à fait vrai. Dois-je vous rappeler le jour où vous avez mis du poivre dans ma soupe ? C'est un miracle, que j'aie cessé d'éternuer à l'heure qu'il est.

Le visage de Griselda s'éclaira d'un sourire.

— Inutile de me le rappeler — c'est un souvenir que je chéris, dit-elle avec un éclat de rire.

Margot se remémora ses éternuements répétés, sa fuite éperdue de la grande salle — et ne put s'empêcher de glousser à son tour. Les deux femmes se regardèrent, pouffant comme des adolescentes.

— Très bien, dit Margot entre deux rires. Nous sommes deux adultes. Sans doute ne serons-nous jamais proches l'une de l'autre, mais nous pouvons sûrement faire en sorte de nous tolérer lorsque Arran et moi reviendrons à Balhaire ?

Le sourire de Griselda s'effaça.

— Quand vous reviendrez ?

Elle jeta brusquement le reste du pain dans un sac.

— Vous êtes toujours une idiote, Margot Mackenzie. Vous ne reviendrez pas.

— Si.

C'était la première fois qu'elle le disait, la première fois qu'elle s'autorisait à penser aussi loin. Elle fut surprise que les mots lui soient venus aussi aisément. Était-ce là ce qu'elle désirait ? Dans le tourbillon de ces derniers jours, elle n'avait pas songé à son avenir.

— Vous croyez honnêtement que l'un ou l'autre de vous deux reviendra à Balhaire ?

Griselda se leva d'un bond et s'éloigna à grands pas.

— Qu'ai-je dit de mal ? cria Margot dans son dos.

Griselda s'immobilisa et fit volte-face.

— Êtes-vous vraiment si sotte ? demanda-t-elle, en pointant l'index sur sa tête.

— Pardon ?

Griselda revint vers elle au pas de charge. Margot se leva en hâte, se demandant si elle allait devoir en découdre avec la cousine d'Arran.

— Vous ne reviendrez pas, et Arran non plus. Comment pouvez-vous ne pas le comprendre ?

— Pourquoi ne reviendrions-nous pas ? riposta Margot, interdite.

Griselda en resta bouche bée.

— Ils vont arrêter Arran ! lâcha-t-elle enfin. Les Anglais prétendront que c'est un traître et ils l'arrêteront !

— Non, rétorqua Margot avec fougue. C'est précisément pour cette raison que nous allons en Angleterre, Zelda. Mon père a de l'influence. Il ne laisserait jamais faire une chose pareille.

— C'est déjà fait, non ? répliqua Griselda sur le même ton. C'est lui qui a accusé Arran. Il vous a dit, à vous et à qui veut bien l'entendre, qu'Arran est un traître…

— Pas du tout !

— Et il va faire en sorte qu'Arran soit arrêté pour qu'aucun blâme ne tombe sur lui, *aye* ? Et si, par miracle, Arran réussissait à fuir l'Angleterre, il pourrait facilement être assassiné dans son sommeil à Balhaire, puisque les Highlanders l'accusent aussi d'être un traître.

Margot la dévisagea, atterrée, mille pensées se bousculant dans sa tête.

— Vous avez tort, dit-elle d'une voix tremblante. Vous êtes hystérique…

— Et vous êtes incroyablement naïve, Margot. Arran est l'homme le plus recherché d'Écosse et d'Angleterre ! Et vous, vous vous inquiétez de savoir ce que vous allez porter et si nous pouvons être amies ! Vous ne savez rien du tout.

Une vague de nausées envahit Margot. Elle ne pouvait que fixer Griselda, tandis que la lumière se faisait lentement dans son esprit.

La cousine d'Arran semblait s'être tassée sur elle-même.

— Allons, dit-elle sur un ton morne. Je dois vous apprendre à enfourcher seule votre monture. Nous garderons le tir pour demain.

Le soleil baissait à l'horizon quand elles regagnèrent Balhaire. Margot pouvait à peine marcher, mais elle parvint quand même à traverser la basse-cour.

— Où est le laird ? demanda-t-elle à Fergus dans l'entrée.

— Dans son bureau, milady, répondit-il, en lui lançant un regard aussi froid que l'était sa voix.

Margot se dirigea d'un pas résolu vers la pièce en question. Elle toqua une fois, puis deux, entendit la voix étouffée d'Arran et entra.

Il se leva aussitôt. Un pli se forma sur son front alors qu'il détaillait sa tenue.

— C'est vrai ? demanda-t-elle.

— Quoi ?

— Croyez-vous sincèrement que vous allez être arrêté ? Que mon père a pu se retourner contre vous et, par conséquent, contre *moi* ? Est-il vrai que vous pourriez être assassiné dans votre sommeil ici même, à Balhaire ?

Arran soupira et se frotta les yeux.

— Zelda a été incapable de tenir sa langue, c'est ça ?

Il appuya une hanche contre le bureau, croisant les bras.

— Est-ce vrai ? insista Margot, d'une voix affaiblie par le désespoir.

— Je ne sais pas. C'est possible.

Il haussa les épaules.

— Sans doute. Mon nom est sur toutes les lèvres, *aye* ? Il faut que je le remplace par celui de Tom Dunn, et j'espère que votre père va m'y aider. Mais il est peut-être déjà trop tard.

Cet aveu eut raison des dernières forces de Margot. Elle recula en titubant et se laissa tomber sur une chaise. Elle ne pouvait imaginer que son père soit mêlé à un complot aussi ignoble.

— Vous vous trompez, Arran. Vous vous trompez tous. Bien sûr que mon père vous protégera. Vous êtes mon mari ! Comment pourrait-il faire moins ?

Arran sourit, d'un sourire condescendant qui hérissa Margot. Comme s'il pensait qu'elle était une enfant qui continuait à croire à l'existence des fées.

— Très bien, vous ne me croyez pas. Mais j'en suis certaine, dit-elle sèchement. Je me suis mal conduite en venant ici comme je l'ai fait sous de fausses raisons. Mais cela ne signifie pas que ma famille soit corrompue. Cela signifie seulement que mon père a peur.

Il garda le silence.

Elle se leva.

— Tous ceux qui vous entourent en sont convaincus, n'est-ce pas ? Mais peut-être oublient-ils que, lorsqu'on raconte des choses aussi épouvantables à votre sujet, je suis visée aussi. Et je suis la fille du comte de Norwood. Je connais mon père. Il ne tolérera pas de telles calomnies. Il fera tout pour nous protéger.

Arran soutint son regard avec calme.

— Vous verrez bien, lança-t-elle, furieuse.

Margot aurait aimé être aussi sûre d'elle qu'elle en avait donné l'impression devant Arran. Elle croyait à ce qu'elle avait dit... Néanmoins, le lendemain matin, elle prit les cours de Griselda plus au sérieux.

Chapitre 18

Outre l'organisation de leur départ, la possibilité qu'il ne revienne jamais à Balhaire pesait lourdement sur les épaules d'Arran. Il y avait tant de dispositions à prendre, tant de gens à voir et de choses qui devaient être dites.

Et pourtant, en dépit de la morosité ambiante, la rapidité avec laquelle il était forcé d'agir était aussi une bénédiction — en ce sens qu'il n'avait guère le temps de s'appesantir sur toutes les hypothèses qui lui venaient à l'esprit.

Margot et lui parlaient à peine, accaparés l'un et l'autre par leur départ imminent. Quand Arran gagnait sa chambre bien après minuit, il la trouvait pelotonnée sur elle-même, dormant à poings fermés. Il s'en félicitait. À l'exception du soir où il avait découvert l'étendue de sa tromperie, il n'avait pas été enclin à de nouveaux ébats amoureux.

Mais quand il la contemplait, qu'il regardait son visage innocent dans le sommeil, il s'interrogeait… Le conduisait-elle à sa perte ? Cela avait-il été son plan depuis le début ? Pouvait-il être aveugle au point de ne pas avoir reconnu la vérité ?

Arran n'était pas le seul à avoir des soupçons — Jock les partageait. Tard le mercredi soir, un messager dépêché par MacLeary arriva de Mallaig, apportant la nouvelle qu'on parlait de nouveau d'un traître en leur sein, un cancer qui menaçait les idéaux et l'esprit des Highlands.

— *Aye*, je suis au courant, répondit Arran avec impatience. Quoi d'autre ?

— Le laird me prie de vous dire que certains dans le Nord croient que ce cancer doit être éliminé avant qu'il puisse corrompre leurs plans pour l'avenir de l'Écosse.

— C'est tout ? grogna Jock.

Le messager acquiesça.

— Vous pouvez partir. Fergus va vous conduire à la cuisine pour que vous puissiez manger un bout, *aye* ?

Jock tendit quelques pièces à l'homme et le confia aux soins de Fergus. Puis il referma la porte, gagna le buffet et remplit deux petits verres de whisky. Il en tendit un à Arran.

— Eh bien, murmura ce dernier. Soit j'extirpe le cancer moi-même, soit je deviens le cancer, *aye* ? conclut-il avant de boire son whisky d'un trait.

— À supposer que Lady Mackenzie n'ait pas déjà commencé à l'extirper, maugréa Jock.

Arran comprenait les doutes de son cousin — Dieu lui était témoin qu'il en avait aussi. D'un côté, rester à Balhaire au milieu des rumeurs jacobites le mettait mal à l'aise. De l'autre, aller en Angleterre revenait à risquer l'arrestation et l'exécution. Son seul espoir était de dénoncer les agissements de Tom Dunn avant qu'il lui arrive quelque chose.

Le jeudi matin, à 4 heures, il arracha Margot au sommeil. Le moment était venu de partir.

Debout dans la salle basse, il contempla les murs en pierre familiers, berceau de son enfance et de sa jeunesse. Il parla à voix basse à Jock — en s'efforçant d'ignorer les larmes que celui-ci refoulait. Il s'accroupit et caressa les oreilles du vieux

Roy, obtenant un battement de queue reconnaissant. Son chien ne serait sans doute plus de ce monde lorsque Arran reviendrait, à supposer qu'il revienne. En plongeant son regard dans les yeux de l'animal, il entrevit sa propre mortalité.

Il se releva et sortit de Balhaire sans se retourner, de peur de s'effondrer de chagrin.

Ils embarquèrent avec la marée. Deux jours plus tard, ils débarquaient sur la côte anglaise, à Heysham, et entamèrent la longue chevauchée jusqu'à Norwood Park. Au moins, les talents de cavalière de Margot s'étaient-ils améliorés. Elle tenait le rythme et semblait plus à son aise sur sa monture qu'avant.

Lors de leur première soirée en Angleterre, ils furent reçus dans la modeste demeure de Mr Richard Burns, près de Carlisle. Mr Burns était écossais, et la cousine de sa femme était une Mackenzie. En général, Burns accueillait chaleureusement les Écossais de passage, mais il se montra froid avec Arran. Il autorisa ce dernier à entrer dans sa maison avec son épouse, mais envoya leurs quatre compagnons coucher dans l'écurie avec les chevaux. Même alors, il jeta des coups d'œil nerveux autour de lui, comme s'il s'attendait à voir surgir une armée des buissons.

Dans le petit vestibule, Margot retira son lourd manteau en lainage, révélant sa culotte. Mrs Burns la dévisagea avec tant d'insistance, son regard détaillant la silhouette de Margot, qu'Arran vit les joues de sa femme s'enflammer de honte.

— Excusez mon épouse, dit-il à ses hôtes. Elle ne s'est pas vêtue ainsi pour le plaisir, mais cette tenue est nécessaire lorsqu'on passe deux jours à cheval.

— Vous voudrez dîner, dit Mrs Burns avec raideur, en leur faisant signe de la suivre dans le corridor étroit qui menait à la salle à manger.

Elle déposa sur la table en bois grossier deux bougies en suif, ainsi que des écuelles et des couverts en argent ternis. Elle versa de la bière d'une aiguière. Une fillette qui ne devait pas avoir plus de dix ans apparut, chargée d'une marmite qu'elle pouvait à peine porter. Arran la lui prit et mit une part de ragoût de lièvre dans son assiette, puis dans celle de Margot, avant de la rendre à l'enfant pour qu'elle l'emporte à l'autre bout de la table.

La conversation durant le dîner fut des plus laconiques. Mrs Burns s'enquit de Balhaire et de sa cousine Mary.

— Elle va bien, répondit Arran.

— Dieu la garde, marmonna-t-elle.

Son mari mangea rapidement et se leva aussitôt, comme s'il avait hâte de s'éloigner d'eux. Sans doute la rumeur de trahison était-elle parvenue à ses oreilles.

Le repas terminé, Mrs Burns conduisit Arran et Margot, à la lueur d'une unique bougie, jusqu'à une chambre située de l'autre côté de l'entrée.

— C'est charmant. Vous êtes très aimable de nous héberger, dit Margot.

Leur hôtesse répondit par un grognement et sortit, refermant la porte d'un coup sec derrière elle. Arran tira le verrou. Il fit le tour de la pièce, écartant les rideaux pour voir ce qui se trouvait sous la fenêtre au cas où ils seraient contraints de sortir par là. Il ne voulait exclure aucune éventualité — il ne se sentait pas entièrement en sécurité.

Lorsqu'il fut convaincu que personne ne rôdait, prêt à les assassiner dans leur sommeil, il se retourna. Margot était debout au centre de la pièce, les pans de sa chemise sortis de sa culotte. Ses cheveux étaient en désordre, sa veste sale, comme si elle s'était adossée à un tronc d'arbre couvert de lichen. Des cernes sombres lui cerclaient les yeux.

— Vous êtes fatiguée.

Il prit sa veste et la déposa sur une chaise.

— Asseyez-vous, dit-il en désignant le lit, lequel semblait bien trop petit pour eux deux.

Margot obéit et, impassible, le regarda s'agenouiller pour lui retirer ses bottes. Cela fait, il leva les yeux vers elle. Son visage était de cendre.

— Qu'y a-t-il ?

— Ne faites pas ça, murmura-t-elle, les yeux baissés. Ne soyez pas gentil avec moi. Je ne mérite pas votre gentillesse…

— Margot…

— Je ne la mérite pas ! s'écria-t-elle en se couvrant le visage de ses mains. J'ai été si stupide ! Vous avez raison, j'ai été la pire des idiotes — comment ai-je pu être aussi bête ?

Arran attendit les larmes. Trois ans plus tôt, elle aurait éclaté en sanglots. Cependant, quand elle releva la tête, ses yeux étaient secs. La colère embrasait son regard.

— Je suis tellement pleine de rage, dit-elle d'une voix sourde, en serrant les poings.

— Vous ne pouvez pas vous blâmer d'avoir cru ceux que le devoir oblige à vous protéger.

Elle parut ne pas l'avoir entendu.

— Tout ira bien, Arran. Je sais que vous ne me croyez pas, mais je vous le jure sur ma vie.

— Je préférerais que vous ne soyez pas si prompte à faire ce genre de serment, au cas où…

— Je parle sérieusement. Jamais plus je ne serai aussi naïve.

Arran ne put réprimer un petit sourire. Il prit le visage de Margot dans sa main.

— Ne promettez pas l'impossible, *leannan*.

Elle ne releva pas sa taquinerie et captura le poignet d'Arran entre ses doigts.

— Êtes-vous toujours en colère contre moi ?

— *Ach*, non, admit-il, conscient du dilemme intenable qu'on lui avait imposé. Mais je suis démoralisé.

Margot laissa retomber sa main et baissa la tête.

— Je crois que c'est encore pire, gémit-elle.

Arran se hissa sur le lit inconfortable, et Margot se pelotonna contre lui. Il tira un mince réconfort de la douceur de son corps et glissa un bras autour d'elle.

Ils repartirent à l'aube. La route était longue et épuisante, et, à la surprise d'Arran, qui s'attendait à voir Margot pleurnicher et se plaindre, celle-ci supporta les épreuves de manière stoïque, allant même jusqu'à s'occuper de son cheval. Elle le nourrit, le brossa, l'emmena boire, et fut ravie lorsqu'elle découvrit des baies à lui donner. Cette femme aux cheveux emmêlés, aux vêtements maculés de poussière, était si différente de la jeune fille en robe de bal qu'il avait vue pour la première fois dans la galerie de Norwood Park qu'Arran la reconnaissait à peine.

Elle était en train de devenir le genre de femme qu'il avait toujours rêvé d'épouser. Séduisante, élégante, mais aussi forte et courageuse. Tout en l'observant qui chevauchait son poney, il ne pouvait s'empêcher de se demander si ce voyage allait marquer la fin de leur histoire.

Il lui semblait pourtant qu'un chapitre restait à écrire.

Mais peut-être se berçait-il d'illusions.

À quelques heures de Norwood Park, ils firent halte dans une auberge pour la nuit. Arran demanda qu'on fasse monter une baignoire — cela lui coûta une fortune mais il s'en moquait. Margot, ravie, se déshabilla et se laissa glisser dans l'eau fumante.

— Oh ! Mon Dieu, soupira-t-elle en fermant les yeux, la tête reposant contre le bord de la baignoire. C'est le paradis, Arran.

— Voulez-vous que je vous lave les cheveux ?

— Oh ! S'il vous plaît.

Il prit une cruche et versa de l'eau sur ses tresses.

Elle ferma les yeux de nouveau, et ses cils sombres se déployèrent sur sa peau rosie par le soleil après leur voyage.

— Croyez-vous que Roger ait assez à manger ? demanda-t-elle en promenant distraitement les doigts à la surface de l'eau.

— Roger ?

— Mon poney.

— Vous lui avez donné un nom ?

— Bien sûr ! Je n'ai eu de relations aussi intimes qu'avec un seul autre être dans ma vie, par conséquent il m'a semblé approprié de l'appeler par son nom.

Elle ouvrit un œil et lui sourit.

Arran se mit à lui laver les cheveux.

— Et quel nom Roger vous a-t-il donné ?

— Lourde.

Elle éclata de rire.

— Savez-vous ce que je pense, Arran ? Je regrette de ne pas avoir appris plus tôt à monter à califourchon. C'est très libérateur de ne pas se soucier des règles ou des attentes d'autrui quant à la manière de s'asseoir ou de s'habiller. Jamais je n'ai eu ce genre de liberté en Angleterre. Mais en Écosse, personne ne semble scandalisé de voir une femme faire ce qui lui plaît. Toutes ces allées et venues à Balhaire — savez-vous que personne n'a essayé de m'empêcher de sortir ? Je croyais que les gens me détestaient et que peu leur importait que je sois attaquée par des bandits, mais maintenant je pense que c'est parce que tout le monde est… libre.

— Il y avait peut-être un peu des deux, répondit Arran après réflexion.

Margot rit et l'éclaboussa, espiègle.

— Redressez-vous, dit-il.

Elle obéit, ramenant les genoux contre sa poitrine tandis qu'il lui rinçait les cheveux.

— À vous, maintenant. Je peux vous raser si vous voulez.

Arran posa cuir et rasoir sur un tabouret, se dévêtit et la rejoignit, éclaboussant le plancher en tentant de caser sa silhouette imposante dans la petite baignoire. Margot dut s'installer à califourchon sur lui.

Il mit les mains sur ses hanches tandis qu'elle lui savonnait le visage, puis se penchait pour lui raser la barbe.

— Vous souvenez-vous de la première fois que j'ai essayé de vous raser les favoris ? demanda-t-elle.

— Comment pourrais-je l'oublier ? Vous avez failli me trancher la gorge.

— Vous vous agitiez tellement ! Vous ne pouviez pas tenir en place.

— C'est parce que vous étiez trop timide, Margot. Vous ne vous serviez pas du rasoir comme il le fallait.

Il imita sa technique, Margot gloussa, et le rasoir glissa un peu.

— C'était un accident, dit-elle sur un ton solennel, avant de glousser de nouveau.

Il observa sa femme, la moue dessinée par ses lèvres, son front plissé par la concentration.

Elle lui lança un regard en biais.

— Que se serait-il passé si j'étais restée à Balhaire ? Aurions-nous pu nous entendre, à votre avis ?

— J'aime à penser que nous aurions surmonté nos différences, *aye*.

— Vous voulez dire que *j'aurais* peut-être surmonté *mes* différences.

Il sourit.

— Et vous, Laird Mackenzie ? Vous n'étiez pas si content de moi, souvenez-vous.

— J'avais envie de vous administrer une bonne fessée, avoua-t-il.

Elle gloussa de nouveau, écartant les cheveux mouillés qui tombaient sur le visage d'Arran. Elle était si jolie quand elle souriait. Ses yeux pétillaient, tout son visage semblait s'illuminer.

— *Aye*, mais j'étais ensorcelé, grommela-t-il alors qu'elle se laissait aller contre son torse. L'erreur que j'ai faite a été de penser que vous l'étiez un peu aussi.

— Certains tombent amoureux très vite, tandis que d'autres atterrissent plus doucement. Vous m'intriguiez, mais j'étais si intimidée. Je n'étais quasiment jamais sortie de Norwood Park.

— Peu importe à présent — regardez-vous, *leannan*. Vous n'avez plus peur de rien, *aye* ?

Margot se pencha et l'embrassa.

— Quel chemin nous avons accompli, mon lord de mari.

Aye, quel chemin, en effet. Pourtant, un malaise persistait en Arran, causé par un vestige de méfiance à l'égard de sa femme. Qu'allait-il se passer à Norwood Park ? Si par miracle il survivait, Margot retournerait-elle à Balhaire avec lui ? Ou resterait-elle en Angleterre, à ses bals, ses tables de jeu et ses admirateurs masculins ?

Et si elle retournait à Balhaire, apprendrait-il jamais à lui faire de nouveau confiance ? Il voulait des enfants, des rires, une épouse auprès de qui vieillir. Il ne voulait pas vivre dans l'incertitude, en se demandant constamment si elle allait repartir ou si elle complotait contre lui.

— À quoi pensez-vous ?

— Je pensais que, lorsque votre père est venu me faire sa proposition, j'étais un jeune homme qui avait beaucoup de rêves. Je cherchais des moyens de faire prospérer Balhaire, pour mon clan. Je ne pouvais accomplir tout cela sans me marier, sans avoir un héritier. Cette union semblait idéale — elle m'apportait des terres en Angleterre, une femme avec qui avoir des fils.

— C'est en général le but d'un mariage, commenta-t-elle d'un air distrait en passant les doigts dans les cheveux humides d'Arran.

— *Aye*… Et puis je vous ai vue, Margot, dit-il en lui effleurant la joue de sa main calleuse. Je vous ai vue sur la galerie à Norwood Park, et à partir de ce moment-là, ma vie n'a plus jamais pu être la même.

— Oh ! Arran, dit-elle en un soupir.

Il l'embrassa alors, et puis se leva et enjamba le bord de la baignoire, avec Margot dans ses bras. Il la déposa sur le vieux lit qui grinça sous leur poids. Il ne voulait plus réfléchir. Il ne voulait pas savoir ce qui se passerait le lendemain lorsqu'ils entreraient à Norwood Park, qu'ils seraient entourés de cette éblouissante opulence.

Une certitude le hantait néanmoins, alors qu'il couvrait le corps humide de Margot de baisers, le long d'une délicieuse ligne qui descendait sur son ventre et entre ses cuisses : quoi qu'il arrive entre eux, il n'y aurait jamais d'autre femme dans sa vie.

Chapitre 19

Le lendemain matin, Margot s'éveilla avant Arran, avant même le lever du jour. Elle s'assit sur le bord du lit et remonta les genoux contre sa poitrine. Elle n'avait pas bien dormi, ses rêves troublés par des pensées dérangeantes. Dans l'un d'eux, son père se mettait en colère contre elle pour avoir amené Arran à Norwood. Dans un autre, son père, ses frères, Arran et elle devaient s'enfuir, tous menacés par une mystérieuse force maléfique.

Ces cauchemars lui avaient laissé une sensation de malaise. Celle-ci se dissipa à mesure que la clarté revenait dans son esprit. Bien sûr que son père allait les aider ! Il l'avait engendrée, l'avait élevée, lui avait offert une existence privilégiée. Il ne l'abandonnerait pas.

Margot se mit à farfouiller dans sa garde-robe.

— Que faites-vous ? demanda Arran d'une voix ensommeillée.

Elle lui sourit par-dessus son épaule.

— Nous allons à Norwood Park aujourd'hui. Il faut que je m'habille convenablement.

Lorsqu'elle fut vêtue et qu'elle eut épinglé ses cheveux de son mieux, elle se tourna vers lui.

— Eh bien, fais-je une épouse de laird convaincante ?

Arran — maintenant en pantalon et veste d'un noir de jais — laissa son regard s'attarder sur elle. Comme s'il gravait cette image dans sa mémoire.

— *Aye*, tout à fait convaincante.

Elle pressa une main sur son torse et se hissa sur la pointe des pieds pour l'embrasser. Des rides d'inquiétude soulignaient les yeux d'Arran.

— N'ayez aucune crainte, Arran. Je connais mon père.

Il se détourna.

— Ce n'est pas lui qui m'inquiète en ce moment.

Margot ne sut ce qu'il voulait dire par là. Et elle ne l'interrogea pas.

La dernière partie du trajet se révéla pénible. À cause de sa robe, Margot devait monter en amazone, et avait du mal à garder l'équilibre. Enfin, ils traversèrent des bois qui lui parurent familiers. Ils passèrent devant des cottages de métayers, des volutes de fumée s'élevant au-dessus des toits. Des vaches et des moutons paissaient dans les champs. Elle aperçut le clocher de l'église, et au loin, dans la vallée, à travers les arbres, les hautes cheminées de Norwood Park.

À l'approche des grilles, Arran ralentit. Il s'adressa à ses hommes dans leur langue natale, à voix basse, et ses paroles semblèrent éveiller une certaine résistance. Ben Mackenzie, en particulier, tenta de discuter. Finalement, trois d'entre eux firent demi-tour, et le dernier précéda Arran et Margot dans le parc.

— Où vont-ils ? s'étonna Margot alors que les hommes s'éloignaient.

— Ils vont rester à l'écart pour le moment. Si nécessaire, ils porteront un message à Balhaire.

Margot émit un petit claquement de la langue.

— Vous êtes trop prudent. Vous verrez — nous les inviterons à dîner.

Elle éperonna son cheval, pressant l'allure pour qu'Arran ne soupçonne pas que son cœur cognait tant elle était anxieuse, en proie à de minuscules germes de doute. *Et si elle se trompait ?*

Ils empruntèrent l'allée ombragée par les énormes sycomores et bordée de haies taillées avec soin, de jardins qui regorgeaient de fleurs. Ils contournèrent la grande fontaine dans l'espace dégagé devant le château, et à cet instant, la porte s'ouvrit et deux valets de pied en livrée se hâtèrent vers eux pour les aider à mettre pied à terre. L'un d'eux était muni d'une marche pour faciliter la tâche à Margot.

— Bienvenue à la maison, milady.

— Merci, John, répondit-elle, soudain enchantée d'être là.

Elle se tourna vers Arran. Il tendit sa cravache au valet et offrit son bras à Margot afin de l'escorter en bonne et due forme à l'intérieur.

— Lady Mackenzie, vous êtes la bienvenue, déclara Quint en s'avançant vers eux. Nous ne vous attendions pas.

Margot était si heureuse de voir le vieil homme qu'elle réprima l'envie de l'embrasser.

— Merci, Quint.

— Bienvenue, milord, dit le majordome à Arran.

Celui-ci répondit d'un signe de tête.

— Dois-je faire monter vos bagages ?

— S'il vous plaît. Dans la suite verte, si possible. J'ai toujours admiré la vue dont elle jouit.

— Bien, madame.

Quint s'effaça pour les laisser entrer dans le hall. Margot marqua une pause en son centre, promenant son regard sur le carrelage en marbre et le haut plafond décoré de fresques. La rampe d'escalier, astiquée avec un soin méticuleux, reflétait l'immense lustre en cristal au-dessus d'elle. C'était un univers aux antipodes de celui de Balhaire, un monde de luxe et de sophistication.

— Mon père est-il à la maison ? demanda-t-elle en tendant au majordome ses gants maculés de poussière.

Quint les regarda une seconde de plus que nécessaire, se demandant sans doute pourquoi elle ne les avait pas fait nettoyer correctement.

— Lord Norwood et Maître Bryce sont allés rendre visite à Mrs Sumpter, qui est souffrante. Je vais envoyer un messager leur annoncer votre arrivée.

— Merci. Et Knox ? Est-il ici aujourd'hui ?

— Je suis désolé, madame. Je ne saurais le dire. Je ne l'ai pas vu depuis hier matin. Dois-je vous faire servir du thé ?

— S'il vous plaît.

Quint s'inclina et se dirigea vers un couloir.

— Pardon, intervint Arran.

Quint se retourna.

— Milord ?

— Pouvez-vous m'indiquer où trouver Dermid Mackenzie ? Il a été un fréquent visiteur ici pendant un temps, *aye* ?

Quint dévisagea Arran d'un air étrange, comme s'il pensait que ce dernier aurait dû connaître la réponse à cette question.

— Je ne saurais le dire, milord, non.

— Mais vous pouvez lui remettre un message, n'est-ce pas ? demanda Margot. Lorsqu'il viendra…

— Il a quitté Norwood Park, madame.

— A-t-il dit où il allait ? insista Arran, l'air soucieux.

— Pas à moi, milord. J'avais supposé qu'il était retourné en Écosse. Il est parti depuis un certain temps.

— Nous nous renseignerons auprès de père à son retour. Merci, Quint.

Celui-ci s'inclina de nouveau et repartit. Arran le suivit des yeux, la mâchoire crispée.

— Ne vous inquiétez pas, Arran. Dermid Mackenzie sera parti à ma recherche, voilà tout. Il n'y a rien de suspect là-dedans. Venez, ajouta Margot en lui prenant la main. Je veux vous montrer quelque chose.

Elle lui fit traverser l'imposante demeure et ils ressortirent sur la terrasse à l'arrière. Une volée de marches menait au jardin, derrière lequel s'étendait une vaste pelouse. Margot tourna à droite à la fontaine et le conduisit dans une allée bordée de rosiers plus hauts qu'elle. Lorsqu'elle atteignit un mur en pierre couvert de lierre, elle lâcha la main d'Arran.

— Qu'y a-t-il ?

Margot tâtonna à la recherche d'un petit loquet. Il était rouillé et résista tout d'abord, mais elle parvint enfin à le soulever et poussa la porte cachée. Celle-ci grinça bruyamment sur ses gonds tandis que Margot arrachait à la main des branches de lierre pour l'ouvrir plus grand.

Arran regarda avec curiosité par l'entrebâillement.

— Venez, dit Margot en se faufilant à l'intérieur du jardin secret que son père avait conçu pour elle bien des années auparavant.

Il était à l'abandon désormais. Les rosiers grimpaient follement sur le mur, une baignoire à oiseaux avait été renversée, des tiges de lierre grosses comme le doigt couraient sur les parterres surélevés. Cependant, la balançoire était toujours accrochée à un arbre, la table et les chaises d'enfant trônaient toujours au milieu du jardin. Sous la table se trouvait la petite carriole qu'elle attachait à son épagneul. Le chien la tirait derrière lui dans l'allée, pour le plus grand bonheur de Margot.

Arran la rejoignit.

— Où sommes-nous ?

— Dans mon jardin secret.

Elle sourit aux souvenirs qu'elle avait de ce lieu. Aux heures qu'elle avait passées à jouer là avec Knox pendant que leur gouvernante sommeillait dans le coin.

— Papa l'a créé pour moi quand j'étais toute petite. N'est-il pas ravissant ?

— *Aye*.

Il s'accroupit et ramassa quelque chose par terre. Il l'examina et le tendit à Margot. C'était un soldat de plomb, pas plus gros qu'un gland.

— C'était à Knox ! s'écria-t-elle en le prenant.

— *Aye*, c'est ravissant, Margot. Maintenant que nous l'avons vu, nous devrions retourner…

— Je voulais vous le montrer pour que vous compreniez, coupa-t-elle.

— Que je comprenne quoi ?

— Qu'un père qui avait tant d'affection pour sa fille toute petite qu'il a conçu cet endroit spécial pour elle ne pourrait pas la trahir. C'est impossible.

Le regard d'Arran parcourut les alentours avant de revenir se poser sur elle. Il lui captura la main.

— Nous devons retourner à la maison à présent, *aye* ?

Il ne la croyait toujours pas.

De retour à l'intérieur, ils s'installèrent, comme s'ils étaient revenus d'un grand voyage et qu'ils avaient l'intention de rester quelque temps. Ils venaient de s'asseoir pour prendre le thé — ou plutôt, Margot était assise et Arran guettait à la fenêtre — quand son père entra dans la pièce, les bras grands ouverts.

— Margot, ma chérie ! s'écria-t-il avec chaleur.

Il l'étreignit, l'embrassa sur les joues, puis la regarda avant de l'étreindre de nouveau.

— Je n'arrive pas à croire ma chance ! Je ne m'attendais pas à revoir ma fille adorée avant longtemps.

Margot rit de plaisir. Bryce entra à son tour, visiblement moins ravi par son apparition.

— Je suis si heureuse de vous revoir, papa ! Et toi, Bryce, ajouta-t-elle en lui tendant sa joue.

— Ah ! Notre Écossais préféré, commenta son père, avant d'embrasser Arran comme s'il était son propre fils.

Margot était immensément soulagée. Les infimes doutes qu'elle avait eus s'évanouirent. Elle avait eu raison : son père n'avait pas conspiré contre Arran.

— Voilà une agréable surprise, déclara son père. Nous avons tant de choses à nous dire. Mais d'abord, préparons-nous pour le dîner. Lorsque j'ai appris ton retour, Margot, j'ai immédiatement envoyé un messager inviter Lynetta et sa famille à se joindre à nous ce soir.

— Oh !

Margot était décontenancée. Elle ne s'était pas attendue à recevoir des invités. Ils venaient tout juste d'arriver. Cela semblait trop rapide.

— Où est Knox ?

— Knox ? Malheureusement, il est absent en ce moment, répondit son père avec une grimace. Maintenant, va te reposer et t'habiller pour le dîner. Je vais parler avec ton mari.

Margot regarda Arran.

— Mais ne devrais-je pas rester…

— Pas à moins que tu aies envie d'entendre des discussions assommantes. Je te l'envoie tout de suite, coupa son père en lui pressant les épaules.

Il lui ouvrit la porte. Margot hésita.

— C'est bien, ma fille, dit-il avec un regard éloquent.

Elle était congédiée. Elle jeta un coup d'œil en direction d'Arran, qui hocha presque imperceptiblement la tête, si bien qu'elle sortit.

La porte se referma aussitôt derrière elle.

Margot attendit Arran dans leur suite. Dix minutes s'écoulèrent avant qu'il arrive, mais elle eut l'impression d'avoir fait les cent pas pendant une heure, et elle fut surprise par l'énorme bouffée de soulagement qui la submergea lorsqu'il franchit enfin le seuil. Elle se jeta dans ses bras, presque pour s'assurer qu'il était bien là.

— Calmez-vous, Margot, *aye* ? Tout va bien, dit-il en posant les mains sur sa taille.

— Que s'est-il passé ? Que voulait-il ?

Arran haussa les épaules.

— Il m'a posé des questions au sujet de Balhaire, du commerce, du nombre de Mackenzie qui vivent du domaine. Il a parlé de Norwood Park et de ses projets pour les terres qui me reviennent.

— Lui avez-vous parlé de Thomas Dunn ?

Arran secoua la tête.

— J'aimerais attendre d'être seul avec lui. Votre frère… ne m'apprécie pas, c'est une évidence. Je crois qu'il est préférable que le lord et moi ayons cette conversation en tête à tête.

— Bryce n'aime que lui-même, je pense, commenta Margot d'un air distrait.

Arran retira son manteau.

— Les gens commencent à arriver. Vous devriez aller les accueillir.

— Pas sans vous.

Elle attendit qu'Arran se prépare, et ils descendirent ensemble. Mais dès qu'elle vit Lynetta Beauly, elle serra son amie dans ses bras, oubliant son mari.

Ce furent de joyeuses retrouvailles. Margot fut assise entre Arran et Lynetta au dîner. Le vin coulait à flots, les conversations allaient bon train. Il y eut des rires, on porta des toasts. Arran lui-même parut se détendre un peu lorsque Mr Beauly engagea la conversation.

Lynetta parla avec force détails des préparatifs de son mariage qui approchait, et quand ce sujet fut épuisé, elle entreprit de relater à Margot tous les potins de la région. Mr Franklin Carvey tenait Miss Viola Darfield en haute estime, mais Mr *James* Carvey se trouvait dans l'impossibilité de régler ses dettes et son père cherchait à lui obtenir une commission militaire.

— Il est étonnant qu'il lui ait fallu si longtemps pour s'apercevoir de ses dettes, marmonna Margot, se penchant vers la droite tandis que Quint remplissait son verre.

Lynetta se mit à rire.

— Vous souvenez-vous d'avoir gagné dix livres au jeu contre lui ? J'étais très contente. Il paraissait si orgueilleux, si sûr de son talent. Oh ! Margot, c'était si amusant ! Et vous, qui taquiniez toujours ce malheureux. Comme vous me manquez !

Margot se força à sourire. Tout cela lui semblait si frivole désormais, ce badinage, ces parties de cartes. À l'époque, rien ne l'intéressait hormis son petit cercle de relations. Quelle vie superficielle elle avait menée !

Elle regarda Arran à la dérobée, qui écoutait poliment Mr Beauly. Elle songea à Balhaire, à son clan, aux devoirs et aux responsabilités qu'il assumait pour veiller à la prospérité des Mackenzie. Comment pouvait-il supporter une épouse comme elle ? Comment avait-elle pu préférer ceci — cette existence si inconséquente ? Elle eut étrangement honte d'elle-même.

— Vous ne pouvez détacher votre regard de lui, gloussa Lynetta, en donnant un coup de coude à Margot. Je vous comprends. Il est plutôt… robuste. Pourquoi les gentlemen du Sud manquent-ils à ce point de santé et de vigueur ? Je n'ai jamais vu de gentleman aussi viril que votre mari. Je ne peux même pas en dire autant de mon fiancé, Mr Fitzgerald.

— Si mes souvenirs sont bons, vous sembliez trouver Mr Dermid Mackenzie très… viril, fit observer Margot sur un ton taquin.

— Pourquoi diable songez-vous à lui ? se récria Lynetta, consternée. C'est un voleur !

Quelque chose se tordit au creux du ventre de Margot.

— Je vous demande pardon ?

— N'êtes-vous pas au courant ? chuchota Lynetta. Il a été arrêté peu après votre départ. On a raconté qu'il avait volé Lord Norwood.

— C'est impossible, murmura Margot, l'estomac noué. Je suis sûre que j'en aurais entendu parler.

Elle n'avait jamais prêté beaucoup d'attention à Dermid Mackenzie, d'autant moins qu'il avait pour mission de la surveiller — mais il s'était toujours montré poli et respectueux. Elle ne croyait pas qu'il ait dérobé quoi que ce soit — les hommes d'Arran n'étaient pas des voleurs.

— Qui l'a accusé ?

Lynetta haussa les épaules.

— Je ne sais pas. On dit qu'il a pris quelque chose de grande valeur et qu'il a été emmené les fers aux pieds.

Une vague de nausées envahit Margot.

— Qu'y a-t-il ? demanda Lynetta. Vous n'avez pas l'air bien.

— Ce n'est rien. La perdrix, sans doute, répondit-elle en se pressant une main sur le ventre. Où l'a-t-on emmené ?

— Oh ! Je n'en ai pas la moindre idée.

— Mais…

— Mesdames, intervint son père, interrompant leur conversation. Je propose que nous nous retirions tous au salon. Margot, ma chérie, je crains de n'avoir vanté tes talents de musicienne. Aurais-tu la gentillesse de nous jouer quelque chose ? Peut-être Miss Beauly t'accompagnera-t-elle de sa voix angélique ?

Margot regarda Arran. Il sourit. Il ignorait ce qui était arrivé à Dermid.

Dans le salon, Margot s'assit au pianoforte, comme son père l'en avait priée, mais son jeu fut raide et Lynetta ne cessa de lui adresser des regards surpris. Margot n'y pouvait rien — elle était malade d'angoisse. Dermid Mackenzie avait été accusé à tort. Et pourquoi Quint n'en avait-il rien dit lorsqu'ils s'étaient enquis de lui ? Avait-il voulu épargner un embarras à Arran ? Ou pensait-il que c'était à son père de lui annoncer la nouvelle ? Et quand, au juste, ce dernier comptait-il révéler à Arran ce qui était arrivé à son envoyé ?

Son père paraissait jovial, tout à fait détendu. Il riait, plaisantait, versait du vin à chacun. Il ne ressemblait pas à un homme qui avait de mauvaises nouvelles à donner. Il paraissait content que sa fille soit revenue à la maison.

Peut-être Lynetta s'était-elle trompée.

Et pourtant, Margot ne pouvait se défaire de l'intuition que quelque chose n'allait pas du tout.

Lorsque la chanson se termina, Mrs Beauly et son mari se levèrent pour se produire à leur tour. Soulagée, Margot reprit sa place à côté de Lynetta, Arran debout derrière elle. Sa présence la réconfortait, mais son expression était indéchiffrable. Elle soupçonnait que la soirée l'ennuyait à mourir, et, à dire vrai, elle sentait le sommeil la gagner aussi. Elle avait bu plus de vin que d'ordinaire et ses pensées retournaient constamment à Balhaire, à ces soirées de musique entraînante et de danses effrénées, infiniment plus distrayantes que ces numéros guindés. Elle eut soudain envie que tous se lèvent et dansent. Elle imagina Bryce sautillant au son d'une gigue écossaise et ne put réprimer un sourire. Il détesterait cela !

Elle avait souvent l'impression qu'il la méprisait.

Mais pourquoi aurait-ce été le cas ? Elle était par trop soupçonneuse. Ce voyage en Angleterre, ses craintes et ses doutes, tout cela commençait à peser sur elle. Elle avait du mal à garder les yeux ouverts.

Il était 1 h 30 quand les Beauly prirent congé. Margot serra étroitement Lynetta dans ses bras.

— Vous serez toujours la bienvenue où que je sois, Lynetta.

Son amie gloussa.

— Je sais bien, Margot. Que vous êtes bête ! Vous avez l'air complètement épuisée, ma chérie — vous devriez vraiment aller vous coucher.

Les deux jeunes femmes s'embrassèrent, puis Margot se tint sur le perron de Norwood Park comme elle l'avait fait des centaines de fois par le passé, adressant des signes d'adieu à leurs invités. Arran se tenait près d'elle, une main dans le creux de son dos. Son père et son frère, quelques marches plus bas, s'entretenaient à voix basse.

Margot prit la main d'Arran.

— Je suis si lasse que je peux à peine marcher. Allons-nous nous retirer ?

— Allez-y, *leannan*.

Il l'attira plus près et lui déposa un baiser sur la tempe.

— Je veux dire quelques mots à votre père.

— Mais j'ai beaucoup de choses à vous dire. Et il est si tard !

— *Aye*, c'est vrai. Allez vous coucher. Je vous réveillerai quand je viendrai au lit.

Margot était trop exténuée pour protester. Elle souhaita bonne nuit et monta l'escalier pour regagner la suite verte, avec sa vue du lac et des collines du nord de l'Angleterre.

Elle se déshabilla, se brossa les cheveux et se glissa dans le lit à baldaquin, soupirant d'aise alors qu'elle s'enfonçait dans le matelas de plumes. Ses paupières étaient lourdes mais elle était résolue à attendre Arran. Elle lui dirait :

— Là, vous voyez ? Personne ici ne vous veut de mal.

Et il répondrait :

— Vous aviez raison depuis le début, *mo gradh*.

Elle lui dirait :

— Dermid a été arrêté.

Et il répondrait :

— *Aye*, votre père me l'a dit mais je n'ai pas voulu vous inquiéter.

Elle entendait presque sa voix lui dire ces mots avec son accent chantant, le sentait presque se faufiler à côté d'elle pour lui tenir chaud. *Demain*, songea-t-elle. Demain, demain, ils aviseraient.

C'était un rêve délicieux. Le rêve d'une jeune femme naïve.

Car Arran ne vint jamais se coucher.

Chapitre 20

Margot dormit d'un sommeil de plomb, le genre de sommeil dont on peine à émerger. Alors que les rayons du soleil commençaient à filtrer dans son subconscient, elle se réveilla en sursaut et se redressa. Si le soleil brillait, le jour était levé depuis longtemps. Elle n'avait pas eu l'intention de dormir aussi tard.

Elle regarda autour d'elle et ne vit aucun signe de son mari. Peut-être s'était-il perdu dans la maison obscure la veille au soir et avait-il trouvé une autre chambre.

Elle se leva et fit sa toilette en hâte. Il n'y avait pas de femme de chambre pour l'aider, de sorte qu'elle dut fouiller dans une malle qu'elle avait laissée là pour trouver une robe convenable. Elle l'enfila et descendit prendre son petit déjeuner sans perdre du temps à se coiffer.

Quint et un valet étaient en train de débarrasser le buffet. Margot regarda l'horloge — il était 10 h 30 !

— Où est tout le monde ? demanda-t-elle.

— Les gentlemen sont allés à Fonteneau, madame.

— Fonteneau, répéta-t-elle, perplexe, fronçant les sourcils.

Fonteneau était une ancienne abbaye fortifiée, un endroit qu'elle avait fréquenté enfant. Elle se rappelait qu'il y avait des jardins, et des clochers élancés, au sommet desquels nichaient des oiseaux. C'était un lieu lugubre, mais depuis que l'ancien vicomte de Fonteneau, Lord Granbury, était tombé malade, il s'était délabré encore davantage. Granbury avait un fils, Lord Putnam, qui, d'après ce que Margot avait entendu dire, avait perdu une fortune à Londres.

— Pourquoi Fonteneau ?

— Lord Norwood ne l'a pas dit, madame.

— Mon mari aussi ?

— Oui, madame.

Quand étaient-ils partis ? Ce matin ? Durant la nuit ? Pourquoi Arran ne l'avait-il pas réveillée pour l'avertir ?

— Ils n'ont pas laissé de mot à mon intention ?

— À ma connaissance, Lord Norwood n'a pas laissé de message. Dois-je vous préparer du chocolat chaud ?

— Non, merci, répondit-elle, la tête ailleurs.

Son imagination lui jouait-elle des tours ou Quint s'était-il dépêché de s'esquiver ?

À mesure que les heures s'écoulaient, Margot sentait son cœur s'alourdir. Elle passa la journée à la fenêtre, guettant le retour de son mari ou de son père, ou l'arrivée d'un messager qui lui dirait quand ils reviendraient. Elle s'efforça de se remémorer la distance qui les séparait de Fonteneau. Combien de temps fallait-il pour y aller ? Cinq heures ? Allaient-ils devoir passer la nuit dans cette horrible abbaye aux murailles épaisses, aux fenêtres qui laissaient passer les courants d'air ? Pour quelle raison Arran et son père s'étaient-ils rendus là-bas ? Cela n'avait aucun sens.

À la tombée de la nuit, personne n'était revenu. Malade d'inquiétude, Margot partit à la recherche de Quint.

— Je veux un messager, déclara-t-elle lorsqu'elle le trouva en train de mettre le couvert dans la salle à manger.

— Tout de suite, madame. Dois-je l'envoyer au salon ?

— Oui.

Elle alla patienter dans le salon. Quelques instants plus tard, un jeune valet apparut.

— Restez ici, ordonna-t-elle, redoutant qu'il ne disparaisse, lui aussi. Ne bougez pas un muscle pendant que j'écris cette missive.

Elle avait trouvé du papier et une plume et ne griffonna que quelques mots. « Le laird a été emmené à Fonteneau. » Elle ne signa pas. Ce n'était pas nécessaire. Elle espérait seulement que les hommes à qui le message était destiné comprenaient l'anglais. Elle agita le papier pour faire sécher l'encre, puis le plia avec soin.

— Emportez ceci au village, ordonna-t-elle à voix basse.

Elle jeta un coup d'œil autour d'elle, ne sachant si quelqu'un l'écoutait. La peur montait en elle, s'insinuait dans ses veines. Il s'était passé quelque chose de terrible, elle le sentait, et elle ne faisait confiance à personne.

— Il y a trois hommes là-bas, venus de Balhaire.

Le valet parut perplexe. Il était plus jeune qu'elle, les joues encore rosies par l'adolescence.

— Ils sont écossais, ajouta-t-elle. Donnez ceci à l'un d'eux. Peu importe lequel.

— Oui, milady.

Il glissa le message dans sa poche, s'inclina et fit mine de partir.

Margot lui prit le bras.

— Comment vous appelez-vous ?

— Stephen, madame. Stephen Jones.

— Vous ne devez pas revenir avant d'avoir donné ce message, est-ce compris, Stephen ? insista-t-elle en lui pressant le bras.

Si vous devez attendre toute la nuit, faites-le. Ne partez pas avant d'avoir remis cette note à un de ces hommes.

— Bien, milady.

Il écarquillait les yeux, sans doute surpris par le ton désespéré de sa voix.

— Je vous fais confiance, Stephen.

Elle eut soudain l'affreuse certitude que ce jeune homme était son seul espoir, et à sa consternation, des larmes lui jaillirent des yeux.

Le valet, au comble de l'embarras, se recula légèrement, comme s'il craignait que ces larmes ne soient contagieuses.

— Faites ce que je vous demande… S'il vous plaît, dit-elle en retirant sa main.

— Vous pouvez compter sur moi, milady.

— Merci, murmura-t-elle avec reconnaissance. Maintenant, allez-y, partez. Il n'y a pas de temps à perdre.

Stephen hocha la tête d'un geste bref et sortit.

Margot se remit à faire les cent pas, l'estomac noué, les pensées en proie à un tel tumulte qu'elle en avait mal à la tête. Son impuissance l'atterrait. Elle ne savait que faire. Comme toujours, depuis sa plus tendre enfance, elle dépendait entièrement des hommes.

Il faisait nuit pour de bon à présent, la pluie s'était mise à tomber, et toujours personne. Elle imagina une série d'hypothèses : ils avaient été capturés par des bandits de grand chemin. Ou Arran avait enlevé son père et son frère pour faire sortir Thomas Dunn de son repaire. Ou son père avait enlevé Arran. Mais pourquoi diable étaient-ils allés à *Fonteneau* ?

À 9 heures passées, Quint vint la trouver et l'encouragea à manger un peu.

— J'en serais incapable, répondit-elle, balayant sa suggestion d'un geste. Avons-nous des nouvelles ?

— Non, madame, dit-il en lui adressant un sourire empreint de pitié qui donna à Margot une brusque envie de le haïr.

— Où est Knox ?

Quint hésita. Le sommet de son crâne dégarni semblait luire plus qu'à l'accoutumée.

— Je ne saurais l'affirmer avec certitude, dit-il avec prudence, mais je crois que votre frère a pris pension au village.

— Au village ? répéta Margot. Pourquoi ? S'est-il querellé avec Bryce ?

Ce n'aurait pas été la première fois…

La couleur monta aux joues de Quint.

— Je présume, madame, qu'il désirait être plus proche de l'objet de son estime.

Il arqua légèrement un sourcil.

— De son *quoi* ?

Quint pinça des lèvres et ne répondit pas.

Margot réfléchit un instant — et comprit.

— Oh ! Je vois… Si des nouvelles vous parviennent, venez m'avertir tout de suite, je vous prie.

— Naturellement.

Quint ne revint pas.

Ni son père ni Arran ne reparurent à Norwood Park. Vers 1 heure du matin, Margot, épuisée, alla se coucher, mais dormit d'un sommeil tourmenté.

Jamais Arran ne serait parti ainsi, sans un mot, sans une explication. Pourtant, c'était précisément ainsi qu'elle s'était conduite avec lui. Elle méprisait la jeune fille qu'elle avait été. La honte se combinait à l'angoisse pour rendre Margot plus malade encore. Elle serait anéantie si elle n'avait jamais la possibilité de se racheter auprès de lui. Elle tira de sa poche la lettre qu'il lui avait écrite et la relut :

Le début et la fin de mon univers…

Pour la énième fois, elle se posa la même question : pourquoi Fonteneau ?

Le lendemain matin, Margot se força à manger une tartine. Elle put à peine y parvenir, tant elle avait l'estomac barbouillé, mais elle avait besoin de garder ses forces. De quelle utilité pourrait-elle être à Arran si elle perdait connaissance parce qu'elle avait faim ?

Stephen la trouva dans la salle à manger. Il souriait.

— Je vous demande pardon de vous déranger, madame, mais j'ai pu remettre votre message.

Margot étouffa un cri.

— Que vous a-t-on dit ?

Stephen cilla.

— Devais-je vous apporter une réponse ?

Elle soupira.

— Non, Stephen, merci, murmura-t-elle, lui tapotant l'épaule comme si elle était sa grand-mère.

Au début de l'après-midi, Margot avait sombré dans un désespoir tel qu'elle redoutait de perdre l'esprit. Elle avait l'impression de traverser un cauchemar dont elle ne sortirait jamais. Elle parvint à absorber quelques bouchées de nourriture et puis recommença à faire les cent pas.

Soudain, elle vit par la fenêtre des cavaliers qui approchaient.

Son père.

Margot se rua vers le vestibule et arriva au même moment que son père, lequel appela Quint d'une voix forte.

Elle courut à lui et le serra contre elle, soulagée.

— J'étais folle d'inquiétude, papa. Pourquoi êtes-vous allé à Fonteneau ? demanda-t-elle en regardant autour d'elle. Où est Arran ?

— Il est resté à Fonteneau. Écarte-toi, Margot. Je ne peux pas donner mes gants à Quint si tu restes plantée là, dit-il en la poussant.

— Pourquoi Arran est-il resté là-bas ? demanda-t-elle, submergée par la panique. Vous n'avez laissé aucun message, aucune explication…

— Margot, je t'en prie. Je suis épuisé, dit son père avec dédain. Je dois m'asseoir et réfléchir avant que tu commences à me bombarder de questions. Nous parlerons plus tard.

Il passa sans ménagement à côté d'elle, se dirigeant à grands pas vers son cabinet de travail, Quint sur ses talons.

Margot resta clouée sur place, abasourdie. Si abasourdie qu'elle remarqua à peine Bryce qui entrait à son tour et suivait leur père, lui accordant tout juste un regard au passage.

Comment osaient-ils ? Ils étaient partis avec son mari et rentraient sans lui, et voilà qu'ils la traitaient comme si elle était un simple meuble. Une bouffée de colère succéda à la stupeur. La fureur prit le pas sur la fatigue, sur l'angoisse.

Elle refusait d'être traitée ainsi.

Elle gagna au pas de charge le bureau de son père. Elle ne s'arrêta pas devant la porte close — oh ! Non — elle la poussa de toutes ses forces et entra.

— Margot, pour l'amour du ciel ! s'écria son père, sidéré.

— Où est mon mari, papa ? Pourquoi a-t-il quitté Norwood Park et pourquoi n'est-il pas revenu ?

Le visage de son père s'assombrit.

— Je ne tolérerais pas que tu me parles sur ce ton…

— Dites-moi où il est ! le coupa-t-elle, cassante.

— Je vais te dire où il est, riposta-t-il, furieux. Enchaîné dans une cellule, là où est sa place.

Une fraction de seconde, Margot crut avoir mal entendu. Mais le détachement qu'elle lisait sur les traits de son père lui fit l'effet d'une gifle la ramenant à la réalité. Elle s'agrippa au dossier d'une chaise.

— Que… Qu'avez-vous fait, papa ? bégaya-t-elle d'une voix tremblante. Nous sommes venus vous demander de l'aide. Nous sommes venus vous dire que Thomas Dunn…

— Je suis au courant ! l'interrompit-il sèchement. Espèce d'idiote. Croyais-tu que j'allais vous aider ? Thomas Dunn est en train de sombrer. Sais-tu ce qu'on fait avec un homme qui se noie ? On le repousse pour qu'il ne vous entraîne pas par le fond avec lui.

Margot retint un cri. Comment son propre père pouvait-il tenir des propos aussi vils ?

— Alors, vous l'avez laissé entraîner Arran par le fond avec lui ? demanda-t-elle, incrédule. Alors que vous deux, ensemble, pourriez faire en sorte que Dunn soit jugé ?

Son père ricana.

— Thomas Dunn est issu d'une famille noble et jouit des faveurs de la reine. Penses-tu que quiconque en Angleterre accorderait foi aux dires d'un rustre venu du fin fond de l'Écosse plutôt qu'à lui ? Dunn peut raconter tout ce qu'il veut sur Arran Mackenzie précisément parce qu'il est sûr que personne ne défendra ce dernier.

— Mais nous pouvons le défendre ! Vous, papa !

Il émit un bruit méprisant.

— C'est mon mari, ajouta-t-elle, d'une voix tremblante de fureur.

— Sur le papier seulement.

— Non ! C'est *mon mari*, papa !

— Quoi ? T'es-tu soudain découvert de tendres sentiments à son égard, Margot ? grogna son père. *Toi ?* Tu le méprises depuis le moment où je t'ai dit que ton devoir était de l'épouser. Tu l'as quitté. Tu as sangloté comme une enfant quand je t'ai annoncé que tu devais retourner en Écosse dans l'intérêt de ta famille. Et maintenant, tu voudrais nous faire croire que c'est ton cher mari ?

Il eut un geste d'indifférence.

— Tu as fait ce que je voulais que tu fasses. Maintenant, va organiser un bal ou une soirée. Joue si tu veux. Va à Londres, commande des robes pour la Saison — je me moque de ce que tu fais. Mais laisse-moi en paix — je suis fatigué.

Un étau comprimait la poitrine de Margot, le sang battait à ses oreilles, assourdissant. À tout moment, elle allait s'évanouir ou porter la main sur son père.

— Vous m'avez fort mal traitée, monsieur mon père, accusa-t-elle avec une rage impuissante.

— Oh ! Je t'en prie !

— C'est *vous* qui m'avez convaincue de l'épouser. Vous ne m'avez pas donné le choix. C'est *vous* qui m'avez convaincue de retourner à lui — pour sauver cette famille, selon vos dires ! Je vous ai obéi. J'ai fait de mon mieux pour réparer mon mariage. Et maintenant que j'y suis parvenue, vous vous débarrassez de mon époux comme d'un simple détritus, sans le moindre égard pour moi, votre fille unique !

Son père soupira et la toisa avec impatience, comme on regarde un enfant qui s'est mal conduit.

— Bien sûr que j'ai de l'affection pour toi, Margot. Mais parfois, nous devons faire des choses qui nous sont pénibles pour le bien de notre famille.

— Vraiment ? Et qu'avez-vous fait ? Qu'a fait Bryce ? Qui ici a fait quoi que ce soit pour le bien de la famille ? Je ne suis qu'un pion à vos yeux !

Le regard de son père devint aussi froid que la glace en hiver. À cet instant, Margot vit l'homme qu'il était réellement, et fut anéantie. Tout ce qu'elle pensait savoir, tout ce qu'elle pensait être, n'avait été que mensonges.

— Si tu le dis, lâcha-t-il.

— Margot, intervint Bryce.

Elle avait oublié jusqu'à sa présence, mais à présent il avait mis la main au creux de son dos.

— Viens, dit-il, en lui empoignant le bras, l'entraînant vers la porte.

Elle se laissa faire — elle était choquée, blessée, incapable de réfléchir. Elle ne pouvait davantage se résoudre à regarder son père, un homme qu'elle avait autrefois respecté. Qu'elle avait *cru*.

Une fois dans le vestibule, elle se dégagea d'un geste brusque.

— Ne cause pas d'ennuis, dit-il à voix basse.

— Quel genre d'homme es-tu donc pour laisser faire une chose pareille ? demanda-t-elle avec aigreur.

— Que veux-tu que nous fassions ? rétorqua-t-il calmement. Voudrais-tu que nous soyons tous exécutés ? Que nous perdions nos terres ? Tous nos biens ? Ou voudrais-tu que nous protégions un Écossais qui n'a rien ni personne pour le recommander ?

— Rien ni personne pour le recommander ? Il a plus d'honneur que n'importe quel homme dans cette maison ! Si nous pouvions confondre Thomas Dunn…

— Nous ne pouvons *pas*, coupa-t-il avec emphase. C'est

trop risqué. Dunn a des relations à Londres. C'est un proche de la reine. Il est impossible de…

Margot fit volte-face, prête à s'éloigner de lui, mais Bryce la retint fermement par le bras.

— Écoute-moi, Margot. Ne fais pas de vagues. Les choses tourneront mal pour toi si tu essaies.

Elle le foudroya du regard.

— Est-ce une menace ?

Bryce la lâcha et lui décocha un sourire narquois.

— Veux-tu te remarier ? Avec un homme de ton choix ? Je suggère que tu nous obéisses.

Ce qui restait du cœur de Margot vola en éclats. Qu'était-il arrivé aux siens ? Quand étaient-ils devenus ces hommes-là ? Avait-elle été à ce point absorbée par elle-même qu'elle n'avait su discerner leur bassesse ?

Pourtant, si choquée, si écœurée fût-elle, Margot comprit instinctivement qu'elle devait feindre de se soumettre.

— Très bien, dit-elle d'un ton sec, avant de s'éloigner à grands pas.

Dès qu'elle fut hors de vue, elle se mit à courir et se précipita dans sa suite, pour pouvoir hurler et sangloter dans son oreiller.

Ce qu'elle fit. Toutes les émotions accumulées au cours des vingt-quatre heures écoulées déferlèrent hors d'elle tel un raz-de-marée. Mais quand les cris cessèrent, elle avait pris une décision. Il y avait un homme sur cette terre dont elle avait besoin plus que de tout autre, et cet homme était Arran Mackenzie.

Seul Knox pouvait l'aider à le retrouver. Dieu lui vienne en aide si lui aussi était son ennemi !

Chapitre 21

Le ciel était encore sombre quand Margot se réveilla, après une nouvelle nuit de rêves tourmentés. Elle enfila une triste robe de mousseline marron et, assise sur une chaise face à la fenêtre, attendit que le jour se lève.

Pour ne pas céder au désespoir, elle laissa vagabonder ses pensées, se remémorant des moments passés avec Arran. Elle le revit le jour de leurs noces, si grand, si séduisant, si heureux. Elle songea à la manière dont il l'avait tenue dans ses bras lors de leur première nuit ensemble, comme si elle risquait de se briser. Aux choses qu'il disait pour la faire rire. Aux messages qu'il lui avait écrits et au soir où il lui avait avoué qu'il était tombé amoureux d'elle dès l'instant où il l'avait vue.

Elle relut sa lettre une fois encore.

Le début et la fin de mon univers…

Sa fin.

Elle replia le parchemin avec calme. Il était sali et usé à présent, aussi mou que du coton. Elle le remit dans sa poche. Elle était un fardeau pour son mari depuis trop longtemps. C'en était terminé.

Lorsque le soleil apparut au-dessus de la cime des arbres, Margot descendit à la salle à manger, s'arrêtant à la porte pour se plaquer un sourire sur le visage. Lorsqu'elle pensa avoir réussi, elle entra.

Son père était à table et se beurrait une tartine.

— Bonjour, dit-elle gaiement.

Elle ne l'embrassa pas, cependant. Elle alla directement au buffet.

— Bonjour, répondit-il sur un ton interrogateur. Pourquoi es-tu debout de si bonne heure ?

— Est-il si tôt ? Je n'avais pas remarqué. J'ai décidé d'aller voir Mrs Munroe, au village. Mes plus belles robes sont restées en Écosse et je vais avoir besoin de les remplacer. Cela ne vous ennuie pas, n'est-ce pas ? Oh ! Et j'aimerais que vous envoyiez quelqu'un chercher Nell, s'il vous plaît. Je suis tout à fait perdue sans elle.

Comme son père ne répondait pas immédiatement, Margot lui lança un coup d'œil par-dessus son épaule, souriant toujours. Il la jaugea du regard.

— Comme tu voudras.

— Merci.

Elle prit une tartine et se dirigea vers la porte.

— Margot ?

Elle ferma les yeux, prit une inspiration, puis se retourna en arborant son faux sourire.

— Oui ?

— Fais-toi accompagner par un valet.

Après ce qu'il venait de lui faire, sa sollicitude exaspéra Margot. Il n'avait eu cure de ses sentiments lorsqu'il avait fait emprisonner son mari. Margot brûlait de le lui faire remarquer, mais son indignation n'était rien en regard de ce qu'il avait fait à Arran, et elle devait garder son calme pour avoir une chance de le secourir.

— Bien entendu. Bonne journée, père.

Sur quoi, elle lui adressa un petit signe enjoué de la main et sortit.

Stephen fut envoyé pour lui servir d'escorte. Tassée sur son siège, songeuse, Margot fixa le paysage sans le voir tandis que le jeune valet conduisait la carriole. À l'approche du village, elle se ressaisit et se redressa.

— Je vais aller rendre visite à Mrs Munroe, expliqua-t-elle en se tournant vers Stephen.

— Oui, milady.

— Pendant ce temps, je voudrais que vous passiez les rênes à ce jeune homme, dit-elle en désignant un des garçons d'écurie. Il s'occupera des chevaux pendant que vous irez chez le boucher acheter un jambon. J'ai envie de jambon.

Stephen parcourut la rue du regard.

— Nous avons du jambon à Norwood Park. On a découpé…

— Je veux ce jambon-ci, dit-elle sèchement, désireuse de prévenir toute nouvelle objection.

Elle plongea la main dans son réticule et en tira deux shillings.

— Pour le garçon, précisa-t-elle, avant de sauter à bas de la voiture avant qu'il ait eu le temps de lui offrir son aide. Très bien, Stephen, occupez-vous de ce jambon.

— Oui, milady, murmura-t-il, perplexe.

Brave petit, songea-t-elle. Obéissant. Exactement comme elle l'avait été toute sa vie. Une petite souris, qui avait toujours fait ce que son père et ses frères lui ordonnaient de faire. Oh ! Cette fille-là était morte à présent, et ne ressusciterait jamais.

Margot fit mine de flâner jusqu'à ce qu'elle soit sûre que Stephen ne puisse plus la voir, puis revint sur ses pas et se hâta vers le Ramshorn Inn, tout en bas de la rue principale.

L'aubergiste s'affairait derrière le comptoir lorsqu'elle entra. Il s'essuya les mains sur son tablier taché.

— Madame, dit-il, jetant un regard inquiet sur la salle, comme s'il craignait de l'avoir laissée en désordre.

— Bonjour, monsieur…

— Collins, milady. Willie Collins.

Il tira un torchon sale de sa poche et fit mine d'épousseter une chaise à son intention.

— Je vous remercie, mais je ne vais pas rester. Je suis seulement venue dire quelques mots à mon frère, Mr Knox Armstrong. J'ai cru comprendre qu'il logeait ici ?

L'homme cilla.

— Oui, milady. Il a pris deux chambres.

— Auriez-vous l'amabilité d'envoyer quelqu'un l'avertir que je suis ici ?

— Eddie ! cria Mr Collins.

Un petit garçon tout couvert de poussière apparut au fond de la salle. Mr Collins le prit à part et se pencha vers lui, jetant un coup d'œil à Margot tout en lui parlant.

L'enfant grimpa les marches de l'escalier quatre à quatre, trébuchant dans sa hâte. Margot entendit le bruit de sa course maladroite dans le couloir au-dessus d'elle. Mr Collins et elle levèrent les yeux comme si l'un et l'autre s'attendaient à ce que les poutres commencent à leur tomber sur la tête. Les pas bruyants du garçon furent suivis par le claquement d'une porte, puis d'une autre, et puis le petit dévala les marches de nouveau.

— C'est fait, papa ! cria-t-il en retournant au trot d'où il était venu.

Des pas d'homme s'élevèrent dans le couloir du premier

étage, et Mr Collins eut un sourire anxieux. L'instant d'après, Knox apparut.

— Merci, Collins, dit-il en sautant la dernière marche.

L'aubergiste fila sans demander son reste, comme s'il voulait échapper à une bagarre.

Margot dut reconnaître que son frère avait piètre allure. Il ne portait pas de perruque, ses cheveux blonds n'étaient pas peignés, sa chemise enfilée à la hâte était encore ouverte au cou. Une barbe de plusieurs jours lui assombrissait le menton.

— Margot ! s'écria-t-il, jovial, en ouvrant les bras. Que fais-tu ici ?

Il l'embrassa et la serra étroitement contre lui. Il sentait la sueur et le parfum féminin.

— Je devrais peut-être te poser la même question, dit-elle en se dégageant.

— Je profite de la vie.

Son frère lui adressa un clin d'œil complice avant de la prendre par le bras.

— Collins ! Faites monter du thé pour la dame ! beugla-t-il par-dessus son épaule.

Il la guida dans l'escalier en disant combien il était content de la voir, et qu'il espérait qu'elle était là pour longtemps. Ils atteignirent une porte qu'il poussa. Puis il s'effaça pour la laisser entrer.

Seigneur, la pièce sentait le sexe à plein nez. Margot eut la certitude gênante d'avoir interrompu son frère au beau milieu d'ébats amoureux.

— Navré pour le désordre. Je n'attendais pas de compagnie.

— Du moins, pas la mienne, rétorqua-t-elle en jetant un coup d'œil vers le lit défait.

— D'accord, tu m'as découvert, s'esclaffa-t-il. Vas-tu me gronder ?

— Non. Cela m'est bien égal — je suis venue parce que j'ai besoin de toi, Knox. Désespérément, en fait.

Le sourire de ce dernier s'effaça.

— Pourquoi ? Que s'est-il passé ?

— Tout ! Père et Bryce ont fait la pire des choses, dit-elle, sentant les larmes lui monter aux yeux.

Elle crispa les poings pour ne pas les verser. Les larmes ne résolvaient *rien*.

— Margot, Seigneur ! Qu'y a-t-il ?

Elle lui raconta tout. Elle lui parla de l'Écosse, d'Arran, et de comment elle en était venue à voir cet Écossais qu'elle croyait vil et barbare sous une autre lumière. Elle lui expliqua que son mari ne complotait pas avec les Français, mais que Thomas Dunn avait répandu des rumeurs calomnieuses à son sujet en Angleterre et en Écosse et avait fait de lui un homme méprisé. Que ces rumeurs, présentées d'une certaine manière — par exemple en insistant sur la séparation d'Arran avec sa femme, héritière anglaise — pouvaient sembler fondées. Qu'ils étaient venus à Norwood Park pour quêter l'aide de leur père, et que celui-ci avait livré Arran aux autorités.

Knox fronça les sourcils alors qu'elle parlait, puis secoua la tête.

— C'est absurde…

Il fut interrompu par un coup frappé à la porte. On apportait le thé. Il ouvrit, Mr Collins entra avec un plateau, puis ressortit.

Knox fit le service.

— Je ne comprends pas pourquoi Thomas Dunn répandrait ces calomnies sans raison.

— Il est endetté. Il veut les terres et le commerce d'Arran.

— Non. Je soupçonne que père sait quelque chose qu'il ne t'a pas dit.

— Oh ! Je ne crois pas, Knox. En tout cas, il m'a clairement signifié que c'était Arran ou lui, répondit-elle avec amertume. Il l'a emmené à Fonteneau…

— Fonteneau ! répéta son frère, atterré.

— Pourquoi fais-tu cette tête ?

— C'est là qu'ils ont emmené l'autre Écossais.

L'estomac de Margot se noua encore davantage.

— *Dermid ?* Pourquoi ?

— Fonteneau est un ancien fort. Il y a des cachots.

Il fronça les sourcils de nouveau.

— Lord Putnam est au bord de la ruine et il a transformé l'abbaye en prison. C'est là qu'on garde les hommes qui vont être jugés à Londres. Jusqu'au moment où les autorités les envoient chercher.

Margot tressaillit, renversant sa tasse. Tout à coup, elle fut incapable de respirer.

Knox se plaça devant elle et l'obligea à se pencher en avant, le temps de se reprendre.

— Il faut que je parte, dit-elle d'une voix rauque, lorsqu'elle eut enfin retrouvé son souffle.

— Où ?

— À Fonteneau !

— Margot — comment iras-tu ? Réfléchis.

— À cheval, répondit-elle en se redressant.

Knox eut un petit bruit sceptique.

— Tu ne sais pas monter…

— Si. J'ai appris à Balhaire.

Knox lâcha un petit rire. Mue par le désespoir et la frustration, Margot se leva d'un bond et le poussa de toutes ses forces.

— J'y vais, Knox ! Je vais trouver un moyen de le libérer ! Tout cela est injuste et c'est ma faute. Tu as le choix : tu peux m'aider, ou rester à te vautrer dans ton lit !

Elle tenta de le contourner, mais Knox la retint.

— Très bien, très bien, ma chérie. Calme-toi…

— Ne me dis pas de me calmer !

— Margot ! cria-t-il en prenant ses mains dans les siennes. Parlons d'une façon rationnelle. Tu ne connais pas Fonteneau telle qu'elle est à présent. Le vieil homme est sénile et garde le lit, et Putnam consacre sa vie au jeu et à la boisson.

— Il aime le jeu. Emmène-moi à Fonteneau. Je pourrai distraire Putnam pendant que tu délivres Arran.

— C'est insensé. Sais-tu ce qui arrivera si tu es capturée alors que tu essaies de libérer un homme accusé de trahison ?

— Non. Je ne *veux pas* le savoir. Ne comprends-tu pas, Knox ? Je suis son seul espoir. Vois-tu ? Son *seul* espoir.

Là. Les larmes qu'elle retenait depuis trop longtemps se mirent à couler, roulant en silence sur ses joues. Elle baissa la tête, honteuse.

— Doux Jésus. Margot… Tu l'aimes ? demanda Knox d'une voix stupéfaite.

C'était le cas, n'est-ce pas ? Elle l'aimait. Elle hocha la tête, et se passa un doigt sous les yeux.

— Je crois bien que oui.

— Bon sang !

Knox soupira et la serra contre lui.

— Alors, je suppose que nous devons y aller, n'est-ce pas ?

— Tu vas m'aider ?

— Oui. Contre toute raison, je vais t'aider, ma chérie.

Maintenant, écoute-moi — sois prête à partir à 2 heures cet après-midi. Soudoie un garçon d'écurie s'il le faut et raconte à qui veut l'entendre que tu vas rendre visite à ton amie Lynetta en ma compagnie. Ensuite, quitte Norwood Park en catimini pour que personne ne sache au juste à quelle heure tu es partie. Peux-tu faire cela ?

Elle acquiesça.

Knox lui souleva le menton.

— Margot, tu en es sûre ? Parce que si tu en es incapable, que nous sommes arrêtés, ce sera la fin. La fin de ton Écossais et la nôtre.

Pour une fois dans sa vie, Margot était sûre de sa décision. Sûre de pouvoir faire ce qu'on lui demandait, sans la moindre hésitation. Quoi qu'il faille tenter pour libérer Arran, elle y était prête.

Elle retira la main de son frère et se leva.

— Je serai au rendez-vous.

Chapitre 22

La rage était un mot inadéquat pour exprimer ce qu'Arran ressentait. Il supposait qu'on avait versé du laudanum ou une drogue quelconque dans son cognac, car rien d'autre ne pouvait expliquer qu'il se soit senti si impuissant à se défendre. Il lui avait fallu plus d'une journée pour émerger de ce brouillard — du moins le pensait-il — et il s'était découvert dans ce cachot humide. Il n'était pas seul ; deux de ses hommes étaient à proximité. Ben, que les Armstrong avaient arrêté après avoir maîtrisé Arran. Et Dermid, qui, pour autant qu'Arran puisse en juger, était dans cet enfer depuis un mois. S'il ne les voyait pas, il pouvait en revanche les entendre. Il ne distinguait rien, car une obscurité presque complète régnait.

Par chance, les Anglais étaient des imbéciles arrogants. Non seulement ils ne l'avaient pas dépouillé du couteau qu'il portait dissimulé dans sa botte, mais ils les laissaient lui et ses deux compagnons sans surveillance la plupart du temps, n'apparaissant qu'à intervalles réguliers pour pousser de la nourriture par les étroites ouvertures pratiquées dans les portes. Ils pouvaient s'interpeller sans que nul ne semble s'en soucier. Leurs voix ne faisaient accourir personne.

Une petite fenêtre à la vitre cassée se trouvait tout en haut du mur. Trop exiguë pour permettre le passage d'un homme, elle laissait entrer un peu de jour et d'air froid dans la prison d'Arran. Il devinait, à l'odeur et aux bruits, que des écuries étaient tout proche.

Il avait aussi compris que celui qui leur apportait à manger chaque jour arrivait par le passage dallé près de sa cellule. Il entendait ses pas lourds, puis le grincement d'une porte qu'on ouvrait. Enfin, il entendait celle-ci se refermer en claquant, quelque part dans ce bâtiment.

Arran avait un plan. Il allait feindre d'être malade et refuser de toucher à la nourriture que l'homme lui apportait. Tôt ou tard, quelqu'un devrait entrer pour voir s'il était mort. Lorsque cela arriverait, il maîtriserait ce misérable, le tuerait si nécessaire, et s'emparerait de ses clés. Il faudrait qu'il soit précis — son couteau était trop petit pour infliger de sérieux dégâts. Il devrait trancher la gorge de son geôlier. Il estimait qu'il avait une chance sur deux de réussir. C'était tuer ou être tué.

Alors il tuerait.

Ensuite, il libérerait ses hommes et ils se battraient pour sortir de là, jusqu'à la mort s'il le fallait.

La question était de savoir combien de temps ses geôliers allaient attendre avant d'ouvrir la porte.

Dans l'intervalle, il avait tout le loisir de réfléchir à ce qui s'était passé ce soir-là, dans le bureau. Il avait été incroyablement stupide de faire confiance à Norwood.

Il avait vu ce dernier servir trois cognacs, en avait accepté un et en avait bu une longue gorgée avant d'aborder le sujet de Thomas Dunn. Norwood n'avait paru ni surpris ni particulièrement curieux. Il s'était contenté de sourire, avait mis la main sur l'épaule d'Arran et dit :

— Vous comprendrez, monsieur, quand je dis que, dans ces circonstances, c'est vous… ou moi.

Et puis une épaisse brume digne des Highlands s'était abattue sur le cerveau d'Arran. Il s'était senti engourdi, incapable de lever les bras, de résister lorsque Bryce et un autre homme l'avaient empoigné. Il se souvenait vaguement d'avoir été jeté dans une voiture et que sa tête rebondissait sur les coussins alors qu'ils cheminaient. Et puis, il s'était réveillé dans ce cachot qui contenait en tout et pour tout une paillasse et deux seaux, l'un rempli d'eau et l'autre pour satisfaire ses besoins.

Il avait rugi de fureur, et c'était alors qu'il avait découvert la présence de ses compagnons.

Il avait continué un bon moment à donner libre cours à sa frustration. Il s'accablait de reproches pour s'être cramponné au mince espoir que les assurances de Margot avaient éveillé en lui.

Savait-elle qu'il était ici ? Son instinct lui soufflait qu'elle était aussi victime que lui, mais une autre partie de lui, toute petite, se demandait si elle n'avait pas pressenti cette issue. Elle avait paru légèrement ivre ce soir-là, et il ne l'avait jamais vue ainsi. Se pouvait-il qu'elle ait été droguée, elle aussi ? Ou avait-elle bu pour ne pas avoir à affronter ce qui allait se passer ?

Arran fut soudain arraché à ses réflexions par le bruit des pas déjà familiers qui se dirigeaient vers les cachots, le son d'un seau qui cognait contre une jambe. Il s'allongea sur sa paillasse et roula sur le côté, faisant face au mur. Il entendit le geôlier faire glisser la nourriture à ses hommes, puis venir dans sa direction.

Là aussi, l'individu tira sur le volet dans la porte, déposa sur l'étagère une écuelle de quelque chose qui sentait la soupe aux choux, ainsi qu'un morceau de pain. Ensuite, il referma le volet et le verrouilla.

L'odeur de la soupe n'était guère appétissante, mais l'estomac d'Arran gronda quand même. Cependant, il la laissa où elle était. L'homme reviendrait le lendemain. Il verrait qu'Arran n'avait pas mangé. Il s'interrogerait. Il attendrait peut-être un jour de plus, voire deux. Mais le moment viendrait où il ouvrirait cette satanée porte.

Arran se redressa lentement et appuya la tête contre le mur. Il ferma les yeux et perçut le tintement de harnais et le grincement de selles en cuir au passage de cavaliers. Il songea à Margot vêtue d'une culotte, les joues joliment rosies par l'effort. Il en éprouva un pincement au creux du ventre, une tristesse mêlée de regret à la pensée qu'il ne la reverrait sans doute jamais.

— Margot, chuchota-t-il.

Il entendit son rire, un son harmonieux, aussi doux qu'une confiserie.

Comme si sa situation n'était pas suffisamment inquiétante, voilà qu'il entendait des voix.

Le rire s'éleva de nouveau. Il ouvrit les yeux. C'était un rire féminin, pas de doute. En revanche, le claquement des sabots avait cessé, ce qui indiquait que les cavaliers s'étaient arrêtés. Arran se leva d'un bond et sauta vers la fenêtre, cherchant à agripper le rebord. Il n'y parvint pas et glissa le long de la muraille. Il se releva et fit une nouvelle tentative, cette fois en prenant appui d'un pied sur le mur pour se propulser plus haut.

Peine perdue.

— Margot !

Trop tard. Les cavaliers s'éloignaient. *Diah*, avait-il imaginé cela ? Était-il en train de devenir fou ? Il avait perdu la notion du temps. La lumière grise et sale qui pénétrait dans la cellule pouvait provenir du soleil ou de la lune. Il n'aurait su dire si c'était le matin ou le soir.

Il tenta de songer à une raison pour laquelle Margot serait près de là. Quelque chose devait-il se passer ? Le procès allait-il avoir lieu ici même ? Était-elle venue assister à son exécution ? Debout au milieu du cachot, il continua à fixer la fenêtre, s'efforçant désespérément de réfléchir.

— Souviens-toi, nous étions en route pour Keswick et nous avons été déviés en raison de dégâts sur la route, murmura Knox alors qu'ils arrivaient en vue de la porte de l'abbaye.

La peinture s'écaillait. Le bâtiment tout entier paraissait négligé.

— Je sais.

— Écoute-moi, Margot, insista Knox en lui prenant la main.

Elle s'obligea à détacher son regard de l'édifice.

— Il ne faut pas qu'il ait l'impression que nous lui dissimulons quelque chose. Tu dois avoir l'air sincère, tu comprends ? Prétendre que tu n'avais plus la force d'avancer, et ainsi de suite.

— Knox… Je comprends, assura-t-elle avec calme, avant de se retourner vers la façade. On dirait que c'est à l'abandon.

— Pas encore. Mais que ce soit une leçon pour nous tous — voilà ce qui arrive quand on accumule les dettes de jeu. Bien, allons-y.

Ensemble, ils gravirent les marches du perron.

Knox souleva le loquet en laiton et le laissa retomber une fois, puis deux. Au bout d'un moment, un homme vint leur ouvrir. Il portait une perruque démodée et sa culotte usagée était lâche au niveau des genoux. Il les dévisagea d'un air intrigué.

— Bonjour, commença Knox. Je suis Mr Knox Armstrong. Mes excuses pour cette arrivée imprévue, mais ma sœur, Lady Mackenzie, a été prise d'un malaise alors que nous allions à Keswick. Putnam est-il là ?

Le majordome plissa les yeux.

— Malheureusement, milord était sur le point de partir. Il est invité à dîner à Chessingham Hall.

— Peut-être pourriez-vous lui dire que Margot Armstrong est là ? suggéra Knox.

L'homme fronça les sourcils.

— S'il vous plaît, renchérit Margot. Nous sommes de vieux amis, Putnam et moi. Je sais qu'il prendra pitié de moi. Je ne me sens vraiment pas très bien.

Knox lui effleura le coude en guise d'avertissement. Margot l'ignora. Il suffisait qu'elle persuade le majordome de son amitié avec son maître. Elle monta une marche supplémentaire, arborant le sourire séducteur qu'elle maîtrisait si bien.

— À vrai dire, c'était mon idée. Lorsque j'ai été prise d'un malaise sur la route, mon frère m'a encouragée à continuer, mais je savais que Lord Putnam ne demanderait pas mieux que de me venir en aide.

Le majordome jeta un regard hésitant par-dessus son épaule. Margot, saisissant sa chance, s'engouffra dans le vestibule et se mit à retirer ses gants.

— Je crois qu'il serait très contrarié d'apprendre que j'ai été renvoyée.

Le majordome la foudroya du regard.

— Attendez ici, dit-il d'un ton sec. Je vais avertir milord de votre arrivée.

Il s'éloigna, les semelles de ses chaussures résonnant sur les dalles en pierre.

— Où diable as-tu appris à être si hardie ? marmonna Knox.

— Que crois-tu que j'aie fait ces dernières semaines ? répondit-elle tout bas, ôtant sa cape et son chapeau.

Une porte se referma bruyamment, des pas précipités s'éloignèrent. Quelques minutes s'écoulèrent, puis ils entendirent quelqu'un approcher.

Putnam apparut soudain devant eux, les yeux rouges, une expression perplexe sur les traits. Sa chemise n'était qu'à demi-rentrée dans son pantalon. Ni son gilet ni sa veste n'étaient boutonnés, et il semblait avoir jeté sa perruque sur son crâne sans prendre le temps de se regarder dans la glace.

— Miss Armstrong ? demanda-t-il sur un ton incertain.

— Milord, répondit Margot en s'avançant vers lui avec aisance. À vrai dire, c'est Lady Mackenzie, maintenant.

— Ah oui… Oui, je m'en souviens, dit-il d'un air vague, comme si la chose lui était sortie de la tête.

Elle fit une profonde révérence. Putnam ne faisant pas mine de l'aider à se relever — il paraissait paralysé sur place — Knox s'en chargea pour lui.

— Putnam, intervint-il. Nous vous remercions sincèrement de nous avoir permis pareille intrusion.

— Non, non. Je suis… surpris, c'est tout.

Son regard était rivé sur Margot.

— Entrez.

Il les conduisit dans le salon où Margot était venue enfant. Les tapis d'Aubusson d'autrefois avaient disparu et les élégants lustres en cristal avaient été remplacés par des roues en bois sur lesquelles étaient disposées de vulgaires bougies en suif. À l'évidence, la pièce n'avait pas été nettoyée. Le plancher n'avait pas été balayé, des déjections de rongeurs étaient visibles le long des plinthes. Des journaux et des livres étaient éparpillés sur le bureau, certains étaient tombés sur le sol. Et c'était de la tourbe qui brûlait dans l'âtre.

— Puis-je vous offrir du vin ? demanda Putnam.

— Avec plaisir, merci. Vous n'imaginez pas le voyage

que nous avons eu ! s'écria Margot. Il nous était impossible de ne pas vous demander l'hospitalité, milord. La route de Keswick s'est tellement dégradée depuis la dernière fois que je l'ai empruntée, et tous ces cahots m'ont donné mal au cœur. Knox insistait pour que nous poursuivions notre route, en disant qu'il serait fort peu convenable de venir chez vous à l'improviste, mais je lui ai assuré que vous seriez tout à fait disposé à nous accueillir pour la nuit.

— En effet, les routes sont fort mauvaises, déclara Putnam.

Il vida d'un trait le verre que son majordome lui avait servi, et le tendit de nouveau avant même que l'homme ait eu le temps d'en offrir à ses hôtes.

Margot en but une gorgée et le trouva aigre. C'était le genre de vin qu'on fabrique dans les cuisines. Knox prit son verre et flâna dans la salle.

Margot fixa son sourire sur Putnam et s'approcha de lui.

— Comment va votre père ?

— Oh ! Il est… Eh bien, il est souffrant.

— J'en suis navrée, dit-elle doucement. Vous devez lui transmettre mes meilleurs vœux de rétablissement.

— Bien entendu.

Putnam l'observait avec méfiance. Margot fit un nouveau pas vers lui.

— Je suis ravie de vous trouver chez vous, milord. Vous souvenez-vous du soir où nous avons joué au commerce ? Nous étions une dizaine au total, me semble-t-il. Je me souviens de ces jours de notre jeunesse avec une grande affection.

Il se gratta la tête.

— Je crois que j'ai perdu beaucoup d'argent ce soir-là.

Elle se mit à rire.

— Nous apprenions tout juste à jouer.

— Oui, dit-il vaguement.

Il regarda autour de lui d'un air presque impuissant, comme s'il ne savait au juste que faire d'elle, ou de lui-même. Il semblait mal à l'aise, vida son verre et le tendit au majordome pour qu'il le remplisse.

Margot considéra les options que Knox et elle avaient envisagées. Knox savait plus ou moins où se trouvaient les cachots. Son plan consistait à se procurer une occasion d'aller y jeter un coup d'œil pendant que Margot occupait Putnam au jeu. À en juger par l'état des lieux, elle conclut que ce dernier serait fort intéressé par la bourse d'Arran, dissimulée sous sa jupe. Elle sourit et leva son verre, feignant de porter un toast à son hôte.

Elle s'approcha de lui encore davantage pendant que Knox, à l'autre bout de la pièce, faisait mine d'admirer le plafond. Margot lança un regard de biais dans sa direction et sourit de nouveau à Putnam.

— Est-il évident qu'il me sert de chaperon ?

Putnam cilla et regarda le frère de Margot.

— Pour être franche, je préférerais qu'il soit ailleurs, soupira-t-elle. Ne serait-il pas divertissant de faire une partie ?

Putnam jeta un coup d'œil vers elle.

— Une partie ?

Elle arqua un sourcil et haussa légèrement les épaules en portant son verre à ses lèvres.

— Que voulez-vous ? demanda-t-il brusquement.

— Comment ? Je vous l'ai dit, ces épouvantables routes m'ont rendue malade. Quand je pense que nous nous sommes donné tout ce mal pour aller rendre visite aux Dalton ! Vous vous souvenez de William Dalton, n'est-ce pas ? Pouvez-vous imaginer une soirée plus ennuyeuse ? susurra-t-elle en effleurant la main de Putnam.

Elle aurait aussi bien pu le brûler au fer rouge ; il recula sa main dans un sursaut.

— Que… Dois-je vous rappeler que vous êtes mariée, madame ? lança-t-il. N'est-ce pas votre époux qui languit dans un de nos cachots ?

Le cœur de Margot manqua un battement. Elle s'était attendue à cela, néanmoins ce fut un miracle qu'elle parvienne à garder son sang-froid.

— Oh ! Seigneur, milord, n'êtes-vous pas au courant ? C'est mon époux, en effet, mais sur le papier seulement. C'est un sauvage des Highlands, sa place est derrière les barreaux.

— Cela n'a rien à voir avec moi, se hâta-t-il de dire. Je ne fais que louer l'espace à qui en a besoin.

— Non, bien sûr que non ! s'écria-t-elle, enjouée. C'est mon père qui a tout arrangé. À raison, d'ailleurs. Savez-vous ce que ce sauvage m'a laissé, en dehors d'une terrible réputation ?

Putnam secoua la tête.

Elle se pencha vers lui.

— Une bourse bien remplie, murmura-t-elle. Si bien remplie que je puis vous proposer une partie avant que mon frère insiste pour que nous reprenions notre route.

Elle leva les yeux au ciel.

— Dire que je suis enfin délivrée de cet ours et que les Dalton sont mon unique distraction !

Elle regarda Knox par-dessus son épaule, jouant son rôle.

— Je lui ai pourtant dit que je voulais me divertir.

Toute l'attention de Putnam était fixée sur elle à présent.

— Quelle sorte de partie ?

— Si nous jouions au commerce ? En hommage au bon vieux temps ?

— Que dites-vous ? intervint Knox. Margot, nous devrions repartir et laisser milord à sa soirée.

Knox était le partenaire idéal.

— Knox, vraiment ! Nous ne pourrons jamais atteindre Keswick avant la nuit !

— Néanmoins, nous ne pouvons nous imposer plus longtemps…

— Je vous en prie, coupa Putnam, en levant mollement la main pour l'interrompre. Lady Mackenzie m'a invité à faire une partie en attendant qu'elle se sente mieux.

— Cela ne t'ennuie pas, Knox ? demanda Margot d'une voix suave.

— Eh bien, je…

— Vous intéressez-vous à l'architecture, Mr Armstrong ? demanda Putnam en se tournant vers lui.

Knox marqua une pause. Son regard passa sur Margot.

— Pourquoi cette question ?

— Eh bien, Fonteneau se targue de posséder une des plus belles architectures médiévales d'Angleterre. Si cela vous tente, je peux prier mon agent particulier de vous faire visiter les lieux.

Putnam ponctua ses paroles d'une nouvelle lampée de vin. Il transpirait.

— Je crois que nous devrions prendre congé.

— S'il te plaît, Knox ? plaida Margot. Nous partirons, je te le promets, mais permets-moi d'abord de passer un petit moment à rire et à jouer avec Lord Putnam.

— Joseph, emmenez Mr Armstrong au bureau de Mr Cavanaugh, voulez-vous ? Mr Cavanaugh ne demandera pas mieux que de vous servir de guide.

— Eh bien…, murmura Knox, feignant l'indécision. Je suppose que je pourrais jeter un coup d'œil. Et puis, ma chérie, nous devrons vraiment partir et laisser Putnam vaquer à ses affaires.

— Certes, acquiesça-t-elle, docile.

Elle regarda le majordome et Knox sortir de la pièce puis reporta son sourire le plus charmant sur Putnam.

— Enfin, soupira-t-elle, sur le ton du soulagement. Mes frères sont comme des vautours. Ils épient le moindre de mes gestes. Et ils déplorent que je m'adonne à des jeux d'argent, alors je vous remercie d'être intervenu.

— Vraiment ?

— Vraiment, confirma-t-elle avec un petit rire amusé. Ils prétendent que je gaspille la fortune familiale.

Un sourire se dessina lentement sur le visage de Putnam. Il remplit leurs verres et désigna la table au centre de la pièce.

— Permettez-moi de vous aider à en perdre encore un peu, Lady Mackenzie.

Il écarta d'un geste journaux et livres, les laissant tomber sur le sol. Lorsqu'ils prirent leurs places, Margot n'avait d'autre plan que de laisser Putnam gagner en misant à tort et à travers. Son raisonnement était qu'il prendrait de l'assurance, de sorte que, le moment venu, elle ferait un pari plus gros. Un pari qui libérerait Arran. Son pacte avec le diable, en somme. Certes, son seul véritable espoir de remporter ce pari était qu'il boive jusqu'à être ivre mort.

Chose étonnante, il se révéla fort difficile de laisser gagner Putnam. Il avait si peur de perdre qu'il semblait tergiverser sans cesse. Il but une bouteille entière de vin, puis une autre, devenant de plus en plus morose et gémissant à chaque nouvelle défaite comme si c'était pour lui une blessure physique.

Margot commença à avoir pitié de lui, d'autant plus qu'il insistait pour continuer à jouer. Lord Putnam était un navire en perdition. Et quand il sombrerait, elle sauverait son mari.

Une heure environ s'était écoulée depuis qu'Arran avait entendu des voix. Mais cette fois, les voix qui lui parvenaient étaient masculines, la conversation ponctuée par un bruit de pas. Arran cessa d'arpenter son cachot et se tint immobile, tendant l'oreille. Les hommes semblaient s'éloigner et l'un d'eux remerciait l'autre pour la visite. *La visite de quoi ?*

De plus, cette voix anglaise lui avait paru vaguement familière. Sauf qu'à présent Arran n'était plus certain d'être très lucide. N'avait-il pas imaginé le rire de Margot ?

Il tâchait de puiser en lui la force d'affronter une nouvelle nuit de captivité lorsque les pas revinrent vers lui. Ce n'était pas la démarche de son geôlier. Ces pas-ci étaient vifs, rapides. Il entendit la porte se refermer. Quelqu'un passait dans le couloir, secouant les poignées, essayant de les ouvrir.

Soudain, l'une s'ouvrit. Ben cria, une voix d'homme répondit.

— Mackenzie !

Arran se figea. Était-ce la fin ? Était-on venu le chercher pour le simulacre de procès qui serait le sien ? Mais pourquoi n'y avait-il qu'un seul homme ?

— *Aye ! Aye !* cria Ben de nouveau.

Arran comprit aussitôt ce que son lieutenant faisait — ses hommes étaient prêts à tout pour le protéger, y compris se sacrifier pour lui. Il renversa brusquement l'écuelle de soupe et cria à son tour.

— Le laird est ici !

— Par ici !

Les pas se hâtèrent vers lui. Il y eut un tintement métallique, le bruit d'une clé qu'on glissait dans la serrure, puis une autre. Puis une troisième. Un instant plus tard, la porte s'ouvrit à la volée, manquant heurter Arran. Il cilla à la lueur de la bougie, encore incapable de reconnaître qui était là.

— Pour l'amour du ciel, dépêchez-vous ! Le geôlier va revenir d'une minute à l'autre.

— Qui…

— Êtes-vous aveugle ? Knox Armstrong.

Arran ne parvenait pas à mettre de l'ordre dans ses pensées. Il ne savait pas pourquoi Knox était là, et ne pouvait que supposer qu'il était un ennemi, comme tous les Armstrong. Cependant, Knox le tira par le bras.

— Venez ! ordonna-t-il. Vous allez tous nous faire tuer.

— Mes hommes.

— Nous n'avons pas le temps…

— *Mes hommes*, répéta-t-il.

Knox lui lança les clés.

— Je vais faire le guet. Hâtez-vous ! dit-il d'une voix pressante, avant d'enfiler le corridor à grands pas.

— Ici, milord ! cria Ben, sa main apparaissant dans la fente pratiquée dans sa porte.

Arran batailla avec le trousseau, finit par trouver la bonne clé et l'introduisit dans la serrure. Ben se rua au-dehors et lui prit les clés.

— Fuyez, laird, ne nous attendez pas. Dermid est malade, *aye* ?

Ben s'était déjà précipité vers une porte de l'autre côté du couloir. Il l'ouvrit et s'engouffra à l'intérieur, puis reparut quelques secondes plus tard, Dermid sur son épaule.

— *Diah !* grogna Arran.

Le malheureux était émacié, les cheveux plaqués sur le crâne.

— Fuyez, milord, répéta Ben. Le clan survivra sans Dermid ou moi, mais pas sans vous. Sauvez-vous !

— Pas question.

Arran prit sa part du poids de Dermid. Ensemble, ils traînèrent leur camarade vers la sortie. Knox les attendait à la porte.

— Les clés, les clés ! demanda-t-il avec un geste impatient. Nous n'avons pas une seconde à perdre.

Ben les lui remit.

— Les écuries se trouvent au pied de cette colline, expliqua Knox à voix basse. Personne ne les surveille. J'en viens. Sellez vos chevaux.

— Et vous ?

— Je reviens. Je vais vous guider hors d'ici.

Sur quoi Knox tourna les talons et partit à vive allure, sa bougie montant et descendant au rythme de son pas.

Arran ne prit pas la peine de s'interroger sur les intentions de son beau-frère. Au moins n'étaient-ils plus dans les cachots. Au moins avaient-ils désormais une chance de s'en sortir.

— Allons-y, murmura-t-il à Ben.

Et, ensemble, ils portèrent Dermid le long du chemin.

Margot commençait à s'affoler. Putnam l'effrayait. Il suait à grosses gouttes, passant des larmes à la colère sans crier gare. *Où diable est Knox ?*

Elle s'obligea à prendre une profonde inspiration et passa de tête ses options en revue : elle pouvait hurler, ce qui alerterait sans doute quelqu'un… À supposer qu'il y ait quelqu'un d'autre que le majordome dans cette vieille abbaye. Elle pouvait feindre d'avoir besoin de se rafraîchir et s'enfuir. Mais si Knox n'avait pas trouvé Arran, où irait-elle ? Et comment reviendrait-elle le chercher ?

Comme elle hésitait, Putnam ramassa les cartes.

— Recommençons.

— Milord, vous êtes contrarié…

— Je ne suis pas contrarié ! J'ai été dépouillé de mon argent par une femme qui est venue ici faire une sale besogne ! Me prenez-vous pour un imbécile, Lady Mackenzie ? Je sais ce que vous voulez, rugit-il.

Seigneur, Knox n'allait-il donc pas revenir ?

— Vous voulez ce fichu Écossais, hein ? Ce traître ?

Elle réprima l'envie de protester contre ses calomnies. Elle devait rester calme, tout à fait calme. Sous les yeux presque exorbités de Putnam, elle commença lentement à rassembler les jetons et les pièces devant elle.

— J'ignore ce que vous voulez dire, milord. Je désirais seulement jouer un peu, comme je vous l'ai dit. Mon père m'a délivrée d'un mariage insupportable et je vous assure…

Elle plongea son regard droit dans le sien et poursuivit d'un air grave :

— Je ne veux plus de cet homme. Peut-être devrais-je vous poser une question, moi aussi. De votre côté, que voulez-vous ?

Putnam lécha lentement sa lèvre inférieure, comme s'il cherchait là une ultime goutte de vin.

— Je crois le savoir, reprit-elle posément. Je crois que vous voulez mon argent. Désespérément.

La rougeur se répandit sur le visage de Putnam. L'espace d'un moment, elle crut qu'il allait exploser de rage. Il paraissait sur le point de se jeter sur elle et de l'étrangler. Au lieu de quoi, inexplicablement, il baissa la tête et fondit en larmes.

— J'ai tout perdu, sanglota-t-il.

— Je vous demande pardon ?

— Tout ! hurla-t-il, balayant d'un geste les cartes, les jetons et son verre vide sur le sol dallé. Je n'ai rien ! Je n'ai plus rien !

Il arracha sa perruque, la jeta à terre, puis se leva et se mit à marcher dans la pièce en titubant.

— Milord !

Margot sentait des ondes de désespoir émaner de lui. Pire, elle le comprenait. Elle avait éprouvé une détresse tout aussi intense trois fois dans sa vie. Quand on lui avait annoncé qu'elle allait se marier contre son gré. Quand on lui avait dit qu'elle devait retourner à son mari. Et ces deux derniers jours, quand elle avait cru l'avoir perdu.

Elle se leva, ramassa pièces et jetons et se dirigea vers lui avant qu'il ait eu le temps de se resservir à boire.

— Lord Putnam, dit-elle, retenant son geste alors qu'il soulevait la carafe.

Il tenta de se dégager.

— Richard, murmura-t-elle, d'une voix apaisante. Tenez… C'est pour vous. Et… Et ceci.

Elle mit la main dans sa poche et en sortit la bourse d'Arran.

Il baissa les yeux sur le butin qu'elle lui offrait et les releva aussitôt.

— Non. Je ne veux pas de charité…

— Ce n'est pas de la charité, assura-t-elle en mettant la bourse dans ses mains. C'est un prêt. Vous me rendrez cette somme quand vous le pourrez.

— Mais je ne peux pas…

— Vous le ferez. Oh ! Mon Dieu, je sais que vous le ferez, affirma-t-elle avec gravité. J'ai foi en vous.

Putnam se mit à pleurer. Le corps secoué de sanglots, il serra l'argent contre sa poitrine et se laissa tomber contre le buffet.

Jamais Margot n'avait vu un homme perdre aussi totalement le contrôle de lui-même. Elle fut envahie par un étrange mélange d'empathie et de dégoût.

— Margot.

Elle tressaillit et fit volte-face. Knox était là. Il fixait Putnam, lui aussi.

— Viens, dit-il en la prenant par le coude. On s'en va.

Il l'entraîna hors de la pièce. Dès qu'ils furent dans le couloir, il pressa le pas, marchant si vite qu'elle eut du mal à le suivre. Il s'arrêta devant une porte close près de l'entrée et l'ouvrit.

— Votre maître a besoin d'aide, dit-il au majordome stupéfait. Il faut que vous l'emmeniez se coucher. Lady Mackenzie et moi devons partir à présent.

Sans attendre la réponse, il poussa Margot au-dehors, ne s'arrêtant que pour prendre son manteau et ses gants au passage.

La nuit était si noire qu'elle voyait à peine son chemin.

— Knox, attends, attends !

— Nous n'avons pas le temps, Margot, dit-il en passant un bras autour de sa taille pour l'aider à avancer.

— Mais as-tu… L'as-tu trouvé ?

Knox lâcha un grognement et s'arrêta au coin du bâtiment.

Sa réponse était là, dans l'ombre. Margot aurait reconnu cette silhouette n'importe où. Instinctivement elle se détacha de Knox et courut, vola vers Arran. Elle se jeta à son cou, l'entourant de ses bras, submergée de soulagement.

— Arran… Arran… Je croyais vous avoir perdu.

— Allons, Margot.

Il se dégagea.

— Venez, *aye* ? Nous devons nous hâter. Aidez votre frère à amener vos chevaux.

Tout se passa très vite. Margot n'aurait su dire comment

au juste, mais elle se retrouva en selle, et ils chevauchaient. Quatre chevaux dans le noir d'encre d'une nuit sans lune. Personne ne parlait. Ils allaient à vive allure, leur progression rythmée par le halètement de leurs montures et le claquement régulier de leurs sabots.

Au bout de ce qui parut des heures à Margot, Knox s'arrêta, imité par ses compagnons. Ils étaient sortis de la forêt et suivaient la mer. Les nuages s'étaient dissipés, la lune éclairait leur chemin.

— Comment en sommes-nous arrivés là ? demanda Knox à Arran.

— C'est à votre père qu'il faut poser la question, *aye* ? Il m'a drogué et fait jeter dans un cachot.

Même au clair de lune, Margot lisait sur le visage de son frère une fureur qu'elle n'y avait jamais vue auparavant.

— Restez sur cette route, conseilla Knox. Vous devriez atteindre l'Écosse demain dans la journée.

— Mais tu viens avec nous ! protesta Margot. Tu dois venir avec nous. Père va se venger sur toi…

— Je ne peux pas, coupa Knox sèchement.

Il attrapa la bride du cheval de Margot et l'attira à l'écart.

— N'y retourne pas, Knox, supplia-t-elle. Viens avec nous ! Balhaire n'est pas si horrible. Tu verras. Je sais que j'ai dit le contraire, autrefois, mais j'ai été injuste…

— Chut, murmura Knox. Écoute-moi, ma chérie. Il faut que quelqu'un reste. Si Mackenzie est innocent, quelqu'un doit découvrir les intentions de Thomas Dunn. Quelqu'un doit parler en ton nom et au nom de ton mari, et tu sais que je suis le seul ici qui soit prêt à le faire. Thomas Dunn n'avait aucune raison de s'en prendre à Mackenzie plutôt qu'à un autre. Quelque chose sent mauvais là-dedans et je compte bien découvrir ce que c'est.

Un poids énorme comprimait la poitrine de Margot. N'y avait-il donc pas d'issue ? Toute décision allait-elle s'accompagner d'une séparation ?

— Je ne te reverrai jamais, dit-elle d'une voix faible.

— Ce que je dois savoir, c'est… Margot, regarde-moi. Ce que je dois savoir, et tout de suite, c'est ce que tu veux vraiment, dit Knox en désignant d'un geste Arran et ses hommes. Parce que, si c'est lui que tu choisis, si tu ne fais pas demi-tour avec moi maintenant, il est probable que tu resteras en Écosse jusqu'à la fin de tes jours. Tu ne pourras pas rentrer en Angleterre, pas avec les soupçons qui pèsent sur lui. Me comprends-tu ? Tu ne pourras pas revenir, pas avant très longtemps. Le danger serait trop grand.

L'air nocturne semblait dense. Elle eut soudain du mal à respirer.

— Ça va ? demanda Knox, en capturant sa main dans la sienne.

Comment cela aurait-il pu aller ? Elle était sur une route en pleine nuit, face à un choix impossible. Elle secoua la tête.

— Ah ! Mon ange, je comprends. Mais j'ai besoin d'une réponse. Ces hommes doivent être le plus près possible de l'Écosse au lever du jour. Que veux-tu, Margot ?

Que voulait-elle ? Elle voulait que les choses redeviennent ce qu'elles avaient été trois ans plus tôt. Elle voulait tout recommencer, dire ce qu'il fallait dire, défendre ses opinions et ses désirs. Elle voulait une histoire complètement différente de celle dans laquelle on l'avait jetée.

— Je ne sais pas, avoua-t-elle d'une voix tremblante.

Elle entendit un cheval s'approcher, entendit la voix grave

d'Arran alors que les pensées rugissaient dans son esprit. Elle entendit Knox s'éloigner un peu.

— Vous tremblez comme une feuille, *lass*, murmura Arran.

Sa main se referma autour de la sienne, ses doigts pressèrent les siens.

— Vous n'avez qu'à dire ce que vous voulez, *aye* ? C'est à vous de décider, *leannan*. Dites que vous voulez en finir avec notre mariage, et c'est chose faite.

— Ce n'est pas… Ce n'est pas du tout à cela que je pensais, murmura-t-elle, au désespoir.

— *Aye*, bien sûr que si. Comment pourriez-vous ne pas y penser ? Vous avez une terrible décision à prendre, c'est vrai.

Il se pencha soudain et mit la main sur sa nuque, attirant son front contre le sien.

— Vous m'avez sauvé la vie, Margot. Je ne vous forcerai pas à demeurer liée à moi si vous désirez rester en Angleterre. Mais je ne peux pas m'attarder ici, et chaque minute qui passe ne fait qu'accroître le danger pour mes hommes et pour moi. Si cruel que cela soit, vous devez faire votre choix maintenant. Mais sachez ceci : si vous m'accompagnez, je vous donnerai tout ce que j'ai. Je vous honorerai et vous chérirai jusqu'à la fin de mes jours, que vous soyez avec moi ou pas. La décision vous appartient.

Le clair de lune semblait l'entourer d'un halo surnaturel. Margot écarta sa cape et mit la main dans sa poche. Ses doigts se refermèrent sur la lettre qu'il lui avait écrite et jamais envoyée.

— Je viens.

— Ne le dites pas si vous n'êtes pas certaine…

— Je ne suis pas certaine. Je ne peux pas l'être, c'est impossible ! Mais je dois prendre une décision maintenant, et, Arran, c'est vous que je choisis.

Le regard d'Arran scruta son visage. Il l'attira soudain vers lui et l'embrassa avec fougue.

— Je consacrerai chaque jour de ma vie à faire en sorte que vous n'ayez pas de regrets.

Il la lâcha.

— Allons-y maintenant.

Margot se retourna.

— Knox !

Il s'approcha aussitôt.

— Je ferai tout ce que je peux pour laver le nom des Mackenzie, assura-t-il. Tu as ma parole. Promets-moi d'écrire souvent.

La pensée de ne plus revoir son frère lui était insupportable. Elle l'aimait tellement. Le laisser derrière elle, peut-être pour toujours, lui infligeait une terrible douleur.

Knox le sentit. Il se pencha et la serra aussi étroitement qu'il le put. Son cœur battait à tout rompre aussi ; elle le sentait à travers le tissu de son manteau.

— Rien n'est éternel, Margot. Aie confiance.

Il lui donna un baiser sur la joue, puis la lâcha et partit au galop.

— Venez, *mo gradh*.

Arran tendit la main vers la bride, pressant le cheval d'avancer. Ils reprirent la route, engloutis par les ténèbres.

Chapitre 23

Arran ne se sentit vraiment en sécurité que plusieurs jours plus tard, lorsqu'ils furent enfin en plein cœur de l'Écosse. La route était pénible : sans argent, ils étaient contraints de coucher dehors et de chasser pour manger.

Margot lui avait expliqué qu'elle avait donné tout le contenu de sa bourse à l'homme qui l'avait retenu prisonnier. Arran avait grimacé intérieurement — cela représentait une grosse somme d'argent. Cependant, il se promit de ne jamais le dire à Margot. Elle lui avait sauvé la vie.

Elle tenta de l'obliger à prendre l'émeraude qu'il lui avait offerte le jour de leurs noces.

— Vendez-la ! avait-elle dit. Donnez à manger à ces hommes, à ces chevaux.

— *Aye*, je le ferai s'il le faut, avait-il répondu en la remettant dans sa main. Mais mes hommes savent se débrouiller pour survivre.

C'était Margot qui le préoccupait. Elle avait eu l'idée d'enfiler la culotte sous sa robe de façon à pouvoir chevaucher plus aisément. Mais elle était manifestement épuisée, à bout de forces après ce qu'ils avaient enduré. Plus alarmant encore, elle semblait vidée de toute émotion. À chaque jour qui passait, elle devenait plus morne, parlait de moins en moins. Arran ne comprenait guère la gente féminine… Mais il en savait assez pour être sûr que, lorsqu'une femme se taisait, quelque chose ne tournait pas rond.

Ils peinaient à avancer, à travers des collines recouvertes de bruyère, rarement foulées par le pied de l'homme. Le seul point positif était que l'état de Dermid s'améliorait. Avec un peu de viande de lapin dans l'estomac, il reprenait quelques forces.

Le septième jour, Margot monta avec Arran pour que Dermid puisse avoir son propre cheval. Cela leur permit d'aller un peu plus vite, car si courageuse que soit sa femme, elle était plus lente que ses hommes et lui.

Le douzième jour, ils atteignirent la ferme de l'oncle de Ben Mackenzie… Mais ne furent pas les bienvenus. Ce dernier leur parla en gaélique.

— Vous devez partir, dit-il. Vous êtes recherchés.

— Par qui ? demanda Arran.

— Par les Gordon.

Il promena un regard nerveux autour de lui, comme s'il s'attendait à les voir surgir de derrière les arbres pour les attaquer.

— La rumeur s'est répandue que vous vous étiez enfui d'Angleterre, et maintenant ils guettent votre retour. Vous ne pouvez pas rester ici, laird. Je ne veux pas d'ennuis.

Arran fronça les sourcils. Cette nouvelle signifiait qu'il ne pouvait retourner à Balhaire sans risquer un affrontement.

— Donnez-nous du pain, de la viande et du fromage, demanda-t-il. De la bière si vous pouvez.

— Pourquoi ne mettons-nous pas pied à terre ? demanda Margot, se laissant aller contre lui pendant qu'ils attendaient.

— Nous ne restons pas.

Arran se tourna vers Ben et, de nouveau, parla en gaélique afin de ne pas effrayer Margot.

— Emmène Dermid à Balhaire. Nous allons continuer jusqu'à Kishorn. Va aussi vite que possible, mon gars. Dis à Jock que personne ne doit venir à nous. Personne, avant que ce soit sûr. Il va y avoir des espions partout, *aye* ?

— *Aye.*

Mr Mackenzie reparut, apportant un gros baluchon de provisions. Sur un signe d'Arran, Ben se mit en devoir de les partager et lui en donna la moitié.

— Dieu vous protège, dit-il, après quoi Dermid et lui tournèrent bride et partirent en direction de Balhaire.

Arran se dirigea vers le nord.

— Où allons-nous ? s'inquiéta Margot, en tentant de se redresser.

Il l'attira de nouveau contre lui.

— *Uist*, murmura-t-il. Nous n'en avons plus pour très longtemps.

— Mais…

Elle n'acheva pas sa phrase : elle était trop épuisée pour protester.

Ils atteignirent Kishorn juste avant la tombée de la nuit. Arran remercia le ciel en silence. Ni son cheval ni Margot n'auraient pu faire un pas de plus. Quand Margot mit pied à terre, ses genoux se dérobèrent. En un éclair, Arran fut près d'elle et l'aida à se relever.

— Où sommes-nous ?

Arran leva les yeux vers le vieux pavillon de chasse qui appartenait à sa famille depuis des siècles. Il glissa un bras sous les genoux de Margot, l'autre sous son dos et la souleva.

— En sécurité.

— Je peux marcher, protesta-t-elle faiblement.

— Vous êtes épuisée.

Il la déposa sur le seuil et ouvrit la porte en grand. Dans l'entrée, il découvrit une boîte contenant un briquet à amadou, ainsi que des bougies. Il en alluma une et la plaça dans un bougeoir, puis répéta l'opération avec deux autres.

Margot, entrée derrière lui, regardait les murs en pierre, les poutres du plafond.

— Quel est cet endroit ?

— Un pavillon de chasse. Il appartient aux Mackenzie depuis deux siècles. Il était à l'abandon, mais Griselda a décidé de le remettre en état.

À une extrémité de la pièce se trouvait une longue table et deux bancs près d'un petit foyer en pierre. À l'autre bout, des fauteuils étaient disposés face à un âtre plus imposant. Directement face à l'entrée, un couloir menait aux chambres, et, plus loin, aux cuisines, puis à une petite terrasse et à une écurie. Griselda méritait des félicitations — les sols avaient été récurés et balayés ; les murs, débarrassés des traces de suie et de fumée, étaient agrémentés de tartans aux couleurs des Mackenzie.

Margot gagna d'un pas mal assuré une banquette en bois et s'y laissa tomber, puis s'y allongea. Arran s'accroupit à côté d'elle et caressa son visage maculé de poussière.

— Je vais m'occuper du cheval et faire du feu, *aye* ? Reposez-vous.

— Mm.

Ses yeux étaient déjà clos.

Arran conduisit le cheval à l'écurie, le brossa et lui donna de l'avoine que Griselda avait eu la prévoyance de laisser en quantité dans deux grandes jarres. Cela fait, il prit les provisions que l'oncle de Ben lui avait remises et retourna dans la maison.

Margot dormait sur la banquette. Il alluma un feu dans la grande pièce, puis fit de même dans la cuisine. Ensuite, il alla remplir un seau d'eau au puits et la mit à chauffer. C'était le mieux qu'il puisse faire.

Quand l'eau fut assez chaude pour que sa femme puisse se laver, Arran retourna près d'elle. Elle était pelotonnée sur la banquette, un bras sous la tête en guise d'oreiller. Il la secoua doucement.

— Non…, murmura-t-elle.

— J'ai de l'eau chaude, si vous voulez vous laver.

Elle ouvrit lentement les yeux.

— C'est vrai ?

Arran lui caressa le bras.

— Je ne vous taquinerais pas à propos de quelque chose d'aussi important, si ?

Elle se redressa.

— Je l'espère, pour votre bien.

Il émit un petit rire et l'aida à se lever. Puis, un bras enroulé autour de sa taille, il la conduisit à la cuisine. Margot retira une couche de vêtements sales, une chemise qui l'était tout autant, et plongea les mains dans l'eau avec un soupir de bien-être. Puis elle se pencha et commença à se frictionner le visage.

Arran lui dénicha un linge et l'observa dans un silence fasciné alors qu'elle se lavait.

— Je n'ai rien de propre à mettre, murmura-t-elle quand elle eut terminé et tordu ses cheveux de son mieux.

— Je vais jeter un coup d'œil, *aye* ? fit-il en lui tendant une couverture.

Il dénicha des culottes en daim, une veste en lainage mangée par les mites, des chemises en linon jaunies et une jupe marron unie comme en portaient les métayères. Muni de ses trouvailles, il regagna la cuisine. Margot s'était assise au coin du feu, les genoux remontés sur sa poitrine, ses longs cheveux tout emmêlés.

Elle regarda les vêtements d'un œil absent.

— Que faisons-nous ici ? Combien de temps allons-nous rester ? Et pourquoi vos hommes sont-ils partis dans une autre direction ?

Il déposa les affaires sur la table.

— On me recherche. Retourner à Balhaire serait trop dangereux pour l'instant.

Elle fronça les sourcils.

— Des Écossais ? Ou des Anglais ?

— Des Écossais. Mais sûrement des Anglais aussi.

— Qu'allons-nous faire ? demanda-t-elle doucement.

— Je ne sais pas, avoua-t-il, trop las pour réfléchir. Pour l'instant, nous allons nous cacher.

— Sans provisions, sans vêtements ?

Il haussa les épaules.

— Nous verrons bien.

Il s'abstint d'ajouter qu'ils ne pourraient peut-être pas quitter cet endroit avant assez longtemps. Qu'ils devraient se débrouiller ou mourir de faim.

Elle reporta son regard sur le feu.

— Sommes-nous en sécurité ici ?

— *Aye*, pour le moment.

— Mais pas pour toujours.

Elle jeta un coup d'œil vers lui.

— Nous ne pourrons pas nous cacher indéfiniment, n'est-ce pas ?

Ce n'était pas vraiment une question, plutôt une simple

constatation. Arran n'avait pas de paroles rassurantes à lui offrir, et n'essaya pas d'en trouver.

Il se détourna et se lava à son tour du mieux qu'il put. Il portait une barbe à présent. Ses cheveux s'étaient échappés de sa queue-de-cheval et flottaient sur ses épaules. Il les mouilla et les repoussa derrière ses oreilles. Quand il eut achevé ses ablutions, il enfila une culotte et une des chemises et rejoignit Margot, songeuse, au coin du feu.

— À quoi pensez-vous ?

— Je pense que vous ne m'avez pas dit que vous aviez raison, répondit-elle, en posant son menton sur ses genoux.

— À quel propos ?

— À propos de mon père. Vous ne m'avez pas rappelé que vous ne lui aviez jamais fait confiance. Et que moi, si, stupidement.

— Je ne pensais pas que vous ayez besoin que je vous le rappelle, *leannan*. Vous l'avez découvert par vous-même, non ?

— Savez-vous ce que j'ai découvert ? Que je ne suis rien de plus qu'un pion dans ce monde. Un objet à troquer, à vendre et à jeter quand on n'en a plus besoin.

Sa voix était teintée d'amertume, et Arran ne pouvait la contredire. C'était ainsi que les filles étaient considérées dans bien des familles. Rares étaient celles qui parvenaient à forger leur propre voie et à faire ce qui leur plaisait. Griselda y était parvenue parce que son oncle Ivor l'adorait, et qu'il lui avait permis de refuser les prétendants et de vivre librement, sans mari.

— Je ne serai plus jamais un pion dans les machinations de quelqu'un, murmura Margot. Je préférerais vivre dans la pauvreté, toute seule, que dans l'opulence avec quelqu'un qui ne s'intéresse qu'à mon nom et aux relations que je peux lui apporter.

— Il n'y a pas que votre nom qui compte pour moi, dit-il.

Margot ne parut pas l'entendre — elle regardait autour d'elle.

— Je ne sais pas comment exister ainsi, dit-elle sur un ton plaintif. Je vous suis complètement inutile. Je ne suis même pas capable de faire du pain.

— Ça n'a pas d'importance…

— Si, Arran ! J'ai vécu comme une femme privilégiée, aveugle. Je me méprise pour cela — mais je ne ferai plus jamais cette erreur.

Elle soupira.

— Je suis lasse. Pouvons-nous aller nous coucher ?

Ils trouvèrent une chambre dotée d'un lit assez grand pour eux deux. Ils s'y laissèrent tomber, à bout de forces. Margot se blottit contre lui.

— Je ne sais pas comment vivre ainsi, répéta-t-elle.

Arran non plus. Il savait chasser, pêcher, les garder hors de danger, mais il ne savait pas comment vivre ainsi. Sans son clan. Sans sa famille. Seul avec une épouse à qui il n'était pas sûr de pouvoir faire totalement confiance, en dépit des événements de ces derniers jours.

Il sombra dans un profond sommeil, le premier depuis des semaines. Si profond, en fait, qu'il n'entendit pas Margot se lever tôt le lendemain matin. Quand il se réveilla, elle n'était plus là. Saisi de panique, Arran enfila sa culotte et se précipita à sa recherche, redoutant qu'elle n'ait pris le cheval et se soit enfuie comme une folle.

Mais Margot ne l'avait pas quitté. Elle était dans la cuisine, vêtue de la vieille jupe qu'il avait dégottée. Celle-ci, trop longue pour elle, traînait sur le sol. Elle avait noué la chemise à sa taille et rassemblé ses cheveux dans un chignon sur sa nuque. Elle lui tournait le dos, travaillant à quelque chose qu'il ne voyait pas.

Il s'avança. Elle leva les yeux, et son visage s'illumina.

— Regardez ! s'écria-t-elle, tout excitée. J'ai trouvé une pomme de terre ! Et des navets. Et des poireaux, je crois.

Le soulagement déferla en Arran. Il avait eu la terrible crainte qu'elle ne l'ait quitté de nouveau. Improbable, impossible, et pourtant c'était bien la peur qui s'était logée dans son cœur à son réveil, lorsqu'il s'était aperçu de son absence.

Il aurait perdu l'esprit si elle s'en était allée.

Elle continuait à parler du jardin qu'elle avait découvert, et les mots remplissaient l'espace entre eux, entourant Arran d'un flot d'amour pour Margot.

Sa femme.

Chapitre 24

Tout s'était déroulé comme dans un rêve pour Margot. À compter du moment où Knox s'était éloigné, et à mesure qu'Arran et elle montaient de plus en plus vers le nord, ses incertitudes n'avaient fait que croître. La pensée qu'elle ne reverrait jamais l'Angleterre, ni Norwood Park, ni Knox, ni Lynetta, lui serrait le cœur.

Et puis ils étaient arrivés dans ce pavillon de chasse désert, au bout d'un loch solitaire. C'en était trop. Elle n'était pas préparée à une telle existence. Elle n'avait pas la moindre idée de quoi faire dans la cuisine, s'étant rarement aventurée dans ce lieu, sauf parfois en quête d'une pomme ou d'une orange. Et cela n'était que le début de son ignorance.

Par conséquent les premiers jours furent difficiles pour Arran et pour elle. Certes, il s'adaptait plus aisément à la situation, mais il n'était pas plus qu'elle habitué à tenir une maison. Ils eurent une dispute mémorable lorsqu'il lui présenta fièrement un canard à plumer.

— Plumer ? répéta-t-elle avec un regard horrifié.

— *Aye*, dit-il en le lui tendant.

— Mais… C*omment* ?

Arran la regarda d'un air étrange.

— On arrache les plumes, expliqua-t-il en illustrant ses paroles d'un geste.

Margot eut un mouvement de recul.

Il fronça les sourcils.

— Faites-le, Margot. Je ne peux pas tout faire.

— J'en suis consciente ! rétorqua-t-elle.

Elle prit le canard et, avec une grimace, se mit au travail. C'était une tâche horrible, dégoûtante. Elle versa des larmes pour le malheureux volatile — quelle indignité dans la mort ! À moins qu'elle n'ait pleuré la perte de sa propre dignité ? Néanmoins, elle le pluma et le montra à Arran, qui ne fut guère impressionné.

— *Aye*, je vois. Et maintenant, il faut le vider.

— Il n'en est pas question ! cria-t-elle, fuyant la cuisine quand il tenta d'insister.

Plus tard, après qu'Arran eut vidé et fait cuire le canard, Margot dut admettre qu'il avait fait un excellent repas.

Quand quelques jours plus tard Arran lui en apporta un autre, Margot le pluma bien et sans se plaindre.

Désireuse d'être utile à son mari, elle entreprit d'aller ramasser des baies et des groseilles sauvages, qu'elle rassemblait dans un pan de sa chemise. Elle bêcha le vieux jardin à la recherche de pommes de terre et de poireaux, refusant d'abandonner avant d'en avoir déterré. Certes, les pommes de terre étaient dures et les poireaux rachitiques, mais elle les récolta. Elle descendit laver leurs habits à la rivière comme elle l'avait vu faire par les femmes du village près de Norwood Park. Malheureusement elle frotta un peu trop fort et fit un trou dans la chemise d'Arran. Elle n'étendit pas les vêtements correctement non plus, de sorte que certains furent un peu déformés.

Arran, béni soit-il, s'abstint de tout commentaire.

Pendant ces jours-là, ils ne parlèrent ni du passé ni de l'avenir. Ils étaient trop préoccupés par leur survie pour penser à de vieilles blessures. Quand ils se retrouvaient à l'heure des repas, ils discutaient de tout et de rien. Margot aimait le taquiner, le voir rougir sous sa barbe. Elle déclara qu'il avait été intimidé en présence de Lynetta Beauly, ce dont il se défendit avec vigueur.

— Pas du tout. Miss Beauly ne peut pas se taire assez longtemps pour respirer !

— C'est vrai. Mais elle est assez jolie.

Arran eut un petit grognement de dédain et se détourna. Sans l'avoir nié.

Un autre jour, il rit aux larmes en voyant que Margot avait coupé les pommes de terre en petits morceaux avant de les faire cuire.

— Il n'y a pas plus simple à cuisiner, *leannan*. On les met entières dans la marmite !

— Comment étais-je censée le deviner ? On me les sert toujours coupées.

Au bout d'une quinzaine de jours, l'impossible s'était produit — Margot s'acquittait avec aise de ses nombreuses tâches quotidiennes. Elle balayait les planchers, faisait bouillir le linge qu'ils utilisaient pour se laver. Arran coupait du bois et elle l'aidait à l'empiler près de la porte, disant en riant qu'il devait s'attendre à un siège.

Ils s'entendaient bien, et quand la journée s'achevait, que leurs muscles étaient douloureux et que leurs yeux se fermaient malgré eux, ils tombaient dans les bras l'un de l'autre.

Leurs nuits étaient remplies d'amour, leurs ébats si tendres parfois que Margot en avait les larmes aux yeux, et parfois si vigoureux qu'ils en éclataient de rire après.

Chacun comblait les sens et les pensées de l'autre, comme s'ils étaient les deux derniers êtres vivants sur la terre.

Quand elle était seule, Margot tirait souvent la lettre d'Arran de sa poche et la relisait.

Le début et la fin de mon univers…

Cet endroit serait-il la fin de leur univers ? Ou serait-il leur univers pour toujours ? Elle comprenait peu à peu que cette pensée ne lui déplaisait pas. Comme il était curieux de penser qu'elle avait redouté ce genre d'existence, qu'elle l'avait haïe de loin… Et que, pourtant, grâce à cette vie, elle se sentait plus forte et plus capable qu'elle ne l'avait jamais été.

Malheureusement, le reste de l'univers vint empiéter sur le leur.

Ils étaient à table un soir, dînant d'une soupe aux poireaux, quand Arran prit la parole.

— J'ai vu des cavaliers aujourd'hui.

Margot retint un cri et leva les yeux.

— Où ?

— Ils allaient vers le nord. Ils ne m'ont pas vu.

— En êtes-vous sûr ? Et si…

— Non, *leannan*, ils ne m'ont pas vu.

Le sang de Margot s'était glacé à la pensée de ce qui leur arriverait s'ils étaient découverts.

— Que feriez-vous ? demanda-t-il.

— Si je voyais des cavaliers ?

Il posa sa cuiller et soutint son regard.

— Si j'étais capturé, précisa-t-il. Que feriez-vous alors ?

Cette pensée lui donna la nausée. Elle se leva subitement, prit son écuelle et remit le contenu dans la marmite.

— Ne parlez pas de cela, murmura-t-elle.

— Retourneriez-vous en Angleterre ?

— En Angleterre ! Je mourrais ici, sans aucun doute !

Elle entendit la chaise d'Arran racler le sol, entendit celui-ci s'approcher. Il enroula un bras autour de sa taille et l'attira contre lui.

— S'il vient un jour où nous pouvons rentrer à Balhaire, que ferez-vous alors ? Resterez-vous ? Ou retournerez-vous en Angleterre ?

Elle n'avait pas songé à l'Angleterre depuis des jours, des semaines, peut-être. Elle s'était concentrée sur leur survie, se refusant à laisser toutes sortes d'hypothèses lui encombrer l'esprit.

— Je… Je ne sais pas, bégaya-t-elle.

Arran la lâcha brusquement. Margot fit volte-face et le vit se diriger vers la porte.

— Où allez-vous ?

— Je n'en sais fichtre rien.

— Pourquoi me posez-vous ces questions ? s'irrita-t-elle. Je n'y ai pas songé. Je n'ai pensé qu'à nous ici, au présent…

Il mit la main sur la poignée.

— C'est la différence entre vous et moi, *aye* ? Moi, je ne pense qu'à cela.

Il sortit, laissant le battant claquer derrière lui.

Margot pensait à eux deux aussi — elle y pensait même tout le temps. Mais elle était devenue une autre femme. Une femme qui avait ses propres opinions. Et tout était encore si confus dans son esprit !

Arran ne revint qu'à la nuit noire. Margot était couchée, allongée sur le côté, le dos à la porte, quand il entra bruyamment dans la pièce. Elle avait fait le feu elle-même ce soir-là, et il se déshabilla en silence devant l'âtre, puis grimpa au lit. Il l'attira à lui, lui baisa la nuque en la couvrant de caresses.

— Autrefois, chuchota-t-elle dans ses cheveux tandis qu'il lui embrassait les seins, j'étais une jeune fille sotte. Je ne pensais qu'au mariage, à la fortune, aux robes que j'allais porter et aux objets dont je voulais m'entourer. Mais je suis différente à présent, Arran. Je ne me reconnais même plus.

Il émit un grognement en guise de réponse, descendit sur elle, lui écarta les cuisses et se cala entre elles, comme pour lui dire qu'il la connaissait. Et qu'elle faisait partie de lui.

Les jours commencèrent à raccourcir, les nuits à fraîchir. Deux lièvres et une grouse étaient pendus dans la grange. Des fleurs tardives s'épanouissaient autour du pavillon. Un après-midi, Margot était justement dans le jardin, occupée à faire des boutures, quand elle entendit un son qui lui parut anormal. Elle s'immobilisa, tendit l'oreille… Et reconnut soudain le claquement de sabots.

Saisie d'appréhension, elle leva lentement la tête et regarda par-dessus son épaule. Là-bas dans l'étroit glen, trottant le long du loch, quatre cavaliers se dirigeaient vers eux.

Margot lâcha les fleurs et se rua vers l'appentis où Arran travaillait. Elle ouvrit la porte à la volée et fit irruption à l'intérieur.

— Seigneur, qu'y a-t-il ? demanda-t-il en la prenant par le bras. Qu'y a-t-il, Margot ?

— Des cavaliers.

Arran l'écarta, attrapa son fusil sur la table et sortit à grands pas. Margot chercha follement des yeux une arme pour se défendre. Elle remarqua le petit couteau qu'il portait souvent dans sa botte, s'en empara et courut à sa suite. Elle le rattrapa juste devant la maison. Son fusil était pointé vers le sol.

— *Aye*, c'est Jock. Je ne connais qu'un seul homme qui monte à cheval ainsi.

Il s'avança à la rencontre de son cousin.

Alors que les cavaliers approchaient, Margot reconnut soudain Knox parmi eux. Les larmes aux yeux, elle se rua vers lui, sautant pour l'étreindre avant même qu'il ait mis pied à terre.

Knox rit de bon cœur.

— Tu vas me casser le cou, Margot. Viens, ajouta-t-il en lui passant un bras autour de la taille. Nous avons beaucoup de choses à vous dire, à Mackenzie et à toi.

Ils se réunirent à l'intérieur. Dès que le petit groupe venu de Balhaire se fut assuré que Margot et Arran allaient bien, Jock commença son récit.

— Tout s'est passé très vite. Rory et Bruce Gordon ont été accusés de comploter avec les jacobites, et les soldats anglais sont venus les arrêter. Ils étaient quarante au moins. Mais figurez-vous qu'ils ont profité d'une épaisse brume pour s'enfuir et embarquer à destination de la France.

— Je ne suis pas surpris, déclara Arran. Je n'ai jamais eu une très haute opinion des Gordon.

— Ce n'est pas tout, laird. Les Gordon ont laissé des choses derrière eux, et parmi elles une lettre de Tom Dunn, *aye* ? Dans cette lettre, il insinuait que son associé et lui se partageraient la richesse de Balhaire quand vous seriez pendu pour trahison.

Arran déglutit avec peine.

— C'est ce que nous avions soupçonné, marmonna-t-il.

— Mais soupçonniez-vous notre père d'être l'associé en question ? demanda Knox.

— Quoi ? se récria Margot. C'est impossible !

— Si, ma chérie. Thomas Dunn était mêlé à de multiples affaires douteuses. Lorsque les autorités sont venues arrêter père, il a fini par m'avouer ce que Bryce et lui savaient depuis le début : Thomas Dunn était endetté jusqu'au cou. De plus, il était en défaveur auprès de la reine car les rumeurs de complot mettaient en cause ceux-là mêmes qui, d'après lui, étaient résolus à empêcher Jacques Stuart de débarquer sur nos côtes. Il était aux abois et il a conçu un plan qui lui permettrait de rejeter le blâme sur autrui et d'en tirer un profit par la même occasion. Il a choisi Mackenzie à cause de sa richesse et du fait qu'il était ton époux.

— *Aye*, c'est ce que nous avions supposé, intervint Arran avec impatience.

— Mais comment père a-t-il été impliqué ?

— Dunn lui a raconté que Mackenzie était un traître. Père s'est affolé et t'a envoyée découvrir si c'était vrai avant que Dunn puisse agir. Mais, en ton absence, Dunn a apparemment compris que les choses pouvaient mal tourner pour lui et qu'il risquait d'être dénoncé. Par conséquent, il a proposé à père une sorte de marché. Si père acceptait de corroborer ses accusations contre ton mari, il recevrait en échange une part considérable des biens de Mackenzie lorsque ceux-ci seraient confisqués. Dunn supposait que les biens en question lui reviendraient en remerciement d'avoir dénoncé la trahison.

Cette nouvelle transperça le cœur de Margot. Elle savait que son père était coupable dans une certaine mesure, mais sa conduite avait été si méprisable qu'elle en eut le souffle coupé.

— Non…, murmura-t-elle. Comment a-t-il pu faire une chose pareille ?

— C'est affligeant, commenta Knox.

— Sera-t-il pendu ? demanda Arran.

Le cœur de Margot se serra de plus belle. Elle était amèrement déçue, blessée jusqu'au tréfonds de son être, mais elle ne voulait pas que son père soit pendu.

— Non, répondit Knox avec un haussement d'épaules. Mais peut-être aurait-il préféré l'être. La reine l'a dépouillé de son titre et me l'a donné, et a décrété que ses biens soient divisés entre sa fille unique et son fils illégitime.

Il regarda Arran.

— Je suis désolé, laird, mais, vu les troubles actuels, la reine a refusé de transmettre des biens anglais à un Écossais.

Arran eut un geste d'indifférence.

Margot se laissa tomber sur une chaise, les jambes coupées.

— Et Bryce ? demanda-t-elle d'une voix faible.

Knox esquissa un mince sourire.

— Je lui ai suggéré de rentrer dans les ordres.

— Ainsi, le nom des Mackenzie a été lavé, conclut Arran.

— Je ne peux parler au nom de votre côté de la frontière, mais vous avez été blanchi en Angleterre, dit Knox avec fierté.

Arran interrogea Jock du regard.

— *Ach*, vous savez comme moi que les Highlanders sont méfiants, *aye* ? Certains ont toujours des doutes. Mais la plupart ont foi en vous. Vous ne courez pas de danger en rentrant à Balhaire.

Arran se tourna vers Margot. Ses yeux reflétaient le conflit qui faisait rage en elle.

— Eh bien, dit-il. Cela fait beaucoup de nouvelles à la fois, n'est-ce pas, Lady Mackenzie ?

— En effet, parvint-elle à répondre.

Elle aurait dû être contente d'échapper à cet exil, et pourtant elle n'éprouvait qu'une profonde mélancolie. Elle était bouleversée d'avoir perdu son père, anéantie par le rôle tragique qu'il avait joué dans cette épouvantable affaire. Elle pleurait toute une partie de son passé et ne ressentait qu'incertitude face à l'avenir. Mais son désarroi passa inaperçu : Jock avait apporté de la bière et les hommes buvaient, échangeant des récits des derniers événements.

Il fut décidé, compte tenu de la pauvreté de leurs conditions de vie actuelles, de partir dès le lendemain. De quitter cet endroit de paix, songea-t-elle, morose, où Arran et elle, pour la première fois depuis leurs noces, avaient vécu comme devrait le faire un couple marié. Submergée de chagrin, Margot prit congé des hommes et se retira dans la petite chambre qu'elle partageait avec Arran.

Il la rejoignit un peu plus tard et se coucha à côté d'elle sans rien dire. Margot n'avait pas dormi, l'esprit trop troublé à la perspective de ce brusque chamboulement de leur existence. La main d'Arran chercha la sienne, leurs doigts s'entremêlèrent. Ils demeurèrent silencieux, étendus sur le dos, fixant les ténèbres, chacun s'efforçant, supposait-elle, d'assimiler ces nouvelles stupéfiantes. Après avoir vécu sur le fil de l'émotion et de la peur, en être soudain délivrée n'était pas aussi libérateur qu'elle l'avait imaginé.

— Vous devez être soulagée, dit enfin Arran.

Soulagée ? Elle se sentait malade de tristesse, plutôt.

— Vous savez, j'aimais bien vivre ici.

Arran lui pressa la main.

— *Aye.*

Mais, soudain, il la lâcha et se redressa, passa les jambes hors du lit, et appuya ses poings sur ses genoux.

Margot se redressa à son tour.

— Qu'y a-t-il ?

— La même chose que depuis trop longtemps — je n'ai pas confiance en vous.

Elle cilla, stupéfaite.

— Vous devez bien savoir à présent que je n'ai rien fait.

Il secoua la tête.

— Vous ne m'avez pas compris. Nous avons survécu, vous et moi, durant ces longues semaines, *aye* ? Vous avez fait de votre mieux, Dieu sait que c'est vrai, mais désormais vous êtes une femme riche, n'est-ce pas ? Et je suis un Highlander. Vous pouvez faire ce que bon vous semble et… *Diah*, à ce jour, je ne sais pas si cela vous plaît d'être l'épouse d'un Highlander.

— Mais je…

Il se leva et s'approcha de la fenêtre, comme s'il ne voulait pas entendre la suite. Il ouvrit la fenêtre à la brise nocturne.

— Je vous aime depuis le moment où j'ai posé les yeux sur vous. Vous m'avez étonné, vraiment. Vous êtes devenue une femme que je n'aurais jamais imaginé vous voir devenir. *Diah*, je ne vous en aime que davantage. Mais vous êtes libre à présent, Margot, et je ne suis pas sûr de vous.

Le cœur de Margot battait à tout rompre.

— Vous… Vous me renvoyez en Angleterre ? demanda-t-elle, incrédule.

— En *Angleterre* ?

Il se retourna et la regarda.

— Ne m'avez-vous pas compris ?

En un éclair, il revint et mit un genou sur le sol à côté d'elle, les mains jointes sur le lit comme pour une prière.

— Je ne vous renvoie pas, Margot, non. Je vous supplie à genoux de ne pas me quitter. De ne jamais me quitter, m'entendez-vous ? Aucun homme ne vous aimera jamais comme je vous aime. Aucun homme ne vous honorera autant.

Il ferma les yeux.

— Je vous aimerai toujours, dit-il, mais si vous n'avez pas l'intention de rester en Écosse, ne me tourmentez pas. Je ne peux pas vivre dans l'angoisse que vous me quittiez.

Margot se pressa les mains sur la bouche. Son cœur tambourinait dans sa poitrine, et dans un sanglot muet, elle se pencha vers Arran et lui caressa la joue. Elle lisait la terreur dans son regard — elle la reconnaissait pour l'avoir éprouvée au moment où elle avait vu les cavaliers au loin, la terreur de vivre une seule journée sans cet homme. Lorsqu'elle les avait aperçus, elle avait pris conscience de combien elle l'aimait.

— Je comprends, marmonna-t-elle, et les yeux d'Arran s'emplirent de larmes. Mais Arran, mon amour, vous ne m'aimerez jamais autant que je vous aime.

Il la regarda, un espoir fou sur ses traits.

— Vous ne l'avez jamais dit, murmura-t-il d'une voix rauque.

— Non. C'est une erreur de plus dans une longue liste, reconnut-elle sur un ton d'excuse. Mais vous devez me croire. Arran, pour l'amour du ciel, vous devez enfin me faire confiance. Je vous aime, et pas parce que nos fortunes se sont égalisées. Parce que, dans ce petit refuge, vous m'avez appris ce qui était important. Vous m'avez appris ce que cela signifie d'aimer quelqu'un. Je me moque des bals et des mondanités. Ce qui compte pour moi, c'est de savoir si la récolte de pommes de terre sera bonne, et comment je peux réparer le trou que j'ai fait dans votre chemise, et si vous allez aimer votre enfant autant que vous aimez ces fichus chiens à Balhaire.

Il baissa la tête et soupira de soulagement.

— Margot… *Diah*…

Elle prit le visage d'Arran entre ses mains et l'obligea à la regarder.

— Vous êtes devenu le début et la fin de mon univers, et c'est vous que je choisis. Ce sera toujours vous.

Elle l'embrassa tendrement.

Arran retira ses mains et la dévisagea.

— Qu'avez-vous voulu dire par là ? Que vous espérez que je vais aimer mon enfant autant que mes chiens ?

Margot sourit.

— Eh bien, vous êtes très attaché à ces chiens, non ? L'enfant aura besoin de votre attention aussi.

Arran fronça les sourcils. À son tour, il captura le visage de Margot.

— *Diah*, Margot, il faut que vous parliez plus clairement. Portez-vous mon enfant ?

Elle se mit à rire.

— Je le crois, dit-elle avec espoir. Oui, je pense que oui.

Arran se leva d'un bond, la prit par la taille et retomba sur le lit avec elle.

— Femme, vous ne pourrez pas vous débarrasser de moi maintenant, dit-il avec émotion. Un enfant !

Il se mit à la couvrir de baisers, en disant combien il était heureux, et Margot songea avec le sourire que c'était le début de leur nouvel univers.

Épilogue

Balhaire
1713

Le petit garçon approchait de son deuxième anniversaire, et déjà les vieux chiens le suivaient comme s'il les menait au combat. Il n'était guère étonnant qu'ils le pensent, puisqu'il brandissait son épée en bois partout où il allait.

Ils l'avaient baptisé Cailean, en mémoire du père d'Arran. C'était un vrai Mackenzie de Balhaire : il était grand pour son âge, avait une crinière de cheveux auburn comme sa mère, et les yeux bleu vif de son père.

— Il brisera des cœurs dans toute l'Écosse un jour, avait prédit Margot.

— Il brisera des nez, surtout, avait déclaré Arran avec fierté, alors qu'ils le regardaient terroriser Fergus avec sa petite épée.

Arran aida Margot à s'asseoir — sa grossesse était presque à terme, et il avait du mal à contenir son excitation. Les sages-femmes avaient annoncé qu'elle aurait une petite fille et Arran l'espérait en secret. Il comptait bien offrir à sa fille le genre de vie que Margot avait eue, pleine de bals, de poneys et de jolies robes.

— J'entends les cornemuses, Arran.

— *Aye*.

Il fit signe à Sweeney de maîtriser Cailean. La noce s'approchait de la grande salle.

— Nous n'avons pas eu de procession pour notre mariage, commenta Margot, songeuse, en regardant les portes s'ouvrir et les premiers invités faire leur entrée.

— Voudriez-vous une procession, *mo gradh* ? Je vous en offrirai une.

— Ce que je voudrais, c'est que cette enfant se dépêche de naître, dit-elle en se massant le ventre. Elle ne cesse de me donner des coups de pied.

— Patience.

— Facile à dire pour vous, n'est-ce pas ? Un homme qui ne porte pas de petit cochon dans le ventre ?

Il lui pressa affectueusement la main.

— *Uist*, les mariés arrivent.

Le couple fit son entrée derrière le porteur d'étendard. Le marié, en tartan, dépassait tout le monde d'une bonne tête, et la mariée arborait une couronne de fleurs et une écharpe en tartan.

— Je n'en crois pas mes yeux ! s'exclama Margot. Elle a mis un tartan.

— Pensiez-vous qu'elle ne le ferait pas ?

— Oui ! Nell est très opposée aux coutumes écossaises, vous savez. Elle dit qu'elles sont pour les païens et que Jock est le plus grand païen de tous.

— *Aye*, c'est bien vrai. Mais c'est un gentil païen. Et elle n'a pas l'air triste.

— Non, dit Margot en souriant. Au contraire, elle semble incroyablement heureuse.

C'était vrai — Nell souriait jusqu'aux oreilles. Et Jock aussi. Arran ne l'avait jamais vu aussi radieux.

Ils atteignirent l'estrade, et Jock s'inclina devant Arran. Celui-ci se leva pour bénir leur union, puis se tint en retrait pendant que le prêtre écoutait leurs vœux et les déclarait mari et femme. Enfin, il se tourna vers la foule, proclama leur appartenance au clan Mackenzie, et la série de toasts commença.

Margot effleura la cuisse d'Arran.

— Un instant encore. Je dois prononcer le dernier toast, *aye* ?

— Vous feriez mieux de vous hâter.

— Je sais que vous êtes mal à l'aise, mais nous devons les laisser jouir du moment.

— Naturellement. Mais quelqu'un d'autre s'apprête à jouir du moment.

Perplexe, Arran baissa les yeux sur elle. Margot arqua les sourcils, désignant son ventre.

Vivienne Mackenzie naquit douze heures plus tard, en s'époumonant à tel point qu'aucun crieur ne fut requis. Lorsque Cailean fut amené voir sa petite sœur pour la première fois, il dit :

— *Loomsa.*

Margot ne comprit pas. Arran lui expliqua que ce mot signifiait « mien » ou « mienne ».

— Oh ! Non, elle ne t'appartient pas, mon cœur, s'écria Margot, attrapant la petite main de l'enfant avant qu'il puisse la poser sur les cheveux du bébé.

— *Loomsa ! Loomsa !* chantonna-t-il.

Durant la première année de son existence, Vivienne fut donc connue sous le nom de Loomsa. Arran et Margot eurent beau s'évertuer à faire comprendre à leur petit garçon que sa sœur n'était pas sa propriété — en lui donnant en échange un chiot, un poney, d'autres épées en bois — il n'en démordit pas. La petite Vivienne, sa Loomsa, lui appartenait.

Quand un troisième enfant naquit, le sobriquet fut transmis au bébé, et Vivienne reprit son véritable nom.

Tous les enfants qui vinrent après Cailean, et il y en eut quatre, furent à un moment donné appelés Loomsa. Ainsi que plusieurs chiens, un oiseau, et au moins deux poneys.

Une nuit, peu après le deuxième anniversaire de Vivienne, alors que la neige tombait doucement sur Balhaire, Arran attira son épouse contre lui.

— *Loomsa*, chuchota-t-il dans ses cheveux.

Margot ferma les yeux et poussa un soupir de contentement.

— Je le suis, lui assura-t-elle.

Elle était épuisée. Elle portait son troisième enfant et avait passé la journée à fabriquer du savon avec Mrs Gowan. Ses paupières étaient lourdes.

Soudain, un poids s'abattit sur elle, lui arrachant un cri de surprise. Elle ouvrit les yeux. Cailean gloussa et noua les bras autour de son cou. Il était suivi de sa petite sœur et de deux chiens, qui tous s'empilèrent sur le lit.

— Bande de petits païens, grogna Arran. Vous n'allez pas dormir ici. Pas toute la nuit.

Mais déjà il les couvrait avec affection alors qu'ils se calaient entre eux, gigotant et riant.

— Chut, maintenant, ordonna Margot. Votre pauvre maman a besoin de sommeil.

Elle soupira et se cramponna au bord du lit, consciente d'un petit pied posé contre son dos. Elle souriait, entourée de tout son univers.

Vous avez aimé ce roman ?
Ne manquez pas la suite de la série
« Les mariés écossais »
à paraître en novembre dans votre collection Victoria !

Retrouvez en septembre,
dans votre collection

Victoria

Jennifer McQuiston
Sous le ciel de Cornouailles
Série : Très cher journal - tome 2

Sa tante vient de lui léguer un cottage en Cornouailles ? Lucy voit son avenir s'éclairer : elle va enfin pouvoir échapper au destin tout tracé de fille de vicomte qui l'attendait et devenir libre. Sauf que son père vend aussitôt la propriété à un certain lord Branston, sans la consulter ! Refusant de renoncer à un héritage qui lui revient, Lucy va tout mettre en œuvre pour le récupérer. Indifférente au qu'en-dira-t-on, elle n'hésite pas à voyager seule jusqu'à Lizard Bay, où elle compte bien convaincre le nouveau propriétaire de lui rendre son cottage, et tous ses espoirs d'indépendance…

Margaret Moore
La rebelle écossaise
Série : Frères d'armes - tome 2

En récompense de ses loyaux services, sir Nicolas, un chevalier normand, se voit offrir par le roi un château en Écosse. Un cadeau empoisonné, car sir Nicolas, à court d'argent, n'a pas les moyens de l'entretenir. N'ayant d'autre solution pour se renflouer que de faire un riche mariage, il convie au château toutes les demoiselles nobles des environs, parmi lesquelles il fera son choix. Neuf prétendantes se présentent, dont Riona Mac Gordon, une jeune Écossaise au tempérament volcanique…

La romance historique n'a jamais été aussi moderne.

Composé et édité par HarperCollins France.

Achevé d'imprimer en juin 2017.

CPI
BLACK PRINT

Barcelone

Dépôt légal : juillet 2017.

Pour limiter l'empreinte environnementale de ses livres, HarperCollins France s'engage à n'utiliser que du papier fabriqué à partir de bois provenant de forêts gérées durablement et de manière responsable.

Imprimé en Espagne.